Elveda Haziran

SARAH JIO

ARKADYA

ARKADYA YAYINLARI

ELVEDA HAZİRAN
SARAH JIO
Özgün adı: Goodnight June

Yayın Yönetmeni: Bülent Oktay
İngilizceden çeviren: Duygu Parsadan
Editör: Yasemin Büte
Son okuma: Çağla Dirice Çakır
Sayfa Tasarım: Ayşe Çalışkan
Kapak Tasarım: İlknur Muştu

EKOSAN MATBAACILIK
Maltepe Mah. Hastaneyolu Sok. No: 1 (Taral Tarım Binası)
Zeytinburnu - İstanbul

Cilt: Ekosan Matbaacılık

YAYINEVİ SERTİFİKA NO: 13695
MATBAA SERTİFİKA NO: 19039

1. Baskı: Haziran 2015

Yeni baskı: 2019

ISBN: 978-975-999-816-5

ARKADYA YAYINLARI
Maltepe Mah. Davutpaşa Cad. MB İş Merkezi
No: 14 Kat: 1 D: 1 Zeytinburnu / İstanbul
Tel.: 0212 – 544 41 41 / 544 66 68 / 544 66 69
Faks: 0212 – 544 66 70
info@arkadya.net

Arkadya Yayınları, Beyaz Balina Yayınları'nın tescilli markasıdır.

Elveda Haziran

SARAH JIO

İngilizceden Çeviren
Duygu Parsadan

ARKADYA

Kız kardeşim ve en yakın arkadaşım Jessica Campbell için.

Aradığınız şey çoğu zaman yanı başınızdadır.

Margaret Wise Brown

Yazarın Notu

İyi Geceler Aydede'yi ilk okuduğunuz anı hatırlıyor musunuz? Birçoğu bu kitabı çocukluğunda keşfetmişken (1947 yılında ilk kez basıldığından beri dünya çapında sayısız çocuğu eğlendirmiş, on dört milyondan fazla satmış bir kitap), doğum öncesi partisinde bana hediye edilene dek hikâyesine pek aşina değildim. Onu büyük oğlum Carson'a bebekken okuduğum ilk anı hatırlıyorum. İkimiz de uyumaya giden küçük bir tavşan hakkındaki masaldan –daha doğrusu ninniden– anında büyülenmiştik. Her günün sonunda o sayfaları çevirmeyi (ki çok geçmeden onları ezberlemiştim) oldukça huzur verici buluyordum. Her gece o 'büyük yeşil oda'ya dönmek huzur vericiydi.

Sonraları her geceki okumalarımıza iki küçük oğlum da katıldı. Üçünün de favori bir sayfası vardı ve fareyi aramaya bayılıyorlardı. Yıllar geçtikçe bu hikâyeyi Aydede Kitabı diye adlandırmaya başlamıştık. (En küçük oğlum, Colby, *kitap* diyemediği için ona bambaşka bir isim takmıştı.) Ve *İyi Geceler Aydede*'nin kalbimizde olduğu kadar evimizde de yerinin doldurulamaz olduğunu söylemek yanlış olmazdı.

Bir keresinde *Ebeveynler* için *İyi Geceler Aydede*'nin bir parodisini yazmıştım ve derginin internet sitesinde en popüler sayfalardan biri olmuştu. Görünen o ki yarım asırdan fazla bir süre sonra bile *İyi Geceler Aydede* bizimle konuşmaya devam ediyor.

Bir kitabı sevdiğimde, onun yazarı hakkında bilgi edinmek isterim. Bu yüzden Margaret Wise Brown'un hayatı hakkında araştırmalara koyuldum. 1952'de, henüz kırk iki yaşındayken gelen zamansız ölümünden önce yüzden fazla hikâyeyi kaleme alan bu neşeli ve güzel çocuk kitabı yazarı hakkında daha fazla şey öğrenmek istiyordum.

Margaret hakkında bulabildiğim her şeyi okudum ve araştırmalarım sonucunda pek çok ortak yönümüz olduğunu keşfettim. Tıpkı benim gibi tez canlı ve hedefe yönelik biriydi (bunlar üretken fakat ara sıra işkence çeken bir yazarın iki özelliğiydi). O da benim gibi bir hayalperestti. Maine'deki evinin yakınlarındaki küçük bir adaya yaptığı kano gezisi yepyeni bir seriye ilham kaynağı olabileceği gibi gökyüzündeki tavşana benzeyen bulut da yeni bir kitaba ilham verebilirdi.

Margaret son derece yaratıcıydı. Onun hayatını okurken, Margaret'ın da tıpkı benim gibi yaratıcılığın insan doğasının bir gereği olduğunu hissettiğini biliyordum. Her yönden hikâyeler yazıyordu. Bazı sabahlar uyanır uyanmaz yeni bir kitapla ilgili fikirlerini not alıyor ve gece boyunca onu düşlüyordu.

Beyniniz bu şekilde çalıştığında, bu hem heyecan verici hem de deli edici olabilirdi. (Bir romanın ilk taslağının ortalarına geldiğiniz sırada, yeni bir kitabın karakterlerinin durmadan kulağınıza fısıldadığını hayal edin – işte benim hayatım.) Bir yazar ve aynı zamanda doktor olan arkadaşım Carol Cassella (fazla başarılı, değil mi?), bu durumu biraz da şakayla karışık 'kronik hastalık' olarak adlandırıyordu. İyi ya da kötü, bu Margaret ile ortak bir noktamız gibi görünüyordu.

Aşk konusunda bir kedi yavrusu gibi hassas olan Margaret, yayıncılıkta kendi çıkarlarıyla birlikte çizer arkadaşlarınınkini de gözeten zeki ve becerikli bir iş kadınıydı. Asla en iyisinden başkasına razı olmuyordu.

Bu yönünü sevmiştim. Cesur ve azimli olmasının yanı sıra, yumuşak bir mizacı vardı ve vefalı bir arkadaştı. Margaret hakkında okuduğum favori hikâyelerimden birinde, bir telif hakları ödemesinin tamamını yüzlerce çiçeğe harcadığı anlatılmıştı. New York City Caddesi'nde satılan bir araba dolusu çiçeği satın almıştı ve evini o çiçeklerle süsleyip, arkadaşları için bir parti vermişti.

Margaret Wise Brown'un dünya üzerinde böyle bir etki bırakmasına şaşmamalı. Fakat ani ölümüyle birlikte ardında sırlar da bıraktı. Kimse *İyi Geceler Aydede*'nin gerçek ilham kaynağını tam olarak bilmiyor. Margaret'ın bu hikâyeyi New York City'deki evinde, bir sabahlık sürede yazdığına inanılıyor. Bu yüzden, bu iz bırakan çocuk kitabına ilham kaynağı *olabilecek* şeyi hayal etmeye başladım ve tıpkı Margaret gibi kendimi hayal gücümün akışına bıraktım.

Çok geçmeden karakterlerim fısıldamaya başlamıştı bile. New York City'de bir bankacı olan ve riskli işi yüzünden sağlığı zarar gören, otuz beş yaşında June Andersen adlı bir kadın hayal ediyordum. Ve Seattle'daki hayatının işini, efsanevi çocuk kitapçısı Mavi Kuş Kitabevi'ni sevgili yeğenine bırakan büyük teyze Ruby. Sırlarla dolu olan bu kitabevinde, June, teyzesi ile rahmetli Margaret Wise Brown'un mektuplarını buluyordu. Yazar üzerinde derin bir etki bırakmış olabilecek, güzel bir arkadaşlığın ayrıntılarını gösteren mektuplardı bunlar.

Fakat her ne kadar bunun Margaret'ın hayatından ve onun sanatsal dehasından esinlenilmiş bir hikâye olmasını istesem de, ön planda June karakterimin yer almasını istiyordum. Ne de olsa bu, *onun* yolculuğuydu. Hassas ve savunmasız olmak, zorlu bir geçmişle yüzleşmek, yeniden başlamayı ve yeniden sevmeyi denemek cesaret isteyen bir işti. June bunu başarıp başaramayacağını görmek zorunda kalacaktı. Ve Ruby'nin kıymetli Mavi Kuş Kitabevi'nin kaderi June'un ellerinde olacaktı. Kitabevini ve içindeki sırları kurtarabilecek miydi? Peki ya kendini?

Margaret Wise Brown, ben doğmadan yirmi altı yıl önce bu dünyadan ayrılmıştı. Yollarımız hiç kesişmemiş olsa da sık sık onunla tanışmanın, oturup bir fincan kahve (ya da Margaret'ın sevdiği gibi, öğle arası bir kokteyl) içmenin, ponpon kuyruklu tavşan ve sandalyelerde oturan üç küçük ayıcık hakkında konuşmanın nasıl bir şey olacağını düşünüyordum. Hepsini. Ona yazdığım bu romandan bahseder ve beğenmesini umardım. Birbirimizle hikâyeler paylaşıp gülerdik ve ona dört yaşındaki oğlum Russell'ın, *Denizci Köpek* adlı kitabını ne kadar çok sevdiğini anlatırdım. Dijital çağdaki kitap dükkânlarının durumundan ve televizyon, video oyunları ve diğer tüm parlak, yeni şeyler bu kadar büyüleyiciyken, çocuklara edebiyatı sevdirmenin zorluğu hakkında konuşurduk. Çiçeklerle verdiği parti konusunda onu tebrik eder (keşke ben de öyle bir şey yapacak kadar cesur olsaydım) ve böylesine bir ilham kaynağı olduğu için ona teşekkür ederdim.

Kısacası, sırf onunla karşı karşıya olmak bile beni mutluluktan havalara uçururdu.

–SJ

Birinci Bölüm

New York City
3 Mayıs 2005

Herkesin ona mutluluk veren, gözlerini kapattığında gördüğü, zihninin onu o rahat, güvenli ve sıcak köşeye sürüklediği bir yeri vardır. Benim için bu yer, zümrüt yeşili duvarları ve geceleri gökyüzünde parlayan yıldızları çevreleyen büyük pencereleri olan kitabeviydi. Şömine ateşi batmakta olan bir güneşin turunculuğuyla yanarken, büyük, berjer bir koltukta oturup örtüme sarınarak kitabımı okuyordum.

"June?"

Hızla gözlerimi açtım. Hastane yatağımın karşısındaki bembeyaz duvarlar beni yeniden gerçek dünyaya döndürmüştü. Üzerimdeki defalarca çamaşır suyuyla yıkanmış olan ince çarşaf, sertti ve kaşındırıyordu. Hemşire buz gibi elleriyle bileğimi tutarken ürperdim.

"Uyandırmak istememiştim, tatlım," dedi tansiyon aletini koluma bağlarken.

Hemşire siyah pompayı sıkarken, kolundaki pembe ve mor detayları olan kelebek dövmesine baktım. Bir keresinde az kalsın ayak bileğime yaptıracağım o yunus dövmesini yaptırmadığım için on yedi yaşındaki halime teşekkür ettim.

Hemşire biraz sonra kolumdaki cırt cırtlı bandı açarak kaşlarını çattı. "Yüksek," dedi. "Senin yaşındaki bir kadın için fazla yüksek. Doktor Cater seninle bu konu hakkında konuşmak isteyecektir."

Hemşirenin gözlerindeki hoşnutsuz bakışı gördüğümde, "Ben bir vejetaryenim! Maraton koşuyorum! İki yıldır bir lokma tatlı bile yemedim!" demek istedim. Tam o sırada vızıldayan telefonuma baktım. Patronum Arthur'dan bir mesaj gelmişti.

'Neredesin? Bu gece raporların ikinci çeyreği üzerinde çalışacağını sanıyordum?'

Kalp atışlarımın hızlandığını hissederek derin bir nefes aldım. Elbette hastanede olduğumu bilmiyordu. Kimse bilmiyordu. Ve kimse de bilmeyecekti. Hemşire konuşmaya başladığında elimi kaldırarak sessiz olmasını işaret ettim. Sonra da kendimi toparlayıp doğrularak Cevapla tuşuna bastım. 'Başka bir projeyle uğraşmak zorunda kaldım,' yazdım. 'En kısa zamanda hazırlayacağım.' Sözünü ettiğim proje, elbette baş belası sağlık durumumdu. Keşke bedenim de benimle *işbirliği* içinde olabilseydi. Duvardaki saate baktığımda sekizi geçtiğini gördüm. Yüksek tansiyon yüzünden –acil servisteki doktorun dediğine göre tehlikeli derecede yüksekti– hastaneye yatırıldığımda öğle vaktiydi. "Kalp krizi mi geçiriyorum?" diye sormuştum. En az bir aydır bunun belirtilerini yaşıyordum, fakat bugünkü bir iş yemeği sırasında –ben ve takım elbiseli on bir adam– izin isteyip ayrılmak zorunda kalmıştım. Başımın döndüğünü, midemin bulandığını hissediyordum. Ellerim titriyordu. Beni o şekilde görmelerine izin veremezdim, bu yüzden ofise dönüp bir sorunla ilgilenmem gerektiğine dair yalan söyledim. Ancak ofise dönmedim. Bir taksiye atladığım gibi acil servise gittim.

Koluma bağlı olan ve kan basıncımı yavaşça düzenleyen serumu kurcaladım. Henüz otuz beş yaşındayken bunları yaşamamalıydım. Odanın diğer ucundaki sandalyede asılı duran çantama huzursuzca göz gezdirdim. *Buradan çıkmam gerek.*

Ayağa kalktığım sırada açılan kapıda beyaz önlüklü, yaşlıca bir adam belirdi. Kaşlarını çatarak bana baktı. "Nereye gittiğinizi sanıyorsunuz, Bayan Andersen?"

Sanki adımı söylemek yerine bana 'küçük hanım' diyormuş gibi hayal ettim. Bir doktor oluşuna ve en büyük amacının hayatımı kurtarmak olmasına rağmen ses tonundan hoşlanmamıştım. "Daha iyi hissediyorum," dedim kolumdaki serum borusunu kurcalamaya devam ederek. "İşyerimde bitirmem gereken önemli bir proje var."

Doktor yaklaşarak elindeki çizelgeyi başucumdaki masaya bıraktı. Beni taburcu etmek için acelesi olmadığı belliydi. "Ne gerekiyor?"

Şaşkın bir halde ona baktım. "Ne demek istiyorsunuz?"

"Sizi yavaşlatmak için ne gerekiyor?"

"Yavaşlatmak mı?" Başımı iki yana salladım. "Neden bahsettiğinizi anlamadım."

Doktor masadaki dosyayı işaret etti. "Çizelgenizi okudum."

Acil servisteki doktora sıradan bir günümün özetini vermiştim: Saat beşte kalk, yedide ofise git (tabii yaklaşık on kilometre koştuktan sonra), ardından akşam saat sekize, belki de dokuza kadar çalış, çalış, çalış (aslında daha da sonrasına kadar).

Ne olmuş yani? Büyük bir bankanın, dünya çapında sekiz bin çalışanı olan Uluslararası Chase & Hanson Bankası'nın tarihindeki en genç müdür yardımcısıydım. Kendimi ispatlamak zorundaydım. Ayrıca yaptığım işte de gayet iyiydim. Belki de iyi yaptığım tek şey buydu.

"Dinleyin, Doktor..."

"Doktor Cater."

"Doktor Cater," dedim, müşterilerle görüşürken kullandığım alçak ve kendinden emin bir sesle. "Endişelerinizi anlıyorum, ama gerçekten iyi olacağım. Siz bana reçetemi verin, ben de ilaçlarımı alayım. İşte problem çözüldü."

"O kadar basit değil," dedi doktor. "Sizinki daha karmaşık bir vaka."

Küçük bir kahkaha attım. "Sanırım teşekkür etmem gerek."

"Bayan Andersen, görüyorum ki zaman zaman ellerinizde uyuşukluk yaşıyorsunuz."

"Evet," dedim. "Çok fazla koşuyorum. New York gündoğumundan önce soğuk oluyor."

"Bunun o tarz bir uyuşukluk olduğunu sanmıyorum," dedi Doktor Cater. "Sizde panik atak olduğuna inanıyorum."

"Affedersiniz... *Ne* atak?"

"Panik," diye yanıtladı Doktor Cater. "Sanırım bedeniniz büyük stres altında ve bir bakıma sistemi kapatarak durumu dengeliyor diyebiliriz."

"Hayır," dedim, serum borusunu koluma yapıştıran bandı açarak. "Neyi ima ettiğinizi biliyorum. Deli olduğumu düşünüyorsunuz. Ben deli *değilim.* Ailemdeki diğer kişiler, evet, onlar olabilir. Ama ben değilim." Başımı iki yana salladım. "Bakın, şunu kolumdan alacak mısınız yoksa ben mi çekip çıkarayım?"

Doktor Cater uzunca bir süre bana baktıktan sonra bir iç çekti. "Gitmekte ısrarcıysanız sizi burada tutamayız," dedi. "Ama lütfen, bana en azından temponuzu biraz düşürmeyi düşüneceğinize dair söz verin. Kendinizi mahvedeceksiniz."

Cep telefonum tekrar vızıldadı. Bu adam benim hakkımda

ne biliyordu ki? Hiçbir şey. Omzumu silktim. "Buradan çıkmak için ne söylemem gerekiyorsa öyle olsun."

Doktor Cater serumu isteksizce kolumdan çıkardıktan sonra elime bir kâğıt tutuşturdu. "Beta blokerler için bir reçete, gerginliğe neden olan hormonların salgılanmasını engellemeye yararlar," dedi. "En azından önümüzdeki birkaç ay boyunca bu ilaçları almanızı ve mutlaka yükünüzü hafifletmenizi istiyorum. Belki biraz daha az egzersiz yapıp, iş yükünü biraz azaltabilirsiniz. Mesela bir tatile çıkın."

Gülmemek için kendimi tuttum. Benim düzeyimdeki kimse izne ayrılmazdı. Dokuzuncu kattaki yeni müdür yardımcısı Lisa Melton düğününden sonra bir hafta izne çıkmıştı ve *bu* bile hoş karşılanmamıştı. Finans dünyasında, işle yatıp kalktığınız takdirde başarıyı yakalayacağınıza dair mutlak bir beklenti vardı. İzin günleri, boğulmak istemediğiniz sürece asla dalmayı düşünmeyeceğiniz bir göl gibiydi. İşler tam da bu şekilde yürüyordu. "Endişelerinizi anlıyorum," dedim tekrar, paltomu ve çantamı alarak. "Ama gitmem gerek."

"Nihayet geldin," dedi Arthur hafifçe sırıtarak. "Seni kaybettiğimizi sanmıştım." Patronum kurnaz, açıkgözlü bir adamdı. Ama derinlerde bir yerde bir kalbi ya da en azından ona benzer bir şeyi olduğunu biliyordum. Bu yüzden bir keresinde ona şimdiye dek tanıdığım en iyi pislik olduğunu söylemiştim. Şirketteki yirminci yıldönümünde de ona üzerinde bu kelimelerin yazılı olduğu altın bir plaket yaptırmıştım.

"Affedersin, bugünkü yemekten ayrılmak zorunda kaldım," dedim. "Ben… benim… benim bir *işim* çıktı."

"*Kadınsal* bir iş mi?"

"Hayır, hayır," dedim suratımı asarak. *Erkekler*. "Öyle bir şey değil." Hiç vakit kaybetmeden iş moduna girdim. "Dinle, özür dilerim. İşte geldim, buradayım. Bir daha olmayacak."

Arthur gözlerini kıstı. "Ne giydin sen öyle?"

Son sekiz saati hastanede geçirdikten sonra ilk kez nasıl göründüğümü fark ettim. Darmadağınık saçlar. Yüzüme bulaşmış göz makyajı. Üzerimde hâlâ açık mavi hastane önlüğünün olduğunu fark edince yün paltomun boğazını çabucak kapattım. "Evden geliyorum, şey, üzerimi değiştirmeye vaktim olmadı."

Arthur omzunu silkti. "Tamam. Her neyse. Haydi, çalışalım."

Toplantı odasındaki masaya oturduğumuzda, Arthur bir yığın dosya çıkardı. "Bunların her biri borçlu," dedi. "Önce hangisinin peşine düşelim?"

Masaya eğilip üzerinde SAMANTHA'NIN ÖRGÜ EVİ yazan dosyayı aldım. İki yakasını bir araya getiremeyen küçük esnaflar için üzülmeyi bırakalı uzun zaman olmuştu. Önceleri bu gibi küçük aile işlerine son vermek oldukça zordu. İlk görevimi hiç unutamıyordum. New Orleans'ta yüzyılın başından beri iş yapmakta olan bir kafeye haciz kararını teslim ederken ağlamıştım. Süslü demir parmaklıkları ve yeşil-beyaz çizgili tentesiyle en eski mekânlardan biriydi. Tabii ki şehirdeki herkes tarafından sevilen bir yerdi. Kapıdan içeri girdiğimde kafenin sahibi olan yaşlı bir kadın tarafından karşılanmıştım. Kafe babasından kalmaydı. John F. Kennedy 1959'da burada öğle yemeği yemişti. Duvarda Ella Fitzgerald, Judy Garland ve Louis Armstrong'un imzalı fotoğrafları asılıydı. Kadın bana bir fincan kahve ve bir tabak şekerli çörek getirmişti. Ve ailesinin bu gurur kaynağını sonsuza dek kapatacak olan zarfı ona uzatırken ellerim titremişti.

Sonraları çok daha kolaylaşmıştı. Zamanla her meseleyi bir cerrahın soğukkanlılığıyla ele almayı öğrenmiştim. Gir ve çık. Duygularını katma. Temel prensibim şuydu: Bu bir iş, kişisel bir şey değil. İşinizin ne kadar sevimli, güzel, ilginç olduğuyla ya da onu ne kadar sevdiğinizle ilgilenmiyordum. Papa'nın burada doğması ya da babanızın bu vitrinin önünde diz çökerek annenize evlenme teklif etmiş olması umurumda değildi. Tek bir gerçek vardı, eğer faturalarınızı ödeyemezseniz banka, yani *ben*, gelip malvarlığınıza el koyar ve onları satardım. İşte bu kadar basitti.

Arthur'un beni danışman olarak seçtiğini çünkü bende bir kıvılcım, diğer genç bankacıların hiçbirinde olmayan bir yetenek gördüğünü düşünmek hoşuma gidiyordu. Ama hayır, Arthur'un bana baktığında aslında kolayca şekillendirilebilir bir hamur gördüğünü biliyordum. İş dışında bir hayatım yoktu. Kendimi işime adamıştım. Rahatça işlenebilirdim.

Arthur bankacılıkla ilgili yeteneklerimi geliştirmeme yardımcı oldu. Herkes ona 'balta adam' derdi çünkü beklenen performansı göstermeyen bir işyerini kapatmakta ve değerli eşyaları açık arttırmaya çıkarmakta tereddüt etmez, vicdan azabı duymazdı. Kahrolmuş müşterilerinin karşısında kılı bile kıpırdamazdı. Tek gördüğü kâr ve zarar tablosuydu. Ve beni de bunu göreceğim şekilde eğitmişti. Beni onun 'balta kadını' olarak şekillendirmişti ve birlikte bankanın en yüksek performans gösteren departmanı haline gelmiştik. Fazlalıklardan kurtuluyorduk ve bunun neticesini alıyorduk.

Elbette her mesele bizzat orayı ziyaret etmemizi gerektirmiyordu. Çoğu zaman belgeleri uzaktan imzalatabiliyorduk. Genellikle insanlar işbirliği yapıyordu. Ama bazıları buna yanaşmıyordu. Onlar kaçınılmaz sonu ertelemek istediklerinden, gönderdiğimiz mektupların masalarında yığılmasına göz yumuyor, telefonlarımızı duymazdan geliyorlardı. Başarısızlığınızla yüzleşmek zordu. Bunu anlayabiliyordum. Ama hayat böyleydi.

Samantha'nın Örgü Evi'ne ait dosyayı alıp, içindeki kâğıtlara göz gezdirmeye başladım. Kredi başvuru formunda gördüğüm kadarıyla Samantha benimle aynı yıl, yani 1970'te doğmuştu ve yedi aydır ödeme yapmıyordu. İletişim günlüğüne göz attığımda, departmanımızın telefonlarını ve mektuplarını görmezden geldiğini gördüm.

"Görünen o ki birilerinin Bayan Samantha'yı ziyaret etmesi gerek," dedi Arthur. Aradığı kişiyi bulmuş ve az sonra onu yakalayacağını bilen bir dedektif gibi gözleri parlıyordu.

"Evet," dedim dalgın bir şekilde. Parmaklarım yine uyuşmaya başlamıştı. Başımın bir bovling topu gibi ağırlaştığını ve boynumun bu ağırlığın altında ezildiğini hissediyordum. Neyim vardı benim böyle? Ardından kafa derimin karıncalanmaya başladığını hissettim. Ağırlık hissi tüm bedenime yayılıyordu ve başım, bedenimin üzerinde süzülen bir balon gibiydi. Arthur'un söylediklerine cevap vermem gerekiyordu. Masadaki dosyalara her zamanki hevesimle yaklaşmam gerekiyordu. Öyleyse neden yapamıyordum? Kalp atışlarımın hızlandığını fark edince sandalyemin koluna sıkıca yapıştım. Parmaklarımdaki uyuşukluk elime yayıldığından, avucumun içini neredeyse hissetmiyordum. *İşte yine oluyor.*

Kapıya göz atarak, "Arthur," dedim. "Sanırım yediğim bir şey dokundu." İnandırıcı olması için elimi karnıma bastırdım. "İznini istesem iyi olacak."

Arthur omzunu silktikten sonra dosyaları toparlayarak bana uzattı. "Pekâlâ, zaten geç oldu. Onları bu hafta sonu gözden geçirebilirsin. Özel June Andersen dokunuşu gerektirenleri işaretledim."

Zorla gülümsedim. "Tamam. Olur."

Taksi beni apartmanın önünde bıraktığında biraz olsun kontrolümü sağlamıştım. Sol serçe parmağımdaki karıncalanma hissini saymazsak, elimin uyuşukluğu geçmişti. Antredeki posta kutumu kontrol ettikten sonra asansörle yedinci kata çıktım ve anahtarı 703 numaralı dairemin kilidine yerleştirdim.

Bir an için lise üçüncü sınıftaki korkunç biyoloji öğretmenimi hatırladım. Notlarım her ne kadar iyi olsa da fen bilgisinde daima zorlanırdım. Bir sınavda kalmamın ardından beni masasına çağırmış ve "Biliyorsun, annen de benim öğrencimdi," demişti. "O da fen derslerinde iyi değildi. Eğer sıkı çalışmazsan, sen de aynı onun gibi olursun. Ömrünü bir market kasasında çalışarak geçirmek ister misin?" Yüzündeki o küçümseyici, ukala ifadeden nefret etmiştim. Gözyaşları gözlerimi yaksa da ona beni ağlarken görme zevkini tattırmamıştım. Bunu daha sonraya saklamıştım. Keşke Bay Clark beni şimdi görebilseydi, diye geçirdim içimden. Keşke kariyerimi, sahip olduğum daireyi (tamamen ipotekli olsa da tapuda benim adım yazıyordu) görebilseydi.

Evet, bir eşim, çocuklarım, köpeğim yoktu. Ama otuz beş yaşındaki kaç kişi Manhattan'dan iki yatak odalı, parke döşemeli, bir şef mutfağı ve Central Park'a tepeden bakan manzarası olan bir daire satın alabilirdi ki?

Paltomu girişteki kanepeye atıp *–al bakalım, Bay Clark–*

anahtarlarımı duvara dayalı olan cam masaya bıraktım. Dekoratör bu masa için çok ısrar etmişti ve anahtarların cam yüzeyde çıkardığı sesi her duyduğumda ondan daha çok nefret ediyordum. Ardından postalarımı gözden geçirmeye başladım. En üstteki mektupta yazan elyazısını tanıdığımda istemsizce yüzümü buruşturdum. Neden yine benimle iletişime *geçiyordu ki*? Ona söyleyecek hiçbir şeyim yoktu. Mutfağa gidip, zarfı açmaksızın çöp kovasına attım. Artık özür dilemek için çok geçti.

Kanepeye gömülüp diğer postalara göz attım: Faturalar, birkaç dergi ve Seattle'daki eski dostum Claire'den bir kartpostal. Kartı, kocası Ethan ve minik oğulları Daniel ile birlikte Disneyland'den göndermişti. "Sindrella'nın şatosundan sevgiler," diye yazıyordu. "Sana bolca neşe yolluyoruz! Öpüldün."

Bu elbette çok hoştu. Ama dürüst olmam gerekirse, mutlu arkadaşlardan gelen haberler sadece yüreğime saplanan hançerler gibiydi. Artık düğünlere gitmeyi bırakmış, bebek partilerineyse sadece hediye gönderir olmuştum. Asistanım onları benim yerime güzelce paketleyip, kurdelelerle süslüyordu. Dostlukları uzaktan sürdürmek böyle daha kolaydı. Kimse incinmiyordu, özellikle de ben. İş dışında görüştüğüm tek kişi, muhasebeci arkadaşım Peter'dı. Zeki, nazik ve yakışıklı biri olmasının yanı sıra eşcinsel olduğunu da eklemem gerekir. Ancak arayıp soran hep Peter olduğundan, arkadaşlığımızdan kendime pay çıkarmam pek mümkün değildi.

Bir iç çektim. Bir Victoria's Secret kataloğunun altında Sherman&Wills Hukuk Bürosu'na ait büyük bir zarf duruyordu. Resmi bir şey gibi görünüyordu. Resmi belgelere göz atarken hep yaptığım gibi zarfın kenarını dikkatlice yırtarak açtım. İçinde küçük bir yığın kâğıt, en üstte de zımbalanmış bir mektup vardı:

Sherman&Wills Hukuk Bürosu
567 Madison
Seattle, WA 98101

KİME: June Andersen
KONU: Ruby Crain'in Mirası

Sevgili Bayan Andersen,

Şimdiye dek büyük teyzeniz Ruby Crain'in vefat haberini aldığınızdan eminim. Size en içten başsağlığı dileklerimi iletmek isterim.

Duraklayarak elimi kalbime bastırdım. Ruby? Ölmüş müydü?

Ruby Crain'in mirasını bölüştürmekle görevli biri olarak, teyzenizin Seattle'daki çocuk kitapçısı Mavi Kuş Kitabevi de dahil tüm mirasını size bıraktığını bildirmekten mutluluk duyarım. Ekte ilgili belgeleri bulacaksınız. Lütfen işaretli olanları imzalayıp asistanım Libby'ye gönderin. Daha ayrıntılı görüşmek için Seattle'a gelmeyi düşünebilirsiniz. Kuşkusuz Bayan Crain'in vefatından önceki aylarını hasta olarak geçirdiğinden haberiniz vardır. Her ne olursa olsun, tıpkı Ruby gibi sizin de o kitabevinin sahibi olmaktan büyük mutluluk duyacağınıza hiç şüphem yok. Herhangi bir yardımım dokunacaksa lütfen aramaktan çekinmeyin.

Saygılarımla,
Avukat Jim Sherman

Mektubu sehpaya bırakarak başımı iki yana salladım. *Ruby öldü mü? Nasıl haberim olmadı?* Gözyaşları gözlerimi yakarken ansızın öfkelendiğimi hissettim. Annem neden bana hiçbir şey söylememişti? Muhtemelen yeni erkek arkadaşıyla o kadar meşguldü ki bana bundan bahsetmeyi akıl edememişti. Öte yandan asıl öfkelendiğim kişinin kendim olduğunu da fark ettim. Ruby'ye mektup yazabilirdim. Onu ziyaret edebilirdim. Ama daima çok meşguldüm. Şimdiyse çok geçti. O artık yoktu.

Gözlerimi hayretle belgelere diktim. Elbette, hiç değilse ben küçük bir kızken birbirimize oldukça yakındık. Fakat Ruby'nin annemi, hatta kız kardeşim Amy'yi bile yok sayarak beni mirasçısı seçeceğini hiç düşünmemiştim. *Amy.* Acaba bunu öğrendiğinde ne hissedecekti? Telefonu elime alıp onu arayamamak hâlâ tuhaf hissettiriyordu. Çocukluğumuzda onunla her şeyimizi paylaşmıştık (bir baba dışında her şeyi, çünkü ne Amy'ninki ne de benimki ortalardaydı). Amy'nin yüzünü, tıpkı annemizinkine benzeyen sarı saçlarını, erkekleri daima çılgına çeviren dolgun, biçimli dudaklarını ve gök mavisi gözlerini düşündüm. O olayın üzerinden beş yıl geçmesine rağmen hatırası hâlâ canımı yakıyordu. Bu yüzden olanları düşünmek yerine geçmişe, Amy ile al yanaklı küçük birer kız olduğumuz ve Yeşil Göl'de sekerek yürüdüğümüz yıllara döndüm.

Aynadaki yansımama şöyle bir göz attıktan sonra bu kez daha dikkatli baktım. Bana ne olmuştu böyle? Bunu kabullenmekten nefret etsem de, sarı saç örgüleri olan ve başını kitaplardan kaldırmayan o küçük kız, kitaplar şöyle dursun ailesi için bile vakti olmayan bir kadına dönüşmüştü. Zihnimi toparlayıp Ruby ile konuştuğum son anı hatırlamaya çalıştım.

O an Ruby'nin sesini kulağımda duyuverdim. Bir önceki yıl Noel'de aramıştı. Kitapçıda bir Noel yemeği düzenlemişti. Yemekte fırında kızarmış hindi ve bir tabak dolusu şekerli kurabiye olacaktı. Tıpkı eski günlerdeki gibi. Ben yapamamıştım ama o yine de beni aramıştı. Annem ve Amy oradaydı. Onların arka plandaki gülüşmelerini duymak beni germişti. Ruby ise bunu hissetmişti.

"Her şey yolunda mı, June?" diye sormuştu Ruby.

"Evet," diye yalan söylemiştim. "Her şey yolunda."

"New York'ta fazlasıyla meşgul olduğunu biliyorum, June," demişti. Sesindeki kırgınlığı duyabiliyordum. Hâlâ duyuyordum. "Ama gerçekten gelebileceğini umuyordum."

"Bu yıl kaçamadım, üzgünüm," demiştim Noel süslemelerinden yoksun ve ıssız daireme göz gezdirerek. Noel'i yalnız geçirecek biri için bir yılbaşı ağacı almak, boşa masraf etmek olurdu.

"Bir ara eve gelecek misin, June?" diye sormuştu Ruby. Sesi kulağa her zamankinden yaşlı geliyordu. Eskisinden daha cansız ve yer yer çatallaşan bir sesle konuşuyordu. Bu beni korkutmuştu. Geçip giden zaman beni daima korkuturdu, ama bilhassa o an daha çok korkutmuştu.

"Bilmiyorum, Ruby," demiştim dürüstçe, gözümden süzülen bir damla yaşı silerek. Doğrusu bir gün eve, Seattle'a gidebileceğimden emin değildim. Evi düşünmeyeli uzun zaman olmuştu. Oradan bir daha dönmemek üzere ayrılmıştım. "Ev, kelimelerin en güzelidir," demişti Laura Ingalls Wilder. Ancak yıllar geçtikçe bu cümlenin bana hitap etmediğini hissetmeye başlamıştım.

Hep Seattle'da yaşamış olmamıza rağmen, ben çocukken üç kişilik küçük ailemiz evden eve taşınıp durmuştu. Annem,

Amy ve ben. Annem iş bulma konusunda iyi olsa da onları elde tutma konusunda pek iyi sayılmazdı. Garsonluk yapmış, bir benzin istasyonunda gece vardiyasında çalışmış, bir sinemada bilet kontrolü yapmıştı. Ama bütün işleri kısa sürmüştü. Sık sık hasta olduğunu söyleyip işe gitmezdi, mesaisini unuturdu, geç kalırdı ya da herhangi *bir şey* olurdu. En sonunda caddenin aşağısındaki bir markette iş buldu. Patronu gerçekten iyi biri miydi yoksa annem hatalarından ders mi almıştı, bilmiyordum ama bir daha işsiz kalmadı. Yaz günleri Amy ile marketin önündeki kaldırıma oturup ay çekirdeği yerdik. Kabukları dişlerimizle açtıktan sonra altımızdaki mazgala atardık. Her beş dakikada bir marketin otomatik kapısı açılıp kapanır, içerideki klimanın buz gibi havası tenimize çarpardı. O havanın kokusunu hâlâ hatırlayabiliyordum. Olgunlaşmış muz kabuğu ve temizlik malzemesi karışımını andıran, hafif tatlı bir kokuydu.

Annem markette oldukça yoğun çalışır, izinli olduğu günlerde ise kendini ağırdan satardı. Marc, Rick ya da Mac adlarında ardı arkası kesilmeyen bir erkek arkadaş listesi vardı. Çoğu gitar çalardı ve annem kasabadaki barlarda onları dinlemek için sürekli dışarı çıkardı. Kız kardeşim ve ben banyo kapısının önünde dikilir, annemin uzun, sarı saçlarına şekil verişini seyrederdik. Saç maşasını bir uzman gibi kullanır, perçemlerine kalın bukleler verdikten sonra saçlarını mercan yeşili tarağıyla kabartırdı. Görüntüsünü bolca saç spreyiyle tamamlamasının ardından gözkapaklarına yeşil bir far, elmacık kemiklerine de pembe bir allık sürerdi. Güzel bir kadındı ve bunu biliyordu. Jean Naté marka parfümünden bir fıs sıktıktan sonra kapıdan çıkmış olurdu.

Annem gittikten sonra onun limoni, hoş kokusu saatlerce evde kalırdı. Dışarıda fırtına olduğunda ya da arka kapı rüzgârda gıcırdadığında bu tanıdık kokuyla avunurdum. Sekiz yaşında olsam da ağlamamam gerektiğini bilirdim. Küçük kardeşime göz kulak olmak benim görevimdi. Ve Amy sadece dört yaşındaydı.

Ocağa yetişmek için taburenin üzerine çıkar, güçlükle bir konserve ya da bir kutu peynirli makarna açardım. İkincisini nasıl yapacağımı bilemediğimden tahmin yürütür, makarnaları toz halindeki peynirli sosla birlikte haşlardım. Bir keresinde dolapta bulduğum büyük bir dilim çedar peynirini de onlarla birlikte tencereye attığımı hatırlıyorum. Sonuç çorba gibi, vıcık vıcık bir şey olmuştu ama yine de Amy ile onu yemiştik. Genellikle yemeğimizi büyük, kulplu bardaklara koyardım çünkü tabaklar her zaman kirli ve lavaboya yığılmış bir halde olurdu. Sonrasında Amy'nin uykusu gelene kadar televizyon izlerdik. Pijamalarını giymesine yardım edip yatağına yatırır ve ona bir hikâye okurdum. Çok fazla eşyamız yoktu, ama bize kutular dolusu kitap getiren Ruby teyze sayesinde kitabımız hiç eksik olmazdı. Yine onun sayesinde, renksiz ve kasvetli dairemizin duvarları ardındaki dünyayı öğrenirdik. Paris sokaklarında Madeline'ı takip eder, *Küçük Ev*'de Laura ve Ma ile balkabağı turtası pişirirdik. Ve her gece Amy'ye en sevdiği kitap olan *İyi Geceler Aydede*'yi okurdum.

O, benim de en sevdiğim kitaptı. Yeşil duvarları, çizgili perdeleri olan çocuk odasının yansıttığı sevgi ve sıcaklığı seviyordum. Yaşlı kadın (o bir anne miydi, büyükanne miydi yoksa Ruby gibi büyük teyze miydi?) yatağında uyuyan çocuğun yanı başında otururdu. Annemin bizi bıraktığı gibi çocuğunu yalnız bırakmazdı. Hava yavaşça kararıp yıldızlar parlarken onun yanında kalır, çocuk uyurken o da sallanan sandalyesinde örgü örerdi. Benim için bu, sevginin ta kendisiydi.

Ruby, annemizin bizi büyütme şeklinden nefret ederdi. Kaldı ki yıllarca nasıl yaşadığımızdan bile haberi yoktu. Annem ona farklı bir hikâye anlatırdı. Ruby'nin okul kıyafetlerimiz ve ihtiyaçlarımız için ona verdiği parayı da çarçur ederdi. Bugünün standartlarına göre varlıklı sayılmasa da Ruby oldukça cömertti ve biz onun tek ailesiydik. Bir keresinde annem bu parayla kendine içki ve gökkuşağının her renginden bluz almıştı. Bir akşamüstü Ruby çıkageldiğinde, evimizi darmadağın haliyle gördü. Annem yatak odasında sızıp kalmıştı. Amy ve ben televizyon izliyorduk. Ruby yaşlı gözlerle elimden tutup, Amy'yi kucağına aldı. "Haydi, kızlar," dedi. "Benimle geliyorsunuz. Böyle yaşamanıza izin vermem. Artık olmaz."

O akşam kitabevinin üst katındaki dairesinde bize ılık bir banyo yaptırdı. Annem iki gün sonra ayık ve mahcup bir şekilde çıkageldi. Birlikte alt kata indiler. Amy ile birlikte bolca bağırış çağırış duyduk. Sonrasındaysa işler farklı yürümeye başladı. Biraz. Annem eve geldiğinde artık bizimle daha fazla ilgileniyordu. Bir keresinde bizi hayvanat bahçesine bile götürmüştü. Artık kitabevinde Ruby ile de daha fazla vakit geçirir olmuştuk. Bütün hafta sonu onunla oluyor, haftada birkaç gece de onun evinde kalıyorduk. Ruby'nin dairesi tavan arası tarzında, tuğlaları görünen duvarları ve yüksek tavanı olan bir yerdi. Ruby duvarlar arasında hapsolmaktan nefret ettiğini söylerdi. Bu yüzden küçük yatağı oturma odasında dururdu. Yatak odasını ise Amy ve benim için hazırlamıştı. İkimizin de kendine ait bir yatağı, temiz çarşafları ve büyük, rahat yorganları vardı.

Eve gitmekten nefret ediyordum. Ruby ile birlikte yaşayabilmemizi diliyordum.

Ruby bize saatlerce kitap okur, yemeğimizi şöminenin yanında yedirirdi. Şimdi Mavi Kuş Kitabevi'ni düşündüğümde, içimde tuhaf bir heyecan hissediyordum. 1940'ların ortalarında Ruby, Yeşil Göl'ün yalnızca birkaç blok uzağında, Sunnyside Bulvarı'nın ilk çocuk kitapçısını açarak bir nevi öncülük etmişti.

Ayağa kalktım ve nedenini düşünmeksizin yatak odama gidip dolabımı açtım. Bir köşesinde, içinde çocukluğumdan yadigâr birkaç şeyin olduğu bir kutu duruyordu: On yaşından on iki yaşına kadar tuttuğum bir günlük, Jake Hadley'nin mezuniyet balosu gecesinde verdiği kurumuş çiçekler, annemin sadece iki sayfasını doldurma zahmetinde bulunduğu bebeklik günlüğüm ve Ruby teyzemden kalma bir yığın çocuk kitabı. Doğu Yakası'ndaki bir üniversiteye gitmek için Seattle'dan ayrıldığımda, elimde sadece bir valiz vardı. Kitaplarımın tümünü yanıma almak istiyordum. Ama ne annem onları göndermek için nakliye parası ödemeye hevesliydi ne de benim bunu yapacak param vardı. Bu yüzden içlerinden en sevdiklerimi seçip yanıma almıştım. Ve onların başında *İyi Geceler Aydede* geliyordu.

Kitabı elime alıp kutudan çıkardım. Günümüzdeki kitapçılarda satılan küçük, karton kapaklı kitaplardan değil, tam boyutlu, ciltli bir kitaptı. Sayfaları çevirmeye başladım. Amy'nin minik parmaklarıyla her sayfada saklanan fareyi gösterişini hatırlayınca kalbimin sıkıştığını hissettim. Bu en sevdiğimiz oyundu ve onu oynamaktan asla sıkılmazdık.

Yere oturup, sırtımı yatağımın kenarına yasladım. Dışarısı karanlıktı ve penceremin ardında tüm şehrin ışıklarını gölgede bırakan dolunayı görebiliyordum. İşi ya da yemek masasında onlarla ilgilenmemi gerektiren bir yığın dosyayı düşünmüyordum. Onun yerine Seattle'ı, Ruby'yi ve yıllar önce ardımda bıraktığım hayatı düşünüyordum.

Mavi Kuş Kitabevi'ni düşünüyordum.

İkinci Bölüm

"*Nereye* gidiyorum dedin?" diye sordu Arthur ertesi akşam telefonda. Ay gökyüzündeki yerini almıştı. Bense havalimanının yolunu tutmuş olan bir taksideydim. Birkaç saat içinde de Washington eyaletine doğru yol alan bir uçakta olacaktım.

"Seattle," dedim patronuma gergin bir şekilde. "Biraz... ailevi ve acil bir durum."

Söylediklerim öfkesini bir anlığına dindirmişti.

"*Biraz* mı? Biraz ailevi ve acil bir durum mu? Biri mi öldü? Çünkü biri ölmediyse bu hiç..."

"Biri öldü," dedim.

"Ah."

"Dinle," dedim, kalp atışlarımın hızlandığını hissediyordum. Yola çıkmadan önce eczaneden aldığım reçeteli hapları bulmak için çantamı karıştırdım. Ağzıma attığım mavi hapı, elimdeki şişeden aldığım bir yudum suyla birlikte yuttum. "Uzun sürmeyecek. En fazla bir hafta. Şey, halletmem gereken bazı şeyler var."

Taksi trafikte şerit değiştirerek ilerliyordu. Her yerde kornalar çalıyordu. Şehrin ışıkları yüksek gökdelenlerden aşağı göz kırpıyordu. New York'un enerjisini özleyecektim. Ama tam da şu an, bu şehrin benim enerjimi tüketip tüketmediğini merak ediyordum.

"Dosyaları Janice'e bıraktım," dedim.

"Tamam," dedi Arthur. Bankadaki on bir yılım boyunca hiç böyle davranmamıştım. Ve bu yaptığımın, benim kadar Arthur'u da şaşırttığını tahmin edebiliyordum.

"Haberleşiriz," dedim.

Arthur ben telefonu kapatmadan önce cevap veremeyecek kadar şaşkındı.

Uçak sarsıntıyla Sea-Tac Havalimanı'na iniş yaptı. Pencereden uzun yıllar önce ardımda bıraktığım şehre göz gezdirdim. Güneş ufuk çizgisinin üzerinden bakıyor, aşina olduğum gri, yağmurla ıslanmış bulutları aydınlatıyordu.

Yanımda oturan orta yaşlı, mavi bir yelek ve çorabın üzerine sandaletler giymiş olan adam, halinden hoşnut bir şekilde iç çekti. "Evde olmak güzel," dedi.

"Evet," dedim dudağımı gergin bir şekilde ısırarak. Doğrusu altı saatlik uçuşun tamamını, bu yolculuğu yaptığım için pişman olarak ve verdiğim kararı kafamda sürekli sorgulayarak geçirmiştim. Bir yanda Arthur'un becerilerimi gitgide kaybettiğimi söyleyen sesini duyuyordum. Diğer yanda ise hastanedeki adını hatırlamadığım doktor, "Yavaşla, bir tatile çık," diyordu. Ve sonra Ruby'yi hatırladım. Elimi göğsüme koyup, kalp atışlarımın sesini bastırmaya çalıştım.

"Seattle'da mı yaşıyorsunuz?" diye sordu adam, beni iç dünyamda daldığım diyaloglardan çıkararak.

"Hayır," diye yanıtladım. "Yani, öyleydim. Uzun zaman önce."

Adam anladığını belirtircesine başını salladıktan sonra önümüzdeki koltuğun altında duran çantasına uzandı. "Dünyanın en güzel şehri," diyerek derin bir iç çekti. "Hissediyor musunuz?"

"Neyi?" diye sordum şaşkın bir halde.

"Burada diğer şehirlerdeki o bunaltıcı his yok," dedi. "Sakinliği ve huzuru hissedebiliyorsunuz."

Kibarca başımı sallayarak onayladım. Uçaktan indikten sonra adamın söylediklerini neredeyse tamamen unutmuştum. Ta ki taksi beni Mavi Kuş Kitabevi'nin önünde bırakana dek. Derin bir nefes aldım. O yabancı adamın tarif ettiği huzurun ta kendisiyle dolmuştum. Belki de tansiyon ilacım nihayet etkisini göstermişti.

Dükkân tıpkı hatırladığım gibiydi. Ama aynı benim gibi onda da yaşlılık belirtileri görülüyordu. Binanın tuğla cephesinin sıvası dökülmeye başlamıştı. Büyük, beyaz çerçeveli pencerelerinin güzelce silinmeye ihtiyacı vardı. Yeşil kapısının üzerindeki tabela hâlâ gururla asılı duruyordu. Tabeladaki tanıdık yazıya göz gezdirdim:

Mavi Kuş Kitabevi
1946'dan Beri
Çocukların Yeri

Çantamdan içinde anahtarın olduğu zarfı çıkardım. Avukat onu bana kargoyla gönderme nezaketinde bulunmuştu. Telefonda konuştuğumuzda, Ruby'nin ölmeden önce aylarca hasta yattığını söylemişti. Kitabevi en az altı ay, belki de daha fazla süre kapalı kalmıştı. "Ruby onunla ilgilenemedi," demişti avukat. "Ama son ana kadar denedi."

Söyledikleri yüreğimi burkmuştu. Parmaklarımdaki karıncalanma hissi yeniden başladı.

"Bayan Andersen," demişti avukat. "İyi misiniz?"

"Evet," demiştim çabucak, oturup bir hap daha içmek için çantamı karıştırırken.

Anahtarı eski, pirinç kilide yerleştirerek çevirdim. Çektiğim kapı hafif bir gıcırtı ve çan sesi eşliğinde açıldı. O an Ruby teyzemin kapı koluna bağladığı çanları hatırladım. Onlara Noel çanları derdi. Ruby'nin sıradan şeyleri sıra dışı gösterebilmek gibi bir tarafı vardı. Gülümseyerek kapıyı ardımdan kapattım ve içeri adım atıp geçmişimin kokusunu içime çektim.

Topuklarım ahşap zeminde tıkırdarken, etrafı gözlerime dolan yaşlar yüzünden bulanık görüyordum. Ruby teyzenin dosya ve kâğıtlarla dolu masası her zamanki yerindeydi. Üst üste yığılmış kitapların üzerinde, Ruby'nin yenilemeyi reddettiği eski, siyah, çevirmeli telefon duruyordu. Çalışma masasının yanında Victoria tarzı oyuncak bebek evi yer alıyordu. Eğilerek, yere düşmüş olan minik kanepeyi elime aldım. Kız kardeşimle birlikte saatlerce burada oturup oyun oynar, kendi odalarımızın ve giysilerimizin olduğu ve bizi sürekli yalnız bırakan bir annemizin olmadığı bir dünya hayal ederdik. Oyuncak evin çatısındaki toz tabakasını üfleyip, çalışma odasındaki eşyaları her zaman hoşuma gittiği şekliyle yeniden düzenledim. Kanepeyi sağa, masayı sola koyup, yılbaşı ağacı için biraz yer ayırdım. Ruby öğütülmemiş karabiber tanelerini kırmızıya boyayarak minik süsler yapmış ve onları oyuncak ağacın dallarına yapıştırmıştı.

Ayağa kalkıp elimi kitabevinin zümrüt yeşili duvarlarında gezdirdim. Çam ağacı rengi, derdi Ruby her zaman. Boyası yer yer dökülmüş olsa da, duvarlar çerçevelenmiş sanat eserleriyle dolu olduğundan bunu fark etmek zordu. Ayın üzerinden atlayan bir inek resminin yanında, Roald Dahl'ın imzalı, siyah beyaz bir fotoğrafı asılıydı. Fotoğrafının altına, "Mavi Kuş Kitabevi'nin tüm çocuklarına, hayal kurmaktan asla vazgeçmeyin," diye yazmıştı.

Yeşil-sarı çizgili, rengi solmuş eski perdeleri açtım. Bir zamanlar dalga dalga ve gösterişliyken, şimdi tozlu, güneşten renkleri solmuş ve etekleri yırtılmış bir haldeydiler. Ruby teyzemin bana perdeler için ilham aldığı turuncu-beyaz bir sirk çadırının fotoğrafını gösterişini hatırlayarak gülümsedim.

Düğmesine bastığım kristal avize etrafı belli belirsiz aydınlattı. Belki bir, belki de on iki ampulü eksikti. Onları yenilemeyi aklımın bir köşesine not ettim.

Arka merdivenlere yönelerek Ruby'nin üst kattaki dairesine çıktım. Daire küçüktü, ama yüksek tavanı ve tuğla duvarları her nasılsa onu daha geniş gösteriyordu. Ve Ruby'nin vefatının üzerinden aylar geçmiş olduğunu bilmeme rağmen, evde sanki daha bu sabah kızarmış ekmek ve yumurta pişirmiş, sonra da Yeşil Göl'de yürüyüşe çıkmış gibi bir his hâkimdi. Tost makinesinin fişi hâlâ prizdeydi, çaydanlık küçük ocağın üzerinde hazır bekliyordu ve musluk lavaboya usulca su damlatıyordu.

Amy ile kaldığımız küçük odanın kapısından içeri göz attım. Tek kişilik iki yatak ve küçük komodin hâlâ oradaydı. Püsküllü başlığı olan eski tip, porselen gece lambası, maun sehpanın üzerinde duruyordu. Türlü hatıralarla ve bazıları boyum kadar olan, üst üste yığılı kitaplarla dolu koridordan geçerek

Ruby'nin yatağının yanına gittim. Koyu kırmızı, kadife yatak örtüsü, Ruby'nin misafir beklediği zamanlarda yaptığı gibi titizlikle örtülmüştü. Elimi yumuşak kumaşın üzerinde gezdirdim. Yıllarca her akşam saat beşte dükkânı kapatır, sonra da sekizde akşam yemeğini yiyene dek yatağında oturup kitap okurdu. Bu yüzden örtünün tam ortası eskiyip yıpranmıştı.

Tanıdık bir minderi incelerken gözlerim bir anda yaşlarla doldu. On yaşındayken o minderin üzerine pembe bir gül dikmiş ve doğum gününde onu Ruby teyzeme vermiştim. O da bunca yıl onu saklamıştı. Her sabah uyandığında ve her gece başını yastığa koyduğunda ona bakıyordu. Acaba beni düşünüyor muydu? Her ne kadar niyetim bu olmasa da, Seattle'dan ayrıldığımda geçmişimle birlikte Ruby'yi de ardımda bırakmıştım. Kalp atışlarımın hızlandığını fark ettim. Hislerimi daha fazla bastıramıyordum. "Ah, Ruby," diyerek ağlamaya başladım. Pencereden içeri sızan serin havayla birlikte ürperirken yüreğimin daraldığını hissettim. Komodinin üstünde duran küçük, maun mücevher kutusuna, kız kardeşimle benim çerçeveli fotoğrafımıza ve Ruby'nin altın zincirli, eski, oval madalyonuna göz gezdirdim. Onu boynundan hiç çıkarmadığını hatırlayabiliyordum. Kız kardeşimle ona madalyonun içinde ne sakladığını sorduğumuzda, her defasında gizemli bir şekilde gülümser ve onu kazağının içine sokarak, "Büyüdüğünüz zaman öğrenirsiniz," derdi. Ama bir kez olsun o madalyonun içine bakma fırsatımız olmamıştı.

Madalyonu alıp boynuma taktım. Ama içine bakmayacaktım. Hayır, onun içinde ne saklı olduğunu öğrenmeyi hak etmiyordum. Onu boynumda taşıyacak ve bundan böyle Ruby'nin bir hatırlatıcısı olarak saklayacaktım. Ve onun sırrını hep saklı tutacak, koruyacaktım.

Tıpkı Ruby'nin yaptığı gibi madalyonu kazağımın içine soktum. O sırada mücevher kutusunun yanında duran ve üzerinde Ruby'nin yazısıyla 'June' yazan beyaz bir zarfı fark ettim. Yatağa oturarak zarfı açtım.

Sevgili June,

Sen bunu okuduğunda ben buralarda olmayacağım. Sonumun gitgide yaklaştığını biliyorum. Bu yüzden burayı senin için hazırladım. Beni bakımevine götürüyorlar. Tanrım, bir bakımevinde yatıyor olacağım. Hayal edebiliyor musun?

Okumayı bırakıp gözümden süzülen yaşı sildim. Kelimeleri okurken kulağımda Ruby'nin neşeli sesini duyuyordum.

Ama bana söylediklerine göre artık zamanı gelmiş. Bu yüzden yatağa temiz çarşaflar serip, mutfağı düzenledim. Etraf bu kadar dağınık olduğu için üzgünüm. Bugünlerde bir şeyleri atmak benim için zor olduğundan her şeyi saklamaya meyilliyim. Burada kalacak olman bana gurur verir. Kendini evindeymiş gibi hisset. Tüm kalbimle öyle olacağını umuyorum. Çünkü burası artık senin evin, June.

Mavi Kuş Kitabevi'ni başından beri sana bırakacaktım. Biliyorsun, hayatım, seninle hayata dair aynı hisleri paylaşıyoruz. Bunu sen daha küçücük bir çocukken biliyordum. Kız kardeşin saatlerini oyuncakların başında geçirir, sense pencere önüne oturur, gözlerini fal taşı gibi açarak kucağındaki kitabı okurdun. Tıpkı benim gibi sen de kitapları severdin. Umarım edebiyat sevgini, merak ve keşfetme arzunu hiç kaybetmemişsindir.

Seattle'ı terk edişin benim için hiç kolay olmadı. Ama neden gitmek zorunda olduğunu anlayabiliyordum. Kanatlarını açıp uçman gerekiyordu. Ve sen de öyle yaptın. Sadece arada bir eve de uçmanı dilerdim. Seni çok özledim.

Mavi Kuş Kitabevi'ni seveceğinden ve onunla en az benim kadar ilgileneceğinden şüphem yok. Bu kolay olmayacak. Artık çocuklar benim zamanımdaki kadar kitap okumuyorlar. Ve itiraf etmeliyim ki kitap sevgisinin gitgide ölmekte olduğundan endişe ediyorum. Günümüzde çocuk edebiyatı acil bir durumla karşı karşıya. Daimi müşterilerimin çoğu, medyanın ışıltısına ve internet denen şu şeyin cazibesine kapılmış durumda. Bundan iki yıl önce, Stuart adında küçük bir çocuk ve annesi Genie sık sık dükkâna uğrarlardı. Stuart ona okuduğum hikâyeleri, hayal gücüyle dolu gözlerini iri iri açarak dinlerdi. Ama son zamanlarda o kadar sık gelmez olmuşlardı. Geçtiğimiz yaz annesi onu getirdiğinde ise çocuğun gözlerindeki kıvılcımın sönmüş olduğunu görebiliyordum. Annesi o günlerde oğlunun ilgilendiği tek şeyin filmler ve bilgisayar oyunları olduğundan yakındı. Sonuç olarak, edebiyat ona bir zamanlar olduğu gibi hitap etmiyordu.

Ben elimden gelen ve bildiğim her şeyi yaptım. Ve artık sana bırakıyorum. Bu gelecek neslin çözmesi gereken bir problem. Masalsız bir çocukluğa çocukluk mu denir? Peki, kitabevleri olmadan çocuklar masalları nasıl sevebilir? Bir bilgisayar insana bunları veremez.

Mavi Kuş Kitabevi'ni ayakta tutmanın zorlu bir iş olacağını biliyorum. Ama sana olan güvenim tam, June. Burayı biri kurtarabilecekse, o sensin.

İşte bu yüzden bu kıymetli yeri tüm sırlarıyla birlikte

sana bırakıyorum. Ve içinde onları keşfetmeni bekleyen pek çok sır var.

Beatrix Potter'ın söylediği gibi, "Hangi cennet, bilgi ve sağduyuyla dengelenmiş bir çocukluğun dünyasını korumaktan daha hakiki olabilir?"

Ve burada bulacağın şey de bu, benim güzel çocuğum.

Sonsuz sevgilerimle,
Seni çok seven Ruby teyzen.

Mektubu göğsüme bastırarak bir iç çektim. *Benden kitabevini işletmemi istiyor.* Başımı iki yana salladım. *Ama nasıl? Ben New York'ta yaşıyorum. Bir işim var. Seattle'da kalamam. Bunu yapamam.*

O an Ruby'nin sesini duyar gibi oldum: *Evet, yapabilirsin, hayatım.*

Ve bir an için ona inandım.

Üçüncü Bölüm

Ertesi sabah beşte Ruby'nin yatağında uyandım. New York'a göre saat sekizdi ve bu kadar çok uyuduğum için kendime kızmıştım. Normal koşullarda saatler önce kalkmış olurdum. Şimdiye dek çoktan on kilometre koşmuş, duşumu almış ve masama oturmuş olur, bir elim telefondayken, diğeriyle de e-postalarım arasında gezinirdim.

Annemin geç saatlere kadar uyuduğunu hatırlayarak çabucak yataktan kalktım. Geç diyerek öğleden sonrasını kastediyordum. Kız kardeşim ve ben onu zar zor uyandırabilirdik. Birlikte yanına uzanır, sırf nefes aldığından emin olmak için göğsünün şişip inmesini izlerdik. Saçları bir gece önceki parti yüzünden daima kabarık ve darmadağın olur, kendisi de sigara ve alkol kokardı. Bazen yatağında bir de erkek olurdu. Amy ve ben bundan hiç hoşlanmazdık. Bir keresinde adamın birine kalıcı bir kalemle bıyık çizmiştik. Ama öylesine akşamdan kalmaydı ki, iki saat sonra uyanıp sendeleyerek evden çıkarken bunu fark etmemişti bile. Onu bir daha hiç görmemiştik. Sık sık bir camda kendi yansımasını gördüğünü ve bıyığını silmeye çalıştığını hayal ederdim. Bu hâlâ beni güldürüyordu.

Davranışları yüzünden annemi suçlamak zordu. Kendi annesi, yani Ruby teyzenin görüşmediği ablası, annem daha on üç yaşındayken ölmüştü. O zamanlar Ruby, ablası Lucille yasakladığı için henüz yeğenleriyle tanışmamıştı bile. Belli ki ailelerinin sadece bir kızlarını okutabilecek imkâna sahip olması ve bunun için Ruby'yi seçmeleri, iki kardeş arasında uzun süreli bir dargınlık başlatmıştı.

Lucille'in ani ölümü ve duygudan yoksun babalarının geç saatlere kadar çalışması yüzünden, küçük kardeşlerinin bakımı anneme kalmıştı. Bir keresinde onları duymadığımı sanan Ruby teyzemle annemin konuşmalarına kulak misafiri olduğumu hatırlıyordum. "Janet," demişti Ruby, anneme. "Küçük yaşta annelik yapmak zorunda kaldığın için anne olmak istememeni anlayışla karşılıyorum. Ama sana muhtaç olan ve seni çok seven iki kızın var. Onlar için biraz çaba sarf edemez misin?"

Ruby'nin kız kardeşi Lucille ile arasındaki ilişkiyi hep merak etmiştim. İki kız kardeş arasında buz gibi bir duvar olması düşüncesi bana çok üzücü geliyordu. Ve şimdi de aynısı... benim başıma gelmişti. Ürpererek kendimi başka şeyler düşünmeye zorladım.

Duvardaki saat gürültüyle çalışırken, çabucak üzerimi değiştirdim. Koşu taytımla birlikte uzun kollu bir tişört giydim. Güneş daha yeni doğuyordu ve pencereden Yeşil Göl üzerinde yükselen sisi görebiliyordum. Dükkândaki işlere başlamadan önce biraz koşmak için hâlâ vakit vardı.

Spor ayakkabılarımı bağlayarak alt kattaki dükkâna indim. Radyatörün çıkardığı ıslığa benzer sesleri duyduğumda, soğuk kış akşamlarında ellerimi onun üzerinde ısıttığımı hatırlayıp gülümsedim.

Kapıyı açıp, çınlayan çanlar eşliğinde sokağa adım attım. Martılar gökyüzünde çığlık atıyor, yakınlardaki binaların çatılarından dumanlar yükseliyordu. Sokağın karşısındaki oyuncak dükkânının sahibi daha yeni geliyordu. Bir elinde büyük bir çanta, diğerindeyse bir kutu vardı. Kibarca gülümsedim, fakat suratını asıp bana arkasını döndü ve karanlık dükkânına girerek gözden kayboldu. *Çok tuhaf. Belki de beni hatırlamamıştır.* Ruby arada bir sokağın karşısına geçip oyuncakçıyı ziyaret etmemize izin verirdi. Amy oyuncaklara benden çok daha düşkündü. Ama onlara ilgi duymasam da Amy'nin Barbie reyonuna bakarken ne kadar mutlu olduğunu görmek hoşuma giderdi.

Az önceki karşılaşmaya kafa yormamaya çalışarak sağ bacağımı esnetmeye başladım. Cadde zamanın değişimine pek uğramamış gibi görünüyordu. Hırdavat dükkânı ve ilk müşterilerinin kahvelerini yudumlamaya başladıkları kafe hâlâ yerindeydi. Tabii oyuncak dükkânı da öyle. Amy ile birlikte Ruby'nin bize verdiği bozuk paralarla çıkartmalar aldığımız kırtasiye aynı köşedeydi. Fakat Mavi Kuş Kitabevi'nin hemen yanındaki İtalyan restoranı yeniydi.

Üzerinde "Antonio's" yazan yeşil tenteye göz gezdirdim. Pencereden içerideki küçük masalara, kareli masa örtülerine ve içinde mumlar olan şarap şişelerine baktım. Mutfakta kavrulan sarımsağın kokusunu alabiliyordum.

Güneş, Seattle'da her zaman olduğu gibi ağır ağır yükseliyordu. Sanki güneş sistemi de dahil tüm şehir kendini uyku moduna almış gibiydi. Nefesimle ellerimi ısıttıktan sonra koşmaya başladım. Göle giden bir ara sokağa saptım. İnsanların, bisikletlerin, köpeklerin, çocukların, canlılığın ve hareketliliğin olduğunu hatırladığım yerde yalnızca sessizlik hâkimdi. Dört buçuk kilometrelik patikada benimle birlikte sadece birkaç koşucu ve bisikletli vardı.

Bir turu bitirip diğerine başladım. Nemli mayıs havasını solumak iyi hissettirmişti. Toprağın her yerinden çiçekler –nergisler, laleler, tanımadığım ya da daha önce fark etmediğim bitkiler– fışkırıyordu. Bir kızıl gerdan kuşu, gagasıyla banklardan birinin üzerindeki ince bir dalı aldı. Kız kardeşimle gölün yakınlarında keşfettiğimiz kuş yuvasını hatırlayarak gülümsedim. Annem bir adamın arabasıyla gelip arka koltuğa geçmemiz için bize el sallayıncaya kadar, içinde dört mavi yumurtanın olduğu minik yuvanın başında beklemiştik. Onlar için en iyisini dileyerek, yuvayı bir ağaç dalına yerleştirmiştim. Kuşların hayatta kalıp kalmadığını ise hiç öğrenememiştik. Amy ile iki hafta sonra onları kontrol etmeye gittiğimizde, orada olmadıklarını görmüştük.

Göl etrafındaki ikinci turumdan sonra bir iskelenin önündeki banka oturup Amy'yi düşünmeye başladım. Beş yıldır konuşmamıştık. Ama bunun sebebi ona söyleyecek hiçbir şeyimin olmaması değildi. Şimdi bile onu düşünürken hissettiğim acıdan hoşlanmıyordum.

Karşımdaki göle göz gezdirdim. Bir adam kanosundan iniyordu. Kanoyu iskeleye bağladıktan sonra üzerini siyah bir örtüyle örttü. Bana doğru gülümsediğinde, hemen bakışlarımı kaçırdım. Ardından ayağa kalkıp caddeye çıkan patikaya yöneldim. Çene çalacak havamda değildim. Fakat arkamdan gelen ayak seslerini duyabiliyordum. İkimiz de yaya geçidinde durduğumuzda, bana tekrar gülümsedi.

"Güzel bir gün," dedi adam. Uzun boyluydu ve sabah güneşiyle birlikte hafif dalgalı görünen koyu renk saçları vardı. Şakaklarındaki terin pırıltısını görebiliyordum. Üzerinde ise

Seattle erkeklerinin alışılmış kıyafeti vardı; kırışık bir gömlek ve uçları yıpranmış, bej rengi, diz altı bir şort.

"Evet," dedim kısa ve sert bir şekilde. Seattle'daki erkeklerin küstah mı yoksa sadece arkadaş canlısı mı olduklarını hatırlamaya çalışıyordum. İkimiz de yolun karşısına geçip, Sunnyside Bulvarı'na giden caddeye yöneldiğimizde ise sırıttı. "Aynı yere gidiyor olmalıyız," dedi köşedeki Joe'nun Kafesi'ni işaret ederek.

"Galiba öyle," dedim biraz tedbirli bir şekilde.

Adamın benim için açtığı kapıdan içeri girerek, kahve ve süt kokusunu içime çektim.

Bir Americano siparişi verdiğimde, o da aynısından sipariş etti.

"Ee," dedi adam, ben fincanıma bolca kahve kreması dökerken. "Seni daha önce gölün etrafında görmemiştim."

Başımı iki yana salladım. "Buralı değilim. Ben sadece... ziyarete geldim."

"Ya," diyerek elini uzattı. "Öyleyse hoş geldin. Ben, Gavin."

"June," dedim uzattığı elini sıkarak. Eli sıcak ve güçlüydü. Ve her nedense onu gerektiğinden daha uzun tuttuğumu fark ederek şaşırdım.

"Pekâlâ," diyerek kapıya göz attım. "Tanıştığımıza memnun oldum."

"Bekle," dedi Gavin bana yetişerek. "Sana... gideceğin yere kadar eşlik etmeme izin ver."

Gülümseyerek omzumu silktim. "Pek uzağa gitmiyorum." Kitabevini işaret ettim. "Teyzem kısa zaman önce vefat etti ve burayı bana bıraktı."

Gavin'ın gözleri hayretle açılıverdi. "Mavi Kuş Kitabevi mi?"

Olumlu anlamda başımı salladım.

"Şey... Ruby'nin öldüğünden haberim yoktu. En son bir bakımevinde olduğunu duymuştum. Ben... çok üzüldüm."

"Teşekkürler," dedim.

"Pekâlâ," diye devam etti Gavin, "kitabevini sana bıraktığına göre, seni bir hayli takdir ediyor olmalı. Burası neredeyse elli yıldır açıktı, değil mi?"

"Daha fazla," dedim. "Aslına bakarsak bu sonbahar altmış beşinci yıldönümü olacak." Her şey plana uygun giderse, o zamana kadar kitabevini boşaltıp satmış olacağımı biliyordum. Bunu düşünmekten nefret ediyordum ama bugünlerde maddi açıdan mantıklı olacak tek şey, onu bir müteahhide satmaktı. Onu sekiz daireli bir rezidansa dönüştürebilirlerdi. Tabii bunu Gavin'a söylemedim. Şimdilik kimseye söylemeyecektim. Fakat ben gerçekçi biriydim ve kitabevini işletemeyeceğimi biliyordum. Verdiğim karara odaklanmalıydım. Ruby teyzemin mektubunu düşünemezdim. Bu meseleye de tıpkı işyerindeki ufak işler gibi yaklaşacaktım: Gir ve çık.

"Ben de yandaki İtalyan restoranının sahibiyim," dedi Gavin. "Antonio's."

"Ya, vay canına!"

"Kitabevi için bir yıldönümü partisi düzenleyebiliriz. Yani, eğer istersen."

Kibarca gülümsedim. İş peşinde mi koşuyor yoksa sadece nazik mi davranıyor, emin değildim. "İtalyan yemeklerini severim," dedim gergin bir şekilde. "Ama bundan pek emin değilim... Bak, öncesinde yapılması gereken pek çok iş var ve..."

"Tamam," dedi Gavin kahvesinden bir yudum alarak, "bir şeye ihtiyacın olursa beni nerede bulacağını biliyorsun."

"Teşekkürler," diyerek kitabevine yöneldim.

Kapıyı ardımdan kapattıktan sonra pencere kenarındaki

gri koltuklardan birine oturdum ve küçük bir kızken yaptığım gibi dizlerimi göğsüme çektim. Sıra sıra kitap raflarına göz gezdirirken, gözümün önünde çocukluğuma ait bir görüntü beliriverdi.

Ruby teyze hemen şuracıkta oturuyordu. Omuz hizasında kesilmiş gri saçları ve burnunun üzerindeki koyu çerçeveli gözlüğüyle, güzel bir kadındı. Amy'nin ilgisini bir kitaba çekmeye çalışsa da pek başarılı olamıyordu. Amy dört, belki de beş yaşındaydı. Hâlâ tombul yanakları ve iki yanından örülmüş saçları vardı. Bir elbise ve sağ dizi yırtık, beyaz bir külotlu çorap giymişti. Elinde ise sarı, yün ipliğinden saçları, kirli elleri ve yanağında çamur izi olan bir lahana bebek vardı. Ruby, *Vahşi Şeyler Ülkesi'nde* adlı kitabı açmıştı. Bunu komik bulmuştum çünkü Amy tam anlamıyla vahşi bir şeydi. Huysuzdu, bağırıp çağırıyor ve öfke nöbetleri geçiriyordu. Sanırım annem ondan korkardı. Çünkü Amy ne zaman ağlasa, annem sanki dünyası yerle bir olmuş gibi görünürdü.

Amy kitabı bir kenara itti. Ruby onun ilgisini bir kez daha çekmeye çalışarak, annesi tarafından akşam yemeği verilmeden yatağına yollanan küçük çocuğun hikâyesini okumaya devam etti. Bir önceki gece biz de yemek yemediğimizden, Amy'nin bunu anlaması gerekirdi. Annem o sabah işe giderken bizi kitabevine bıraktığında neredeyse açlıktan ölmek üzereydik. Ruby'nin bize yedirdiği fıstık ezmeli ve marmelatlı sandviçler, o ana dek yediğimiz en lezzetli şeyler gibiydi.

"Ben seninle okurum," demiştim Ruby'ye, Amy kaçıp oyuncak bebek evine koştuktan sonra. Ruby'nin yanına sokulup, özür dilercesine gülümsedim. "Amy kitaplardan pek hoşlanmıyor."

Ruby yüzünde ciddi bir ifadeyle kitabı yeniden açtı. "Zamanla sevecektir," dedi. "Sevmek zorunda. Kitapsız bir hayatın amacı nedir ki?"

O zamanlar Ruby'nin ne demek istediğini pek anlamamıştım. Ama şimdi anlıyordum ve okuduğum son kitabı hatırlayamadığım için yüreğimin ezildiğini hissediyordum. En son ne zaman hayal dünyama dalıp, bir zamanlar yapmayı sevdiğim gibi kaybolduğumu hatırlamıyordum. Ruby bunu bilseydi dehşete kapılırdı.

Ruby'nin bana bıraktığı mektubu düşündüm. Sırlardan bahsetmişti. *İşte bu yüzden bu kıymetli yeri tüm sırlarıyla birlikte sana bırakıyorum. Ve içinde onları keşfetmeni bekleyen pek çok sır var.*

Ruby'nin keşfetmemi istediği sırlar neydi? Ve neden?

Ruby hayatı ve şahsi düşünceleriyle ilgili pek az şeyi gözler önüne sererdi. Bildiğim kadarıyla hiç âşık olmamıştı. Ve sevenlerinin çok olmasına rağmen, birçoğuna mesafeli davranırdı. Etrafa göz gezdirdiğim sırada avizedeki ampullerden biri daha titreyerek patladı.

"Ruby, benden ne bulmamı istiyorsun?" dedim loşça aydınlanan odaya.

O an, Ruby'nin mektubunda Beatrix Potter'a yaptığı göndermeyi hatırladım. Potter'ın kitaplarının bulunduğu bir rafa gelene dek rafların arasında dolaştım. *Tavşan Peter'ın Hikâyesi* adlı kitabın eski bir baskısını elime aldığımda, kucağıma sararmış bir zarf düştü. Ruby'ye gönderilmişti. Ve gönderenin adresinde, "M.W.B.; 69 Bank Caddesi, New York, NY," yazıyordu.

Dördüncü Bölüm

Zarfın içindeki mektupları çıkarıp, elyazısına dikkatle göz gezdirdim:

1 Şubat 1946

Sevgili Ruby,

Seni özledim. Bahar geliyor, neredeyse tadını alabiliyorum. Soğuk topraktan fışkırmaya başlayan çiğdemleriyle Seattle şimdi çok güzel olmalı. Dün East Village'ta bir avuç çiğdeme rastladım ve biraz ezilmiş olmalarına rağmen onları toplayıp, penceremin önündeki hoş bir vazoya yerleştirdim. Akşama kadar soldular. Hep öyle kalmamaları ne kötü. Öte yandan, hayattaki en güzel şeyler asla oldukları gibi kalmıyor.

Bunca yıldır arkadaş kaldığımız için çok mutluyum. Sanırım arkadaş olmamız tam anlamıyla bir tesadüftü. Sen yaratıcı yazma dersi sınıfımdaki en gözde öğrencimdin. Tanrım, Dana Hall Okulu'ndaki o ihtiyar öğretmenler fazla eski kafalı değiller miydi? Onlara hiç uyum sağlayamamıştım. Beni öğretmenliği denemeyi düşünmeye iten şey neydi, bilmiyorum. Herhalde annemdi. Yaptığım her şey, annemin bana söylediği bir şeyin sonucuydu. Şayet seninle tanışmasaydım, sanırım o yıl sıkıntıdan ölmüş olurdum.

Hatırlıyor musun? Dana Hall'daki o yılı atlatırsak (ikimizin de kendi eziyeti vardı: Senin derslerin ve ev özlemin, benimse kendimi bir yetişkin ve profesyonel olarak kabul ettirme çabam), bir gemiye atlayıp Madagaskar gibi egzotik bir yerlere gideceğimize ant içmiştik. Madagaskar'a gemiyle gidebilen biri var mıdır? Galiba ihtiyacım olan şey tam da bu. Sanırım biraz manzara değişikliğine, bana ilham verecek bir şeylere ihtiyacım var. Korkarım New York bana oldukça sıradan gelmeye başladı. Burada herkes çok ciddi.

Evet, bir seyahate ihtiyacım var. Madagaskar olmazsa, belki de Seattle olur? Tanrım, yıllardır seni ziyaret etmekten bahsedip duruyorum. Belki bu yaz edebilirim, ne dersin?

Bana öz kız kardeşimin hiç olmayacağı kadar yakınsın. Roberta ve ben çocukken ne kadar yakın olsak da zamanla aramızdaki uçurum genişledi. O kendine evlilik, çocuklar ve ev işlerinden oluşan farklı bir hayat seçti. Ve bu hayatıyla bana gösteriş yaptığını söyleyemesem bile, aynı yolu seçmemiş olmamın onu hayal kırıklığına uğrattığına inanıyorum. Aramızdaki ilişki yapmacık ve zoraki bir şekle bürünüverdi. Artık aynı şeylere gülmüyoruz. Peki, sana en büyük korkumu itiraf edeyim mi? Onun gitgide anneme dönüşmesinden endişe ediyorum.

Anlatsana, kız kardeşinle iyi geçiniyor musunuz? Önceki mektuplarında ondan pek bahsetmemiştin. Bu arada kardeşliğimizin yararına, Roberta'yı önümüzdeki hafta öğle yemeğine davet ettim. Nasıl gittiğini sana anlatırım. Alkole hoş bakmadığı için o gelmeden önce likör şişelerimi dolaba saklamak zorunda kalacağım.

Şimdi diğer konuya geçiyorum. Dürüst olacak ve bütün yazarların nefret ettiği o berbat durumu itiraf edeceğim: Çıkmaza girdim. Olabilecek en kötü şekilde çıkmazdayım. Nereye dönsem, yeni bir fikir arayışındayım. Onu gün gibi açık gördüğümü sandığım an, tıpkı yaramaz bir tavşan gibi ortadan kayboluveriyor. Ve kovaladığım zaman bir türlü yakalanmıyor. Sinsi, kurnaz ve beni daima muhtaç bırakıyor.

Kariyerimin tuhaf bir yerinde gibiyim. Bir ün (ya da öyle bir şey denebilir) kazandım. Düzinelerce çocuk kitabı yayımladım, bir o kadarı da yolda. Dolayısıyla kendimi başarılı hissetmemi bekliyorsun, değil mi? Ama hayır, hissetmiyorum. En iyi işimi henüz yapmadığıma inanmak istiyorum, ama (problem şu ki) öyle bir iş çıkarıp çıkarmayacağımı bilmiyorum. Ya olmazsa?

Seni yazarlık sorunlarımla sıkmak istemiyorum. Sadece bunları birine anlatabiliyor olmanın tadını çıkarıyorum.

Geçen hafta annemden maddi durumumu soran bir mektup aldım. Sanırım son telif hakkı ücretimi nasıl harcadığımı duymuş. İtiraf etmeliyim ki East Village'taki bir araba dolusu çiçeği satın almak, şimdiye dek verdiğim en akıllıca karar değildi. Ama Tanrım, o çiçekler cumartesi gecesi dairemde verdiğim parti için muhteşem bir dekor oluşturdular. Ah, Ruby, bir görmeliydin: Halıları beyaz zambak ve pembe gül yapraklarıyla donattım. Ardından her yere orkideler serpiştirdim. Lavabolardan biri ağzına kadar güllerle doluydu. Hayal etsene!

Diyeceğim o ki, dünyaya sadece bir kez geliyorsun.

Yeni bir erkek arkadaşım var. İyi biri. Zengin, ayrıca smokininin içinde gayet hoş görünüyor. Ama dürüst olacağım: Ona çok düşkün değilim. Ben onun koluna yakışıyorum, o da benimkine, fakat sanırım hepsi bu.

Anthony nasıl? Eğer günün birinde yapmayı umduğum gibi bir roman yazarsam bu ikinizden esinlenmiş bir hikâye olacak. Aynı anda hem trajik hem de çok güzel bir hikâye. Lütfen beni son gelişmelerden haberdar et, her detayı istiyorum. Onları akşam yemeğimle birlikte bir solukta okuyacak ve her kelimenin tadını çıkaracağım.

Sevgilerimle,
Brownie

Son kelimeyi okurken başımın döndüğünü hissettim. Brownie. M.W.B. Hemen üst kata koşarak, dizüstü bilgisayarımı çantasından çıkardım. Kablosuz bağlantılara göz attığımda, "Antonio's Restoran"a ait zayıf bir sinyalin var olduğunu gördüm ve onu kullanmamın, bu sabah tanıştığım Gavin için sorun olmayacağını düşündüm. Şifresiz olduğundan çabucak Google'a bağlanabildim. Mektubu elimden bırakmaksızın, arama motoruna önce "M.W.B.," sonra "Brownie," ardından da "69 Bank Caddesi," yazdım. Ekrandaki sonucu gördüğümde ise şaşkınlıkla nefesimi tuttum. Görünen o ki Ruby teyzem, *İyi Geceler Aydede*, *Firari Tavşan* ve bunun gibi en az yüz hikâyeyi kaleme almış, artık hayatta olmayan efsanevi çocuk kitabı yazarı Margaret Wise Brown'ın arkadaşıydı. Ruby bundan hiç söz etmemişti... Ama neden? Ve mektubunda Beatrix Potter'ın altını çizmesinin sebebi neydi? Beni ipuçlarını toplayarak çözeceğim bir bulmacaya yönlendirmek mi?

Ruby'nin her yıl kız kardeşim ve benim için hazırladığı Paskalya yumurtası avını hatırlayarak hızlıca düşünmeye başladım. Yumurtaları dükkândaki kitapların arkasına ve rafların altına saklar, her birinin içine bizi bir sonrakine yönlendiren bir ipucu koyardı.

Evet, Ruby'nin bana bu mektubu ve belki daha fazlasını bırakmasının önemli bir sebebi vardı. *Tavşan Peter*'ı tekrar rafa koymak için alt kata indiğimde, sayfalarının arasında bir kabarıklık olduğunu fark ettim. Kitabı yeniden açınca, içinde gözden kaçırdığım ikinci bir mektup olduğunu gördüm. Bu seferki Ruby'den Margaret'a yazılmıştı:

8 Şubat 1946

Sevgili Margaret,

Mektubunun beni ne kadar sevindirdiğini anlatamam. Bazen bulunduğu yere ait olmadığını hisseden tek kişi olmadığımı öğrenmek, senin de benim gibi hayatla mücadele ettiğini bilmek, seni çok daha fazla sevmeme neden oldu. Eğer arkadaşlar arasında kendimiz gibi olmazsak, kendimizi nasıl tanıyabiliriz ki?

Ah, evet, kız kardeşler... Seninle sandığımızdan çok daha fazla ortak noktamız var. Kardeşim Lucille ile ilişkimize en iyi tabirle soğuk diyebiliriz. Ailemizin sadece birimizin üniversite eğitimini karşılayabilecek imkânı vardı ve beni seçtiler. Kendimi bildim bileli bir kitap kurduydum. Lucille ise saatlerini oyuncak bebek evinin başında geçirirdi. Anne ve babam için seçim zor olmadı: Ruby'yi okula gönder, Lucille'i evde tut. Lucille onları affedip huzur içinde yatmalarını sağladı, ama beni asla affetmedi. Her karşılaşmamızda, gözlerinde beni reddeden o bakışı görebiliyorum.

Tıpkı senin kız kardeşin gibi benimki de aile hayatını seçti. Evli ve harika bir ailesi var. O hayatından mutluluk duydukça, ben de onun adına mutlu oluyorum. Sadece ben ve seçtiğim hayat adına da mutlu olabilmesini dilerdim. Onu asla memnun edemeyecekmiş gibi hissediyorum. Geçen hafta beni ziyaret etti ve kahvem, çayım ya da yiyecek herhangi bir şeyim olmadığını gördüğünde az kalsın bayılıyordu. Çoğu zaman akşam yemeği için işten eve dönerken bir sandviç alır ve tramvayda yerim. Lucille yaşam şartlarımın 'ilkel' olduğunu söyledi. İlkel!

Madem Anthony'yi sordun, anlatayım. O iyi, daha doğrusu harikulade biri. Elliott Bulvarı Kitapçısı'nda tanıştığımız günden beri iki ay geçmiş olmasına inanamıyorum. Son mektubumda tanışmamızdan kısaca bahsettiğimi biliyorum ama şimdi daha fazlasını anlatacağım. Ayrıca bu konu hakkında yazmak bana büyük heyecan veriyor.

Anthony kızı May ile birlikte içeri girdiğinde, vaktimin çoğunu koleksiyonla meşgul olarak geçirdiğim çocuk kitapları bölümündeydim (o koleksiyonun her zaman daha da genişletilebileceğini düşünmüşümdür, ama bu başka mektubun konusu). Önce küçük kızı gördüm. Süslü, pembe, yün bir palto ve rugan ayakkabılar giymişti. Koyu renk, yumuşak bukleleri vardı. Ardından gözlerim Anthony'nin gözleriyle buluştu.

Bunu nasıl açıklayacağımı bilemiyorum, Brownie ama göz göze geldiğimiz an sanki dünya durmuş gibiydi. Kızı konuşunca, dünya kaldığı yerden dönmeye başladı.

"Minik Köpek var mı?" diye sordu kız. Konuşma şeklinden kendisine hizmet edilmesine ve ilgilenilmesine alışkın olduğunu anlayabiliyordum.

"Evet," diyerek, onu az önce yeni kitapları yerleştirdiğim rafa götürdüm. Kitaplardan birini kızın eldivenli ellerine tutuşturdum. "Buyur bakalım."

"Baba," dedi kız adama dönerek, "sen alışverişi bitirirken ben gidip bunu okuyacağım."

Adam, "Tamam, May," dedikten sonra bana baktı.

Ve böylece iki yabancı, etrafımız çocuk kitaplarıyla çevrili ve nereden başlayacağımızı bilemez bir halde kalakaldık.

İkimiz de aynı anda konuşmaya başladık.

"Ben, Anthony Magnuson," dedi.

"Ben, Ruby Crain."

Adını duyar duymaz onu tanımıştım. Seattle'daki herkes Magnuson Ailesi'ni tanırdı. Politikacılar, işadamları ve benzeri sınıflardan oluşan varlıklı bir aileydiler. Fakat Anthony bu kalıba uymuyordu. Ona bir kez bakmam, benzer karakterlerde olduğumuzu anlamama yetmişti. May dönene dek pek çok konudan, en çok da kitaplar hakkında (okumayı seviyordu) konuştuk.

Ve hepsi buydu. Yollarımız ayrıldıktan sonrasını elbette tahmin edersin. Onu etrafa soruşturduğumda, sosyetik isimlerden biri olan Victoria Gerhardt Magnuson ile evli olduğunu öğrendim. Öğrendiğim kaynaklara göre kadının parasının haddi hesabı yoktu ve Magnuson Ailesi'ni resmen iflastan kurtarmıştı. Anthony'nin onunla evlenme sebebinin bu olduğuna inanıyorum. Duyduğum kadarıyla birliktelikleri neredeyse özenle yapılmış bir iş anlaşmasından ibaretti.

Bir keresinde kitapçıda çalışan bir kız, Victoria'ya bir teslimat götürmek için evlerine gitmişti. Kadının buz gibi soğuk olduğunu, kendisine bir teşekkür bile etmediğini söylemişti. Bana sorarsan Anthony ve Victoria, kedi ile köpek kadar uyumsuz bir çift. Victoria sert ve katı, Anthony ise nazik ve yumuşak biri. Korkarım o kadınla son derece mutsuz. Ama ben kimim ki onların ilişkisine burnumu sokuyorum? Sonuçta ortada bir evlilik yemini var.

Yine de Anthony kitapçıya her geldiğinde yüzüm sevinçle aydınlanıyor. Kapı her açıldığında kafamı kaldırıp baktığımı itiraf etmek beni çok utandırıyor. Her seferinde, günün her saati onun geldiğini umarak kapıya bakıyorum. Mümkün olduğunca sık, bazen May ile birlikte, bazen de yalnız geliyor. Dürüst olmam gerekirse en çok iş günleri ansızın ve tek başına uğradığı zamanları seviyorum (bir imalat şirketi var ve ofisi kitapçıya iki blok uzaklıkta). Küçük kız düpedüz annesinin huyunu almış ve babasına emirler yağdırmaktan başka bir şey yapmıyor. "Baba, bunu istiyorum," "baba, şu lazım." Yine de ona acıyorum. Onca servete rağmen son derece mutsuz bir çocuk olduğu belli. Onunla yakınlaşırsam, ona annesinin vermediği ilgi ve sevgiyi gösterirsem, belki de böyle davranmaktan vazgeçeceğini düşünmeden edemiyorum.

Ah, Margaret, şartların farklı olmasını ne de çok isterdim. Hayatım boyunca Anthony gibi biriyle karşılaşacağımı sanmıyorum. Kitabevindeki kısa rastlantılarımızda bile sanki onu gerçekten tanıyor gibi hissediyorum.

Ama tabii ki ortada konuşulmayan bir gerçek var: Victoria ile olan hayatı. Merakımı inkâr edemem. Sana bir şey itiraf edeceğim: Salı gecesi paltomu giyip, tramvayla Anthony'yi Queen Anne Hill'deki evine kadar takip ettim. Evinin ne kadar gösterişli olduğuna inanamazsın. Saçaklarındaki altın rengi detaylarla ve araba yolu üzerindeki antik Yunan heykeliyle neredeyse itici bir lükse sahipti. Ama sonra tüm bunların Anthony'nin işi olmadığını hatırladım. Bütün bu ihtişam adeta Victoria diye bağırıyordu. Anthony kendi seçseydi asla bu şekilde yaşamazdı.

Ön odanın ışıkları açıktı ve Victoria'yı görmek beni büyük bir şaşkınlığa uğrattı. Güzel bir kadındı. Keskin yüz hatları ve simsiyah saçları vardı. Üzerindeki seçkin ve zarif kıyafetler, giydiğim gösterişsiz etek ve kazaktan tereddüt etmeme neden olmuştu.

Ve sonra Anthony'nin içeri girdiğini gördüm. Elini Victoria'nın omzuna koydu. Ona dokunduğu an, sanki bir yanımın öldüğünü hissettim. Buna dayanamamıştım. İşte o an ona âşık olduğumu anladım. Ona âşıktım.

Bu noktada beni yargılamaya, hatta benden nefret etmeye hakkın var. Evet, evli bir erkeği seviyorum. İşte söyledim.

İkimizden bir şey olacaksa bile ne olacağını bilmiyorum. Ama âşık olmaya başladığımı biliyorum ve onun da aynı şeyleri hissettiğini hissediyorum.

İşte, anlattıkça anlattım. Umarım seni çok kızdırmamışımdır. Sen her zaman erkekler konusunda hislerini kontrol edebilen birisin. Keşke ben de senin gibi olsaydım. Keşke kalbime söz geçirebilseydim.

Şimdilik mektubuma son vermek zorundayım. Yarın erken kalkıp kitapçıyı açmam gerek.

Ah, bu arada Madagaskar'a – daha da iyisi Seattle'a evet diyorum!

Sevgilerimle,
Ruby

Not: Telif hakkı ücretinin tamamını çiçeklere harcamana bayıldım. Senin gibisi hiç olmadı, olmayacak, Brownie.

Gözlerim yaşlarla dolmuş bir şekilde başımı mektuptan kaldırdım. Ruby birine âşık olmuştu. Bunca yıldır hiç haberim olmamıştı. Ve tıpkı benim gibi, hem onun hem de Margaret'ın kız kardeşiyle sorunlu bir ilişkisi vardı. Derin bir nefes aldım. Kendimi Lucille'in yerine koyabiliyordum. Kız kardeşim tarafından ihanete uğratılmış hissediyordum ve öyleydim de. Ama Ruby kız kardeşinin canını yakmak için kasıtlı bir seçim yapmamıştı. Amy yapmıştı. Bir an için göğsümde kabaran tanıdık öfkeyi ve sevdiğim birini kaybetmenin verdiği acıyı hissettim. Geçmişte sevdiğim birini... Ruby ve Margaret kız kardeşleriyle aralarını düzeltmek istemiş olabilirlerdi, ama hayır, ben bunu asla istemiyordum. Bazen kapıyı tamamen kapatmak ve onu kilitlemek zorundaydık.

Bu iki kadının dostluğu hakkında daha fazla şey öğrenme merakıyla hızla rafa yöneldim ve sıradaki birkaç kitabı karıştırarak başka mektuplar aradım, fakat bulamadım. Üst ve alttaki raflara göz gezdirdiğim sırada kapıdaki çanların sesini duydum. Onu kilitlemeyi unutmuş muydum?

"Merhaba?" dedim çabucak ayağa kalkarak. "Orada kimse var mı?"

Gavin'ı görür görmez rahatladım.

"Affedersin," dedi Gavin. "Seni ürkütmek istememiştim." Elinde iki paket hazır yemek vardı. İçeriye sarımsak ve fesleğen kokusu yayılmıştı. "Aç olabileceğini düşündüm, bu yüzden yiyecek bir şeyler getirdim."

Saate baktığımda neredeyse öğlen olduğunu ve bugün mideme kahveden başka bir şey girmediğini fark ettim.

"Teşekkür ederim," dedim Gavin'ın yanına giderek. Hâlâ elimde tuttuğum mektupları çabucak arka cebime sokuşturdum.

Gavin yemekleri koyacak bir yer bulmak için etrafına bakındı. Sonra da onları koyabileceği tek yere bıraktı: İki minik, mavi sandalyesi olan ufak bir çocuk masası. Ardından sırıtarak bana baktı. "Burası olur mu?"

"Evet," dedim, gülümseyerek minicik sandalyeye sığmaya çalışırken. Gavin da aynısını yapınca halimize gülmeden edemedik.

Gavin ilk paketi açıp, tabaklardan birini kolunun altından bana uzattı. Sonra da bir çatal, kaşık ve bıçağa sarılı olan peçeteyi çıkardı. "Umarım soslu spagetti seviyorsundur," dedi.

"Doğrusu bayılırım," dedim sırıtarak. "Nereden bildin?"

Gavin başına dokundu. "Yemek söz konusu olduğunda bir nevi medyum sayılırım." Yakası iliklenmemiş beyaz bir gömlek ve koyu renk, düz kesim bir kot pantolon giymişti. "Bana birini göster, ben de onun için en iyi yemeği söyleyeyim. Bunu insanın yüzünden okuyabilirim."

Sırıttım. "Ya, öyle mi?"

"Tabii. Bak, bu sabah gölde karşılaştığımızda biraz üzgün görünüyordun. İşte o zaman sana domatesli makarna servis ederdim."

"Domatesli makarna mı?"

"Evet, makarna üzüntüleri geçirme konusunda harikalar yaratır," diyerek başını olumlu anlamda salladı Gavin. "Ama bu yemek, yeni başlangıçlar içindir."

Ben peçetemle meşgul olurken, Gavin etrafa göz gezdirerek gülümsedi. "Ama eğer bana gelip kötü bir gün geçirdiğini, işlerin stresli olduğunu söyleseydin, sana Bolonez sos hazırlardım."

Gülümsemeden edemedim. "Peki, daha zor vakalar için ne hazırlarsın?" Ruby'yi ve az önce okuduğum mektupta bahsi geçen kırık kalbini düşündüm. Beş yıl önce paramparça olan kendi kalbimi de düşünmeden edemedim. "Peki ya kırık kalpler için?"

"Pekâlâ," dedi Gavin, "onlar biraz daha zordur. Ama çoğu durumda patlıcanın işe yaradığını görmüşümdür."

Küçük bir kahkaha patlattım. "Patlıcan mı?"

"Daha iyisi yok," dedi Gavin.

Gavin tabağıma bir porsiyon spagetti doldururken gülümsedim ve bir lokma almak için çatalımı yemeğime daldırdım.

"Vay canına," dedim. "Çok lezzetli." Peçetemle hafifçe dudaklarıma dokundum. "Sen yemek yapıyor musun yoksa sadece restorandaki işleri mi yönetiyorsun?"

"Her şeyden biraz yapıyorum. İş ortağım ve ben yemek pişiriyoruz, garsonluk yapıyoruz, masalara bakıyoruz," diyerek gülümsedi. "Ufak bir işletmen varsa böyle yapmak zorundasın."

Queens'teki kapatmak zorunda kaldığım küçük İtalyan restoranını hatırlayarak başımı olumlu anlamda salladım. Oranın sahibi de tıpkı Gavin gibi elinden her iş gelen bir adamdı. Elimde yasal belgelerle birlikte içeri girdiğimde, yere uzanmış bir halde bozuk fırın kapağını tamir ediyordu.

"Öyleyse şefi kutluyorum," dedim, anıları aklımdan kovarak.

Gavin'ın bir an için keyfi kaçmış görünse de, gülümsemesi çok geçmeden geri döndü. "Ee, burayla ne yapmayı planlıyorsun?"

Yöre halkının haberi nasıl karşılayacağını düşünerek içten içe yüzümü buruşturdum. Manşetleri şimdiden okuyabiliyordum: MAVİ KUŞ KİTABEVİ'NİN MİRASÇISI NEW YORKLU BANKACI, DÜKKÂNIN KAPILARINI SONSUZA DEK KAPATTI.

"Ben, şey..."

"Belki yeniden düzenlemek istersin diye tahmin ediyorum," dedi Gavin, ayağa kalkıp elini raflardan birinde gezdirerek.

"Evet, ben..."

"Sana yardım edebilirim," diye devam etti. "Bodrum katında tonlarca alet edevatım var. Restoranı açmadan önce orayı tamamen restore etmek zorunda kalmıştık. Testere kullanma konusunda usta oldum diyebilirim."

"Teşekkürler," dedim. "Ama ne kadar ağır iş yapmak zorunda kalacağımdan pek emin değilim."

Gavin kitabevini onarmak konusunda kararlı, hatta heyecanlı görünüyordu. "Rafları yeniden boyayabilirsin," dedi. "Onları soyup zımparalarız. Sağına soluna biraz boya atarız. Ah, belki yeni bir de kasa alırız ve burası yeniden muhteşem olur."

Ona doğruyu, Mavi Kuş Kitabevi'nin bir daha *asla* muhteşem olmayacağını söyleyemezdim. Ona belki de yarın bir kamyonet tutacağımı ve saatine sekiz dolar ödeyerek bütün kitapları, kutuları ve Ruby teyzemin çoğu eşyasını yerel bir kütüphaneye taşıtacağımı söyleyemezdim. Herhangi bir yere bağışlanamayacak eşyalar ise çöpe gidecekti.

Çöpe. Bu düşünce, Ruby teyzemin mirasının üzerine kederli, umutsuz bir gölge düşürmüştü. Acaba şimdi benim hakkımda ne düşünüyordu? Sanki dikkatle baksam, boynundaki madalyonuna dokunduğunu görebilecek gibiydim. O an madalyonun artık benim boynumda olduğunu hatırlayarak, gergin bir şekilde altın zincire dokundum.

"Bu yerin senin için çok şey ifade ettiğini söyleyebilirim," dedi Gavin, beni düşüncelerimin arasından çekip çıkararak. "Burada büyüdün, değil mi?"

"Evet," dedim, biraz şaşırmıştım. "Nereden bildin?"

"Sadece bir tahmin. Teyzenin bu dükkânı onu kendisi kadar çok sevecek birine bırakacağını düşündüm," diyerek sırıttı. "Ayrıca sende New Yorkludan çok Seattle'lı tipi var."

Bu söylediği beni şaşırtmıştı. New York beni daha sert, daha kurnaz, daha hırslı biri yapmıştı. Bunu göremiyor muydu? "Buradan iki tipi de gayet iyi tanıdığın sonucuna varabilir miyim?"

Şakacı bir şekilde gülümsedi. "Öyle de diyebilirsin."

Bir an için Ruby'nin Gavin'ı tanıyıp tanımadığını ve eğer tanıyorsa, onun hakkındaki düşüncelerini merak ettim. "Teyzemi iyi tanır mıydın?" diye sordum.

"Biraz," diye yanıtladı Gavin. "Buraya geleli sadece bir yıl oluyor. Adrianna ve ben restoranı açtıktan yaklaşık altı ay sonra Ruby kitabevini kapatmıştı. Caddedeki bütün işletme sahipleri olarak kaybının büyüklüğünü biliyor ve onun adına üzülüyorduk. Ama devam edemedi. Lillian ve Bill, onu bir huzurevine taşınma vaktinin geldiğine ikna ettiler."

Gavin'ın anlattıklarını dinlerken vicdan azabı duyuyordum. Onu arayabilirdim. Ancak aramamıştım bile. Kalp atışlarımın hızlandığını fark ederek elimi göğsüme bastırdım ve derin derin nefes almaya başladım. İlaçlarım üst kattaydı, daha sonra gidip bir hap alırdım. "Lillian ve Bill, Gepetto'nun sahipleri, değil mi?" Lillian'ın o sabah caddede karşılaştığımızda bana nasıl baktığını hatırladım.

Gavin, evet anlamında başını salladı. "Bir keresinde Ruby düşmüştü."

İrkilerek elimle ağzımı kapattım.

"Her şeyin yolunda olup olmadığından emin olmak için öğleden sonraları onu kontrol etmeye başlamıştım," dedi.

"Bir gün selam vermek için içeri girdiğimde masasında oturmadığını gördüm. Arka koridordan gelen cılız bir bağırış duyunca hızla oraya koştum. Onu merdivenlerin dibinde, o sabah düştüğünden beri öylece yatarken buldum. Bir ambulans çağırdım ve onu hastaneye kaldırdılar. Birkaç ay bir rehabilitasyon merkezinde kaldıktan sonra döndü. Ama o zamana kadar değişmişti. Gözlerindeki bakışı görebiliyordum. Her zamankinden daha narin ve çelimsizdi. Dükkândaki birkaç şeyi taşımasına yardım ettim. Eşyaların yerleri konusunda oldukça titizdi." Gavin bir an için durakladı. Dalgın bakışlarla Ruby'nin masasına baktı. "Tuhaf gelebilir, ama sanki fazla zamanının kalmadığını biliyor gibi bir hali vardı."

Peçetenin kenarıyla gözlerimi kuruladım.

"Affedersin," dedi Gavin. "Seni üzmek istememiştim."

"Hayır," dedim çabucak. "Sadece onu çok seviyordum ve... onu ne kadar sevdiğimi bildiğini umuyorum."

Gavin elini omzuma koydu. "Eminim biliyordu."

"Keşke çok geç olmadan onu görmeye gelseydim..." Gavin'a baktığımda bakışlarımız birbirine kilitlendi.

"Ama şimdi buradasın," diyerek yukarıyı işaret etti Gavin. "Yukarıdan seni seyrettiğine ve kitabevine yapacaklarını hevesle beklediğine eminim."

"Evet," dedim gergin bir şekilde. "Ben..." Galetamdan bir ısırık aldım.

"Demek çocukken burada çok vakit geçirirdin, öyle mi?"

Lokmamı çiğnerken başımı sallayarak onayladım. "Annemiz... çocukluğumuzun başlarında biraz sorumsuzdu. O yüzden kız kardeşimle birlikte sık sık burada kalırdık."

"Ah, kız kardeşin mi var? Kasabada mı yaşıyor?"

"Evet, artık burada yaşıyor, ama ben... yani biz" –başımı kararlı bir şekilde iki yana salladım– "konuşmuyoruz."

Gavin umduğumdan fazla üzülmüş gibiydi. "Ya," dedi. "Senin için zor olmalı. Neden konuşmuyorsunuz?"

"Dinle," dedim biraz gergin bir şekilde gülümseyerek, "bu çok uzun bir hikâye ve bugün yapmam gereken çok iş var. Ben..."

"Bağışla beni," diyerek ayağa kalktı Gavin. "Burnumu sokmak istememiştim."

"Hayır, öyle bir şey yapmıyorsun," dedim. "Sadece biraz uzun bir hikâye. Başka zaman konuşalım mı?"

"Evet, elbette," dedi Gavin. Boş tabaklarımızı ve çatal kaşıkları topladıktan sonra kapıya yöneldi. Çıkmadan önce tekrar bana doğru döndü. "Eğer bir ara gölün etrafında yürümek istersen çağırmayı unutma."

Yürüyüş fikrini tuhaf, hatta dürüst olmak gerekirse zaman kaybı olarak bulduğum için gülümsedim. Hayatımı zamanı en iyi şekilde değerlendirmek üzerine inşa etmiştim. Günlük koşularımın sürat koşularına benzemesinin sebebi buydu. İş günlerimi on beş dakikada planlamamın sebebi buydu. Ama bana beklenti içinde gülümseyen Gavin'a bakınca, Seattle sakinlerinin hayatı daha yavaş bir tempoda yaşadıklarını hatırladım. Ve bir zamanlar *benim* de o insanlardan biri olduğumu anımsadım. Derin bir nefes aldım. "Yürüyüş," dedim. "Tabii, belki bir ara çıkarım."

Gavin el salladıktan sonra çıkarak kapıyı ardından kapattı. Ruby'nin çanlarının sesi kulaklarımda uzunca bir süre yankılandı.

Beşinci Bölüm

Duvardaki guguklu saate baktığımda daha şimdiden dört buçuk olduğunu gördüm. Öğleden sonrasını daha fazla mektup bulmak amacıyla Ruby'nin kutularını karıştırarak harcamıştım ve gün ışığı azalmaya başlamıştı. Akşamın ilerleyen saatlerinde çalışmaya devam etmek istiyorsam, avizenin ampullerini değiştirmek zorundaydım.

Kutuları ayıklama sırasında Ruby'den kalma büyüleyici eşyalar keşfetmiştim: Mavi bir porselen takım, on yıllar önce durmuş gibi görünen bir Cartier kol saati, şarap rengi kapağı olan bir Frederick & Nelson kutusunun içinde beyaz bir kâğıda sarılmış olan ve hâlâ yeni gibi görünen kırmızı, kareli bir mayo. Ruby'nin onu giydiğini hayal ederek gülümsedim. Hemen ardından mantığım devreye girdi. Bu küçük, tek parça mayo, eski eşyalar satan bir dükkânda iyi para ederdi.

Ruby ve Margaret'ın mektuplarını düşünmeden edemiyordum. Margaret Wise Brown. Demek teyzem gelmiş geçmiş en büyük çocuk yazarlarından birinin sırdaşıydı, öyle mi? Ruby ağzı sıkı biriydi. Hiç değilse Ruby'nin mektuplarının anlattığı hikâyeyi öğrenene dek dükkânı kapatmayı ertelemeyi düşünmeye başlamıştım. Yine de mali kayıtları incelemem ve plan yapmaya başlamam gerekiyordu. Bölgedeki müteahhitleri araştırmayı ve birkaç görüşme ayarlamayı aklımın bir köşesine not ettim.

Ürperdiğimi hissederek eski şömineye göz attım. Ruby onu ekimden nisana kadar, hatta bazen mayıs ayı boyunca yakardı. Odunların yığılı olduğu yeri hatırlayarak dışarı çıktım. İşte orada, saçakların altında üst üste yığılmış duruyorlardı. Sanki Ruby buradaki sayılı günlerinde onları son kez düzenlemişti. Benim için.

Kendi kendime gülümseyip, odunlardan birini aldım. O an bir kıpırtı duyarak hızla arkamı döndüm. Güneş battığından dışarısı karanlıktı, fakat kesinlikle yalnız olmadığımı hissediyordum. "Merhaba?" diye seslendim titreyen bir sesle. Fakat sesime gelen tek karşılık, uzaktaki bir kedinin miyavlaması oldu.

Çöp konteynerinin arkasındaki karanlık köşelere göz gezdirdim. Kimse yoktu. Çabucak bir odun daha alıp, onları hızla dükkâna taşıdım. Odunları şömineye yerleştirmeden önce durup kapıyı kilitledim. Şömine rafının üzerindeki kibritleri buldum. Bir yığın eski gazetenin en üstündekinde, 7 Ocak 1963'e ait bir manşet dikkat çekiyordu: MAGNUSON AİLESİ YENİ SANAT MÜZESİ İÇİN 1 MİLYON $ BAĞIŞTA BULUNDU. İlk sayfasını ayırdıktan sonra gazeteyi tomar haline getirip şöminedeki odunun altına sıkıştırdım ve bir kibrit çakıp onu tutuşturarak, ateşin kütüğü sarmalayışını seyrettim. Çıkan çıtırtıları dinlerken, ansızın bir şeyi fark ettim.

Minik Köpek! Tabii. Ruby son mektubunda ondan bahsetmişti. Eğer onu bulursam, sayfalarının arasına gizlenmiş başka mektuplar da bulabilir miydim?

Yeniden raflara yönelip, küçük bir kızken okuduğumu hatırladığım kitabı aramaya başladım. 'Beş minik yavru köpek çitlerin altına bir çukur kazmışlar ve büyük mü büyük dünyada bir gezintiye çıkmışlar.' Kendi kendime gülümsedim. Ben de bu büyük mü büyük dünyada bir gezintiye çıkmış ve yolda birazcık kaybolmuştum. Bir saatin sonunda kitabı aramaktan neredeyse vazgeçmiştim. Tam da o sırada, odanın diğer ucundaki yüksek bir rafta, şömine ışığıyla parlayan altın rengi kitap sırtını gördüm. Ve her nasılsa aradığım kitabın o olduğunu biliyordum.

Tekerlekli merdiveni rafa doğru iterken, çocukken ona tırmanmayı ve kendimi bir duvardan diğerine itmeyi ne çok sevdiğimi hatırladım. Ruby herhangi bir sebeple üst kata çıktığında, kız kardeşim ve ben sırayla birbirimizi iterdik. Teyzemiz döndüğünde ise yaptığımız yaramazlıktan haberi yokmuş gibi davranırdı. Oysa tekerleklerin çıkardığı gürültüyü duymamak imkânsızdı.

Rafa uzanıp kitabı elime aldım. *Minik Köpek.* Raftaki tek baskıydı. Ve tıpkı beklediğim gibi sayfalarının arasında bir kabarıklık vardı. Sert kapağını açtığımda, içinde iki zarfla karşılaştım.

Yeniden şömine başına dönerek, Margaret'ın Ruby'ye yazmış olduğu ilk mektubu açtım.

22 Şubat 1946

Sevgili Ruby,

Mektubunun beni nasıl neşelendirdiğini tahmin edemezsin. Aksi takdirde oldukça berbat geçecek olan haftamı aydınlattı diyebilirim. Nereden başlayayım?

Ben, kız kardeşimi aramızı düzeltmek adına ve iyi niyetlerle öğle yemeğine davet etmişken, Roberta zamanını benim 'yaşam tarzım' hakkında nutuk çekerek kullandı. Bana neden evlenmediğimi sordu. Neden bir yuva kurmuyormuşum? Neden bütün o sanatçılarla ve bohemlerle takılmaya bir son vermiyormuşum? Ama asıl sormak istediği şey, neden kendisi gibi olmadığımdı. Evet, onun gibi olmak istemiyordum ve ona da aynen böyle söyledim. Tahmin edebileceğin gibi sözlerim hiç hoş karşılanmadı. Paltosunu ve çantasını kaptığı gibi fırladı gitti. Tabii ki kendimi kötü hissettim. İlişkimizin bu noktaya gelmesini istemiyordum. Öte yandan birbirimizi olduğumuz gibi kabulleneceğimiz günü özlemle bekliyordum. O, kendi basmakalıp ve usturuplu aile hayatında, ben de kendi alışılmadık hayatımda. Sanırım sen de Lucille hakkında böyle hissediyorsun. Belki bir gün birbirimizi affedebilir, kabullenebilir ve küçükken paylaştığımız sevgiyi yeniden yeşertebiliriz. Durum ne olursa olsun, umudum bu.

Yayınevinde birlikte çalıştığımız çizerlerden biri yalnızlıktan yakınıyordu. Ben ne yaptım dersin? Ona yavru bir köpek aldım. Bir teriyer. Görünüşe bakılırsa köpekler hakkında pek tecrübesi yokmuş çünkü sersem, yavruyu bütün gün evde yalnız bırakmış ve zavallı şey, yeni bir resimli kitap için çizilen tüm resimlerin üzerine çişini yapmış. Ayrıca odanın her yeri renk renk pati izleriyle doluymuş. Bu yüzden bütün tuvallerini çöpe atıp yeniden başlamak zorunda kalacak ve tabii ki beni suçluyor.

Bundan böyle bir süre çizerlere hediye almayacağım.

Roberta'nın ziyareti yetmezmiş gibi, geçtiğimiz hafta annem de uğradı ve ziyaret sebebi oldukça sıkıntı vericiydi.

Evlilik. Sevgili arkadaşım, sorarım sana, evlilik konusundan daha fazla sıkıntı verici bir şey var mıdır? Annem orada burada 'fink atan' bekâr bir kızı olduğu için uykularının kaçtığını söyledi. Ona bir kadeh şarap doldurdum ve gidip biraz uzanmasını söyledim. Ama bir işe yaramadı. Aynı hızda söylenmeye devam etti. Benim için endişelenmeden duramadığını söyledi. Ben de ona eğer evlenmeye karar verirsem (ki açık konuşmam gerekirse öyle bir planım yok), ilk önce ona haber vereceğimi söyledim. Bu onu biraz sakinleştirdi, en azından şimdilik.

İşin aslı şu ki, Ruby, anne ve babamın rezil birlikteliğine şahit olmuş biri olarak nasıl evlenebilirim? Söz konusu kendi hayatım olduğunda, içimden bir ses evliliğin beni yalnızca mutsuzluğa sürükleyeceğini söylüyor. İnsanlar bize kısa bir süreliğine geliyor ve zaman dolduğunda, her şey bitiyor. Şimdiye kadarki gönül ilişkilerim her zaman kısa ve öz oldu. Böyle olması hoşuma gidiyor (hiç değilse kendime böyle söylüyorum). Yine de, Ruby, keşke benim hakkımda yazdıklarına inanabilseydim diyorum. Keşke aşkın ve onun tüm zararlarının karşısında güçlü durabildiğime inanabilseydim. Ama dürüst olmam gerekirse, bunun doğru olmadığını biliyorum.

Yine de biriyle evlenmektense kendimi kış ortasında Hudson Nehri'ne atmayı tercih ederim. Birine ait olmak son derece boğucu olurdu! Tıpkı bir eşya gibi! Hiç evlenmeyeceğimize dair bir anlaşma yapalım, sevgili arkadaşım. Azgın bir ırmakta dik ve sağlam duran iki yalnız saz olalım. Kendi eğlencemizi kendimiz yaratalım. Hayatın nehri diğer herkesi sürükleyip götürürken, biz kendi hayatımızı yaşayalım. Ne dersin?

Günümüz insanlarının problemi, kendilerini fazla ciddiye almaları. Artık kimse eğlenmek istemiyor. Bu yüzden ben ve New Yorklu birkaç arkadaşım, Kuş Beyinliler Topluluğu'nu kurduk. Öyle eğlenceli ki, Ruby. Keşke toplantılarımıza gelebilseydin. Grubun başkanı benim ve dilediğim günü Noel ilan etme yetkisine sahibim. Bu durumda üyelerimizden biri rosto ve puding yapmak zorunda. Harika oluyor! Seni onursal üyemiz yapıyorum, böylece bize eşlik edebilirsin.

Daha ciddi bir konuya gelecek olursak, Anthony Magnuson denen adama dikkat et. Korkarım ki kalbini çoktan ele geçirmiş. Ama sana yalvarırım, kalbini sıkı tut. Öğrendim ki bir adam kalbini çaldığında, onu geri almak çok zor olabiliyor.

Hâlâ şehirden ayrılmayı düşünüyorum. Son zamanlarda kendimi yersiz yurtsuz hissediyorum. Tıpkı Ördek Yavrularına Yol Aç kitabındaki ördekler gibiyim. Dün Elli Yedinci Cadde'deki bir taksi az kalsın beni eziyordu. Elimdeki taslağın sayfalarını bir çamur birikintisinin içine düşürdüm. Ruby, beni bir görmeliydin. Dizlerimin üzerine çöktüm ve sadece ağladım. Eğer yaşlı, kibar bir beyefendi bana mendilini uzatıp ayağa kalkmama yardım etmek için durmasaydı, bütün gün orada oturup ağlayabilirdim. Sanırım taslak mahvolmuştu. Neyse ki aklımda bir kopyası vardı.

Sana bahsetmem gereken bir şey daha var, ama korkarım onu şimdi anlatacak dermanım yok. Düzeltmem gereken sayfalar var ve aklım kâğıda dökmeden önce ayıklamam gereken düşüncelerle dolu.

O zamana dek mutlu yıllar, canım arkadaşım.

Brownie

Mektubu bırakıp bir maşayla ateşi karıştırdım. Hızını arttırarak kapı ve pencere saçaklarına çarpan rüzgârın uğultusunu duyabiliyordum. Margaret'ın sırrını paylaşma konusundaki tereddüdünü düşünerek Ruby'nin mektubunu açtım.

7 Mart 1946

Sevgili Brownie,

Beni büyük merakta bıraktın! Zamanı gelince sırrını açıklayacağına inanıyorum, ama o vakte kadar heyecanla bekliyor olacağım. Şimdilik tahmin yürütmeme izin ver. Birinci teori: Erkekler hakkındaki atıp tutmalarına rağmen yayınevinden birine âşık oldun. Belki de bir çizerdir? Önceki yazışmalarımızda Gregory adında birinden bahsettiğini hatırlıyorum. Yine de mektubunda yazdıklarına bakarak bunun pek olası olmadığına inanıyorum (gerçi daha önce beni şaşırttığın olmuştu). İkinci teori: Hastasın ki bu durumda bunu bana söylemek için bekliyor olman beni son derece üzer. Her ne olursa olsun iyi olman ve herhangi bir hastalıktan mustarip olmaman için dua ediyorum. Üçüncü teori: Kendini yeni bir hikâyeye kaptırdın. Lütfen bu olsun!

Ailenin senin hakkındaki düşüncelerini duymak beni çok üzdü. Annem hayatta olsaydı, eminim o da benim için aynı hayal kırıklığını yaşardı.

Ama kız kardeşlerimizden daha fazlasını bekliyoruz. Bu kadar zor olmasının sebebi de bu. Onlar bu vahşi dünyada bizimle birlikte yol aldılar, bu yüzden bizim yanımızda olmaları gerekir. Hal böyleyken, neden kendilerini düşmanımız gibi hissediyorlar? Neden ortak bir paydada buluşamıyoruz? İçini ferah tut, hiç değilse Roberta seninle konuşuyor. Lucille benim telefonlarımı bile hiçe saymaya başladı. Sesimi duyduğu an telefonu kapatıyor. Geçen hafta ona bir mektup yazıp içimi döktüm. Ona borçlu olduğuma inandığı eğitimim için özür bile diledim. Doğrusu, Brownie, kardeşliğimizi korumak adına gururumu bir kenara bıraktım. Çünkü insanın kız kardeşini bir yabancı gibi görebildiği bir dünya hayal edemiyorum. Bu yüzden bekliyor ve umut ediyorum.

Evlilikle ilgili yazdıklarını düşündüm. Seni hayal kırıklığına uğratmaktan nefret ediyorum, fakat Anthony Magnuson bugün kapıdan içeri girip karısı Victoria'dan boşanacağını söylese, onun kollarına atlar ve bir an önce gelini olmak için dakikaları sayarım. Bunu tüm samimiyetimle söylüyorum.

Evet, bu adamı seviyorum, Brownie. Ona sırılsıklam âşığım. Onu çok sevdiğimden korkuyorum. Ama bana bakışından onun da beni sevdiğini anlayabiliyorum. Belki benim onu sevdiğim kadar çok değil, çünkü o karmaşık bir hayatı olan meşgul bir adam. Bir ailesi var. Ama umurumda değil, onun kalbinin minicik bir parçasına bile razıyım. Kitapçıya sık sık uğramaya devam ediyor. Ona kendi çocuk kitabevimi açma hayalimden bahsettiğimde, "Öyleyse neden bir tane açmıyorsun!" dedi. Ben de ona herkesin Magnusonlar gibi emrine amade bir serveti olmadığını söylemek zorunda kaldım.

Geçtiğimiz hafta, onunla akşam yemeği için kent merkezinde buluşup buluşamayacağımı sordu. Arkadaşlığımızı kitapçının dışına taşıma fikri beni epey korkutsa da, tabii ki evet dedim. Saat altıda mesaim sona erdikten sonra bana bir araba yolladı. O arabanın arka koltuğunda bir başıma otururken kendimi çok tuhaf hissettim. Şoför dikiz aynasından bana bakıp duruyordu. Benim hakkımda ne düşündüğünü çok merak etmiştim! Ama umurumda değildi, Brownie! Anthony'yi düşündükçe dünyalar benim oluyordu. Araba beni Olympic Otel'in önünde bıraktığında, onu takım elbisesi ve kravatıyla beklerken buldum. Sade iş kıyafetlerimin içinde kendimi çok gösterişsiz hissetmiştim. Oysa Anthony çok güzel göründüğümü söyledi. Ama asıl olan bana ne söylediği değil, bana nasıl baktığıydı.

Yemek yiyip saatlerce konuştuk. Bana çocukken az kalsın Washington Gölü'nde boğulduğu anı ve bu yüzden yoksul çocuklara yüzme öğreten bir hayır kurumunu yönettiğini anlattı. Ben de ona Paris'i görme ve Eyfel Kulesi'nin tepesinde çocuklara kitap okuma hayalimden bahsettim. Muzip bir şekilde gülümseyerek, "Bizim çocuklarımıza mı?" diye sordu.

Sadece şaka yaptığını, kesinlikle ciddi olmadığını biliyorum, ama itiraf etmeliyim ki o an kalbim duracakmış gibi oldu. Tek kelimeyle büyüleyici bir geceydi. Ama masamıza yaklaşan bir çift, beni bir an için endişelendirdi. Önce onların Anthony'nin eşinin arkadaşları olduğundan ve gizli buluşmamızı ifşa edeceklerinden korktum. Fakat Anthony hiç de endişelenmişe benzemediğinden, ben de aldırmadım.

Brownie, hiç yanındayken kendini evindeymiş gibi rahat hissettiğin biriyle tanıştın mı? Anthony ile birlikteyken aynen böyle hissediyorum. Onun gülüşünde kıvrılıp, bin yıl boyunca huzur içinde uyuyabilirim.

Anthony'nin ne kadar mutsuz olduğunu bilmek kalbi-

mi kırıyor. O, karısı gibi paraya pula aldırış eden biri değil. Karısının her yıl Avrupa'ya gidip düzinelerce bavul elbiseyle döndüğünü ve bir sonraki mevsim hepsini çöpe attığını biliyor muydun? Onları birilerine hediye bile etmiyormuş. Anthony onun tüm kıyafetlerin yok edilmesi konusunda ısrarcı olduğunu söylüyor. Anlaşılan kendi tenine değen kumaşın, bir başkasının tenine dokunması fikrinden hoşlanmıyor. Böyle bir düşünce şeklini hayal edebiliyor musun?

Anthony'nin neden onunla kaldığını merak ediyorum. Elbette kızı May için endişeleniyor. Çocuğun da karısıyla aynı karakterdeymiş gibi göründüğünü, huysuz ve kaprisli olduğunu söylemeden geçemeyeceğim. Sanırım bunun parayla yakından ilgisi var. Victoria'nın serveti, Anthony'nin babasının gayrimenkullerini tehlikeye düşmekten kurtarmış, aynı zamanda Magnuson Ailesi'nin hayırsever girişimlerinin de kaynağını oluşturuyor. Anthony'nin ondan ayrılması, bütün bunların sonu anlamına gelebilir.

Sonumuz ne olacak bilmiyorum. Arkadaşlığımız (eğer buna arkadaşlık diyebilirsek) sonu meçhul bir yolda ilerliyor. Tek bildiğim, şimdiye dek onun gibi bir erkekle karşılaşmadığım. Bu yüzden sonu mutsuzluğa mahkûm olsa bile bu tuhaf ve harika yolculuğa devam edeceğim.

Bu satırları sana karanlık bir Seattle gecesinde yazıyorum. Saat oldukça geç ve kanepemde oturmuş, bir bulutun içinden geçmekte olan ayı seyrediyorum. Bence ay hakkında bir çocuk kitabı yazmalısın. Düşünsene: Hayatlarımız ne şartta olursa olsun, hangi sevinci ya da üzüntüyü yaşıyor olursak olalım, ay her gece bizi selamlamak için boy gösteriyor. Nedense bunu çok teselli edici buluyorum.

Ah, Brownie, şehirden ayrılmaya ihtiyacın olduğunu söylüyorsun. Neden Seattle'a gelmiyorsun? Gelsene! Benimle kalabilirsin. Harika olur! Lütfen gel de birbirimize moral verelim. Ben seni güldürürüm, sen de bana hayatımın mutlu sonla biteceğini söyleyen bir hikâye anlatırsın.

En kısa zamanda yaz, lütfen.

Arkadaşın,

Ruby

Izgarayı şömineye yerleştirip merdivenlerden üst kata çıktım. Kendimi pencere önündeki koltuğa bırakıp, gökyüzünü seyrederek az önce okuduklarımı düşünmeye başladım. Kelimeler aklımda bir şampanya kadehindeki köpüklü baloncuklar gibi dönüp duruyordu. *Kız kardeşler*. Ruby kardeşine her şeyden, gururundan bile fazla değer veriyordu. Yazdıklarını düşündüm: *Kardeşliğimizi korumak adına gururumu bir kenara bıraktım. Çünkü insanın kız kardeşini bir yabancı gibi görebildiği bir dünya hayal edemiyorum. Bu yüzden bekliyor ve umut ediyorum.*

Bildiğim kadarıyla Ruby tam da böyle yapmıştı: Beklemiş ve umut etmiş, en sonunda da büyük bir hayal kırıklığıyla karşılaşmıştı. Anneme göre, Lucille'in ani ölümü Ruby'yi sersemletmişti. Annem, ölümünden önce Lucille ile Ruby'nin yıllarca konuşmadıklarını söylemişti. Lucille'in tabutunun – nereden bakılırsa bakılsın bir yabancının tabutunun başında duran Ruby'yi hayal ettim. Son bir veda... Gözlerimi kapattım ve tabutta Lucille'in yerine Amy'nin yattığını düşünerek kendimi cenazede hayal ettim. Gözlerim benden izin almaksızın yaşlarla dolmuştu.

Derin bir nefes alıp kendimi toparladım. Hayır, Ruby ve Lucille'in durumu, Amy ve benimkiyle aynı değildi. İkisini birbiriyle kıyaslayamazdım. Onun yerine mektuplarda açığa vurulmuş olan bir diğer önemli sırrı düşünmeye başladım. Teyzem gerçekten Margaret Wise Brown'u *ay* hakkında bir hikâye yazmaya mı teşvik etmişti? Düşündüğüm şey doğru muydu? Bu kitabevinde yıllarca saklı kalmış bir sırrı keşfettiğimi fark etmemle birlikte tüylerimin diken diken olduğunu hissettim. Ruby'nin bulmam için bıraktığı bir hazineydi bu.

Bulutsuz bir geceydi ve gökyüzünde asılı olan ay, sırf benim için yapılmış bir resim gibiydi. Ruby'nin ay hakkında yazdıklarını ve geceleri gökyüzüne bakarak farklı bir hayat düşlediğim anları düşündüm.

Bir araba sesi duyarak aşağıdaki caddeye baktım. Koyu renk bir aracın dükkânın önüne yanaşmasını seyrettim. Araba durduktan sonra siyah camlarından biri yavaşça aşağı indi. Bir fotoğraf makinesi flaşının ardından da hızla uzaklaştı.

Altıncı Bölüm

Ertesi sabah çalan telefonla uyandım. Gün yeni aydınlanmış olmalıydı. Güneş, ufuk çizgisinin hemen üzerindeydi. Pencereden içeri giren sert gün ışığı gözlerimi delip geçiyor, bana hem harika hissettiriyor hem de acı veriyordu.

"Alo?" dedim uyku sersemi bir halde.

"June?"

"Anne?"

"Neredesin?" diye sordu annem. Arka planda havalanan bir uçağın sesi duyuluyordu. Annem ve yeni erkek arkadaşının –adı her neyse– bir seyahate çıkmak üzere olup olmadıklarını merak ettim.

"*Sen* neredesin?" diye sordum, biraz sinirli bir şekilde.

"Ah," dedi, "Rand ile havalimanındayız. Birkaç günlüğüne Vegas'a gidiyoruz."

Rand. Bunun gerçek ismi mi yoksa Randy, Randolph ya da benzeri bir şeyin kısaltması mı olduğundan emin değildim. Ama sormadım.

"Ya," dedim. Annemle çok iyi bir ilişkimiz yoktu (tabii buna ilişki denirse), fakat ara sıra da olsa gelişigüzel konuşuyorduk. Birkaç ayda bir arar, doğum günümde ve Noellerde kart yollardı. Annemin bu durumdan pek memnun olduğunu düşünmesem de, benim için yeterliydi. Onunla ne kadar az görüşürsem, o kadar iyi anlaştığımı keşfetmiştim. "Anne, ben Seattle'dayım."

"Seattle'da mı?" diye sordu. Bu kez her zamanki vurdumduymaz ses tonu, kulağa kaygılı geliyordu.

"Evet," dedim.

"Ruby'nin evinde misin?"

"Evet."

"Ah, June," dedi annem. "Demek..."

"Öldüğünü biliyorum, evet."

"Sana söylemek istemiştim, tatlım, gerçekten istedim, ama..."

"Sadece aklına mı gelmedi?" Öfkemi saklama gereği bile duymuyordum.

"Sinirlenme, June," dedi annem. "Söyleyecektim, ama ben..."

"Ama bekleyip, avukatın haber vermesini istedin, öyle mi?"

"Avukat mı?"

"Evet," dedim. "Bir mektup aldım. Ruby kitabevini ve her şeyini bana bırakmış."

"Vay canına," dedi annem. Üzülmüş müydü yoksa sadece şaşırmış mıydı, bilmiyordum.

"Şimdi de buradayım ve ne yapacağıma karar vermeden önce eşyaları ayıklıyorum."

"Onu satacak mısın?" diye sordu annem. "June, herhalde bunu..."

"Bilmiyorum, anne. Yani, evet, muhtemelen satacağım. Burada kalamam. New York'ta bir işim, bir hayatım var."

Ona pek iyi bir hayat denemezdi, fakat bunu anneme açıklamak zorunda değildim. Bilhassa kendimi ispatlamaya çalışıyorken.

"Yardımcı olabilirim," dedi annem, ansızın çaresiz gelen bir sesle. "Bence o kitabevi ailemizde kalmalı. Amy de böyle düşünüyor."

Bir an için afalladıktan sonra büyük bir öfke duydum. Anneme bana bir daha kız kardeşimden bahsetmeyeceğine dair söz verdirmiştim. Yanaklarım öfkeden kıpkırmızı olmuştu. "Kitabevi onu ne ilgilendiriyor ki?" diye sordum. "Bana ne yapacağımı söylemeye ne hakkı var? Bu benim çözmem gereken bir sorun."

"Hayatım, Mavi Kuş Kitabevi'ni o da seviyordu, unutma." Sesini alçaltarak konuşmasına devam etti. "Ve seni çok özlüyor. Onu aramalısın. Bana seni aramayı denediğini söyledi. Aranızdaki şu saçmalığa bir son vermenin vakti gelmedi mi? Siz kardeşsiniz."

Ruby ile Lucille'i, Margaret ile Roberta'yı düşündüm. Ben de onların kardeşlerine hissettiklerini hissetmek istiyordum. Ama bunu yapabilmem için tek yolun zamanı geriye sarmak ve yaşadığım acıyı, kalp kırıklığını silmek olduğunu biliyordum.

"Hayır," dedim nihayet. "Anne, artık Amy ile ilgili söyleyecek şeyim kalmadı. Biliyorsun."

"İnsanlar değişir, June. Keşke bunu görebilseydin."

"Hayır," dedim. "Değişmezler."

Annem bir an için sessiz kaldı. "Sen değiştin."

Şaşkınlıktan ne diyeceğimi bilemiyordum.

"Bazen artık seni tanımadığımı düşünüyorum, June," diye devam etti annem. "New York seni değiştirdi. Seni duygusuz biri yaptı."

Dudağımı ısırdım. Sanki beni tanıyormuş ya da bir zamanlar iyi tanırmış gibi konuşmaya hakkı yoktu.

Havalimanı hoparlörlerinden yükselen bir ses duyuldu. "Bu bizim uçağımız," dedi annem. "Gidiyoruz. Birkaç gün içinde döneceğim. Sana uğrarım."

Uğrama, kendim halledebilirim, demek istesem de dilimi tuttum.

Onun yerine, "Hoşça kal, anne," dedim. "Bol şanslar." Ardından tuşa her zamankinden sert bir şekilde basarak telefonu kapattım.

New York'tan ayrıldığım zamanki gibi gergin hissediyordum. Çantamdaki ilaç şişesini bulup, bir hap yuttuktan sonra dizüstü bilgisayarımı açtım. Alışkanlık gereği her dört dakikada bir e-postalarını kontrol eden biri olarak, Seattle'a geldiğimden beri iş hakkında ne kadar az düşündüğümü fark ettim. Gelen e-postalarımı açınca bir yığın birikmiş mesajım olduğunu gördüm. Başlığında kırmızı ünlem işareti olan birkaç e-postadan ilkini açtım. Arthur'dandı. Tek satırlık mesajı okurken midemin kasıldığını hissettim:

İŞE NE ZAMAN DÖNECEKSİN? –A

Doğrusu Ruby'nin işlerini düzene sokmanın ne kadar süreceğini bilmediğimden tek yönlü bilet almıştım. Her şeyi çabucak, belki bir hafta içinde halledeceğimi ummuştum. Ama birkaç gündür her şey çok daha karmaşık bir hal almıştı; Ruby'nin sırları, kitabevinin geçmişi, benim anılarım... Cevapla tuşuna basarak yazmaya başladım:

Son detayları halletmekle meşgulüm. Hafta sonuna kadar belli olur. Seni haberdar ederim. – June

Gönder tuşuna basarken tansiyonumun yükseldiğini hissettim.

Ceketimi alıp spor ayakkabılarımı giydim. Ardından sokağa çıkıp yavaşça koşarak Antonio's'un önünden geçtim. Restoran karanlıktı ve sandalyeler hâlâ ters çevrilmiş şekilde masaların üzerindeydi. Camdaki yansımamı gördüğümde hızla başımı başka yöne çevirdim. Gavin'ı görmeyi umuyordum ve nedense bunu itiraf etmek kendimi aptal gibi hissettirmişti. Gölün yolunu tutarken, Ruby'nin dükkânını satmakla ilgili planımı yeniden doğruladım. Banka için değerli eşyaları satışa çıkardığım zamanlar yaptığım gibi, bir tablo hazırlayıp her şeyi sınıflandıracaktım. Hepsini kamyonlara doldurmaları için nakliyeciler tutacaktım. İyi bir müzayedeci bulacaktım. Ve bu işi bitirecektim.

Gölün etrafında sekiz kilometre koştuktan sonra yavaşlayarak yürümeye başladım. Ardından durup bir banka oturdum ve sazlıkları yararak göle doğru yürüyen anne ördekle yavrularını seyretmeye başladım. Anneleri, onu peşi sıra takip eden kabarık tüylü altı yavrusuyla birlikte gururlu ve paytak bir şekilde ilerliyordu. En sondaki yavru diğerlerinden daha küçüktü ve onlara yetişmekte zorlanıyordu. Ben yolunu şaşıran minik yavruyu seyrederken, anne ve iri olan yavrular çoktan göle girmişti. O ise sanki ne tarafa döneceğinden emin değilmiş gibi önce sağına, sonra soluna bakındı. Kaybolmuştu. O an oraya koşmak ve onu ellerime alıp annesinin yanına taşımak istedim. Ayağa kalkıp bir adım attığım sırada, çalılıkların arasından fırlayan iri bir fare onu ağzına aldı ve ikisi birlikte bankın arkasındaki çalıların arasında hızla gözden kayboldular.

"Yo!" diye bağırdım. "Hayır, onu alamazsın! Bunu yapamazsın!" Kendimi çaresiz ve dehşete kapılmış hissediyordum.

Ansızın dokuz yaşına geri dönmüştüm. Amy ile birlikte, terk edilmiş bir kızıl gerdan kuşu yuvasının başına dikilmiş, kuş yavrularının kaderinin derdine düşmüştük. Gözlerimi çalılıklara dikip uzun bir süre öylece baktım. Sonra olanları seyredenin sadece ben olmadığımı fark ettim. Anne ördek de izliyordu. Ve neler olduğunu biliyordu.

Son beş yüz metreyi yürürken, uzunca bir süre şahit olduğum manzarayı düşündüm. Kuş yuvasını ve yumurtaları, anne ördeği ve yavrularını düşündüm. Fareler ve ördek yavruları her zaman var olmaya devam edeceklerdi. Hayatta daima avcılar ve avlar olacaktı. Bankalar ve borcunu ödeyemeyen küçük işletmeler de öyle. Ve bir fare gibi hızla gelip, alacaklı olduğu ya da açlığını çektiği şeyi alan benim gibi insanlar. Hayatın döngüsü buydu. Ama şu an, hayattaki rolümden memnun değildim.

Kitabevine dönüş yolunda Antonio's'un önünden geçerken yüzüm kıpkırmızı, aklım düşünmekten yorulmuş haldeydi. Pişen sarımsağın rahatlatıcı kokusunu alarak, onu içime çektim. Kapı biraz aralık olduğundan Gavin'ın içeride olduğunu anlamıştım. Başımı çekinerek içeri uzattıktan sonra, "Merhaba?" diyerek bir adım attım.

"Merhaba?" dedim tekrar, kırmızı duvarlara ve cezp edici şekilde kurulmuş olan bir düzine kadar masaya hayranlıkla göz gezdirirken. İçeride altı müşteriye daha yer sağlayabilecek ahşap bir de bar tezgâhı vardı. Fakat genel olarak bakıldığında küçük ve sıcak görünümlü bir restorandı ve onu görür görmez sevmiştim.

Tezgâhın arkasındaki odun fırını usul usul yanıyordu. Kiraz kerestesinin sıcak, dumanlı kokusunu alabiliyordum. Mutfaktan yere düşen bir tencereninkine benzeyen metal bir ses geldi. Hemen ardından kapı açıldı ve Gavin göründü. Göz göze geldiğimizde gülümsedi. Belinden sarkan beyaz havluda salça lekesi vardı. "Selam," dedi. "Affedersin, çok bekledin mi?"

"Hayır, hayır," dedim. "Göl etrafında yürüyüşten dönüyordum ve uğrayıp bir merhaba diyeyim dedim."

"Merhaba," dedi Gavin, hâlâ gülümsüyordu.

Fırının alarmını duyunca tekrar mutfağa doğru döndü. "Gelsene," dedi. "Sana etrafı gezdireyim."

Tamam dercesine başımı salladım ve onu takip ederek, iki tarafa da açılan kapıdan tertemiz bir mutfağa girdim. Burası yemek salonundan biraz daha büyüktü. Büyük bir fırının iki yanında, paslanmaz çelikten bir mutfak tezgâhı uzanıyordu. Ortada ise büyük, sağlam bir masa vardı. Sanki eski bir İtalyan villasından kalma bir şey gibi görünüyordu.

"Bugün gnocchi* günü," dedi Gavin. Ortasında turuncuya çalan iri bir hamur yığını olan ve üzerine un serpilmiş kesme tahtasını işaret etti. "Hiç tatlı patatesli gnocchi yemiş miydin?"

Başımı iki yana salladım. "Hayır, ama kulağa çok iyi geliyor."

"Güzel," dedi Gavin. "Öyleyse bana yardım edip öğle yemeğini hak edebilirsin."

Sırıtarak lavaboya yönelip ellerimi yıkadıktan sonra masanın başına döndüm. Gavin bana hamuru nasıl uzun, yılan gibi parçalar halinde açacağımı gösterdi. Sonra onları üç santimetrelik parçalar halinde kesmeye başladık. Ardından bana gnocchi küreği denen tahta bir alet uzattı. Bir sapı olan, üzeri oluklu ve düz bir aletti bu. Üzerinde yuvarladığımız hamur parçaları bastırılmış ve tamamlanmış bir görünüm kazanıyordu.

---

* Patatesle yapılan bir çeşit İtalyan yemeği. (Çev. N.)

Hamurları küreğe bastırırken sohbet ediyor, onları mısır unu serpilmiş ince bir tepsiye diziyorduk. Hiçbir şey düşünmeksizin ellerimle iş yapmak kendimi iyi hissettirmişti. Rahatlatıcı bir huzur duyuyordum.

"Yemek yapmak her zaman hoşuna gider mi?" diye sordum, hazırladığım bir yığın hamuru tepsiye yerleştirirken.

"Evet," dedi Gavin. "Erkek ve kız kardeşimle restorancılık oynardım. Şef olmak hoşuma giderdi."

Gülümsedim. "Ama asıl soru şu, oyuncak bir fırının var mıydı?"

Gavin güldü. "Hayır, ama kız kardeşimin vardı ve onunla oynamama hiç izin vermezdi." Sanki komik bir çocukluk anısını hatırlamış gibi kendi kendine gülümsedi. "İtiraf etmeliyim ki bir gece sessizce yatağımdan sıvışıp, fırını onun odasından çıkarmıştım. Sonra da çikolatalı kekler pişirerek sabahlamıştım. Ama sanırım hamuru yeme kısmını daha iyi becermiştim."

"İyi seçim," dedim.

Gavin gülümsedi. "Gerçek şu ki bir restoranda çalışmak dışında hiçbir şey yapamazdım. Bu işin enerjisini seviyorum. Her akşam bir tiyatro eseri gibi. Bu tantana ile beslenip büyüyorum." Gözlerini hamurdan kaldırarak bana baktı. "Senin ne işle meşgul olduğunu hiç sormadım – yani kitabevinin sahibi olmak dışında, tabii."

"Ah," dedim ansızın utanarak. "Benimki pek heyecanlı bir iş değil."

"Eminim bu doğru değildir," dedi Gavin, daha fazlasını anlatmamı bekleyerek.

"New York'taki bir bankada çalışıyorum," dedim. "Maliye.

Gördün mü? *Sıkıcı.*" Bankadaki işim hakkında ayrıntıya girmektense kısa kesmeyi tercih etmiştim. Partilerde sohbet ettiğim insanların bankadaki rolümü cazip bulmadığını yeterince deneyimlemiştim. Bu tıpkı cenazecilerin kokteyl sohbetlerinde gülümsemeleri üzerine çekmemeleri gibi bir şeydi.

"Yine de," dedi Gavin sırıtarak, "finans işine nasıl girdiğini dinlemek isterim. Bankacılık hep ilgi duyduğun bir şey miydi?"

Üzerinde çalıştığım gnocchi hamurunu bitirerek konuşmaya başladım. "Çocukken kız kardeşimle banka memurculuğu oynayıp oynamadığımı soruyorsan, hayır. Bu bir nevi kendimi içinde bulduğum bir kariyer oldu."

"Peki, seviyor musun?"

"İşimde iyiyim."

"İkisi arasında büyük bir fark var," dedi Gavin.

"Nasıl yani?"

"Örneğin beni ele alalım," dedi. "Kolejden mezun olur olmaz hukuk fakültesine girdim."

"Neden?"

"Bir insan neden hukuk fakültesine gider?" diye sordu Gavin. "Bir kız için."

"Ah," dedim bilmiş bir şekilde gülümseyerek. "Hiç değilse iyi niyetliymişsin."

"Mesele de bu," dedi Gavin aniden ciddileşerek. "Kariyerimde ilerledikçe öyle olmadı. Demek istediğim, hukuk alanında iyiydim. Gayet iyiydim. Hukuk fakültesini büyük başarıyla bitirdim. Sınıfımdan birincilikle mezun oldum, hatta Boston'daki büyük bir firma tarafından işe alındım. İyiydim. Önümde beni bekleyen büyük bir kariyer vardı, ama..." Bir sonraki cümlesini düşünerek omzunu silkti.

"Ama ne?" diye sordum, her kelimesini dikkatle dinliyordum. Gavin'a itiraf edecek değildim, fakat hayat hikâyelerimiz, en azından kariyerlerimiz söz konusu olduğunda birbirine paralel görünüyordu.

"İşimi isteyerek yapmıyordum," dedi Gavin nihayet. "Şüphesiz ki işimde iyiydim, ama hayatıma uzun ve dikkatli bir bakış attığımda hukuktan nefret ettiğimi fark ettim. Hem de çok nefret ediyordum. Bu ben değildim. Bu işi yapmak için doğmamıştım."

Anladığımı belirtircesine başımı salladım.

"O yüzden buraya taşındım," diye devam etti Gavin. "Ailem delirdiğimi düşündü. Belki biraz delirmiştim. Yani, kim hukuk diplomasından ve öyle büyük bir maaştan vazgeçer ki?" Yeni bir gnocchi hamuru açtıktan sonra tekrar bana döndü. "Ama yolumu buldum. Burayı açma cesaretini toplamadan önce pek çok restoranda çalıştım."

Anladığımı belirtircesine başımı salladım. "Peki ya kız?"

Gavin bir an için şaşırmış göründükten sonra gülümsedi. "Ah, işimi bıraktığım gün beni terk etti."

"Mükemmel biriymiş."

"Ah, evet," dedi Gavin gülümseyerek. "En iyisiydi."

Gülümsemesine aynı şekilde karşılık verdim. "Peki, hiç... Yeniden âşık oldun mu?"

Gavin bir an için çelişkili göründü. Tam cevap vereceği sırada mutfağın arka kapısı açılıverdi. Bir kadın, kucağında parlak ve mosmor patlıcanlarla dolu büyük bir kutuyla içeri daldı. Koyu renk saçları olan çok güzel bir kadındı. Üzerinde bir koşu taytı ve siyah bir ceket vardı. Önce beni fark etmedi. "Gav!" dedi kapının eşiğinden, oldukça ağır görünen kutuyu dengede tutmaya çalışarak. "Bu sabah Pike Place'teki patlıcanların ne kadar harika olduklarına inanamazsın. Biliyorum, çok fazla aldım, ama ne kadar güzel olduklarını görünce beni suçlayamayacaksın." Gavin ile samimi bir şekilde, sanki az sonra doktor randevusunun ayrıntılarını anlatmaya başlayabilirmiş gibi konuşuyordu.

Gavin onun yanına koşup kutuyu elinden aldı. Ansızın buraya ait olmadığımı hissettim. Kadının oldukça göz alıcı hatları vardı: Dolgun dudaklar, iri, kahverengi gözler ve çıkık elmacık kemikleri. Hemen hemen benim yaşlarımda, belki biraz daha gençti. İtalyan olup olmadığını merak etmiştim. Uzun, parlak, koyu renk saçlarını atkuyruğu şeklinde toplamıştı. Makyaj yapmamıştı. Zaten makyaja gerek duymayan kadınlardandı. Doğal bir güzelliği vardı.

"Ah," dedi kadın, masada oturan beni görür görmez. Sanki ben orada değilmişim gibi Gavin'a döndü. "Misafirin olduğunu bilmiyordum."

"Adrianna, bu, June," dedi Gavin. "Yeni komşumuz."

Adrianna yüzünü buruşturdu. "Komşumuz mu?"

"Teyzesi Ruby yakın zamanda vefat etmiş ve kitabevini ona bırakmış."

Adrianna yapmacık bir şekilde gülümsedi. "Ah," dedi. "Lillian dükkânın yeni sahibi hakkında bir şeyler söylemişti." Nihayet bana doğru döndü. "Kaybın için üzgünüm."

"Teşekkür ederim," dedim, güzelliği karşısında hâlâ sersemlemiş bir haldeydim.

Gavin bana dönerek, "Lillian ve kocası caddenin karşısındaki oyuncakçı Gepetto'nun sahipleridir," dedi.

"Evet," dedim neşeyle. "Onları çocukluğumdan tanırım."

Adrianna patlıcanlarla meşguldü. Lavabonun başına geçip onları tek tek yıkamaya başladı. "Kitabevini satacağını duydum," dedi bana. Ses tonu yeterince cana yakın olsa da kelimeleri iğneleyiciydi.

Oldukça şaşırmıştım. Kitabeviyle ilgili niyetlerimden kimseye söz etmemiştim. Gavin benim hakkımda ne düşünecekti? Ansızın savunmaya geçtim. "Hayır," dedim çabucak. "Ben..."

Gavin beni kurtarmak için atıldı. "Mahalle dedikodularına kulak asmamalısın, Adrianna."

Gülümsedim. Fakat yöre halkının hakkımda ne düşündüğünü merak ederken kendimi kötü hissettim. Acaba biri nakliye şirketiyle yaptığım konuşmaya kulak misafiri mi olmuştu? Yoksa mesleğim hakkında bilgi sahibi mi olmuşlardı? Sonra aklım yeniden Gavin ile Adrianna'ya, onların geçmişine ve bugününe kaydı.

"Önemli değil," dedim çabucak, odadaki tansiyonu düşürmeye çalışarak. O an Adrianna'nın kim olduğuna dair hiçbir fikrimin olmadığını fark ettim. Gavin'ın kız arkadaşı mıydı? Yoksa kız kardeşi mi? Tanrım, lütfen kız kardeşi olsun, diye geçirdim içimden. "Demek sen Gavin'ın..."

"İş ortağım," dedi Gavin çabucak, Adrianna'nın yanıtlamasına fırsat vermeden. "Adrianna ve ben restoranın ortak sahipleriyiz."

Anladığımı belirtircesine başımı salladım. Kendimi bir anda aptal gibi hissetmiştim. Ya evlilerdi ya da flört ediyorlardı, belki de durumları bundan daha karışıktı. Her ne olursa olsun, o mutfakta bulunmamın Adrianna'yı memnun etmediğini gayet iyi hissediyordum. Ayağa kalkıp ellerimdeki unu silkeledim. "Yemek dersi için teşekkürler," dedim Gavin'a. "Ama dükkâna dönmem gerek. Yapacak çok işim var."

Gavin suratını astı. "Ama daha tadına bakmadın."

Adrianna masaya şöyle bir göz gezdirdikten sonra, yeni yıkadığı bir patlıcanı sağındaki kesme tahtasına yerleştirdi.

"Sorun değil," dedim. "Başka zaman."

"Pekâlâ," dedi Gavin hayal kırıklığına uğramış bir halde. "Yine uğra."

Başımı olumlu anlamda sallayıp yemek salonuna, oradan da caddeye çıktım. Kitabevinin kilidini açıp içeri girdim. *Az önce olanlar da neydi öyle?* O andan itibaren insanlardan uzak durup, içime kapanmaya karar verdim. Böylesi her zaman daha kolaydı.

Günü kutularca kitabı ayıklayarak geçirdim. Gavin'ın restoranda söylediklerini düşünmemeye çalışmakla, her kelimesini derinlemesine düşünmek arasında gidip gelmiştim.

Öğle yemeği saatini çalışarak geçirdim. Saat ikide, bir önceki gün kafeden aldığım bayat simidi yemek için mola verdim. Arthur'u ve iş ilişkimizin ne kadar bireysellikten uzak olduğunu düşündüm. Benim hakkımda hiçbir şey bilmiyordu. Benimse onun hakkında tek bildiğim, işiyle evli olduğuydu. Muhtemelen karısının on yıl önce onu terk etmesinin sebebi de buydu. Sonumun bu olmasını gerçekten istiyor muydum?

Saat beşi gösterdiğinde dokuz kutuyu boşaltmayı başarmıştım ve karnım zil çalmaya başlamıştı. Bir pizza sipariş etmeyi ya da yolun sekiz kilometre yukarısındaki markete gitmek için bir taksi çağırmayı düşündüm. Çantamı almak için üst kata çıktığımda, birinin aşağıda kapıyı tıklattığını duydum. Fakat aşağı indiğimde kapıda kimse yoktu. Sadece paspasın üzerinde büyük bir kesekâğıdı duruyordu. Onu alıp kapıyı tekrar sürgüledim. İçinde bir şişe İtalyan şarabı ve üzerinde adımın yazılı olduğu, sıcacık bir yemek kabı olduğunu gördüm. Yanında ikiye katlanmış bir de kâğıt vardı. *June, yapman gereken çok fazla iş ve aklında çok fazla düşünce var. Gnocchi daima rahatlatır. Tadını çıkar + tatlı rüyalar. –Gavin*

Gülümseyerek şöminenin yanındaki berjer koltuğa oturdum ve gnocchi kabını çıkardım. Bir peçeteye sarılmış olan bıçağı ve çatalı açıp, iştahla bir lokma aldım. Ardından gözlerimi kapatarak ağzımdaki lezzetin tadını çıkardım. Yemek yemek hiç bu kadar lezzetli gelmemişti. Gnocchi'yi bitirdikten sonra üst kata koşup, Ruby'nin mutfağından bir tirbuşon buldum. Büyük bir de bardak alıp aşağı inerek, kendime şarap doldurdum.

Ansızın aklıma kız kardeşim geldi. New York'ta kısa süreliğine paylaştığımız dairede yediğimiz ilk akşam yemeğini düşündüm. Benimle birlikte yaşamaya geldiği için çok mutluydum. O zamanlar otuz yaşındaydım. O da neredeyse yirmi altısındaydı. Onu doğuya çeken şey, önce bir modaevindeki asistanlık işi olmuştu. Ama ne o işte ne de diğerlerinde uzun süre kaldı. Amy daima daha iyi koşulların peşinden koşar, ama hepsinin bir öncekinin aynısı olduğunu görürdü. Fakat o gece, onun için yeni bir başlangıçtı. Geleceği yeni olanaklarla doluydu. Bir moda tasarımcısı olmak hakkında konuştuğunu hatırlayabiliyordum. Yaptığım Meksika yemeğinin yanında bir şişe şarabı paylaşmıştık. Saat dokuz buçukta, ikimizin de çakırkeyif ve mutlu olduğu bir anda, Ryan da bize katılmıştı. Gözlerimi kapattım. *Ryan.*

Anıları uzaklaştırmak istiyormuş gibi başımı iki yana salladım ve yeniden Ruby'yi düşünmeye başladım. Onun ve Margaret'ın hikâyesine dair daha fazla şey okumak için büyük bir istek duyuyordum. Son mektubunda Margaret paylaşacağı bir sırrı olduğunu yazmıştı. Neydi o? Mektupta *Ördek*

Yavrularına Yol Aç adlı kitaptan bahsettiğini hatırlayınca, bunun beni bir sonraki mektuplara götürüp götüremeyeceğini merak ettim. Doğruca rafa gidip kitabı buldum. Fakat içinde zarf falan yoktu. Etrafındaki diğer kitaplara göz gezdirsem de raftaki tek baskı buydu.

Hayal kırıklığına uğramış bir halde oturdum ve içinde mektupları bulduğum diğer iki kitaba tekrar bakmaya karar vererek sayfalarını çevirmeye başladım. Bu kitapların farkı neydi? Evet, eskilerdi, ama dükkânda pek çok eski kitap vardı. Ardından iki kitabın da künyesine göz atmayı düşündüm ve Ruby'nin bana ilk baskıları tanımayı nasıl öğrettiğini hatırladım. *Minik Köpek*'in satır numarasında '1' yazdığını gördüm. *Tavşan Peter'ın Hikâyesi*'nin yayın hakları tarihi ise 1901'di ve altında 'İlk Baskı' yazıyordu. İşte o an anladım. Ruby mektuplarını içine saklamak için ilk baskıları seçmişti. Ve tıpkı düşündüğüm gibi, bana ipuçlarını toplayarak çözeceğim bir bulmaca *bırakmıştı*.

Ördek Yavrularına Yol Aç kitabının ilk baskısını aramaya başladığımda kalbim hızla çarpıyordu. Buralarda bir yerlerde olması gerektiğini biliyordum. Eğer Ruby'nin yerinde olsaydım, ilk baskıları nerede saklayacağımı düşündüm. *Minik Köpek*'i yüksek bir rafta bulduğumu hatırlayınca, oraya bakmaya karar verip merdivene yöneldim. Bir saatlik arayışın sonunda neredeyse vazgeçiyordum ki kısa kitapların arasından çıkıntı yapan yeşil bir kitap kabını fark ettim. Kapağında bir ördek ve altı yavrusunun resmi vardı. Sabah gölde şahit olduğum manzarayı düşününce yoğun bir duygu seline kapıldım. Kapağı açtığımda, iki mektubun tıpkı Ruby'nin onları bıraktığı günkü gibi durduğunu gördüm.

Margaret'ın yazmış olduğu ilk mektubu alıp merdivenden indim ve koltuğa oturarak merakla okumaya başladım.

27 Mart 1946

Sevgili Ruby,

Annem dün yine ziyarete geldi. Masadaki Firari Tavşan taslağına hoşnutsuz bir bakış attıktan sonra diplomamı almak için üniversiteye geri dönmemi ve bir öğretmen olmamı söyleyip durdu. Dediğine göre neslinin 'evde kalmışlarının' yaptığı şey buydu. Ona felaket gibi geçen bir yarıyıldan sonra öğretmenlikten vazgeçtiğimi söylemedim. (O deneyimimin en iyi yanı, senin dostluğunu kazanmak olmuştu.)

Annemin söylediklerine tamamen inanmasam da kelimeleri adeta gururumu kırmıştı. Beni etkileri altına almışlardı. Bu sabah hiç çalışma hevesim olmadan uyandım. Cümleleri tüm şevkimi ve yaratıcılığımı koparıp attı.

Sana söylemem gereken şey şu: Yazarlığı bir kenara kaldırmaya karar verdim, en azından şimdilik. Sadece annem kazandığı için değil, aynı zamanda kendimi kaybolmuş hissettiğim ve yolumu bulamamaktan korktuğum için.

Kafamdaki karakterlerin sesleri... kesildi. Artık onları duyamıyorum, Ruby. Tek duyabildiğim şey, kendi karamsar düşüncelerim. İnsanın kendi içinde kapana kısılması ve elinde güvensizliklerinden başka hiçbir şeyinin olmamasından daha kötü bir şeyi var mı?

Roberta'dan ses seda yok. Hafta sonuna kadar ondan bir haber almazsam ona çiçek göndermeyi düşünüyorum. Kız kardeşler konusunda haklısın. Bizleri deli etseler de onları oldukları gibi kabul etmeliyiz.

Pekâlâ, burada mektubuma son vermeliyim. Crispian pantolonumun paçasını çekiştiriyor. Günlük öğleden sonrası yürüyüşünü bir saat geciktirdik. Bu yüzden biraz yürüyecek ve geleceğimi düşüneceğim.

Belki de bir köpek bakıcısı olurum?

Kendini kaybetmiş olan arkadaşın,
Margaret

Başımı iki yana salladım. Kız kardeşler hakkında nasıl böyle yazabiliyordu? 'Bizleri deli etseler de onları oldukları gibi' kabul etmeliyiz mi? Bu, kendimi zorlasam bile katılamayacağım bir düşünceydi. Ne de olsa acım hâlâ taze ve can yakıcıydı. Ruby ve Margaret benim yerimde olsalar ne yaparlardı? Aynı şeyleri hissederler miydi?

Diğer zarfı alarak, içinden Ruby'nin yazdığı mektubu çıkardım.

11 Nisan 1946

Sevgili Brownie,

Ah, yazdıklarını okurken ağladım. Ne kadar sıkıntılı olduğunu duymak beni derinden üzdü. Bu sayfaların içinden sana uzanmak ve seni kucaklamak istiyorum, canım arkadaşım. Omzumda ağlamana izin vermek istiyorum. Seni avutup, devam etmen için cesaretlendirmek istiyorum. Annenin söylediklerini dikkate almaman için seni nasıl ikna edebilirim? Tıpkı onun senin dünyana ait olmadığı gibi, senin de onun dünyasına ait olmadığını görmen için ne yapabilirim?

Kendini bir hizmetçisi, aşçısı ve sağa sola koşturan gürültücü çocukları olan bir ev kadını olarak hayal edebiliyor musun? Herhalde aklını kaçırırdın! Hayır, senin ihtiyacın olan şey ne bir koca ne de 'saygıdeğer' bir iş. Sen yapmayı sevdiğin ve pırıl pırıl parladığın işin peşinden koşmakta özgür olmalısın.

Aile ilişkileri son derece zorlu, değil mi? Bunu gayet iyi bilirim. Haftalarca sessiz kalmamızın ardından, dün Lucille'e uğradım. Mucizevi bir şekilde içeri girmeme izin verdi. Çay içerken havadan sudan muhabbet ettik. Ama en azından konuşuyoruz. Şimdilik. Bu iyi bir adım. Hayatımın belli kısımlarını onunla asla paylaşamayacağımı kabullendim. Örneğin, Anthony ile olan ilişkimi kesinlikle tasvip etmeyecektir. Onu üzmeye değmez. Onu üzerek sadece kendimi üzmüş olurum. Onların düşüncelerine katılmasak bile, ailelerimizin hakkımızdaki yargılarını gayet derinden hissediyoruz. Onları sevdiğimiz, daha genel anlamıyla onlardan geldiğimiz için en can yakan kelimelerinin bile doğru olup olamayacağını merak ediyoruz. Kendimizi sorguluyoruz. Hatta onları haklı çıkarmak için kendimizden bile vazgeçebiliyoruz.

Kız kardeşimle birer yabancı olmamamız için elimden gelen her şeyi yapacağım. Çünkü bunun asla atlatamayacağım ya da kendimi hiç affetmeyeceğim bir hata olmasından korkuyorum.

Şimdi yazmaya bir son vermenle ilgili saçmalığa dönelim. Dünyadaki tüm çocukların kitap okumayı bıraktıklarını düşün. Bundan bir, beş, on, yirmi yıl sonra, ellerinde senin kitaplarını tutan ve hikâyelerinle büyülenen çocuklar... Eğer yazmaya son verirsen, bu şansı kaybedecekler.

Eğer biraz beklersen karakterlerinin yeniden fısıldamaya başlayacaklarından eminim. Hâlâ oradalar, sadece biraz korktular. Tekrar ortaya çıkmaları için onlara zaman tanı ve onları duymak için kendine sessiz bir ortam yarat.

Her hayatın, her hikâyenin iniş ve çıkışları vardır. Sen şu an o inişlerden birini yaşıyorsun. Belki yürüdüğün yol biraz puslu. Belki artık önünü göremiyorsun. Ama orada. Yürümeye devam et. Yolunu bulacaksın. Etrafta hoplayan tavşanlarla birlikte çalılıkların arasından çıktığında ise seni bekleyen açıklık alanı göreceksin. Ve üzerine parlayan güneş seni ışıklarıyla ısıtacak, sana yeniden ilham verecek.

Einstein bir şeyler keşfetmeye son verseydi ne olurdu? Ya da Bach beste yapmayı bıraksaydı? Peki ya Edison ampul üzerinde çalışmaktan vazgeçseydi? Söylemeye çalıştığım şey şu, dünya çocukları için son derece güzel ve kıymetli bir iş yapıyorsun ve buna devam etmelisin. Lütfen bana kendini zorlayacağına ve denemeye devam edeceğine dair söz ver, olur mu?

Sana ilham vermesi için paylaşacağım ufak bir şey var: Kültürlerle ilgili bir yazı okuyordum. Elbette biz kendi kültürümüzde 'aydaki adam'dan bahsediyoruz, ama Çin efsanesine göre ayda yaşayan şey bir tavşanmış. Dün gece penceremden aya bakıyordum ve onu gördüm, Brownie! Ayın yüzeyinde sarkık, beyaz kulakları olan küçük bir tavşan var. Bir daha aya asla aynı gözle bakmayacağım.

Metin ol ve yolunu kaybettiğini düşündüğünde, aya bakıp beni düşün. Çünkü sana inanıyorum.

Sevgilerimle,
Ruby

Yedinci Bölüm

Ertesi sabah, yediğim yemeğin etkisiyle uzun bir uyku çektikten sonra, dizlerimin üzerine çöktüm ve raftaki resimli çocuk kitaplarını Ruby'nin sevdiği şekilde yeniden dizmeye başladım. Ardından durup başımı iki yana salladım. Ne yapıyordum ben? Eğer dükkânı satacaksam kitapları raflardan indirmem gerekiyordu, yeniden yerleştirmem değil. Bir iç çekip ayağa kalktığım sırada Ruby'nin kapıya astığı çanların sesini duydum.

"Yemeği sevdin mi?" diye sordu Gavin başını kapıdan içeri uzatarak. Gülümsedim ve Adrianna'nın onun burada olmasıyla ilgili ne düşüneceği hakkında endişe etmemeye çalıştım.

"Evet," dedim başımla onaylayarak. "Evet, teşekkür ederim. Çok beğendim. Doğrusu şimdiye dek böyle lezzetli bir şey tattığımı sanmıyorum."

Gavin bana doğru birkaç adım attı. "Rahatlatıcı yemeklerin en iyisidir," diyerek alnını ovuşturdu. "Dinle, dün için özür dilerim."

Anlamamış gibi yaptım. "Ne demek istiyorsun?"

Gavin sevimli bir şekilde başını kaşıdı. "Adrianna'nın davranışı," dedi. "Umarım seni... rahatsız etmemiştir."

"Hayır," diye yalan söyledim. Ardından Ruby'yi düşündüm. Mektuplarında anlattıkları, bana duygularımla doğrudan yüzleşme cesaretini verdi. "Aslında rahatsız etti," dedim. "Çünkü..."

Gavin bir adım daha yaklaştı. İçerisi oldukça sessizdi ve üst katta damlayan musluğun sesini duyabiliyordum.

"Çünkü benden hoşlanıyor musun?"

Bu dediğine önce sinirlensem de gülümseyişi beni sakinleştirmişti.

Gavin saçlarımı kulağımın arkasına yerleştirdiğinde ensemdeki tüylerin diken diken olduğunu hissettim. "Pekâlâ, ben *senden* hoşlanıyorum," dedi. Oluşan bir anlık sessizlik esnasında midemde kelebekler uçuşuyordu.

"Ama Adrianna," dedim. "Ben aranıza girmek..."

"Kimsenin arasına girdiğin yok," dedi Gavin şöminenin yanındaki koltukları işaret ederek. "Biraz oturmak ister misin? Sana bütün hikâyeyi anlatacağım."

Gavin konuşmaya başladığı an gözlerimi şömine ateşine diktim. Anlatacaklarından korktuğum için ona bakamıyordum. Onların geçmişi, ikimizin geleceğini belirleyebilirdi. *Geleceğimiz*. Bu kelimeyi aklımda döndürüp durarak bana fısıldamasına, benimle alay etmesine izin verdim. "Biz nişanlıydık," diye söze başladı Gavin. Söylediklerini sindirmeye çalışarak yutkundum. *Nişanlı*. "Onunla aşçılık okulunda tanışmıştım. Pasta şefi olmak için eğitim alıyordu. Birbirimize anında kanımız kaynadı. O, büyük bir İtalyan ailesindendi. Benimse oralardan tanıdığım kimseler yoktu. Beni oldukça sıcak karşıladılar. Tüm vaktimizi birlikte geçiriyorduk. İki yılın sonunda nişanlanmamız sadece birlikteliğimizin doğal bir aşaması gibi gelmişti. Bu yüzden ona evlenme teklif ettim." Bir iç çekti. "Tuhaftır, ona evlilik teklifinde bulunurken, insanın bedeninden ayrılması deneyimini yaşadığımı hatırlıyorum. Sanki o anı ben yaşamıyordum da her şeyi bir film gibi seyrediyordum. Bir adam, bir kızın önünde diz çöküyor ve ona evlenme teklif ediyordu."

Gavin başını iki yana salladı. "Ama hissetmem gereken şeyleri hissetmiyordum. O hislerin oluşmasını umarak beklemeye devam ettim. Kendime bir sabah uyanacağımı ve iyi hissedeceğimi söylüyordum. Sonra restoranı açtık ve geleceğimiz daha da sağlamlaştı. Evli ve iş ortağı olacaktık." Dalgın bir şekilde ileri baktı. "Ama altı ay önce, bir gece yarısı soğuk terler içinde uyandım. Evli ve mutlu olmakla ilgili bir rüya görmüştüm. Yanımda uyuyan Adrianna'ya baktım. Ona söylemem gerektiğini biliyordum. O harika biriydi. Ama bana göre biri değildi."

"Vay canına," dedim. Bir önceki gün bana gayet soğuk davranan kadın için ansızın üzülmüştüm. Ne de olsa aşkına tamamen karşılık vermeyen birini sevmenin nasıl bir şey olduğunu biliyordum.

"Böylece nişanı attık," diye devam etti Gavin. "Restoranı birlikte açtığımız için işleri yürütmenin bir yolunu bulmak zorundaydık. Önceleri Adrianna bu durumu kabullenmekte zorlandı. Yani, onun için hâlâ zor olduğunu biliyorum. Ama kabullendi."

"Sence sadece biraz bekleyip, fikrini değiştirmeni umuyor olamaz mı?"

Gavin omzunu silkti. "Bilmiyorum."

"Her gün seninle birlikte çalışmak ve büyük bir hata yaptığına karar vermeni ümit etmek zor olmalı."

"Doğrusu bunu düşünmemeye çalışıyorum," dedi Gavin. "Aslında dün mutfağa girdiği an suratındaki ifadeyi görünceye kadar her şeyi atlattığını sanmıştım."

"Geçmişiniz hesaba katılırsa," dedim, "birlikte çalışmanız pek sağlıklı olmasa gerek."

Gavin başını sallayarak onayladı. "Bu beni her gün endişelendiriyor. Ama ikimiz de restoranı seviyoruz. İşimizi seviyoruz. Hepsinin üstesinden geleceğimizi düşünüp duruyorum."

"Ama bu o kadar kolay değil," dedim Amy'yi düşünerek. Beş yılın sonunda bile yaram hâlâ tazeydi. "Adrianna'nın yaşadığı gibi acı verici bir olay yaşadığında, kendini hemen toparlayamazsın. Onca zaman seni sevdikten sonra sanki bir düğmeye basmış gibi, seni birden arkadaşı olarak görmeye başlayamaz. Bir kadının kalbi bu şekilde çalışmaz."

Gavin tekrar başını sallayarak beni onayladı. "Sabırlı davrandım. Başka kimseyle flört etmedim. Böyle bir şeyi kaldıramayacağını biliyordum. Harika bir ay geçirdik. Bana Joe'nun dükkânında biriyle tanıştığını ve göl etrafında bisiklete bineceklerini söyledi. İyileştiğini düşündüm. Ve seninle tanıştığımda," diyerek dikkatle yüzüme baktı, "bunu açıklayamıyorum... Sana öylece kapılıverdim."

Gülümseyerek bir şeyler söylemek için ağzımı açtım, ama tek kelime edemedim.

"Hepsini bir anda kabullenmenin zor olduğunu biliyorum," dedi Gavin çabucak. "Senden büyük kararlar vermeni istemiyorum. Ben sadece... seni daha yakından tanıyabilir miyim diye soruyorum. Tanıyabilir miyim?"

Başımı olumlu anlamda salladım. "Evet. Evet, tanıyabilirsin."

"Güzel," dedi Gavin gülümseyerek. "Baksana, bugün restoranda büyük bir gece düzenliyoruz. Her ayın ilk cuma günü bir caz orkestrası çağırıyor ve yeni bir makarna yapıyoruz. Neden gelip benim misafirim olmuyorsun? Tabii, eğer istersen." Ayağa kalkıp kapıya göz attı. "Bu gece görüşürüz, öyleyse."

Gülümsemesine aynı şekilde karşılık verdim. "Bu gece."

Kapı kapandığında Ruby'nin burada olmasını diledim. Ona koşmak, çocuksu bir çığlık atmak ve onunla Margaret Wise Brown ile paylaştığı gibi en özel duygularımı paylaşmak istiyordum. Doğruydu, hayatım boyunca güçlü arkadaşlık kurduğum birkaç hemcinsim olmuştu, ama benim için daima Ruby vardı. Beni dinleyip dinlemediğini merak ediyordum. Beni seyredip seyretmediğini, benim için mutlu olup olmadığını merak ediyordum. O an okuduğum son mektupları ve *Firari Tavşan*'dan bahsettiklerini hatırladım. Heyecanla kitabı aramaya başladım ve odanın diğer ucundaki yüksek bir rafta ilk baskısını bulmayı başardım. Kapağı oldukça narin ve çatlamıştı. Sayfalarını açtığımda, içinde beni bekleyen iki mektupla karşılaştım.

26 Nisan 1946

Sevgili Ruby,

Sadece bir kitapçı değil, aynı zamanda bir şifacısın. Daha annemin ziyaretinin sersemliğini atlatamadan, bir de gribe yakalandım. Fakat yazdıklarını okumak hem bedenime hem de ruhuma ilaç gibi geldi. Verdiğin cesaret sayesinde yeniden yazmaya başladım. Ayrıca aydaki tavşan fikrinin oldukça merak uyandırıcı olduğunu söylemeliyim. Bana ilham verdin. Gözümün önünde çocuk odasındaki yavru bir tavşan canlanıyor. Ve her sayfada bir aydede olacak. Şimdilik bir düşünceden çok sadece bir his, ama gittikçe hoşuma gidiyor. Sonunda hiçbir şey çıkmayabilir de. Fakat sabırlı olacak ve karakterlerime kulak kabartacağım. Ve fısıldamaya başladıklarında söylediklerini kâğıda dökmek için hazır olacağım. Eğer bu bir kitap olursa, onu sana adayacağım, arkadaşım.

Tahmin ettiğim gibi çiçekler işe yaradı. Laleler. Sorarım sana: İnsan sarı lalelerin karşısında kin tutmaya devam edebilir mi? Bence hayır. Roberta da çiçekleri alır almaz beni aradı. Son görüşmemizde aşırı alıngan (ve deyim yerindeyse eleştirici) davrandığı için benden özür diledi. Aramız ne kadar gergin olsa da, hiç değilse yeniden konuşmaya başladık. Umarım zamanla beni olduğum gibi kabul eder. Tek ümit edebildiğim şey bu. Ne de olsa ikimiz de birlikte, kol kola biriktirdiğimiz harika çocukluk anılarıyla doluyuz. Yıldızları seyretmek, evimizin yanındaki ormanlık alanda dolaşmak, bahçe çitlerinin ardındaki hayatı hayal etmek... Sanırım yetişkinlik ondaki bu anıları bastırdı, ama zamanla onları yeniden canlandıracağıma inanıyorum. Sanırım ona hatırlatabilirim. Ve ona yetişkinliğin getirdiği alışkanlıkları ve meşguliyetleri taşıyan bu iki yetişkin bedenin altında, hâlâ o iki küçük kızın olduğunu anımsatabilirim.

Son mektubunda kısaca Anthony'den bahsetmiştin. İtiraf etmeliyim ki daha fazlasını yazacağını ummuştum. Bu ilişkin hakkında endişeleniyorum. Bu adama deliler gibi âşık olduğunu biliyorum, ama senin kalbini kıracağından korktuğumu söylemeliyim. Benim gibi kurallara uymayan birinin böylesine tavsiyeler vermesi bana tuhaf geliyor. Ama arkadaşlar birbiri adına düşünebilmeliler, bilhassa kendi adımıza düşünemediğimiz zamanlar. Bu yüzden bana bu adamla ilgili daha fazla şey anlatmanı umuyorum. Nihayet ona güvenirsen, ben de güveneceğim. Ama korkarım bu aşk macerası seni tamiri olmayan bir kırık kalple bırakmaktan başka bir şey yapmayacak. (Benim de daha önce bu yolda pek çok kez yürüdüğümü söylemezsem olmaz.) Kendini böyle bir kalp yarasından koruyacağına dair bana söz ver, olur mu?

Galiba endişelerim ruh halime de yansıyor. Doktorum sol göğsümde bir tümör buldu. Önümüzdeki hafta ameliyata gireceğim. Sonrasında ne olacak bilmiyorum. Merak etme. İyi olacağım. En azından yeniden yazıyorum. Ve hayal kuruyorum. Ve çoğu zaman gülümsüyorum. Önemli olan tek şey bu.

Kuş Beyinliler Topluluğu beni neşelendirmek için geçtiğimiz hafta bir Mad Hatter partisi düzenledi. Hepimiz acayip şapkalar takıp çay içtik, çörek yedik ve atacak kahkahamız kalmayana dek güldük. Çok güzeldi.*

Bazen kendimizi fazla ciddiye aldığımızdan endişe ediyorum. Geçen gün aynadaki yansımama baktığımda annemi gördüm. Daha dün on bir yaşında, saçları örgülü kızlar değil miydik? Tabii ki hâlâ o saçları örgülü kızım. Sadece onun hâlâ bu yaşlanan bedende yaşadığını kendime hatırlatmam gerek. İçimdeki çocukla bağlantımı kaybedersem kahrolurum. Bunun benim en büyük korkum olduğunu biliyorsun... bu ve sevimsiz biri olarak görülmek.

Bir sonraki mektubun için her gün posta kutuma bakıyor olacağım. En kısa zamanda yaz, sevgili arkadaşım.

New York City'den kucak dolusu sevgiler,
Brownie

* *İng.* Çılgın Şapkacı. Alice Harikalar Diyarında masalından bir karakter. (Çev. N.)

Not: Bugün yayınevlerimin birinden 'Bayan Margaret Wise Brows' adına bir telgraf aldım. Bunun bir çocuk kitabı yazarı için çok daha iyi bir isim olduğunu düşünüyorum.

29 Nisan 1946

Sevgili Margaret 'Wise Brows,'

(Ha!) Ne yazım hatası ama. Doğruyu söyle, nasıl hissediyorsun? Hasta olduğunu düşünmeye dayanamıyorum. Bu mektubun sana ameliyatından çıkıp dinlendiğin sırada ulaşması için dua edeceğim. Doktor ciddi bir şey olduğundan endişe ediyor mu? Tümör yayılmış mı? Ah, şu an neler çekiyor olmalısın.

Keşke şimdi orada olup, sağlığına kavuşana dek sana bakıyor olabilseydim. Ama ilham perin seni terk etmemiş. Yeniden yazıyorsun! Hikâyeler senin soluduğun hava ve o hava seni ayakta tutan, güç veren şeylerle dolu.

Kardeşine lale göndermek ne muhteşem bir stratejiymiş! Lalelerin çiçeklerin içinde en mutlusu olduğu konusunda hemfikiriz. Onların karşısında kin beslemek gerçekten imkânsız. Sanırım ben de bunu Lucille ile denemeliyim. Bana şans dile. Kız kardeşinle paylaştığın çocukluk anıları hakkında yazdıkların, bana kendi anılarımı hatırlattı. Bilhassa Lucille ile sırt çantalarımızı kapıp 'kaçtığımız' günü. Tozlu bir yol boyunca sekiz kilometre yürümüş ve cebimizdeki son bozukluklarla sakız almıştık. Ta ki babamız bizi birinin bahçesindeki bir ağaca tırmanırken bulup, eve getirene kadar. O maceradan kalma sakızın kâğıdını saklıyorum, biliyor musun? Bunca yıldan sonra hâlâ mücevher kutumun içinde duruyor. O benim hayattaki ilk maceramı simgeliyor ve o macerayı Lucille ile paylaşmıştım. Acaba hatırlıyor mudur, merak ediyorum.

Sana verecek büyük bir haberim var. İtiraf etmeliyim ki sana söylememek için kendimi tutuyordum. Her iyi arkadaşın yapması gerektiği gibi, Anthony hakkında endişelerinin olduğunu biliyorum. Ama gördüğün tüm tehlike işaretlerine rağmen ve bu yaptığımın doğru olmadığını bile bile sırılsıklam âşık oldum.

Sana nasıl söyleyeceğimi bilemiyorum. Heyecandan başım dönüyor. Biliyorsun, hep kendime ait bir kitabevim, bilhassa çocuk kitapları satan bir dükkânım olmasını düşleyip dururdum. Anthony bana bir dükkân satın almayı teklif etti. Olayların bu şekilde gelişmesi hiç beklenmedik bir şeydi. İtiraf etmeliyim ki hâlâ bu fikre alışmaya çalışıyorum, ama bu doğru. Anthony Yeşil Göl'ün yakınlarında, üst katında şirin bir dairesi olan harika bir dükkân buldu. Onu eşyalarla ve kitaplarla donatmak istiyor (ilk siparişim Doubleday Yayınevi'ne olacak ve son kitabın Küçük Ada'dan bir kutu dolusu isteyeceğim!). Ve bil bakalım ne oldu? Anthony'nin teklifini kabul ettim. Ne düşündüğünü tahmin edebiliyorum, ama seni temin ederim ki Anthony'nin beni mutlu etmekten başka niyeti yok. O şimdiye dek tanıdığım en nazik erkek. Bana beni sevdiğini ve sevgisini bu şekilde gösterdiğini söyledi. Hiçbir şartı olmadığını ve eğer bu ilişkiyi bitirmek istersem, dükkânı işletmeye devam edebileceğimi de ekledi (tapuda benim adım yazıyor).

Buraya Mavi Kuş Kitabevi adını vereceğim. Sen ne

dersin? Ah, Brownie, görmen için sabırsızlanıyorum! Alt katta bir şöminesi (radyatörleri de var, tabii, ama şömine hoş bir ayrıntı), pek çok rafa yer sağlayan yüksek bir tavanı (Anthony tekerlekli merdiven yapması için bir marangoz çağıracak, böylece en üstteki raflara yetişebileceğim) ve büyük pencereleri var. Üst kattaki daire de gayet şirin. Anthony'ye akşam yemeği hazırlamak için yemek yapmayı öğrenmem gerekecek.

Mektubumdan dışarı taşan mutluluğumu hissedebiliyor musun?

Yakında daha fazlasını yazarım. O zamana dek sürekli seni ve sağlığını düşünüyor olacağım.

Seattle'dan sevgiler,
Ruby

Ruby'nin o sakız kâğıdını onca yıl sakladığını düşünerek gülümsedim. Onu bulmak için komodinin üzerindeki küçük, ahşap kutuyu açtım ve bir yığın ziynet eşyasını –yüzükler, bilezikler, zincirleri birbirine dolanmış kolyeler– karıştırmaya başladım. Nihayet en altta ufak bir kâğıt parçasına ulaştım ve onu alıp burnuma götürdüm. Balonlu sakızın kokusu uzun zaman önce yok olmuştu, ama ruhu hâlâ oradaydı. Ruby ve Lucille'in büyük macerasının anısı, bu kâğıtta yaşamaya devam ediyordu. Kollarını neşeyle sallayarak tozlu yolda koşan küçük kızların kıkırdayışını adeta duyabiliyordum.

Amy ile yastıklarımızın kılıfını çıkarıp, onları birer sopanın ucuna bağladığımız günü düşünerek gülümsedim (bunu Şirinler'in bir bölümünde görmüştük). Ardından içlerini gerekli eşyalarla –oyuncak hayvanlar, Amy'nin sevgili battaniyesi, birkaç resimli kitap– doldurmuş ve kaçma planımızı gerçekleştirmek için dışarı çıkmıştık. Kaçmıştık da. Hava kararana dek aylak aylak dolanmış, ikimiz de çok acıktığımızda bir ağaca tırmanıp elma toplamayı düşünmüştük (benim fikrimdi). Sonunda da eve gitmiştik. Kimse televizyon programlarındaki gibi bizi aramaya gelmemişti. Oysa çocukların kaçma sebebi tam da bu değil miydi? Aileleri onları arayacak ve bulduklarında çocuklarını bağırlarına basarak defalarca seni seviyorum diyeceklerdi. Fakat Amy ve ben, kalbimiz kırık ve midemiz boş bir şekilde karanlık bir evin kapısından içeri girmiştik.

Amy'nin hatıraları aklımdan çıkmak bilmiyordu. Belki hiçbir zaman çıkmayacaklardı. Belki de bu duruma alışmak zorundaydım. Aklımdan çıkmayan bir şey daha vardı: Teyzemin geçmişindeki gizemli adam. Dizüstü bilgisayarımı çıkarıp kendimi Ruby'nin yatağına attım. Google'a Anthony Magnuson ismini girdiğimde binlerce sonuçla karşılaştım. *Seattle Times* gazetesinin 9 Aralık 1974 tarihli bir vefat ilanını gösteren linke tıkladım:

ANTNONY MAGNUSON HAYIRSEVERLİĞİYLE HATIRLANACAK

Seattle, Anthony Magnuson'ı kaybetmenin yasını tutuyor. Magnuson, salı günü Yeşil Göl'deki bir buz pateni kazasında geçirdiği sakatlığın ardından, İsveç Hastanesi'nde hayatını kaybetti. 62 yaşında hayata veda eden Magnuson, babasının bir asır önce kurduğu Magnuson Yardım Kuruluşu için yaptığı çalışmalarla anılacak. Anıları, eşi Victoria ve kızı May tarafından yaşatılmaya devam edecek. Magnuson Ailesi, Anthony

Magnuson'ın bir cenaze töreni istemediğini belirttiler. Taziyeler Magnuson Yardım Kuruluşu'na gönderilebilir.

Arama motoruna Magnuson Yardım Kuruluşu yazarak, çıkan internet sitesi adresine tıkladım. 'Hakkımızda' bölümündeki biyografilerde, Anthony'nin karısı Victoria Gerhardt Magnuson'ın emekli üniversite öğretim görevlisi, kızı May Magnuson'ın ise üst düzey yönetici olduğu yazılıydı. Verilen e-posta adresine tıklayıp yazmaya başladım:

Sevgili May,

Ben, June Andersen. Teyzem, Ruby yakın zamanda vefat etti ve Mavi Kuş Kitabevi'ni bana bıraktı. Size yazmamın sebebi, burada bir zamanlar babanız ile teyzemin oldukça yakın olduklarına dair bazı mektuplar bulmuş olmam. Teyzemin hayatının bu bölümüne dair hiçbir bilgim yok. Geçmişe dair hoş olmayan anılarınızın canlanmasına sebep oluyorsam çok özür dilerim. Eşyaları ayıklamak amacıyla şu an kitabevinde kalıyorum. Biraz konuşacak vaktiniz varsa çok memnun olurum.

En içten dileklerimle,
June Andersen

E-postayı gönderdikten sonra gelen postalarıma göz attım ve Arthur'dan gelen bir düzineden fazla e-posta olduğunu gördüm. Bolca ünlem işareti kullanması ve mesajların tamamını büyük harfle yazması, burnundan soluduğunu belli ediyordu. Nerede olduğumu ve işe ne zaman döneceğimi merak ediyordu. Suçlulukla –ve belki de korkuyla– cevapla tuşuna bastım ve titreyen parmaklarla yazmaya başladım:

Arthur, geciktiğim için çok özür dilerim. Teyzemin miras işleriyle uğraşmakla meşgulüm. Bunu söylemekten nefret ediyorum, ama şehre dönmeden önce biraz daha zamana ihtiyacım var. İşleri bir haftada halledeceğimi düşünmüştüm, fakat pek mümkün görünmüyor. Beni mazur gör, lütfen. Gelişmelerden haberdar ederim. – June

İşimin tehlikeye girme ihtimalini düşündüğümde hafif bir paniğe kapıldım. İşimi kaybedersem, benliğimi kaybederdim. Bunu kaldıramazdım. Evet, dükkânı boşaltma sürecini hızlandırmalıydım. İlk iş olarak teyzemin mirasının mali durumu hakkında bir fikir edinmek için avukatla görüşmeye karar verdim. Dükkân ipotekli miydi? Ödenmemiş bir borcu var mıydı? Bir müteahhitle konuşmadan önce bunları öğrenmem gerekiyordu. Avukatta tüm bu soruların cevapları mevcuttu ve tek yapmam gereken, onları bir e-postayla göndermesini istemekti. Ben de hiç vakit kaybetmeden öyle yaptım.

Avukata gönderdiğim e-postanın ardından bilgisayarımı kapatarak bir ilaç aldım. Sonra da Ruby'nin yatağına uzanıp gözlerimi yumdum ve kalp atışlarım tekrar normale dönene dek öylece uzanıp, Mavi Kuş Kitabevi hakkında yaşadığım çıkmazı düşünmeye başladım.

Kararsızlık zayıflıktır, derdi Arthur her zaman. Ama belki de yanılıyordu. Belki kararsızlık düpedüz *insani* bir şeydi. Her iki durumu da dikkatle değerlendirdim. New York'ta bir hayatım olduğu kesindi. Sabahları uyanıyor, işe gidiyor ve işimde gayet iyi olduğum için iyi para kazanıyordum. Peki ya burada,

Seattle'daki hayat? Çok daha belirsiz, hatta riskliydi. Daha geçtiğimiz günlerde gazetede kitapçıları bekleyen kıyametle ilgili bir makale okumamış mıydım? Mavi Kuş Kitabevi'ni kurtarmak için elimden gelen her şeyi yapsam, kanımın, terimin ve gözyaşımın son damlasına kadar savaşsam bile yine de başarısız olabilirdim. Kendi kendime başımı sallayarak onayladım. İş gözüyle bakıldığında bu, daha fazla para yatırmamamız gerektiğini bildiğimiz, değerinin altında bir hisse gibiydi. Tüm analiz uzmanları onu elden çıkarmamı söylüyorlardı. Öyleyse neden içimdeki onu satın almamı fısıldayan sesten bir türlü kurtulamıyordum?

Yorgunlukla iç çekerek yeniden gözlerimi kapattım ve uykum geldiğinde ona karşı koymadım. Rüyamda ağaçlarda kitapların yetiştiği bir bahçedeydim. Ruby de oradaydı. Gavin ve ben kitap okurken, sallanan sandalyesinde sallanarak bana gülümsüyordu. Amy'yi de görüyordum. Bahçenin diğer ucunda, New York'taki o acil servis doktorunun koluna girmiş dolaşıyordu. Mutluluğum bir anda solarak kayboldu.

Nerede olduğumu şaşırmış bir halde gözlerimi açtım. Ne kadar süre uyumuştum? Güneşin kaybolmak üzere olduğunu görerek saate göz attım. Neredeyse beş olmuştu. Antonio's'taki akşam yemeğini hatırlayarak ayağa fırladım. Siyah bir kalem etek, siyah külotlu çorap ve kırmızı bir kazak seçerek çabucak giyinmeye başladım. Saçlarımı atkuyruğu şeklinde düzgünce topladıktan sonra topuklu süet ayakkabılarımı giydim. Sadece orada bulunmak ve Gavin'a güvenmek dışında, bu geceden ne beklediğimi bilmiyordum.

Dışarı çıktığımda restorandan gelen caz müziği duyabiliyordum. Benim yaşlarımda bir çiftin içeri girdiğini gördüm. Kalbim bir anda hızla çarpmaya başladı. Ne yapıyordum ben?

Derin bir nefes alıp restorana yürüdüm ve kapının kolunu tuttum. Cam kapının ardında, beyaz bir gömlek giyip beline bir önlük bağlamış olan Gavin'ı görebiliyordum. Yaşlı bir çifti karşılamak için yemek salonuna geçtiği sırada, dışarıda beklediğimi fark ederek hızla kapıya yöneldi.

"Böyle buyurun," dedi haylaz bir şekilde kapıyı aralayarak.

Gülümseyerek içeri girdim. Köşede yer alan üç kişilik bir orkestra yumuşak bir parça çalıyordu. Etrafa yayılan melodi, mutfaktan gelen güzel kokularla karışıyordu. Hepsini içime çektim.

"Geldiğine sevindim," dedi Gavin. "Personel sıkıntımız var da."

"Öyle mi?"

Başını sallayarak onayladı. "Adrianna grip oldu. Çalışanlarımızdan biri de acil bir ailevi mesele yüzünden bu akşam California'ya gitmek zorunda kaldı," diyerek bana bir önlük uzattı. "Yemek servisi yapabilir misin?"

"Yemek... servis?" Başımı iki yana salladım. "Daha önce hiç..."

"O kadar zor değil," dedi Gavin. "Sadece ne istediklerini sor, yemeklerini getir, ara sıra da kontrol et." Cevabımı beklemeden bana küçük bir not defteri ile kalem uzattı. Bakışlarıyla içten bir şekilde yalvarıyordu. "Teşekkürler," dedi, ben bir şey söyleme fırsatı bulamadan. "Sana borçluyum, *hem de çok*."

Gavin mutfağa açılan kapının ardında kaybolduktan sonra restorana dönerek misafirlere göz gezdirdim. Yumuşak yüzlü, yaşlıca biri olan klarnetçi bana halden anlayan bir şekilde tebessüm etti. *Bunu yapabilirim*, dedim kendi kendime. Önlüğü belime bağlayıp derin bir nefes aldım ve en yakındaki masaya doğru yürüdüm. "İyi akşamlar," dedim. "Gavin için bu akşam yemek salonuyla ben ilgileneceğim. Size içecek bir şeyler getirmemi ister miydiniz?"

Saat onda son tiramisu siparişini getirmemin ardından, Gavin kapıdaki tabelanın KAPALI yazan yüzünü çevirdi. Son müşteriler tek sıra halinde kapıdan çıkarken, ben de bar tezgâhını silmekle meşguldüm. Fazla şarap yüzünden hafif sarhoş olan bir kadının kaldırıma takılmasını ve sevgilisinin onu kolundan yakalayışını seyrettim.

Ayaklarımın ağrısı beni öldürüyordu. Topuklu ayakkabılarımı çıkarıp, bar taburelerinden birine yığılıverdim. Gavin yanıma gelerek bara yaslandı. "Bu akşam harikaydın," dedi. "Seni işe alabilir miyim?"

Gülümsedim. "Buna harika denir mi, bilemiyorum. Mantı kazası için özür dilerim."

Gavin yemek salonunda elimden düşürdüğüm tabağı hatırlayarak güldü. "İşte bu yüzden halı kullanmıyoruz. Temizlemesi kolay oluyor."

"Pekâlâ, beni kovmadığın için teşekkürler," dedim.

"Aç mısın?"

"Açlıktan ölüyorum. İştahının açılması için bütün akşam garsonluk yapmak gibisi yok. Köşedeki masadaki adam puttanesca* siparişi verdiğinde resmen ağzımın suyu aktı."

Ben önlüğümü çözerken, Gavin barın arkasındaki müzik setini açtı. Hoparlörlerden yayılan yumuşak bir gitar sesi eşliğinde, üst raftaki bir şarap şişesine uzandı. Şişenin mantarını ustalıkla çıkardıktan sonra seçtiği iki şarap kadehini yarısına kadar doldurdu.

* Bir tür İtalyan makarnası. (Çev. N.)

"Yeni başlangıçlara," dedi kadehini benimkine dokundurarak.

"Yeni başlangıçlara," dedim.

"Haydi," diyerek elimi tuttu Gavin. "Şimdi de senin için yemek yapacağım."

Ayakkabılarımı yeniden ayağıma geçirip, Gavin'ın peşinden mutfağa girdim. İçerisinin loş olması mutfağa öncekinden farklı, daha mahrem bir hava katmıştı. Gavin duvarda asılı olan tavalardan birini seçip, içine biraz zeytinyağı gezdirdikten sonra ocağa koydu. "Bu," dedi tavayı işaret ederek, "büyük bir kararla boğuşanlar için yaptığım bir yemektir."

Başımı iki yana salladım. "Ne demek istiyorsun? Ben..."

"Evinden ve işinden kilometrelerce uzaktaki bir kitabevini miras aldın. Tabii ki bazı kararlar vereceksin. Büyük kararlar." Gavin sarımsak eklediği tavayı hafifçe sallarken, ocaktaki alevi seyrettim. Ardından tavaya fesleğen ve tepeleme bir yığın doğranmış domatesi de ekledi. "Penne arrabiata daima işe yarar," dedi üzerlerine bolca kırmızı pul biber dökerek. "Zihnini açacak olan şey baharatıdır."

"Keşke o kadar kolay olsaydı," diyerek gülümsedim.

"Kolay," dedi Gavin, sosu ağır ateşte kaynamaya bırakıp yanımdaki sandalyeye oturdu. Şarap kadehlerimizi ağzına kadar doldurduktan sonra tekrar bana döndü. "Bana biraz daha kendinden bahsetsene."

"Ne bilmek istiyorsun?" diye sordum, biraz temkinli bir şekilde.

"Pekâlâ, burada büyüdüğünü, buradan ayrıldığını ve neredeyse hiç dönmediğini biliyorum. Neden?"

"Yağmur yüzünden olduğunu söylesem bana inanır mıydın?"

"Hayır," dedi Gavin gülümseyerek. "Burada Seattle'lıların

yağmurdan korkup kaçmayacaklarını bilecek kadar uzun zamandır yaşıyorum. Islanmayı sevmek kanında var."

"Haklısın," dedim. "Ayrıca şemsiye de kullanmayız."

"Bilmem mi!" diyerek sırıttı. "Ne var bunda? Ani bir sel bastırsa bile kimse umursamaz. Peki ya ayaktan hiç çıkmayan parmak arası terlikler? Hem de ocak ayında!"

Gülümseyerek omzumu silktim. "Ne diyebilirim ki? Sıra dışı bir topluluğuz."

"Peki, gerçek sebep neydi? Neden buradan ayrıldın?"

Bir an için bakışlarımı Gavin'dan kaçırdım. "Sanırım evini terk eden herkesle aynı sebep yüzünden. Kendimi ispatlamak istedim."

"Neyi ispatlamak?"

"Annemle bu konu yüzünden kavga etmiştik," dedim. "Beni hiçbir zaman anlayamadı. Birbirimizden çok farklıydık, her zaman da öyle olacağız. İleride onun gibi biri olmak istemiyordum. Çalışmayı bir zorunluluk, bir yük olarak görürdü. Artık bunun sebebinin hayatında tutku duyacağı hiçbir şey olmaması olduğunu anlayabiliyorum. Bir markette çalışırken kendini tutkulu hissetmek zordur."

Gavin başını sallayarak onayladı. "Marketteki işini *sevmediğin* sürece."

"Evet," dedim. "Ama o işini sevmiyordu. Hiç sevmedi."

"Sen de sana tutku verecek şeyi bulmak istedin, öyle mi?"

"Hem evet hem de hayır," dedim. "Hep Seattle'da kalacağımı ve kitabevinde Ruby'ye yardım edeceğimi düşünürdüm. Aslında çocukken tek isteğim buydu. Ama annemle yaşadıklarımdan sonra kendimi bulmak için buradan gitmem gerektiğini hissettim. Anlatabiliyor muyum?"

"Ah, evet," dedi Gavin. "Bu hikâyeyi gayet iyi bilirim."

Başımı olumlu anlamda salladım. "Böylece olabildiğince uzağa gitmeye karar verdim. Ruby Doğu Yakası'ndaki bir üniversitede okumuştu. Bu yüzden ben de bazı okullara başvurdum ve nihayet New York Üniversitesi'ne başladım. Kayıt bürosundan kabul mektubumla birlikte bir de tam burs ödülü almıştım."

"Vay canına, demek lisedeki notların bayağı iyiydi."

Başımı olumsuzca salladım. "Hayır. Yani, notlarım iyiydi. Hep A ya da B alıyordum, ama ortalamam 4.0 etmezdi. Yaklaşmıyordu bile. Bursun nedeni asla tam olarak açıklanamadı. Tek bildiğim, onun okulun isimsiz hayırseverlerinden biri tarafından verildiğiydi. Veriliş sebebi olarak da Seattle'ın düşük gelirli bir ailesinden geliyor olmam gösterilmişti. Bu imkân için daima minnet duydum. Maliye diplomamı o burs sayesinde aldım."

Gavin şaşırmış görünüyordu. "Neden maliyeyi seçtin?"

Bir iç çektim. "Üçüncü yılımda bir branş seçmem gerekiyordu. Seçeneklerin bulunduğu listeye göz gezdirirken, 'Maliye eşittir para,' diye düşündüm. 'Evet, para hakkında her şeyi öğreneceğim, böylece bir daha yoksulluk çekmeyeceğim.' Gerçekten de parayı yönetme konusunda iyiydim. Ve seçimim gayet iyi sonuç verdi."

Gavin ikna olmuş gibi görünmüyordu. "Öyle mi?"

"Tabii," dedim, biraz kendimi savunur bir şekilde.

"Peki, Ruby gidişinle ilgili ne düşündü?"

Mavi Kuş Kitabevi'ni son kez ziyaret ettiğim anı hatırlayınca yüreğimin burkulduğunu hissettim. Ruby'nin bana göstermemeye çalıştığı gözleri yaşlarla doluydu. "Gittiğimi görmek hoşuna gitmiyordu, ama kararımı destekliyordu. Bunu beni anladığını söylemekten başka nasıl açıklarım bilemiyorum. Beni anlıyordu. Ya annem? Pek anladığı söylenemezdi. Ülkenin bir ucundaki tuhaf bir şehrin tuhaf bir okuluna gittiğim için aptal olduğumu düşünüyordu. Bir yıl içinde eve döneceğimi ve iyi bir hayat istiyorsam, zengin bir koca aramaya başlamakla daha iyi edeceğimi söylüyordu."

Bu konu hâlâ canımı yakıyor olsa da, Gavin'ın nazik ve şefkatli bakışları her nedense içimi dökmek istememe neden oluyordu.

Dudaklarım hafifçe titredi. Onca yıldan sonra bile anılar hâlâ acı veriyordu.

"Anlamıyor musun?" dedi Gavin, elimi ellerinin içine alarak. "Annenin söylediklerinin seninle ilgisi yoktu. Hepsi kendisiyle ilgiliydi ve hayatındaki hayal kırıklıklarından kaynaklanıyordu. Yetişkinlerin bu yaptığı korkunç bir şey. Çocuklarının hayatını da kendi hayatlarını kararttıkları renkle boyamak istiyorlar."

Dudağımı ısırdım. Gavin'ın söylediklerini duyuyordum. Fakat içimde hâlâ duyduklarına inanmakta zorlanan ve bunları hak ettiğine inanan, on yedi yaşında bir kız vardı.

"Hukuk firmasındaki işimden ayrıldığımda, aşçılık okuluna başvurmadan önce birkaç haftalığına eve gitmiştim," dedi Gavin. "Babam beni balık tutmaya götürmüştü. Bana bakışını ve hukuktan vazgeçtiğim için bir aptal olduğumu söyleyişini hiç unutamam. Bir erkek olarak bana olan saygısını kaybettiğini söylemişti. Şaşkına dönmüştüm. Sonra da şakalar yapmaya başlamıştı. Sanki ayağımın altından halıyı çeken kendisi değilmiş gibi, oltasıyla öylece oturup konuşmaya devam etmişti." Gavin bir iç çekerek şarabını yudumladı. "Canım yanmıştı. Ama sonra muhtemelen dedemin de babamla aynı konuşmayı yaptığını düşündüm. Tarih kendini tekrarlıyor ve buna karşı koymazsak, biz de anne babalarımızın yaptıklarını yapacağız. Onların bizden beklediği şeyleri kendi çocuklarımızdan bekleyeceğiz. Ne zaman köşeye sıkışsak, aklımız karışsa ya da korksak, sanırım o eski ailevi düşüncelere takılıp kalıyoruz. Önemli olan, o kalıpların dışına çıkabileceğimizi hatırlayabilmek. Anlatabiliyor muyum?"

"Sen de öyle yaptın, değil mi?"

"Yaptım," dedi Gavin. "Ama kolay olmadı. Babamın söylediklerini dört yıl boyunca aklımdan çıkaramadım. Hep kulağımdaydı. *Sen aptalın tekisin. Yüz karasısın. Sana saygım kalmadı.*"

"Peki, onları sana unutturan neydi?" diye sordum.

"Annem ziyarete geldiğinde restoranı gördü," dedi Gavin. "Evlilikleri boyunca babamın işinden ne kadar nefret ettiğine şahit olduktan sonra, işini böylesine seven bir adam görmenin harika bir şey olduğunu söyledi. Bunu ilk defa duyuyordum. Babam büyük bir şirkette çalışıyordu. Genel müdür yardımcılığına terfi etmişti. Masasını bir görmeliydin. Üstün hizmet ödülleriyle doluydu. Yaptığı işi sevdiğini sanıyordum. Ama sonra sevmediğini fark ettim. Hem de hiç. O gün babamı affettim. Ve yoluma devam ettim." Gavin parmaklarını benimkilerin arasına geçirdi. "Bence önemli olan, annenin hayat hakkındaki önyargılı fikirlerinin senin hayatınla bir ilgisi olmadığını bilmek. Hepimize tek bir hayat verildi. Bizim görevimiz onu faydalı, güzel ve doyurucu kılmak. Istırap çekeceğimiz, nefret edeceğimiz şeyleri yapmanın bir anlamı yok. Sonunda bize tahammülümüz için ödül falan verilmeyecek. Geride sadece harcanmış bir hayat kalacak."

Gözümden süzülen bir damla yaşı sildim. "Benim yaptığım şey tam da bu. Çok mutsuzum."

"Bankada mı?"

Evet dercesine başımı salladım.

"Öyleyse onu geçmişinde bırak," dedi Gavin. "Yeni bir başlangıç yap. Yeniden başlamak ve hak ettiğin hayatı inşa etmek için hiçbir zaman geç değildir."

"Yapabilir miyim, bilmiyorum," dedim.

Gavin kulağıma eğilip, "Yapabileceğini biliyorum," diye fısıldadı. Ardından ayağa kalkıp ocağın başına dönerek tavadaki sosu hafifçe salladı. Sonra da tencerede kaynayan makarnaları lavabonun içindeki süzgece boşalttı. "Bunun sana yardımı olacak." Raftan aldığı iki beyaz tabağı makarnayla doldurarak üzerlerine önce sos, sonra da bolca parmesan peyniri ekledi. Peynir rendeden kar gibi dökülüyordu. Gavin tabağı önüme koyduğunda gözlerim yeniden yaşlarla doldu. Birinin en son ne zaman benim için yemek pişirdiğini hatırlayamadığımdan mı yoksa uzun zamandır ilk kez *mutlu* hissettiğim için mi ağlıyordum, bilmiyordum.

"Sil süpür," dedi Gavin bana bir çatal uzatarak.

"Muhteşem görünüyor," dedim. "Arrabiata. Nefis," diyerek bir lokma daha aldım.

Tabaklarımız boşalıp midemiz tamamen dolana dek sessizce yemeğimizi yedik.

Ryan'dan beri kimseye karşı bir şeyler hissetmemiştim. Bu durum bir an için beni korkuttu. Oldukça kötü biten o ilişkinin ardından, bir daha hiçbir erkeğin karşısında savunmasız kalmamaya yemin etmiştim. Ama her nasılsa bu seferki farklı bir histi. Ruby'nin Anthony hakkında yazdıklarını, onun gülüşünde kıvrılıp bin yıl boyunca uyuyabileceğini hatırladım. Şu an onun ne demek istediğini anlayabiliyordum. Evet, Gavin'ı çok tanımıyordum, ama onu tanımaktan başka bir şey yapmak istemiyordum. *Daha çok.* Gittikçe daha fazla tanımak... Gözlerimiz buluştuğunda ona kapıldığımı hissettim. Beni direnmesi zor, güçlü bir mıknatıs gibi kendine çekiyordu. Yüzümü nazikçe ellerinin arasına alıp, dudaklarını dudaklarıma değdirdi. Kendimi sanki uçup gidecekmiş gibi hafif hissediyordum. Öyle ki mutfak kapısının açıldığını bile duymamıştım. Gavin aniden geri çekildiğinde, ikimiz de bize bakan Adrianna ile göz göze geldik. Yüzündeki ifadeden ne kadar incindiği açıkça belli oluyordu.

"Affedersiniz," dedi başını iki yana sallayarak. "Bilmiyordum... Ben..."

Gavin benden bir adım uzaklaştı. Yüzündeki ifadeyi anlamaya çalışıyordum. Suçluluk? Pişmanlık? Endişe? Yoksa başka bir şey miydi?

Adrianna eşofmanlarlaydı. Yanakları solgundu. "Ateşim biraz düşünce uğrayıp akşamın nasıl geçtiğini bir göreyim demiştim. Ah, ayrıca seninle konuşmak istediğim bir şey vardı," diyerek kapıya döndü. "Ama görüyorum ki meşgulsünüz, bu yüzden... bekleyebilir."

"Hayır," dedi Gavin endişelenerek. "Ne oldu?"

Adrianna önce bana, ardından Gavin'a baktı.

Adrianna kapıyı iterek dışarı çıkarken, ağzım açık bir şekilde onu seyrettim. "Adrianna," diye bağırdı Gavin onun peşinden koşarak. "Lütfen, yapma..."

Kendimi aptal, utanmış hissediyordum. Öfkeli konuşmaları esnasında ikisi de ayakkabılarımı ve çantamı alıp arka kapıdan çıktığımı fark etmediler bile.

Kitabevine girip üst kata koşarken Gavin'ı düşünmemeye çalışıyordum. Yarım saat sonra aşağıda kapının hafifçe tıklatıldığını duyduğumda, onu açmadım.

Sekizinci Bölüm

Ertesi sabah gözlerimi açtığımda saat sekizi geçiyordu. Bir önceki gece hem güzel hem de berbat geçmişti. Restoranda taşıdığım ağır yemek tepsileri yüzünden sol kolum acıyordu. Kalbim de öyle. Adrianna mutfağa girdiğinde Gavin'ın suratında beliren ifadeyi hatırladıkça, kalbimdeki sızıyı görmezden gelemiyordum. Paylaştığımız o güzel an, bir anda uçup gitmişti. Bu karmaşık ilişkinin karanlığında yürüyebilecek kadar güçlü olup olmadığımdan emin değildim. Gavin ne derse desin, ikisinin arasında hâlâ yarım kalmış bir şeyler vardı. Bu Adrianna'nın yüzünden okunuyordu.

Biraz sonra telefonum çalmaya başladı. Arayan numarayı tanımadığımdan, telefonu biraz temkinli bir şekilde açtım. "Alo?"

"June?" Duyar duymaz tanıdığım ses karşısında donup kalmıştım. "June, sonunda açtın. Uzun zamandır seni aramaya çalışıyorum. Annem Seattle'da olduğunu söyledi."

Amy'nin sesi gergin ve ümitliydi.

"June," dedi Amy, benimle sanki bir köprünün korkuluklarına tırmanmışım ve her an aşağı atlayabilirmişim gibi konuşuyordu. Ama ikimiz de onu asıl endişelendiren şeyin Aramayı Sonlandır tuşu olduğunu biliyorduk. "June, kapatma. Ne olur beni affet, her şey için. Sana söylemem gereken bir şey..."

"Amy, bunun için çok geç," diyerek telefonu kulağımdan uzaklaştırdım. Bir an için öylece telefona baktım. Ruby'yi, Margaret'ı ve kız kardeşlerini düşündüm. Aralarını düzeltmeyi denemekten hiç vazgeçmediklerini hatırladım. *Bunu yapabilir miydim? Yapmalı mıydım?* Başımı iki yana salladım ve tekrar düşünmeden önce Aramayı Sonlandır tuşuna bastım. Onun özürlerini ya da herhangi bir şeyini duymak istemiyordum. Hiçbir önemi yoktu. Söyleyecekleri geçmişi değiştiremezdi. İşimin bana öğrettiği bir şey varsa, o da kararlı bir şekilde ilerlemeye devam etmekti. Amy hakkındaki kararımı yıllar önce vermiştim ve bunun geri dönüşü yoktu.

Bir iç çektim. Amy'yi her ne kadar düşünmek istemesem de aklım bir şekilde ona gidiyordu. Sesi bütün hatıralarımın ve duygularımın canlanmasına neden olmuştu. Bir anda on yaşına dönüvermiştim. Amy altı yaşındaydı. Kitabevindeydik. Ruby üst katta bize sandviç hazırlıyordu. Amy ve ben de yerde papazkaçtı oynuyorduk. Her zaman yaptığım gibi hile yapıp onun kazanmasına izin veriyor ve kart oyunlarındaki becerilerini övüyordum.

"June?" dedi Amy. "Kız kurusu ne demek?"

Yüzümü buruşturup biraz düşündüm. "Evlenmemiş yaşlı bayan, sanırım."

"Ruby gibi mi?" diye sordu Amy.

"Hayır," dedim. Ruby hiç evlenmemiş olsa da onun bir kız kurusu olduğunu asla düşünmemiştim. Bence onun dikkatlice planlanmış bir hayatı vardı. Eğer evlenmek isteseydi evlenirdi. "Hayır," dedim tekrar. "Ruby kız kurusu değil, annem de değil."

Amy başını olumlu anlamda salladı. "Annemin bir sürü erkek arkadaşı var."

Doğruydu, annemin hayatında erkek sıkıntısı yoktu ama hiçbiri kalıcı olmuyordu. Annemin söylediğine göre Amy'nin babası, Amy iki haftalıkken gitmişti. Ya benimki? Bir keresinde sorduğumda kaşlarını çatmış, "Baba olmak istemiyordu," gibi anlaşılması güç bir şeyler söylemişti.

"Ruby'nin neden hiç evlenmediğini merak ediyorum," dedi Amy merakla.

Omzumu silktim. "Belki *istememiştir*. Herkes aynı şeyleri istemez."

"Pekâlâ," dedi Amy yanındaki oyuncak bebeğe uzanarak, "ben büyüdüğüm zaman yakışıklı bir prensle evlenip şatoda yaşayacağım."

O an yanı başımızda bekleyen bir müşteriyi fark ettik. Bir saç bandıyla arkaya yatırdığı, omuzlarına kadar uzanan koyu renk saçları vardı.

Kadın, Amy'nin yanına çömelerek, "Annem büyüdüğünde harika bir prensle evlenmiş," dedi. "Şatoya benzeyen bir evde yaşamışlar."

Amy parlayan gözlerle kadına baktı. Bense ona güvenmemiştim. Bizimle samimi bir şekilde konuşuyordu, ama onu tanımıyorduk. Ruby'nin bir keresinde bana söylediği bir şeyi hatırladım: "Eğer biri dükkâna gelip onunla birlikte gitmenizi isterse, gitmeyin. Derhal gelip beni bulun." Ruby'nin söyledikleri önceleri beni korkutmuştu. Ama sonra televizyonda maskeli bir adam tarafından evinden kaçırılan küçük bir kızla ilgili bir haber izlemiş ve teyzemin bizi çocuk hırsızlarından korumaya çalıştığını anlamıştım.

"Peki, sonsuza dek mutlu yaşadı mı?" diye sordu Amy sabırsızca. "Yani annen?"

Kadın dikkatle beni süzdükten sonra Amy'ye dönerek, "Hayır," dedi. "Hayır, biri onun peri masalını mahvetti."

Ardından bana bir zarf uzattı. "Bunu Ruby'ye verebilir misin?"

"Tamam," dedim temkinli bir şekilde.

O sırada Ruby'nin merdivenlerden gelen ayak seslerini duydum. Kadın, Ruby onu göremeden önce hızla dükkândan çıkarak caddede bekleyen bir arabaya bindi.

"Kiminle konuşuyordunuz?" diye sordu Ruby.

Başımı iki yana salladım. "Bilmem, ama bunu sana vermemi söyledi."

Ruby zarfı alıp masasının çekmecesine koydu. Bir daha da bu hadiseden söz etmedi.

Dizüstü bilgisayarımdan gelen ses, beni hatıralarımın arasından çekip çıkararak kendime getirdi. Victoria Magnuson'ın kızı May Magnuson'dan bir e-posta gelmişti. Çabucak açarak okumaya başladım.

> Sevgili June,
>
> Seninle konuşmayı çok isterim, ama bunu yüz yüze yapmalıyız. Şu an bir Avrupa seyahatine çıkmak üzereyim. Fakat birkaç gün içinde döneceğim. Queen Anne'deki evime gelmek ister misin? Adres için asistanım Kerry ile görüşebilirsin (iletişim bilgileri burada). Konuşmamız gereken çok şey var.
>
> İyi dileklerimle,
>
> May

Bu e-postadan ne anlam çıkarmam gerektiğini bilmiyordum. Ama hiç vakit kaybetmeden cevap yazdım ve salı günü görüşmeyi önererek, adres bilgilerini istedim.

Göl etrafında biraz turlamak için dışarı çıktım. Ancak Antonio's'un önünden geçmemek için onun yan sokağından dolandım. Gavin ya da Adrianna ile karşılaşmak istemiyordum. Henüz değil. Hikâyelerinin içine girmeye gönlüm elverir miydi, bilmiyordum. *Onların hikâyesi.* Ansızın ürperdiğimi hissettim. Bu hikâyenin Gavin ile bana ait olduğunu düşünmekle ne büyük aptallık etmiştim.

Dükkâna döndüğümde *Küçük Ada*'nın ilk baskısını bulmam biraz zaman aldı. Ama bulduğumda, mektuplar orada beni bekliyorlardı.

9 Mayıs 1946

Sevgili Ruby,

Kendimi daha iyi hissediyorum, teşekkür ederim. İki hafta hasta yattıktan sonra nihayet yeniden ayağa kalktım. Hatta sol kolumu tahmin edebileceğinden çok daha iyi bir şekilde kullanabiliyorum (sol elini bir saatliğine arkanda bağlamayı dene, o zaman halimi anlayabilirsin!). Önceden kıymetini bilmediğimiz bir şeyi kaybettiğimizde, onu nasıl aradığımızı görmek beni şaşırtıyor.

Roberta ile hayvanat bahçesine gittik! Oraya gitmek için biraz düzenbazlık yaptığımı itiraf etmeliyim. (Bu uğraşımıza Kardeşlik Operasyonu adını veriyorum ve aramızdaki buzları eritmenin yollarını buldukça inanılmaz eğleniyorum.) Altmışıncı Cadde boyunca yürüdüğümüz sırada, yemek yiyeceğimizi sandığı kafeye gitmek için kestirmeden gitmeyi önerdim. Gel gör ki hayvanat bahçesinin girişi hemen bir sonraki bloktaydı. Benimle gelmesi için dil dökerek onu ikna ettim ve birlikte harika vakit geçirdik. Not: Biri nasıl ki sarı laleler karşısında suratsız kalamıyorsa, aynı şey maymunlar karşısında da geçerli. Senden ricam Lucille'i bir hayvanat bahçesine götürmen ve maymun kafesinin önünde ona içini dökmen. Sadece bir dene!

Şimdi şu kitabevi konusuna gelelim. Senin kitabevin! Senin adına çok sevinsem de ne kadar şaşırdığımı söylemem gerekir. Tek üzüntüm, dükkânı açmak için gereken sermayeyi sana Anthony'den önce havale edememiş olmam. Bu adamın senin hayatına ve işine bu kadar girdiğini düşünmekten nefret ediyorum. Ama senin de söylediğin gibi, onu seviyorsun. Ve bu konuda sana güvenmek zorundayım.

Benim için erkeklere güvenmek zor, bilhassa duygusal bir şeyler hissettiğim erkeklere. Söz konusu onların karakterlerini okumak olduğunda, çok kötü tahminlerde bulunuyor gibiyim. Ne zaman dürüst olduklarını hissetsem, genellikle öyle olmadıkları ortaya çıkıyor. Mesela geçen yaz Vinalhaven'da delicesine âşık olduğum adam, Bill Gaston, evli çıkmıştı. Karısından ayrıldığında benim için ayrıldığını sanmıştım. Ama ben bir sonraki yaz adaya dönünceye kadar, çoktan benim yarı yaşımda biriyle takılmaya başlamıştı.

Sanırım Vinalhaven'a – aynı zamanda bütün Fox Adaları'na olan ve çoktandır devam eden sevgim, benim için bir teselli ikramiyesi oldu. O adaya neden bu kadar tutkun olduğumu anlamak zor. İklimi oldukça sert (çoğu zaman kendimi Dağ Defnesi'ndeki genç Marguerite olarak hayal ediyorum). Çoğunluğu ıstakoz avcılarından ve birkaç emekli taşocağı işçisinden oluşan ada halkı (bir zamanlar ülkenin çoğu postanesine bu bölgeden granit sağlanırmış), beni oldukça tuhaf buluyor. Yine de ilk ve tek evimi oradan satın aldım. Birden fazla ev sahibi olmaya merak duymadığımdan, onu Biricik Evim diye adlandırıyorum. Ne kadar para kazanırsam kazanayım, ziynet eşyası gibi ev biriktirme fikrinden iğreniyorum. Sadece bir evim olacak ve benim için o, küçük odaları olan, modern eşyaları olmayan, sade, yazlık bir ev. 'Süslenme' odam dışarıda, arka tarafta ve bir su testisi, bir ayna ve çeşitli sabun kalıplarından oluşuyor. Tereyağı ve yumurtalarımı soğuk kalmaları için kuyuda saklıyor, şarap şişelerimi yakındaki nehrin kıyısına gömüyorum (yürüyüşe çıktığımız zamanlar nehir kıyısında durup, topraktan buz gibi bir şişe şarap çıkardığımda arkadaşlarımın yüzündeki ifadeyi görmelisin).

Bazen hayatımı büyük bir hikâye olarak düşünüyorum. Yaptığım her aptalca şey, yeni bir paragraf. Ve her sabah bir sonraki bölüme geçiyorum. Hayatı bu şekilde düşünmek, her günü ayrı ve büyük bir macera olarak görmek oldukça eğlenceli. Böyle bilgelik taslamak haddim değil. Ama sana bir tavsiye verecek olsam sadece şunu söylerdim, hayatım: Şanssız bir dönemden geçtiğinde ve işler istediğin gibi gitmediğinde, kendi hikâyenin yazarı olduğunu hatırla. Onu seçtiğin herhangi biriyle, istediğin herhangi bir şekilde yazabilirsin. Ve bu güzel ya da trajik bir hikâye olabilir. Seçim senin.

Hikâyeme talihsiz olayların karıştığını gördüğümde, bu talihsizlikler doğruca benim başıma geliyor olsalar bile hayatımın yazarının ben olduğumu hatırlıyorum. Canım arkadaşım, kötü bir bölümü erken bitirebileceğimi görmeme pek çok yönden yardımcı oldun. Yeni bir tanesine başlayabilirim. Kendime kürk bir manto ve Paris'te Seine manzaralı küçük, sevimli bir otel odası yazabilirim.

Sen de öyle. Bunu hiç unutma, olur mu? İkimiz de bir yazarız.

Bu mektubu yeni maceranla ilgili önemli sorularla doldurmak yerine lafı döndürüp dolaştırıyorum. En önemli soru: Gelip bir imza günü düzenleyebilir miyim? Seni ziyaret etmek, dükkânı kapattıktan sonra (belki de önce) bir şişe şampanya açmak ve şansına kadeh kaldırmak düşüncesi beni neşelendiriyor.

Unutma: Maymunlar.

Sevgilerimle,
M.W.B.

15 Mayıs 1946

Sevgili Brownie,

İyileşmekte olduğunu öğrenmek beni çok mutlu etti. Tıpkı tek kolumu kullanmamayı hayal edemediğim gibi, sensiz bir dünya da düşleyemiyorum.

Maymunlar! Ah, sen gerçekten bir dâhisin. Şimdiden kendi Kardeşlik Operasyonu'mu hayal etmeye başladım. Korkarım bizim aramızdakiler, senin Roberta ile yaşadığın sorunlardan çok daha büyük. Ama yine de denemeye değer diye düşünüyorum. Onu daha fazla güldürmeyi, beni eskiden olduğu gibi görmesini sağlamayı, bana yeniden güvenmesini bir başarabilsem... Onu sevmekten hiç vazgeçmedim ve onun da bana karşı aynı şeyleri hissettiğini tahmin ediyorum. Sadece o hisleri kazıyıp ortaya çıkarmam gerek. Ve hayvanat bahçesi bunu yapmak için uygun bir yer gibi görünüyor. Aklıma gelmişken, Seattle'daki Woodland Park Hayvanat Bahçesi'nin maymun kafesleriyle ilgilenen bir mahalle arkadaşım var. Acaba bize özel bir gösterim ayarlayabilir mi, merak ediyorum.

Seattle'da hayat iyi, çok iyi. Hiçbir zaman evlenmeyecek olmamıza rağmen, Anthony ile yeni evli çiftler gibiyiz. Asla kocam olmayacak bir erkekle bu şekilde devam ediyor olmam aptalca, biliyorum. Ama onunla evliliğe ait olmayan, güzel ve sonsuza dek süreceğini hissettiğim bir aşk yaşıyoruz. Anthony her akşam bana yemeğe geliyor. Ona kitabevinin üst katındaki küçük dairede yemek yapıyorum. Dün akşam ona alabalık ve yumurta dolması pişirdim. İyi bir aşçı sayılmam, ama deniyorum. Ayrıca Anthony öyle tatlı ki yaptığım her şeyi yiyor. Geçen hafta yaptığım o berbat pazı güveci (daha doğrusu yanmış güveci) bile.

Birlikte geçirdiğimiz akşamları seviyorum. Şöminenin başında kitap okuyor ya da yeni gelen kitapları raflara yerleştiriyoruz. Üst raflara yetişemediğim için onlarla Anthony ilgileniyor (en azından önümüzdeki hafta yeni, tekerlekli merdivenim gelene dek).

Fakat saat sekizi vurduğunda, küçük dünyamız yıkılıveriyor. İçten içe kalmasını dilesem de henüz geceyi burada geçirmişliği yok. Her zaman eve, Victoria'nın yanına gidiyor.

Anlayışlı olmaya çalışıyorum. Ona güvenmeye, inanmaya çalışıyorum. İnanıyorum da. Bilhassa dün gece dükkânın kapısında beni kollarına alıp, "Sen sevdiğim ve daima seveceğim tek kadınsın," dediğinde. Ama o kapıdan çıkıp gittiğini görmek asla kolay olmuyor. Her seferinde gidişini gözlerimde yaşlarla seyrediyorum. Her gece bizim dünyamızdan ayrılıp bir başka dünyaya, anlamadığım bir dünyaya gidiyor.

Pekâlâ, bu kadar gönül meselesi konuşmak yeter. Mavi Kuş Kitabevi'nin kapılarını resmen açtığımı bildirmekten mutluluk duyarım. Ah, Brownie, bu tıpkı hayallerimdeki gibi bir kitabevi. Yerden tavana dek yükselen raflar... Kitap okurken ısınabileceğin kocaman, kükreyen bir şömine ve yanı başında iki berjer koltuk... Anthony, her çarşamba sabahı misafir edip masallar okuduğum çocuklar için marangoza minik sandalyeler yaptırdı. Benim de sallanan bir sandalyem var.

Geç oldu, birazdan ışıkları kapatıp yukarı çıkacağım. Bundan bahsetmek hoşuma gitmiyor ama geceleri sanki tuhaf şeyler oluyor. Dün bir fotoğraf makinesi flaşı ve hızla uzaklaşan bir araba gördüm. Bu akşamüstü de dükkâna bir adam geldi. Etrafa bakışı, çocuk kitabı arayan birinin niyetinden farklı görünüyordu. Paranoyaklık yapmaktan nefret ediyorum fakat bu olanlar beni ürkütüyor. Bunu düşünmek istemiyorum, ama sanırım... Her neyse, bütün bu olanların keyfimi kaçırdığını söylemekten başka ne diyebilirim, bilmiyorum. Anthony'yi endişelendirmek istemiyorum, o yüzden ona hiçbir şeyden bahsetmemeye karar verdim.

Hayat aynı anda hem harika hem de tedirgin edici olabiliyor, öyle değil mi, Brownie?

Keşke burada olsaydın. Evet, lütfen Seattle'a gel. Senin için gelmiş geçmiş en müthiş partiyi düzenleyeceğim.

Sevgilerimle,

Ruby

Not: Kendi hayat hikâyemizin yazarı olmamızla ilgili yazdıkların için teşekkürler. Daha önce kimsenin böyle bir düşünceyi bu kadar kısa, öz ve bilgece bir şekilde kelimelere döktüğünü görmedim. Bunu daima, bilhassa sıkıntılı zamanlarımda hatırlayacağım.

Mektupları Ruby'nin yatağının yanındaki küçük sepete bıraktım. Bulduğum tüm mektupları oraya koyuyordum. Ruby'nin okumam için neden bu sayfaları seçtiğini düşünmeye başladım. Bana bir şey anlatmaya çalışıyordu. Bana ölmeden önce öğretemediği bir şeyi öğretmeye çalışıyordu. Sırtımı yatak başlığına yaslayarak dizlerimi göğsüme doğru çektim. Kardeşlik Operasyonu... Ruby'nin Amy ve benimle ilgili niyeti bu muydu? Kendi kız kardeşiyle olan ilişkisini kurtaramadığı için Amy ve benimkini kurtarabilmeyi mi ümit ediyordu? Belki de başka, çok daha kişisel ve sadece bana yöneltilmiş bir şeydi. Margaret'ın kelimelerini düşündüm. *Şanssız bir dönemden geçtiğinde ve işler istediğin gibi gitmediğinde, kendi hikâyenin yazarı olduğunu hatırla. Onu seçtiğin herhangi biriyle, istediğin herhangi bir şekilde yazabilirsin. Ve bu güzel ya da trajik bir hikâye olabilir. Seçim senin.* Evet.

Kelimeleri bir müddet içimi kemirip durdular. New York'taki ofisimi, Arthur'u ve bankadaki ekibimizin diğer çalışanlarını düşündüm. Onları toplantı odasındaki masanın etrafında otururken görebiliyordum. Kendimi ve yüzümdeki kurnaz, gergin ifadcyi de görüyordum. Kalp atışlarımın hızlandığını fark ettim. Hayır, bu ne Margaret'ın kastettiği o güzel hayat hikâyesi ne de kendim için yazmak istediğim hikâyeydi. İlaç şişesinden aldığım bir hapı, bir yudum suyla birlikte yuttum. "Ruby?" diye fısıldadım boşluğa. "Orada mısın? Dinliyor musun? Hikâyemi yeniden yazmak istiyorum. Ama ya bunu nasıl yapacağımı bilmiyorsam?"

Dokuzuncu Bölüm

Salı sabahı dokuz buçukta May Magnuson'ın evinin önündeydim. Ön verandada durup, Beyaz Saray'ı andıran beyaz, muazzam sütunlara göz gezdirdim. Beyaz ve pembe camgüzelleriyle dolu olan ön bahçe, kusursuz bir şekilde kırpılmış şimşir ağaçlarından oluşan bir çitle çevriliydi. Camgüzellerinin daima güzel çiçekler olduğunu düşünürdüm. Ruby onları kitabevinin önündeki toprak saksılara dikerdi. Bir keresinde onlara neden bu adın verildiğini sormuştum. Ruby paslı bir su kovasıyla suladığı çiçeklerden başını kaldırıp, "Çünkü bize sabırlı olmayı hatırlatırlar," demişti. "Acele etmek bize iyi şeyler getirmez." Gözlerimi kapatarak bir iç çektim *–evet–* ve ön kapının ziline bastım. İçeriden gelen ayak seslerini duyduğumda kalp atışlarımın hızlandığını hissettim.

Kapıyı genç bir kadın açtı. "Siz June olmalısınız," dedi ciddi bir ses tonuyla. "Ben, Kerry. Bayan Magnuson'ın özel asistanıyım."

"Evet, merhaba," diyerek Kerry'nin peşinden içeri girdim.

Kerry, holün karşısındaki bir odayı işaret etti. "Oturun, lütfen," dedi. "Bayan Magnuson ofisinden çıkmak üzere, az sonra size katılır." Kadının resmiyeti beni şaşkınlığa uğratmıştı. "Beklerken bir fincan kahve alır mıydınız?"

"Hayır, teşekkür ederim," dedim. "Böyle iyiyim."

Odada yalnız kaldığımda etrafı incelemeye başladım. Karşı duvardaki yanmayan şöminenin üzerinde resmi bir aile portresi asılıydı: Takım elbiseli bir adam, hoş giyimli, koyu renk saçları olan bir kadın ve genç kızları. Hiçbiri gülümsemiyordu. Adamın ayağının dibinde Jack Russell cinsi bir köpek oturuyordu. Köpeğin ifadesi bile sert ve soğuktu.

Önümdeki sehpada zambaklarla dolu kristal bir vazo duruyordu. Hayranlıkla çiçeklere göz gezdirdim.

"Annem zambakları çok sever," dedi bir kadın arkamdan. "Her odada onlardan bulundururuz."

Arkamı döndüğümde kapı eşiğinde duran orta yaşlı, zayıf bir kadınla karşılaştım. Lacivert bir pantolon ve ceketten oluşan bir takım giymişti. Küt kesilmiş kahverengi saçları vardı ve zarif boynuna çiçekli bir şal bağlamıştı.

"Anneniz sizinle burada mı yaşıyor?"

"Evet," dedi May biraz temkinli bir şekilde, sanki sorum onu öfkelendirmiş gibi. Ardından karşımdaki kanepeye oturdu. Zambaklarla dolu vazo, bir hakem gibi ortamızda duruyordu. "Annemin sağlığı seksen üç yaşındaki biri için iyi durumda. Bakıcısının yardımıyla hâlâ etrafta dolaşabiliyor." Sehpanın üzerinde üst üste duran dergileri aynı hizada duracakları şekilde düzeltti. "Ve halinden memnun."

Annemi düşündüm. Ömrümü onun rahat, tasasız ve ihmalkâr davranışlarına öfke duyarak geçirmiştim. Ama şimdi sert, değişmez biri de olabilirdi diye düşünmüş ve kendimi ona minnet duyarken bulmuştum.

"Pekâlâ," dedi May. "E-postanı aldığımda oldukça şaşırdığımı söylemeliyim."

"Öyle mi?"

Başını sallayarak onayladı. "Evet. Ruby'nin vefatından haberim olmuştu. Kaybın için üzgünüm."

"Teşekkür ederim."

"June," dedi May, "teyzenin geçmişine dair neler biliyorsun?"

"Şey," dedim biraz gerilerek, "sanırım babanız ve teyzem..."

"Âşıklar mıymış?" dedi May duygusuz bir şekilde. "Evet. Öyleydiler."

Odaya bir sessizlik hâkim oldu. Ruby ile Anthony'nin ilişkisinin, May için hâlâ hassas bir konu olduğunu görebiliyordum. Bir an için onu 1946 yılındaki haliyle gördüm: Saçları örgülü, üzerinde bir özel okul üniforması ve rugan ayakkabılar olan, anne ve babasının mutsuzluğu arasında kalmış, küçük bir kız.

"Annem mahvolmuştu," diye devam etti May. "Onca yıl birlikteliklerine devam etmeleri, onu adeta öldürüyordu." Bir iç çekti. "Annem beni arka koltuğa oturtup, arabayla kitabevinin önünden geçerdi. Sırf Ruby'yi seyretmek için, sırf kendisinde olmayıp onda olan şeyi görebilmek için caddenin karşısına park ederdi. Neyse ki hafıza kaybı bu yükünü biraz olsun hafifletti. Bunaklığın tek iyi tarafı bu."

Geçmişin acısının hâlâ taze olduğu belliydi. Hiçbir şey söylemeden sadece dinlemeye karar verdim. Şimdilik.

"Her şeyi anladığım zaman on üç yaşındaydım. Anneme sorduğumda bana anlattı. Teyzenden bahsederken kaba kelimeler kullanmaktan da çekinmedi," diyerek bir iç çekti May. "Babam tüm vaktini kitabevinde geçiriyordu. Bilirsin, orası onların aşk yuvasıydı. Evdeki aile hayatımız ise sadece... bir formaliteydi."

"Çok üzüldüm," dedim nihayet. "Bunu bilmiyordum." Olanları May'in açısından dinlemek, hayalimdeki o büyük aşk hikâyesinin üzerine gölge düşürmüştü. Her hikâyenin karanlık bir tarafı olup olmadığını düşündüm. Büyük aşklar, beraberinde büyük acılar getiriyordu. Bu kaçınılmaz bir şey miydi, merak ediyordum.

"Babamın tüm vaktini geçirmek istediği Mavi Kuş Kitabevi'nde bu kadar harika olan neydi, hep bilmek isterdim," dedi May. Bakışları fırtınalıydı ve sanki her an ağlayacak ya da gülecek gibi görünüyordu. "Bir geceyi hiç unutmuyorum," diye devam etti. "Doğum günümdü. Onuncu yaş günüm. Bilirsin, hassas bir yaştır, bir kızın babasına ihtiyaç duyduğu bir yaş. Annem büyük bir akşam yemeği sofrası ve çikolatalı pasta hazırlamıştı. Yemek soğuyana dek beklemiştik. Ama babam gelmemişti. Tabii ertesi gün bir hediye getirmişti ama... Kırılmıştım bir kere."

"Ah, May," dedim duygulanarak. Ne diyeceğimi bilmiyordum. Bir yanım, Ruby adına ondan özür dilemem gerektiğini hissediyordu. Onun küçük May'i asla incitmek istemeyeceğini biliyordum. "Sizin için oldukça zor olmuş olmalı."

"Pekâlâ," dedi May sertçe, aramızda oluşabilecek bir duygusallığı ustalıkla def ederek. "Belli ki buraya gelmenin bir sebebi var. Sana nasıl yardımcı olabilirim?"

"Evet," dedim temkinli bir şekilde. "Teyzemin hayatına dair daha fazlasını öğrenmeyi umuyordum. Seattle'dan çok genç yaşta ayrıldım ve onun hakkında bilmediğim çok fazla şey var. Ruby'nin geçmişini öğrenmek, benim ona borcum. Örneğin babanızla bir aşk yaşadıklarından hiç haberim yoktu."

"Aşk," dedi May. "Ne komik şey. Babamın bizi sevmesi gerekiyordu. Ama anlaşılan onun ilgisini teyzen kadar çekmeyi beceremedik."

"Onunla, yani teyzemle hiç karşılaşmış mıydınız?" diye sordum, mektuplarda May'den kısaca bahsettiğini hatırlayarak.

"Birkaç kez," dedi May. "Ama benim bağlılığım annemeydi."

"Bunu sorduğum için affedin, ama anneniz neden babanızdan boşanmadı?"

"Onu seviyordu," diye yanıtladı May basit bir şekilde, sanki bunun başka bir açıklaması yokmuş gibi. "Her şeye rağmen. Bir yemin etmişti ve yemininden dönmeyi bir kez olsun düşünmedi."

"Peki ya babanız?" diye sordum. "Boşanmak istemiş miydi?"

May, hayır dercesine başını salladı. "Cemiyetteki varlığını sürdürebilmek için annemin servetine ihtiyacı vardı," diye açıkladı. "İstediğin gibi düşünebilirsin, ama aslında yaptığı şey annemi kullanmaktı."

"Ama eminim anneniz isteseydi ondan boşanabilirdi."

May başını iki yana salladı. "O zamanlar boşanmak büyük utanç sebebiydi. Evliliğinin başarısızlıkla sonuçlanmasını istemedi."

Bunun gerçek mi yoksa sadece May'in bunca yıldır kendini inandırdığı bir hikâye mi olduğunu merak etmiştim. Ruby mektuplarında Victoria'yı sorunlarının bilincinde olan, önsezili bir kadın olarak tarif ediyordu. Eğer gerçekten boşanmak isteseydi, en azından Ruby'nin çizdiği tabloya bakıldığında, kocasından boşanabilirdi. Şömine rafının üzerinde asılı olan yağlıboya tablodaki göz alıcı kadına baktım. Ansızın, Victoria'nın boşanmayı reddetmesinin sebebinin Anthony ve Ruby'yi *cezalandırmak* olup olmadığını merak ettim. Boşanmayı kabul ederek onların evlenmesine imkân sağlayacaktı ve belki de bunun olmasına izin veremeyecek kadar gururluydu.

"Ve asıl ihanet," diye devam etti May, "Ruby hamile kaldığında gerçekleşmiş oldu."

Oturduğum yerde doğruldum. "Nasıl yani?"

May başını sallayarak doğruladı. "İçimden bir ses bunu yeni öğrendiğini söylüyor."

Nutkum tutulmuş bir halde başımı iki yana salladım.

"Bu gerçekten hepimizi şok etmişti," dedi May. "Babam o zamanlar altmışlı yaşlarındaydı. Ruby de kırklarında olmalıydı. Haberi Avrupa'daki bir seyahatim sırasında annemden almıştım. Kaldığım otele bir mesaj bırakmıştı. Haberi iletmek için odama gelen başgarsonun dudaklarının titreyişini hiç unutmayacağım."

Başımı iki yana salladım. "Anlayamıyorum. Ruby bana anne olduğunu hiç söylemedi. Emin misiniz?"

May bir iç çekti. "Muhtemelen kimsenin bilmesini istemedi. Bebeği evlatlık verdi. Şimdi senin yaşlarında olmalı. Onun bir yerlerde bir oğlu, benim de bir erkek kardeşim olduğunu düşünmek..." Sanki bu çok rahatsızlık verici bir düşünceymiş gibi başını iki yana salladı.

Resmen serseme dönmüştüm. "Bunca yıldır," dedim. "Hiç haberim yoktu."

"Babam oğlunu hiç göremedi," diye anlatmaya devam etti May. "O öldüğünde Ruby hamileydi. Yeşil Göl'de buz pateni yapmaya gittiklerinde düştü. Basit bir sarsıntı geçirdiğini düşündüler. Ama düştükten dört saat sonra öldü."

"Ne korkunç," dedim. "Herkes için." *Bilhassa Ruby için*, demek istesem de demedim. Teyzemi karnında bebeğiyle, buzlar üzerinde yatan Anthony'nin başında beklerken düşündüm. Ardından ikisini ambulansta hastaneye giderken hayal ettim. Her şeyin yoluna gireceğini söyleyerek teyzeme moral veren Anthony'yi hayal ettim. Ve sonra da onun hastane yatağındaki cansız bedeni üzerine kapanarak ağlayan teyzemi. Tek başına…

"Demek bir yerlerde bir erkek kardeşiniz var," dedim. Sanki bunu yüksek sesle dile getirince, teyzemin hayatının hiç bilmediğim taraflarını öğrenmeye bir adım daha yaklaşacaktım.

"Bir üvey kardeşim var, diyelim," dedi May.

"Onunla hiç... tanıştınız mı?"

May bir süreliğine gözlerini kapattı, ardından tekrar açarak, "Hayır," dedi. "Hiç tanışmadım ve hiç tanışmayacağım. Gizli bir şekilde evlat edindirildi. Ruby öyle olmasını istedi. Sanırım Magnuson Ailesi'nin o çocuğun hayatına burnunu sokmasını istemedi. Bu, onun kontrolü elinde tutma yoluydu. Bir yerlerde babamın kanını taşıyan küçük bir çocuk vardı ve onu tanımıyorduk bile." Derin bir iç çekti. "Annem yıllarca Ruby'yi ve babamı izlemesi için bir özel dedektif tutmuştu. Bebek doğduğunda, dedektifine kitabevini yakından izlemesini söyledi. Belki de bu durum teyzeni ürküttü."

"Anneniz neden böyle bir şey yaptı?"

"Dinle," dedi May. "Eğer bir kitapçı dükkânında kocasının bohem sevgilisi tarafından büyütülen bir *Magnuson* varsa, onun iyi bir şekilde büyütüldüğünden emin olmak istiyordu," diyerek bir iç çekti. "Evet, sanırım sürekli devam eden takipler teyzeni çocuğundan vazgeçmeye mecbur etti."

Başımı iki yana salladım. "Ruby'nin sırf... intikam için çocuğundan vazgeçtiğini düşünemiyorum."

May yapmacık bir şekilde gülümsedi. "Öyleyse teyzeni hiç tanımamışsın."

Bir an için May'in haklı olabileceğini düşünmeye başladım. Ruby efsanevi yazar Margaret Wise Brown ile olan dostluğunu saklayabildiyse, kim bilir sakladığı başka neler olabilirdi?

"Ne diyeceğimi bilemiyorum," dedim nihayet kabullenerek.

"Pekâlâ," dedi May, "birlikte çalışabiliriz. Dışarıda bir yerlerde ortak bir aile üyemiz var. Güçlerimizi birleştirirsek onu bulabiliriz."

Bir an için düşündüm. Eğer onu bulmamızı isteseydi, Ruby vasiyetine oğlunu da dahil eder ya da onun nerede olduğuna dair bizlere bir mektup bırakırdı. Tabii bunu kendi de biliyorsa...

"Bunu ne kadar merak ediyor olsam da Ruby'nin isteklerini dikkate almalıyız," dedim.

May bir iç çekti. "Ailemde gizli kalmış çok fazla sır var," dedi. "Lütfen, bana yardım et."

"Peki, uzun zamandır kayıp olan bu kardeşi bulursak," dedim, "ki kendisi benim... kuzenim oluyor, sanırım. Sonra ne olacak?"

"Açıkçası bilmiyorum. Sadece onu bulmanın vaktinin geldiğini düşünüyorum. Sonuçta o benim kardeşim. Eminim bunu anlayabiliyorsundur."

Birden kitabevini düşündüm. Ruby'nin bunca zamandır kayıp olan oğlu, Mavi Kuş Kitabevi üzerinde hak talebinde bulunabilirdi. Ve hiç tanımadığı bir anneye karşı herhangi bir duygusal yakınlık duymadığından, onu satmaya çalışabilirdi. Kitabeviyle ilgili niyetim aynı ölçüde tartışılabilir olsa da bir yanım şimdiden savaşmaya hazırdı. Ruby o dükkânı bana bırakmıştı, ona değil.

"Teyzen çocuğuyla ilgili bazı belgeleri saklamış olmalı," dedi May.

"Ama bunun gizli bir evlat edindirme olduğunu söylemiştiniz."

"Evet," dedi. "Bunu yıllarca düşündükten sonra şu sonuca vardım: O benim babamın, yani Ruby'nin en büyük aşkının oğluydu. O çocuğu gerçekten birilerine verip, onunla tüm iletişimini sonsuza dek kesebilir miydi?" Başını olumsuzca salladı. "Hiç sanmıyorum. O, teyzeni Anthony'ye bağlayan son şeydi. Oğlunu belli bir uzaklıkta hayatında tutmanın ve herkesi kandırmanın bir yolunu bulmuş olmalıydı." Kendi kendine başını sallayarak onayladı. "Annem avukatımızdan çocuğun evlatlık verildiğini ve işlemlerin gizli tutulduğunu öğrendi. Bu bir bakıma annemin takibi bırakmasını sağladı. Ama o geri çekilmiş olsa bile ben geri adım atmayacağım."

May'in niyetinden emin olamasam da Ruby hakkında ona hak vermiyor değildim. Oğluyla bir şekilde iletişimini sürdürmüş olmalıydı.

"Düşünüyorum da, belki kitabevine uğrayıp etrafa bir göz atabilirim," dedi May. "Orada bizi Ruby'nin oğluna götürecek bazı eski evraklar olmalı."

Victoria'nın, hatta belki de May'in onca yıldır Ruby'ye vermiş olabilecekleri eziyeti düşündüm. Eğer hâlâ hayatta olsaydı, herhalde eşyalarının onlar tarafından karıştırılması Ruby'yi pek hoşnut etmezdi. "Dikkat edeceğim," dedim. "Herhangi bir şey bulursam mutlaka haber veririm."

May, cevabım karşısında biraz hayal kırıklığına uğramış gibiydi. O sırada kapıda beliren asistanına doğru döndü.

"Böldüğüm için özür dilerim, Bayan Magnuson, fakat telefona bekleniyorsunuz."

"Lütfen konuşun," dedim çabucak. "Zaten ben de gidiyordum."

"Size kapıya kadar eşlik edeyim mi?" diye sordu genç asistan.

"Hayır," dedim çantamı alarak. "Gerek yok."

"Pekâlâ, hoşça kal, June," dedi May.

"Hoşça kalın."

May ve asistanı koridorda gözden kaybolduktan sonra biraz şaşkın bir şekilde öylece kalakaldım. Kapının yolunu tuttuğum sırada az daha yaşlı bir kadınla çarpışıyordum. Ansızın onun May'in annesi, Victoria olduğunu fark ettim. Gri saçları kısa ve dalgalıydı. Yorgun cildi kırışmış bir ipek gibi sarkmıştı. Buna rağmen onun bir zamanlar çok güzel, belki kızının hiçbir zaman olamayacağı kadar güzel bir kadın olduğunu söyleyebilirdim. Annesinin gölgesinde büyümüş olmanın, May üzerinde nasıl bir etki bıraktığını merak etmiştim.

"Ah, affedersiniz, bayan," dedim biraz ürkerek.

"Hiç değilse bir şeyi doğru yapmışlar," diye mırıldandı kadın kendi kendine. "Nihayet zambakları sevdiğimi hatırlamışlar. Geçen hafta her yeri lalelerle donatmışlardı. Lalelerden nefret ederim."

"Siz Victoria olmalısınız," dedim.

Yaşlı kadın sanki varlığımı yeni fark etmiş gibi bana baktı. "Tanışıyor muyuz?"

"Hayır," dedim. "Ben, şey, kızınızla görüşmek için gelmiştim. Adım, June Andersen. Ruby Crain'in yeğeniyim."

Victoria sarsılmış görünüyordu. Onca yıldan sonra bile teyzemin adının onun üzerinde hâlâ etkisi olduğunu anlamıştım. Elbette olacaktı. Anthony ile evliliklerinin büyük bir kısmı boyunca, Ruby 'öteki kadın' olmuştu.

Victoria önce sağına, sonra soluna bakındı. "Kızım sana ne anlattı?" diye sordu çabucak, sanki konuşmak için fazla vaktimiz olmayabilirmiş gibi.

"Pek bir şey anlatmadı," dedim kaçamak bir şekilde cevap vererek. Zaten ona yeterince şey söylemiştim. Sonuçta yaşlı bir kadındı ve teyzemin anılarının ona iyi gelmeyeceğinden endişe ediyordum.

"Dinle, hayatım," dedi Victoria sesini iyice alçaltıp fısıldayarak. "Kızıma karşı dikkatli ol, lütfen."

"Ne demek istiyorsunuz?" Belli ki buraya onu bir şekilde rahatsız etmek için geldiğimi düşünmüyordu.

"Kızım son derece sabit fikirlidir," dedi Victoria açıkça. "Geçmişin peşini asla bırakmayacak. Ta ki onu bulana dek..."

"Neyi bulana dek?"

Victoria merdivenlere göz attıktan sonra tekrar bana döndü. "Ona beni şaşırtmasını ve hayatına devam etmesini söylemeye çalıştım. Ben kendi adıma öyle yaptım. Ama o yapmayacak. Aradığını elde edene dek yapmayacak."

"Ruby'nin oğlu hakkındaki bilgileri mi kastediyorsunuz?"

Victoria önce biraz şaşırmış göründü, ardından başını iki yana salladı. "Hayır. Hayır, başka bir şey. O kitapçı dükkânında olduğuna inandığı bir şey."

Belli belirsiz bazı sesler duyarak arkama baktım. May ve asistanı köşede belirdiler.

"Anne," dedi May. "Senin ayakta ne işin var? Yarınki ameliyatından önce dinleniyor olman gerek."

Victoria yapmacık bir şekilde gülümseyerek, "Zaten yatmaya gidiyordum," dedi. Asistan, Victoria'ya eşlik etmek için onun koluna girdi. "Zambaklar," diye mırıldandığını duydum Victoria'nın, sağdaki karanlık bir koridorda gözden kaybolurken. "Zambakları seviyorum, laleleri değil."

"Umarım annem seni üzecek bir şey söylememiştir," dedi May. Bu bir cümleden çok, bir soru gibiydi.

"Hayır," dedim temkinli bir şekilde. "Hayır, söylemedi."

"Çünkü bugünlerde kafası çok karışık. Ne söylediğini bilmiyor. Bazen adımı bile hatırlamıyor."

"Sadece zambakları ne kadar çok sevdiğinden konuşuyorduk," dedim, omzumdaki çantamın askısını düzelterek. "Pekâlâ, yeterince vaktinizi aldım. Hoşça kalın, May."

Bir taksi çevirmek için Queen Anne Bulvarı'na çıkmadan önce son bir kez dönüp eve baktım. May'in pencereden beni izlediğini görünce çabucak başımı çevirdim.

Kitabevine döndüğümde Ruby'nin evraklarıyla dolu iki kutuyu gözden geçirmeye başladım. Her bir kâğıdı eskisinden daha büyük bir gayretle inceliyordum. Eğer bu çatının altında Ruby'nin oğluna ait bir iz varsa, onu bulacaktım. Ancak iki saatin sonunda, bir yığın eski, işe yaramaz ve çöpe gitmeyi bekleyen kitap siparişi listesinden başka bir şey elde edememiştim.

Birinin kapıyı tıklattığını duydum. Restorandaki o geceden beri Gavin'ı görmemiştim. Ve dürüst olmam gerekirse henüz onunla konuşmaya hazır değildim. O ve Adrianna arasında söylenen ya da söylenmemiş kalan her ne varsa, aramızda bir uçurum açmıştı. Gavin ile ben çiçek açmak üzere olan bir kiraz ağacı dalı gibiydik, fakat hiçbir zaman meyve vermeyecektik. Tomurcuklarımızı şimdiden budamak ve ikimizi de bolca dertten kurtarmak daha akıllıca görünüyordu. Tereddütle kapıya yürüdüm ve kilidini açıp, dışarı göz atmama yetecek kadar araladım. Kapıda bekleyenin Adrianna olduğunu görünce oldukça şaşırdım.

"Merhaba," dedi Adrianna. "Affedersin, rahatsız ediyor muyum? Ön kapının açık olup olmadığından emin olamadım."

"Yo, hayır," dedim. Önceki karşılaşmalarımızda bana karşı

olan soğuk tavırlarından sonra, şimdiki nezaketi beni biraz şaşırtmıştı. "Rahatsız etmiyorsun. İçeri gelsene."

Adrianna beni takip ederek içeri girdi. Şöminenin yanındaki berjer koltukları işaret ettim.

"Kusura bakma, etraf biraz dağınık," dedim ikimiz de otururken.

"Sorun değil," diyerek gülümsedi Adrianna. "Sanırım Gavin sana benim tam bir pasaklı olduğumdan bahsetmemiş. Dağınıklık benim uzmanlık alanımdır."

Samimiyetine şaşırarak gülümsedim.

"Dinle," dedi Adrianna. "Buraya senden özür dilemek için geldim. Gavin sana ikimizden söz etmiş olmalı."

Evet, anlamında başımı salladım.

"Biz nişanlıydık," diye devam etti. "Sonra da ayrıldık. Dolayısıyla kalbim biraz kırık sayılır."

"Çok üzüldüm."

"Hayır," dedi Adrianna. "Mesele de bu. Senin özür dileyecek hiçbir şeyin yok. Gavin bekâr biri. Ben de öyle. Bizim aramızdaki şey... Artık bitti. Bunu fark etmek uzun zamanımı aldı."

Kucağımda kenetlediğim ellerime baktım.

"Geçen gece ikinizi gördüğümde," diye devam etti Adrianna, "ilk kez aramızdaki her şeyin gerçekten, tamamen bittiğini fark ettim. Bu çok tuhaf, ama kendimi eskisinden daha mutsuz hissedeceğimi sanıyordum. Oysa bir şeyi yeni idrak etmiş oldum. Tekrar bir araya gelmek umuduyla öyle çok çaba sarf ediyordum ki bu beni mahvediyordu. Artık sonumuzu kabullendim ve doğruyu söylemek gerekirse, rahatlamış hissediyorum."

Anladığımı belirtircesine başımı salladım.

"Muhtemelen onu daima seveceğim," dedi Adrianna. "Yani, şu adama bir baksana. Nasıl sevmezsin?"

Çekingen bir şekilde gülümsedim.

"Söylemeye çalıştığım şey şu... Gavin gerçekten senden hoşlanıyor. Bence ikinizin mutlu olmak için iyi bir şansı var ve varlığımla bu şansı mahvettiğimi düşünmekten nefret ediyorum."

Gözlerimi kırpıştırdım. "Vay canına, ne diyeceğimi bilemiyorum." Bu beklenmedik nezaket gösterisi karşısında hayretle başımı iki yana salladım.

"Bilirsin, seni tamamen yanlış değerlendirmiştim," dedi Adrianna.

"Anlamadım."

"Senin yüksek topuklu ayakkabılarıyla dolaşan güçlü bir New Yorklu olduğunu ve bu kitabevini en yüksek teklifi veren kişiye satacağını düşünmüştüm," diyerek başını iki yana salladı. "Ama burayı gerçekten seviyorsun. Bunu şimdi anladım."

"Şey, ben..."

"Seni nasıl bu kadar yanlış anladım, bilmiyorum."

Beceriksizce gülümsedim. Elbette bu kitabevini seviyordum, her zaman sevmiştim. Ama Adrianna'ya dükkânın geleceğinin hâlâ bir muamma olduğunu söylemedim. Doğrusu bana ne kadar acı veriyor olsa da, bu sabah dükkânın değeri hakkında fikir edinmek için bir emlakçıyı aramıştım.

Adrianna gergin bir şekilde gülümsedi. "Sandığımızdan daha çok birbirimize benziyoruz," dedi. "İkimiz de ailevi meselelere oldukça önem veriyoruz. Büyükannemin San Francisco'daki restoranı kapanma tehlikesi altında. Kendisi artık yemek yapamayacak kadar yaşlı ve kızlarından hiçbiri onun işlerini devam ettirmeye ilgi duymuyor." Sanki çok önemli bir konuyu düşünüyormuş gibi durakladı. "Henüz Gavin'a söylemedim, ama durumu değerlendirmek için San Francisco'ya gidip, yardım edebilir miyim diye bir bakacağım."

"Vay canına," dedim. "Yani işi devralacaksın."

"Belki," dedi Adrianna. "Yine de enine boyuna düşünmem gerek. Özellikle gidişimin... Antonio's'u nasıl etkileyeceği konusunda."

Anladığımı belirtircesine başımı salladım.

"Gavin şu an mutfakta," dedi Adrianna. "Burada olduğumdan haberi yok. Bence bugün uğrayıp onunla görüşmelisin. Konuş onunla. Aranızda ben olmadan yeni bir başlangıç yapmaya ihtiyacınız var." Bir an için durakladı. "San Francisco'da ne yaparım, bilmiyorum. Ama buradan birkaç gün uzak olmak kafamı toparlamama yardımcı olur, sanırım." Ayağa kalkarak gülümsedi. "Ancak seni uyarmalıyım, Gavin horlar. Sabahları da son derece kabadır. Ona yalvarmadığın sürece bulaşıklara dokunmaz. Muhtemelen doğum gününü unutacaktır. Sevgililer Günü'nü de öyle. Ama bütün bunlara rağmen bulabileceğin en iyi adamdır." Adrianna kapıya doğru dönmeden önce uzun uzun bana baktı. Gözlerinde bir damla yaşın pırıltısını görür gibi oldum. "İyi şanslar, June. Bunu tüm samimiyetimle söylüyorum."

Ben bir şey söyleme fırsatı bulamadan da çıkıp gitti.

Emlakçı saat ikide geldi. Saçlarını geriye doğru taramış, benim yaşlarımda bir adamdı. Gülümseyişi, son derece beyaz dişlerini gözler önüne seriyordu. "Sen, June olmalısın," dedi kapı eşiğinde. "Ben, Coldwell Banker Bain'den John."

"Evet," dedim. "Merhaba, John. İçeri gelsene."

"Burası oldukça iyi bir yer," dedi John. Gözlerinde heyecanlı bir pırıltı vardı.

"Evet," dedim, geçmişe özlem dolu bir halde. "Güzel değil mi?"

John'un yüzündeki ifadeye bakınca, kitabevi hakkında benimle aynı hisleri paylaşmadığını görebiliyordum. "Burayı yeniden işletmek için sarf etmen gereken çabayı bir hayal etsene," diyerek başını iki yana salladı. Raftaki bir kitabı eline aldıktan sonra, sanki önemsiz bir postaymış gibi bir kenara attı. "Satmayı düşünmekle akıllıca davranmışsın. Bugünlerde kimse kitaplardan para kazanmıyor. Çok zor bir uğraş. Bir an önce satıp paraya çevirmek en iyisi." Etrafı inceleyerek tavanı işaret etti. "Binanın iskeleti iyi. Muhtemelen onu apartmana dönüştürmek isteyecek müteahhitlerin ilgisini çekecektir. Ama büyük ihtimalle daha çok onu yıkmak isteyeceklerdir."

Onu buraya benim davet ettiğimi biliyordum. İşi gereği kitabevini para açısından değerlendirdiğinin de farkındaydım. Ama bundan hoşlanmamıştım. *Hiç* hoşlanmamıştım.

John, yere yayılmış olan minderleri işaret ederek güldü. Ruby masal okuma saatinde çocukları burada etrafına toplayarak ilgi odağı olurdu. "Artık kitabevine giden çocuk kaldı mı?"

"Tabii ki gidiyorlar," dedim John'un küstahlığına sinirlenerek. "Burası nesillerdir çocuklar tarafından sevilen bir kitabevi."

"Belki bu nesil tarafından değildir," diye karşılık verdi John. "Kız kardeşimin çocukları var ve kitap okumuyorlar. Her şeyi iPad'lerinde yapıyorlar."

Yanaklarımın kızardığını hissettim. Ne cüretle buraya gelip, teyzemin mirasının hiçbir anlamı olmadığını iddia ederdi? Ne cüretle kitapların artık öldüğünü ima ederdi? Bu adam, Ruby'nin nefret ettiği düşüncelerin vücut bulmuş haliydi. Bu kitabevini satacaksam bile, edebiyata bu kadar saygısızca yaklaşan biriyle çalışmak zorunda değildim. Ne de olsa sayısız emlak ofisi vardı. Başka birini bulacaktım.

"Biliyor musun?" dedim aniden, "bu iş için uygun kişi olduğunu sanmıyorum."

John şaşırmış görünüyordu. "Nasıl yani?"

"Yani bu işin yürüyeceğini düşünmüyorum. Bu dükkân hakkında vizyon sahibi olan biriyle çalışmayı tercih ederim. Ve belli ki o sen değilsin."

John paniklemişe benziyordu. "Ah, sanırım beni yanlış anladın. Seni gücendirmek istememiştim."

"Evet," dedim, işyerinde kullandığım resmi yüz ifademi takınarak, "beni gücendirdin." Ardından elimi uzattım. "Zaman ayırdığın için teşekkür ederim."

John pişmanlıkla elimi sıktı. "Pekâlâ, kartım sende var. Eğer fikrini değiştirirsen..."

"Evet, teşekkür ederim," dedim, ona çıkışa kadar eşlik edip, kapıyı ardından kapatarak.

Berjer koltuklardan birine gömülüp, kendi kendime söz verdim: Eğer burayı satarsam, Mavi Kuş Kitabevi'ne benim kadar saygı duyan bir emlakçı bulacaktım.

Son okuduğum mektuplarda adı geçen kitabı hatırladım: *Dağ Defnesi.* Onu okuduğumda on bir yaşındaydım. Rafları karıştırarak kitabın ilk baskısını aradım ve bulduğumda kapağını açarak, beni bekleyen mektuplara ulaştım.

25 Mayıs 1946

Sevgili Ruby,

Bahsettiğin şüpheli ziyaretçiler kulağa hoş gelmiyor. Yine de kafanı onlara yormamaya çalış. Geceleri kapını kilitle. Dikkatli ol ama birkaç tuhaf hadisenin keyfini kaçırmasına müsaade etme. Seninki, herkesin sahip olmak istediği türden bir mutluluk. Eğer ona sahip çıkmazsan, kaybedersin. Mutluluğunu koru ve kimsenin onu çalmasına izin verme.

Ah, Anthony ile yaşadıklarına nasıl da imreniyorum. Benim pek şansım olmasa da senin adına çok ama çok mutluyum.

Sürekli geleneklerin dışında biri olduğumu anlatıp duruyorum ki bu doğru. Ama sana bir sır vereceğim: Ben de sonsuza dek mutlu yaşamanın hayalini kurmuyor değilim, Ruby. Her geçen yılla birlikte, bunun benim için olası olup olmadığını merak ediyorum. Öyle çok başarısız ilişki yaşadım ki, elimdeki solmuş gülleri üst üste koysam Empire State Binası'nın yüksekliğine ulaşabileceğinden korkuyorum.

Buna rağmen henüz aşktan ümidimi kesmedim. Senin mutluluğun bana umut verdi.

Bu arada çarklar dönmeye devam ediyor. Life dergisinde benimle ilgili bir makale hazırlıyorlar. Geçtiğimiz yıllarda çocuk kitaplarım yaklaşık bir milyon adet satmış ve bundan yeni haberim oldu. (Ben sadece gözümün önündekileri takip edebiliyorum. Bugün Küçük Ponpon Ailesi'nin baskıdan çıkmış kopyaları geldi. Oldukça güzel göründüklerini söylemem gerek. Satın alma zahmetine girme. Harper'a sana bir kutu göndermelerini söyleyeceğim). Her neyse, Life dergisinden bahsediyordum. Anlaşılan, insanların bu hikâyelerin ardındaki kadın hakkında daha fazla şey öğrenmek istediğini düşünüyorlar.

Derginin kapağında Ingrid Bergman ile birlikte yer almamın planlanması tuhafıma gitti (şimdilik söylentiler öyle). Ingrid Bergman ve ben! Belki de babam bu sayıyı gördükten sonra nihayet işimi ciddiye alır (gerçi hiç sanmıyorum). Roberta'nın ise oldukça komik bulacağını sanıyorum. Bu arada, Roberta yakında uğrayacak. Niagara Şelaleleri seyahatinden bir kartpostal yollayarak beni sevindirdi. Böylece Kardeşlik Operasyonu bir adım daha ilerledi.

Life röportajını Harper'daki editörüm Ursula ayarladı. Bir fotoğrafçı ve muhabir benimle Cobble Court'ta buluşacak (biliyorsun, ofis olarak kiraladığım şu küçük, yazlık ev). Sanırım şık görünmem ve soruları anlaşılır bir şekilde yanıtlamam gerek. Umarım akıllıca cevaplar veririm.

Senin de bildiğin gibi son derece utangaç biriyim ve bu benim için hiç iyiye işaret değil. Ama gülümseyecek ve muhabirin sorularını yanıtlayacağım. Son zamanlarda partilerde sıkça yaptığım gibi, sanırım yine işimi savunmak zorunda kalacağım. Geçen hafta bir arkadaşımın partisinde Random House'un yöneticisiyle yan yana oturuyordum. Adam gözlüğünün üzerinden bana bakıp, yazarlarından birinin kazandığı bir ödül hakkında yorum yaptı. Sonra da sırıtıp, "Ama bebek kitapları yazan biri bunu nereden bilecek?" gibisinden bir şeyler söyledi. Bebek kitapları...

Derinden bir kahkaha patlatarak gülmeye başladı. Koca göbeği, kolalı gömleğinin altında sallanıyordu. Peki, ben ne yaptım? İçkimi onun kucağına boşalttım ve yüzümde memnun bir gülümsemeyle oradan uzaklaştım.

Ertesi sabah evime gelen şeye inanamazsın: Bir buket çiçek ve üzerinde 'Beni bağışlayın' yazan bir kart.

Life röportajında, yaptığım işi diğer herhangi bir meslek gibi – kendimi bu işin içinde buluverdiğim için yaptığımı açıklamaya karar verdim. İnsan bazen bu şekilde kendini hayatının işinin içinde buluvermeli. Tıpkı harikalar diyarında tavşan deliğine düşen Alice gibi. Çünkü kendi irademize bırakıldığımızda sadece daha makul yolları seçiyor ve kaderimizi mahvediyoruz.

Daima işimi, onun değerini savunmak zorundaymışım gibi hissediyorum. Life muhabirine mükâfatlar, ödüller, para ya da övgüler için yazmadığımı söyleyeceğim. Doğrudan çocuklar için bile yazmıyorum. Hâlâ içimde yaşayan çocuk için yazıyorum.

Örneğin, dün kendine ev inşa eden bir köpek masalı düşleyerek uyandım. Ve kendi kendime, "Çocuklar bu hikâyeyi sevecek," demedim. "Bu hikâyeyi sevdim!" dedim.

Öte yandan tıpkı Random House'un yöneticisi gibi işimi önemsiz görenlerin, onu ciddiye almayı reddedenlerin düşüncelerini üzerimden atamıyorum. Böyle zamanlarda Virginia Woolf ya da Gertrude Stein gibi olabilmeyi diliyorum. Herhangi bir yere girdiklerinde gördükleri saygıyı düşünüyorum.

Clem ve Posy bu akşam bir şeyler içmek için Cobble Court'a gelecekler. Biliyorsun, Clem oldukça yakın çalışmalar içinde olduğum bir çizer. Bu akşam yeni bir fikir üzerine konuşacağız. Senin ay hakkında bir hikâye yazmam için yaptığın öneriden esinlenilmiş bir fikir. Sanırım yapacağız.

En içten sevgilerimle, canım arkadaşım,
Brownie

2 Haziran 1946

Sevgili Brownie,

Life dergisi! Röportajda oldukça iyi iş çıkaracaksın. Onlara sadece bana yazdıklarını anlat ve gönlünden geldiği gibi konuş. Herkes seni benim sevdiğim gibi sevecektir.

Edebiyat camiasında bahsettiğin tarzda görüşlere göğüs germek zorunda kalmamanı dilerdim. Onlar züppenin teki. Hiçbirine aldırma. (Ayrıca Gertrude Stein'a olan hayranlığını bir kenara bırakırsak, onun bir çocuk kitabı yazma konusundaki talihsiz girişimini hatırlıyor musun? Yazdığı her kitap gibi, o kitabını da sevdiğini biliyorum. Ama çocukların hiç sevmediğini hatırlatırım. Bir kitap satıcısı olarak, hangi kitapların raflarda çürüdüğünü ilk gören benim. Söylemek istediğim şey şu: Nasıl ki sen bir romancı değilsen, o da maharetli bir çocuk masalcısı değil. Hepimizin kendine ait bir yeteneği var.)

Ben iyiyim. Ama buradaki Kardeşlik Operasyonu orada olduğu kadar iyi gitmiyor. Lucille, hayvanat bahçesi gezintisi fikrinin son derece çocukça olduğunu söyledi. Doğal olarak kırıldım. Sürekli elinden geleni yapmaya çalışmanın ve karşılığında durmaksızın reddedilmenin, göründüğü kadar kolay bir şey olmadığını anladım. Günün birinde artık geri çevrilmekten yorulacağımı sanıyorum, ama henüz pes etmeye hazır değilim.

Kitabevinde işler gayet iyi gidiyor ve halime şükrediyorum. Çarşamba sabahları masal saatinde çocuklara kitap okumaya bayılıyorum. Mavi Kuş Kitabevi'nin her şeyini seviyorum. Tıpkı Anthony'nin umduğu gibi, burası benim sığınağım oldu.

Dün dükkâna bir müteahhit geldi. Burayı onlara satmamı, böylece yerine bir alışveriş merkezi yapabileceklerini söyledi. Bana Anthony'nin bu dükkân için ödediğinin bir buçuk kat fazlasını önerdi. Şık bir takım elbise ve İtalyan deri ayakkabılar giyen o adamı bir görmeliydin. Elinde evraklarla içeri giriverdi ve onları hemen imzalayacağımı sandı. Reddettiğimde ise güldü ve çocuklara kitap satarak para kazanabileceğimi düşündüğüm için aptallık ettiğimi söyledi. Karşılık veremeyecek kadar afallamıştım. Ben ağzının payını vermeye kalmadan da çıkıp gitti. Ama son sözü ben söylüyorum, hiç değilse buradan ve sana söylüyorum, Brownie. Kitap endüstrisinin önemini biliyoruz. Edebiyatın ne kadar önemli olduğunu biliyoruz. Evet, belki her zaman para getirmiyor. Buna rağmen ikimizin de farklı şekillerde yaptığı bu işin ne kadar değerli olduğunu yürekten hissediyorum.

Şimdilik söyleyeceklerim bu kadar. Gelecek mektubuna dek seni düşünüyor olacağım, arkadaşım.

Sevgiler,
Ruby

Not: Bugün yeni kitaplardan oluşan bir teslimat aldım. Az kalsın ben de Elliot Bulvarı Kitapçısı'nın sahibinin onları 'gereksiz' görüp yer vermediği gibi, Little Golden Kitapları'nı görmezden gelecektim. Ama şimdi onun yanıldığına inanıyorum! Meraklı Bebek gibi son çıkan kitaplara şöyle bir göz atınca, daha basit hikâyelerin çocukları daha mutlu edip etmediğini merak etmeye başladım. Onların zihinlerini art arda peri masallarıyla doldurduğumuzdan endişe ediyorum. Oysa onlar kendi hayatları hakkında bir şeyler okumak istiyorlar. Çocuklar hikâyelerde gerçek dünyanın bir yansımasını arıyor, böylece onu daha iyi anlayabiliyorlar. Bu senin hep sözünü ettiğin 'şimdi ve burada' adlı yazma üslubu değil mi? Şimdi onun değerini her zamankinden iyi anlıyorum.

Mektupları Ruby'nin masasının çekmecesine bırakarak, okuduklarımı düşündüm: *Sürekli elinden geleni yapmaya çalışmanın ve karşılığında durmaksızın reddedilmenin, göründüğü kadar kolay bir şey olmadığını anladım.* Amy de böyle mi hissediyordu? Reddedilmiş? Geri çevrilmiş? Beni son aradığında sesinin tonunun nasıl olduğunu hatırladım. Yorgun, üzgün, *bıkkın*. Ya aramaktan vazgeçerse? O zaman ne olacaktı? Uzun zamandır, ona karşılık vermiyor olsam da denediğini bilmek bana yetiyordu. Mektupları, telefonları bana hüzünlü bir teselli veriyordu. Peki, bu tek taraflı iletişim tamamen sona erdiğinde, kendimi daha iyi mi yoksa daha kötü mü hissedecektim?

Kalbimin sesini dinlediğimde, cevabı zaten biliyordum. Ve bu cevap beni korkutuyordu.

Onuncu Bölüm

Antonio's'a uğramak için ertesi sabaha dek bekledim. Adrianna'nın vedalaşmak için vakit bulduğundan emin olmak istiyordum. Ve onun tüm söylediklerine rağmen, Gavin'ın bana karşı benimle aynı hisleri paylaştığından emin değildim. Ya Adrianna'nın onu sevdiği gibi, o da hâlâ Adrianna'yı seviyorsa? Yine de saat onda cesaretimi toplayıp restorana gittim ve şaşkınlıkla kapıda asılı olan tabelaya baktım: KAPALI.

Kapalı. Yüreğimin burkulduğunu hissettim. Restoran saat on bir buçuktaki öğle yemeğine dek açılmıyor olsa da Gavin daima erkenden orada olur, kapıyı da açık bırakırdı. Pencereden içeri göz attım ve mutfakta bir ışık görerek kapıyı tıklattım. Mutfak kapısında beliren Gavin, beni gördüğünde gülümsedi.

"Merhaba," dedi kapıyı açarak.

"Merhaba," diyerek içeri girdim. "Kapıda kapalı yazıyor. Bu sabah içimize kapanık mı hissediyoruz?"

Gavin omzunu silkti. "Adrianna seninle konuşmaya geldi, değil mi?"

"Evet," dedim, "ama bunun kapalı tabelasıyla ne alakası var?"

Gavin başını olumlu anlamda salladı. "O gittikten sonra Antonio's'u tek başına işletebileceğimden emin değilim." Çok sevdiği mutfağına şöyle bir göz atıp, ellerini masaya koydu. "Bu sabah içeri girdiğimde kendime güvenimi yitiriverdim."

"Bu benim tanıdığım azimli adama benzemiyor."

Gavin başını iki yana salladı. "Adrianna'nın biraz uzaklaşmaya ihtiyacı vardı. Sanırım benim de öyle. Son zamanlarda çok yoğun çalışıyorum. Doğrusu bu restoranı açtığımızdan beri tek bir gün bile izin kullanmadım."

Anladığımı belirtircesine başımı salladım. "Biraz ara ver ama sevdiğin işten vazgeçme."

Gavin gözlerimin içine baktı. "Biliyor musun? Geçtiğimiz yıl boyunca bu restoranı başarıyla işletmeye öyle kararlıydım ki derin bir nefes almayı unuttum. Yaşamayı unuttum. Oysa hayatta Antonio's'tan fazlası var."

"Elbette var," dedim. "Ama sanki aklında onu... Tamamen kapatmak varmış gibi konuşuyorsun. Bundan pişman olacağını biliyorum."

"Olabilirim," dedi Gavin. "Ama şimdilik bir sonraki bölüme sayfa çevirmenin vakti gelmiş gibi hissediyorum."

Gavin'ın bakışları beni delip geçiyordu. Bakışlarımı yere çevirdim. Gözlerime bakmasına izin verirsem, bunun bir uçuruma adım atmak gibi olacağını biliyordum. Geri dönüşü yoktu. Tam da o an Gavin'ın parmaklarını çenemde hissettim. Yüzüne bakmam için başımı yukarı kaldırdı.

"Adrianna sana söylediklerini bana anlattı. Bizim hakkımızda olanları."

Dikkatle gözlerine bakarak dinlemeye devam ettim.

"Eğer sen de istersen, bize bir şans vermeye hazır olduğumu bilmeni istiyorum," dedi Gavin. Ardından sırıttı. "Affedersin, bu konuda biraz paslanmışım. Demek istediğim, bize bir şans vermek *istiyorum* ve senin de istediğini umuyorum. İşin aslı şu ki senin için deliriyorum. Gerçekten. Seni arkadaşlarımla, ailemle tanıştırmak istiyorum. June, umarım bunu sen de istiyorsundur."

"İstiyorum," dedim. "En azından istediğimi sanıyorum. Birine güvenmeyeli çok uzun zaman oldu."

Gavin beni kendine doğru çekti. "Güven bana," diye fısıldadı kulağıma.

Başımı olumlu anlamda salladım. Gavin dudaklarını hafifçe benimkilere kondurdu. Dudaklarımız birbirine mükemmel bir uyum sağlıyordu. İçimin ısındığını hissettim. Ansızın tüm sıkıntılar yok olmuştu.

"Bugünü birlikte geçirelim," dedi Gavin alnıma bir öpücük kondurarak.

"Çok isterim," dedim. "Aklında ne var?"

"Haydi, adaya giden vapura yetişelim."

"Bainbridge'e mi?" Seattle'a vapurla sadece yarım saat uzaklıkta olan o küçük adayı oldum olası seviyordum. Kitabevinde yapmam gereken işleri düşünerek bir an için tereddüt ettim. Zamanım azalıyordu. New York'taki işim beni bekliyordu. Ve bir de Mavi Kuş Kitabevi meselesi vardı. Eğer satacak olursam, doğru müşteriyi bulmam gerekecekti. Onu yıkmayı planlıyor olsa bile kitabevinin geçmişine saygı duyan birini. İçten içe ürperdiğimi hissederek Gavin'ın sıcak ve mutlu gözlerine baktım. Ve bunları düşünmemeye karar verdim. Sadece bugünlük.

"Evet, Bainbridge," dedi Gavin. "Arabayı merkeze park

edebilir ve yürüyerek devam edebiliriz. Belki Winslow'da öğle yemeği yeriz. Çok güzel yengeç salatası yapan küçük bir kafe biliyorum. Sonra belki sahile yürür, bir yerlerde oturabileceğimiz küçük bir bank bulur ve kuşların sesini dinleriz. Şehirden uzaklaşmak iyi gelecektir."

"Yengeç salatasıyla beni tavladın bile," diyerek sırıttım.

Hava açık olduğundan Gavin vapurun üst güvertesinde oturmayı seçti. Rüzgâr yüzünden saçlarımın arapsaçına döneceğimi bilsem de buna aldırış etmedim.

"Martıları seviyorum, ya sen?" diye sordu Gavin, cebinden çıkardığı bir krakeri güverteye atarak. Yarım düzine kadar martı krakerin üzerine üşüşerek didiklemeye başladılar.

"Ben de," dedim. "Seattle'a dair özlediğim şeylerden biri de onlar. Seslerini seviyorum. Haykırış ve çığlık karışımı, kulağa korkunç gelebilen bir sesleri var. Ama aslında dünyada en sevdiğim seslerden biri."

"Denizin sesi," dedi Gavin.

Başımı sallayarak onayladım.

"Seattle hakkında özlem dolu bir şekilde konuşuyor olmana sevindim," dedi Gavin. "Bu, buraya kök salacağın anlamına geliyor."

Belli belirsiz bir şekilde gülümsedim. Gavin'ın konuşurken gelecek zamanlı cümleler kurması dikkatimden kaçmamıştı. Sanki New York'taki eski hayatımla çoktan yollarımı ayırmış ve Seattle'da bir çocuk kitabı satıcısı olarak yeni hayatıma başlamaya hazırmışım gibi konuşuyordu. Keşke her şey bu kadar kolay olsaydı.

"Dükkânın üst katında mı kalmayı düşünüyorsun?"

Kendimi büyük, eski pencerelerden içeri süzülen güneşle birlikte uyanan, sade bir kahvaltı yapan ve sevgili Mavi Kuş Kitabevi'ne kavuşmak için alt kata koşan Ruby gibi yaşarken hayal ettim. O kitabevini neden o kadar sevdiğini biliyordum çünkü ben de onu aynı şekilde seviyordum. Ve Seattle'a vardığımdan beri ilk kez, onu ne bir müteahhide ne de başka birine satabileceğimi fark ettim. Satamazdım çünkü onu çok seviyor ve orada kendim için yeni bir hayat görüyordum.

"Sana söylemem gereken bir şey var," dedim Gavin'a.

Gavin şaşırmış görünüyordu. "Nedir?"

"Sana bir konuda dürüst olmadım... Kitabeviyle ilgili niyetim konusunda." Gavin sessiz kalınca anlatmaya devam ettim.

"Ben bir bankacıyım. Bunu zaten biliyorsun. Ama bilmediğin şey, benim borçlu işletmeleri kapatmakta uzman bir bankacı olduğum. Kafeler, küçük zanaat atölyeleri, hatta kitapçılar. Aklına gelebilecek her türlü işletmeyi kapattım." Gavin'ın gözlerine bakamayarak başımı iki yana salladım. "Bir maliye öğrencisiyken, iş adına böylesine acı veren görevleri yerine getireceğimi hiç hayal etmemiştim. Tıpkı on bir aydır ödemelerini geciktirmiş olan yetmiş yaşındaki bir kadının gözlerine bakıp, 'Burayı altı kuşaktır ailenizin işletiyor olması umurumda değil. Bu işyerini kapatıyorum. Güle güle,' demek gibi." Bir iç çektim. "Ama öyle bir insan olmak zorundaydım. Ve bu konuda iyiydim. Yani *iyiyim*. Bu tür dağınıklıkları temizlemek için iyi para alıyorum."

Gavin'dan yana dönerek yüzüne baktım. Ama o gözlerini doğruca ufka dikmişti. Anlattıklarımı anlayıp kabulleniyor muydu yoksa karakterimi ne kadar yanlış değerlendirdiğini mi düşünüyordu, emin değildim. "Yıllar geçtikçe duygusuzlaştım," diye devam ettim. "Seattle'a dönüp, anılarımın hışmına uğrayıncaya dek bunun farkında değildim. Tıpkı iş yaşamımdaki gibi, burada sadece birkaç günümü harcamayı, teyzemin eşyalarını ayıklamayı ve burayı satmayı düşünüyordum." Başımı olumsuzca salladım. "Dün dükkâna değer biçmesi için bir emlakçı çağırdım. Ama gözlerinde dolar işaretiyle etrafa bakmasına dayanamadım. O kitabevini asla satamayacağımı anlamaya başladım. Çünkü orayı çok seviyorum. Ve daima seveceğimi biliyorum."

Gavin'ın sessizliği kalp atışlarımın hızlanmasına neden olmuştu. Şimdi bana karşı olan hisleri değişmiş miydi? Aklında bir kaçış stratejisi mi üretiyordu? Ellerimi birbirine kenetleyip dudağımı ısırarak beklemeye başladım. Gavin bana dönerek, "Bunları bana anlatmak," dedi, "oldukça cesaret isteyen bir işti."

Bakışlarımı kaçırdım. "Acı gerçek bu."

Gavin sol elimi tutunca, yeniden dönerek ona baktım. "Hayır, bu hikâyenin acı bir tarafı yok," dedi. "Mutlu bir sonu var."

"Pekâlâ," dedim, "henüz yok."

"Sen yaptıklarından dolayı pişman olmuş, hovarda bir yeğensin," diye devam etti Gavin gülümseyerek. "Evinden ayrılıp, istediğini sandığın türden bir hayat yaşadın ama bu seni tatmin etmedi. Geçmişinle, kendinle yüzleşmen için eve dönmen ve burada seni bekleyen sevgiyi görmen gerekiyordu."

Gözlerimi yakan gözyaşlarına aldırış etmeksizin gülümsedim. "Hayatımdan bir şiir gibi bahsediyorsun. Oysa o tam bir karmaşa."

"Hayır," dedi Gavin. "Karmaşa falan değil. Bırakacağın bir işin, satacak bir dairen var. Sen bundan çok daha büyük işler başardın. Bunu da yapabilirsin." Elime hafif bir öpücük kondurdu. "Ve bir de sana yardım edecek olan ben varım."

"Teşekkür ederim," dedim tekrar gülümseyerek. "İnsanın kendi hayatı söz konusu olduğunda herhangi bir durumu çok daha zormuş gibi hissetmesi enteresan, değil mi?" Başımı iki yana salladım. "Bunu Arthur'a nasıl söyleyeceğimi bilmiyorum."

"Arthur mu?"

"Patronum. Beni bu alanda eğiten, yetiştiren, bugünkü iş kadını haline getiren kişi. Böyle olacağını nereden bilecekti ki?"

"Böyle olacağını zaten biliyordu," dedi Gavin.

"Nereden biliyorsun?"

"Çünkü bu işin seni ne kadar mutsuz ettiğini görmemek imkânsız," dedi. "Arthur bunu başından beri görüyor, ama görmezden geliyordu."

Başımı sallayarak doğruladım. "Açık konuşmak gerekirse, bu işin onu da mutsuz ettiğini düşünüyorum."

"Öyleyse söyle ona," dedi Gavin. "Bir an önce. Ne kadar çabuk içini dökersen, kendini o kadar iyi hissedersin." Elimi hafifçe sıktı. "Sıradaki yapacaklarına da o kadar çabuk odaklanırsın."

Gavin'ın rüzgârdan dağılmış saçlarını karıştırdım. "Nereden çıktın sen karşıma?"

"Komşu restorandan."

"Neden ben Seattle'dan ayrılmadan önce orada olmadın ki sanki?"

"Çünkü o zaman birbirimiz için hazır olmazdık," dedi Gavin. "Öncesinde aşmamız gereken bir yığın engel vardı. Ve öyle yaptık."

Martılardan biri yanıma yaklaştı. "Üzgünüm, küçük adam," dedim. "Bu sonuncu kraker."

Sanki beni anlamış gibi gagasını aşağı yukarı salladı. Ardından geriye sıçrayıp havalandı ve bir çığlık atarak rüzgâra karşı kanat çırpmaya başladı.

"Bunu izlemeyi seviyorum," dedi Gavin kuşu işaret ederek. "Sanki havada asılı kalıyorlarmış gibi."

Gülümsedim. "Bunun hep oynadıkları bir oyun olduğunu düşünmüşümdür, sanki rüzgârı yenmeye çalışıyorlarmış gibi." Ardından Ruby'nin kuşları kıskandığını, çünkü onların istedikleri an havalanıp uçabildiklerini söylediğini hatırladım. "Teyzem bütün kuşları severdi. Bir keresinde ona kitapçının adını neden Mavi Kuş Kitabevi koyduğunu sormuştum. O da 'Bluebird of Happiness' adında çok sevdiği, eski bir şarkıdan bahsetmişti."

"Disney şarkısı mı?" diye sordu Gavin, melodisini hatırlamak için kendini zorlayarak. "Omzumda mavi bir kuş var..."

"Hayır," diyerek gülümsedim. "Başka bir şarkı. Ama şöyle bir düşündüm de, mavi kuşlar pek çok mutlu şarkıya ilham kaynağı olmuşlar, değil mi?"

"Seni mutlu eden nedir?" diye sordu Gavin, bu kez yüzünde daha ciddi bir ifadeyle.

Bir an için duraksadım, hazırlıksız yakalanmıştım. "Bilmiyorum," dedim dürüstçe. "Yıllarımı bu sorudan kaçınarak geçirdim."

Gavin, yüzünde anlamadığını belirten bir ifadeyle bana baktı.

"Çocukken büyüyeceğimi ve her sorunun kendiliğinden çözüleceğini sanırdım. Seattle'dan ayrıldığımda mükemmel bir hayatın beni beklediğini düşünüyordum. Ve bir süreliğine öyle oldu denebilir. Mutlu olduğumu sanıyordum. İstediğim her şeye sahip olduğumu sanıyordum. Ama sonra, bam! Hepsini kaybediverdim. Yani işim dışında her şeyi. Sonrasında o da tüm hayatımı ele geçirdi zaten."

"Neler oldu?" diye sordu Gavin.

Gözlerimi kaçırarak gökyüzündeki martıları saymaya başladım. Bir, iki, üç, dört... Hayır, ona anlatmaya hazır değildim. Henüz değil.

Vapurun düdüğünden rahatsız olan martılar çığlıklarıyla bunu belli ettiler. "Aşağı insek iyi olacak," dedim. "İskeleye vardık sayılır."

Gavin 'bu konuşma burada sona ermedi,' dermişçesine bakarak gülümsedi. Birlikte vapurun alt katına indik. İskeleye yanaşan vapur hafifçe sarsıldığında dengemi kaybettim. Gavin elini belime koyarak beni tuttu. Ardından elimi tuttu ve birlikte iskeleye inip, adanın ana caddesine doğru yürümeye başladık.

Sıcak bir gündü. Kuşlar ağaç dallarında cıvıldıyordu. "Bainbridge Adası'nı seviyorum," dedim tuzlu havayı içime çekerek.

"Adada yaşayan bir arkadaşım var," dedi Gavin. "Adı, Jack. Karısıyla birlikte sahildeki eski bir evde yaşıyor. Her gün balık ve yengeç avlıyor."

"Ya, hep yengeç avlamak istemişimdir."

"Buradaki Dungeness yengeçleri insanı hayrete düşürecek cinsten," dedi Gavin. "Ne zamandır gelip restoran için biraz yengeç almaya niyetleniyordum," diyerek başını kaşıdı. "Ama bilmiyorum. Belki de artık..."

Elini hafifçe sıktım. "Al onları," diyerek gülümsedim. "Görmüyor musun? Yemek yapmak senin tutkun. Elbette işler artık biraz zorlaşacak, ama restoranı bırakmanın bir faydası olmayacak."

Gavin başını sallayarak onayladı. Ama gözlerindeki tereddüdü hâlâ görebiliyordum. "Belki öyle, ama her şey farklı olacak. Önceleri yapabileceğimi sanmıştım, ancak orayı bir ortağım olmadan işletebileceğimden gerçekten emin değilim."

Ona *yapabilirsin* demek istesem de haklı olduğunu biliyordum. Sonrasında Ryan ile birlikte çalışmayı denemiş olsaydım... Bu beni öldürürdü. Hem de hızlı ve temiz bir ölüm değil, yavaş ve acı veren bir ölüm olurdu bu. Adrianna'nın neden gitmek istediğini anlayabiliyordum.

Köşeyi dönüp, adanın tek 'şehri' olan Winslow şehir merkezine giden caddeye yöneldik.

"Peki, ne yapacaksın?" diye sordum.

"Beni kitapçıda yardımcın olarak işe alabilirsin," dedi Gavin haylaz bir gülümsemeyle.

"Fena fikir değil," dedim. "Bilhassa bir duvarı yıkıp, Antonio's'u bir kafeye dönüştürürsek."

Gavin bir süre sessiz kalınca onu gücendirdiğimden endişe ettim. Ama sonra ansızın durarak bana doğru döndü. "Evet," dedi gözleri parlayarak. "Bu harika bir fikir. Bir kitabevi-kafe. Aile tarifeleri ve çocuk mönüleri üzerinde yoğunlaşabiliriz."

"Pekâlâ," dedim. Üzerinde MAVİ KUŞ KİTAP & KAFE yazan yeni bir tabela hayal edince kalp atışlarımın hızlandığını fark ettim. "Doğrusu bunu teklif ederken ciddi değildim, ama şimdi bana iyi bir fikir bulduğumuzu düşündürdün."

"Bence bulduk," diye devam etti Gavin. "Dün Joe ile konuştum. İki ay içinde kafeyi kapatacakmış."

"Ah, hayır, neden?"

"Emekliye ayrılıp Meksika'ya yelken açmak istiyormuş. Ve Joe gidince, caddenin yeni bir kafeye ihtiyacı olacak."

"Bilemiyorum," dedim. "Peki ya Adrianna? Onun da fikrini almak zorundayız ve geleceğe dair planlarını bilmiyoruz."

Gavin durakladı. Sanki içindeki bir fırtınanın geçmesini beklemek için durmuştu. "Bana onun payını satın almak istersem alabileceğimi söyledi. Tabii ona hayır dedim. Onu gitmek zorunda bırakmaya çalıştığımı düşünsün istemiyorum."

"Ama belki gitmek *istiyordur,*" diye lafa karıştım. "Dinle," dedim çabucak. "Şimdi bunları düşünmeyelim. Adadayız. Haydi, bugünün tadını çıkaralım. Ciddi konular konuşmak yok."

Gavin gülümseyerek parmaklarını parmaklarımın arasından geçirdi. "Öyleyse nereye gidiyoruz?"

Caddenin karşısında KARAKUŞ PASTANESİ yazan bir tabelayı işaret ettim. "Önce birer kahve ve çöreğe ne dersin?"

Köşedeki bir masaya oturduk ve kahvelerimizi içip, böğürtlenli çöreklerimizi yerken sohbet edip güldük. Ardından Winslow turumuza kaldığımız yerden devam edip, bir şarap dükkânında durduk. Gavin restoran için bir kasa, benim için de bir şişe kırmızı şarap satın aldı. Caddenin diğer tarafındaki Eagle Harbor Kitapçısı'nı fark ettiğimde, oraya doğru yöneldik.

"Bu kitapçıyı seviyorum," dedim, içerideki havayı içime çekerek.

"Daha önce gelmiş miydin?"

"Evet," diye yanıtladım. "Ruby ile birlikte. Buranın sahiplerini tanırdı. Kız kardeşimle beni etkinlikler için vapura bindirip buraya getirirdi. Bir keresinde Maurice Sendak'ı burada kitap okurken görmüştük."

"*Vahşi Şeyler Ülkesinde*'nin yazarı mı?"

"Evet," dedim.

"Nasıl biriydi?"

"Huysuz, harika ve bilge bir adamdı," dedim. "Ruby,

Maurice'in turuna Mavi Kuş Kitabevi'ni de dahil edememesine üzülmüştü. Ama bize onu göstermeye kararlıydı. Kitabevini kapattı ve hep birlikte vapura atlayıp buraya geldik," diyerek çocuk bölümünü işaret ettim. Gür kaşları ve ciddi bir yüzü olan yazarı görebilmek için bir araya toplanan düzinelerce çocuğu hatırladım. "Ben tam buradaydım," dedim uzaktaki bir duvarın dibini göstererek. "Maurice, 'Sen, küçük kız,' diye seslendi. 'Yardımını rica edebilir miyim?' Yanına gittiğimde, okurken kitabı onun için tutmamı ve canavarların seslerini çıkarmamı istedi. Önceleri kendimi gergin hissettim. Ama sonra alışıp yapmaya başladım. Sonrasında bana o ana dek duyduğu en iyi canavar sesini çıkardığımı söylemişti."

"Bu hikâyeyi sevdim," dedi Gavin. "Nasıl canavar sesi çıkaracağını hâlâ hatırlıyor musun?"

"Hâlâ hatırlıyorum," diyerek göz kırptım. "Hatta en iyi yeteneklerimden biri."

Bir süreliğine birbirimizden ayrılıp raflara göz gezdirmeye başladık. 'Seçilmiş' kitapların bulunduğu masadan bir roman aldım. Gavin elinde kuşlar hakkında resimli bir kitapla yanıma döndü. Kapağında bir mavi kuş resmi vardı. "Bunu dükkânda saklarsın diye düşündüm," dedi Gavin.

"Çok güzelmiş."

Aldıklarımızı ödedikten sonra dışarı çıktık. "Kitabevlerinin olmadığı bir dünya hayal edebiliyor musun?" diye sordum.

Gavin hayır dercesine başını salladı.

"Ruby ölmeden önce dairesine benim için bir mektup bırakmış. Kitabevinin artık son demlerinde olduğundan korktuğunu söylemiş. Onun geleceğinden endişe ediyormuş." Başımı pişmanlıkla iki yana salladım. "Çocukların kitapları eskiden olduğu kadar sevmediklerinden endişe ettiğini yazmış," diyerek Gavin'a döndüm. "Sence bu doğru mu?"

"Bilmiyorum," dedi Gavin düşünceli bir şekilde. "Sanırım günümüzde çok daha fazla seçenekleri mevcut. Bir yanda kitaplar, diğer yanda sana anında eğlence sağlayan video oyunları ve televizyon var. Ama kitap söz konusu olduğunda, onu okumak zorundasın."

"Ama kitapları harika yapan şey de bu," dedim başımı iki yana sallayarak. "Böylece sen de okuduklarına kendini katıyorsun."

"Evet," dedi Gavin. "Ama sorun sadece kitap ve televizyon savaşı değil. Asıl problem, kitabevleri ve internetin savaşı."

Başımla onayladım. "Ruby internetten korkardı. Kitabevi için bir internet sitesi bile istememişti." Teknolojiyle yakından ilgilenen bir müşterisinin, on yıl önce Ruby'ye bir internet sitesi açmayı teklif ettiğini hatırlayarak durakladım. Ama Ruby bu teklifi şiddetle reddetmişti. "Gavin, ya Ruby haklıysa? Ya insanlar kitabevlerine gitmeyi bırakırsa? Ya onlardan tamamen vazgeçerlerse? İnanıyorum ki Ruby'nin en büyük korkusu buydu."

"Ve senin de en zorlu görevin bu olacak," dedi Gavin, ardımızda bıraktığımız Eagle Harbor Kitapçısı'nı işaret ederek. "Maurice Sendak ile tanıştığın, onun hikâyelerini dinlediğin günü hatırla. Mavi Kuş Kitabevi'nde geçirdiğin bütün o anları hatırla. Kitapları seviyorsun, kitapçıları seviyorsun, çünkü çocukken onların içinde önemli hatıralar biriktirdin." Başını olumlu anlamda salladı. "Kitabevlerini kurtarmanın tek yolu, çocukların onlara gelmesini sağlamak. Tek yapman gereken kapını açık tutup, çocukları ve aileleri içeri davet etmek. Böylece bir tohum ekecek ve onu büyüteceksin."

Ona katıldığımı belirtircesine başımı salladım. "Sanırım haklısın. Bulaşık makineleri, insanların restoranlara gitmesine bir son vermedi."

"Mikrodalga fırınlar da öyle," dedi Gavin.

Güldüm. "Aksine mikrodalgalar işleri daha da *geliştirdi*."

Gavin gülümsedi. "Teknoloji kitabevlerinin düşmanı değil," diyerek kalbini gösterdi. "Onların yeri çok daha derinlerde."

"Haklısın," dedim.

Birkaç dakika boyunca sessizce yürüdükten sonra caddenin diğer tarafına geçip, köşedeki bir kafenin önünde durduk. "Kafe Nola'da yengeç salatası yiyene dek yaşamış sayılmazsın," dedi Gavin.

Gülümseyerek içeri girdim. Masanın bir tarafına aldıklarımızı koyup, diğer tarafına yan yana oturduk. Gavin masanın altından elimi tuttuğunda, midemde kelebeklerin uçuştuğunu hissederek şaşırdım. Kendimi bunun sadece açlık yüzünden olduğuna inandırdım.

Öyle rahat sohbet ediyorduk ki bazen karşımdaki adamı hayatım boyunca tanıyıp tanımadığımı merak ediyordum. İkimiz de ilk doğan çocuktuk. En sevdiğimiz renk yeşildi (ikimiz de neredeyse aynı anda Puget Boğazı'nın rengi demiştik). En sevdiğimiz film *Prenses Gelin*'di ve ikimiz de fasulyeden nefret ediyorduk. Hepsi ufak tefek, saçma şeylerdi ama bunları bir araya getirip, kalbimde hissettiklerimle birleştirdiğinizde ortaya harika ve biraz da ürkütücü bir şey çıkıyordu.

Gavin hesabı ödediği sırada iskeledeki vapurun sesini duyduk. "Acele edersek üç buçuk vapuruna yetişebiliriz," dedi saatine bakarak.

Poşetlerimizi alıp yürümeye başladık. Midemde leziz bir

yemek, yüzümde ise koca bir gülümseme vardı. Biraz nefes nefese kalmış bir halde iskelenin merdivenlerini çıkıp, yolcuların beklediği uzun, loş koridora vardık.

"Güzel," dedi Gavin derin bir nefes vererek, "yetiştik."

Seattle'dan gelen yüzlerce yolcu vapurdan iskeleye inerken, Gavin'ın yanındaki korkuluklara yaslandım. Birkaç dakika sonra bir görevli kapıları açarak vapura binmemizi işaret etti.

İnmekte geciken bir çift yolcuya yol vermek için sağa çekildik. O kargaşada birinin adımı seslendiğini duymamıştım bile.

"June?"

Önce arkama, sonra da soluma baktım. Ve onu gördüm. Dere yatağında takılan bir taş gibi, olduğum yerde kalakalmıştım. İnsanlar bir akarsu gibi etrafımdan akmaya devam ediyorlardı. Bense gözlerimi ondan alamıyordum.

"Amy?" Kız kardeşim değişmiş görünüyordu. Her daim zayıf biri olsa da şimdi bir deri bir kemik gibiydi. Bir zamanlar kat kat boyadığı yüzü, şimdi makyajsızdı. Makyajsızken bile gayet güzeldi. Yine de yanaklarına bir boşluk, gözlerineyse hüzün ve özlem çökmüştü. Gri bir tayt ile siyah, yün bir pelerin kazak giymişti. Sarı saçlarını düzgün bir atkuyruğu şeklinde toplamıştı.

Amy bir adım öne çıktı. Gözleri yaşlarla doluydu. Gözyaşlarının gözlerimi yaktığını hissediyordum. İçimden gelen ilk his, ona koşup sarılmaktı. Ama bacaklarımı hareket ettiremiyor, kendimi kurumuş çimentoya batmış gibi hissediyordum. Ağzımı açmaya çalıştığım an ise tek kelime edemedim.

"June," diye haykırdı Amy. "Burada olduğuna inanamıyorum. Gerçekten sana rastladığıma inanamıyorum." Sanki buzumu çözmesine yardım etmesi için yalvarırcasına Gavin'a baktı. Gavin şaşkın bir halde önce bana, sonra Amy'ye döndü. Hareket etmemi, bir şey söylememi bekliyordu.

Amy'nin yüzünden yine yaşlar süzülüyordu. Tıpkı yıllar önce New York'taki dairemizde, sonsuza dek yollarımızı ayırdığımız o gün olduğu gibi. *Kardeşlik Operasyonu*, diye geçirdim içimden. Ruby ve Margaret'ın nasıl davranacaklarını, kollarını açarak kız kardeşlerine nasıl koşacaklarını hayal ettim. Ama içimde hissettiğim cılız sıcaklık, buzları eritmeye yetmezdi. O an... *yapamayacağımı* anladım.

"Affedersin," dedim nihayet. "Vapuru kaçıracağız. Gidelim, Gavin." Kendi sesimi neredeyse tanıyamamıştım. Sert ve soğuk. Ses tonumun tüylerimi diken diken ettiğini hissettim. Sanki otomatik pilota alınmıştım ve işletim sistemi, kalbimi tamamen kapatmıştı.

Vapura binmek için köşeyi dönerken arkama bakmadım.

"Az önce olanlar neydi?" diye sordu Gavin, Seattle'a bakan koltuklara oturduğumuzda.

"Dinle," dedim titrek bir sesle. "Eğer sorun olmayacaksa, bu konu hakkında konuşmamayı tercih ederim."

Gavin, tamam dercesine başını sallayarak kolunu omzuma doladı. Vapur iskeleden ayrılırken, pencerenin ardındaki martılar çılgınca kanat çırpıyorlardı. Sanki geri dönmem için çığlıklar atıp haykırıyorlardı. Ama dönemezdim. Ve bir daha döneceğimi hiç sanmıyordum.

On Birinci Bölüm

Gavin ve ben, Bainbridge Adası'nda Amy ile yaşananlar hakkında hiçbir şey konuşmamıştık. Ve birkaç gün sonra o olayı neredeyse unuttuğum için mutluydum.

Ertesi salı, Ruby'nin masasındaki çekmeceleri boşaltıp temizlediğim sırada, Gavin restorandan getirdiği öğle yemeğiyle birlikte uğradı. Boşalttığım eşyaların arasında Amy ve benim çerçeveli bir fotoğrafımızı gördü.

Gavin bir süre sessiz kaldı. Onu tanıdığını biliyordum.

"Vapur iskelesindeki o kadın," dedi çekingen bir sesle. "Amy. Senin kız kardeşindi, değil mi?"

Bir iç çektim. Uzun bir sessizlikten sonra, "Evet," dedim.

Fotoğrafımızı inceleyen Gavin'a baktım. O fotoğrafta ben altı, Amy ise neredeyse iki yaşındaydı. İkimizin de üzerinde çiçek desenli yazlık birer elbise vardı. Kolumu Amy'nin tombul omzuna dolamıştım. Gavin tekrar bana baktığında, aklından geçenleri okuyabiliyordum. *Ne yapmış olursa olsun, onu neden affedemiyorsun? Siz bir ailesiniz.*

"Bir şey söyleme," dedim, çerçeveyi Gavin'ın elinden alıp Ruby'nin çekmecesine kaldırarak.

"Söylemedim ki," dedi biraz incinmiş bir şekilde.

"Ama ne *düşündüğünü* biliyorum."

"Tamam," dedi Gavin, "madem biliyorsun, öyleyse söyleyeceğim."

Alnımı ovuşturdum.

"Onunla konuşmadığın için perişan olduğu her halinden belliydi. Belki de artık... Bir adım atmanın vakti gelmiştir. Geçmişi geçmişte bırakmanın vakti."

"O kadar kolay değil," diye çıkıştım. "Dinle, onu hayatımda *istemiyorum* dediğimde sadece bana inansan olmaz mı?"

Gavin bir adım yaklaştı. Gözleri ilgiyle doluydu. "İnanırım, ama onun sana nasıl baktığını gördüm. Sadece günün birinde pişman olacağın bir karar vermenden korkuyorum, hepsi bu."

"Bunu nasıl söyleyebiliyorsun ki?" diye karşı çıktım. "Onu tanımıyorsun. Ne yaptığını bilmiyorsun."

"Evet," dedi Gavin. "Bilmiyorum. Ama geçmişte her ne acı yaşadıysan, onu unutmak için ne kadar çabaladığını biliyorum. Bu sana zarar veriyor," diyerek bir iç çekti. "Ve kardeşin. Adadaki o gün, onun gözlerindeki acıyı gördüm. June, o..."

"O artık benim için hiçbir anlam ifade etmiyor," diye lafını keserek, Ruby'nin masasına döndüm. "Şimdi bu konuyu kapatabilir miyiz?"

Gavin bir adım geriledi. Sanki buz kesmiş gibi görünüyordu. Kapıya doğru yöneldiği sırada, seçtiğim kelimelerden dolayı pişman olmuştum. "Peki," diyerek kapıyı ardından kapattı Gavin. Ruby'nin çanları, bu defa yalnız ve soğuk bir sesle çınladılar.

Kendimi yatağa atıp, hıçkıra hıçkıra ağlamak isteyen bir çocuk gibi hissediyordum. Ama onun yerine, Ruby ve Margaret Wise Brown'un mektuplarında teselli aramaya karar verdim.

Bir önceki yazışmalarında *Meraklı Bebek* adlı kitaptan bahsettiklerini hatırladım. Ve kapağında nur topu gibi, tombul bir bebeğin olduğu kitabın ilk baskısında iki yeni mektup buldum. Aşina olduğum sayfaları çevirirken kendi kendime gülümsedim. Ruby'nin huzur veren sesini adeta duyabiliyordum: "Bebek bir düğün çiçeği ile küçük bir yonca bulmuş. Onları koklamak için eğilirken, yuvarlanıp düşmüş." Ruby'nin sandalyesine oturup arkama yaslandım ve okumaya başladım.

14 Haziran 1946

Sevgili Brownie,

Meşgul olduğunu biliyorum çünkü bu hafta senden hiç haber alamadım. Bu yüzden son mektubumdan sonra bir yenisini daha yazıyorum. Umarım mektuplarımdan sıkılmıyorsundur!

Korkarım Kardeşlik Operasyonu tamamen başarısızlıkla sonuçlandı. Kitabevini ziyaret etmesi için Lucille'i davet ettiğime çok pişmanım. O buradayken, Anthony çat kapı uğrayıverdi. Beni yanağımdan öpünce, ilişkimizi Lucille'e açıklamak durumunda kaldım. Bu pek iyi olmadı. Yetmezmiş gibi, Lucille'in bir zamanlar Anthony'nin kızı May'in gittiği bir anaokulunda çalıştığı ortaya çıktı. Dolayısıyla onun Victoria ile evli olduğunu biliyordu. Parçaları birleştirdiğinde Lucille'in yüzünde beliren ifadeyi hayal edebiliyorsundur. Böylece geriye doğru dev bir adım atmış olduk. Doğrusu bir daha ileri adım atabileceğimizden emin değilim ve bu durum yüreğimi parçalıyor.

Anthony bir iş gezisi için Chicago'ya gitti. İtiraf etmeli-

yim ki onu deliler gibi özlüyorum. Rutin hayatımızı gitgide sevmeye başladım. İş çıkışında bana uğruyor, sonra da kitabevinin üst katındaki dairede akşam yemeği yiyoruz. Yemek yapma konusunda da gittikçe iyiye gidiyorum. Akşamları Betty Crocker'ın Yemek Kitabı'nı okuyorum ve bir şeyler öğrenmeye çalışıyorum. Aslında bu oldukça komik. Beni tüm dikkatiyle bir yemek kitabının üzerine eğilmiş halde hayal etsene! Evet, bütün bunların hepsini bir erkek için yapıyorum (tam da şu an üzerime bir yıldırım düşebilir).

Ah, Brownie, ama o harika bir erkek. Nazik, kibar ve beni çok seviyor. Elbette beni sevdiğini söylüyor, ama bunu gözlerinde de görebiliyorum. Bakışlarını üzerimde hissetmeyi seviyorum. Gelecek hakkında, birlikte geçireceğimiz hayat hakkında konuşuyoruz. İlişkimizin kilise ya da mahkeme tarafından asla tanınmayacağını ikimiz de dile getirmeksizin biliyoruz. Ama onun kalbi bana ait ve inanıyorum ki daima öyle olacak.

Geçtiğimiz hafta kitabevini kapattıktan sonra birlikte şöminenin yanında oturuyorduk. Ona bir ara May'i masal saatine getirmek isteyip istemeyeceğini sordum. Brownie, bu bahsin onu ne kadar rahatsız ettiğini görmeliydin. Fikrimi anında geri çevirdi. Ve böyle bir şey teklif ettiğim için bana kızdı. Bu bizim ilk münakaşamızdı diyebilirim.

O akşam söylediklerini hiç unutmayacağım. "Anlamıyor musun, Ruby? İkimizin iyiliği için bu iki dünyayı birbirinden ayrı tutmak zorundayım. Ve May'in iyiliği için."

Anthony'nin nedenlerini anlayamamıştım. Ve beni 'diğer' hayatından uzak tutmak istemesi kalbimi kırmıştı. "Ama kızını tanımamı istemez misin?" diye sordum.

Anthony başını iki yana salladı. Sonra da nihayet onu anlamamı sağlayan şeyi söyledi. "Hayır, Ruby, istemem. Çünkü o küçük, akıllı bir kız. Sana nasıl baktığımı görecek ve seni, annesini asla sevemeyeceğim bir şekilde sevdiğimi anlayacaktır. Bunun, onun kalbini kırmasından korkuyorum."

İşte o zaman anladım. Bu yüzden May'i hiçbir zaman tanıyamayacağım. Yine de hiç tanımamam gereken bir kızı tanıyamayacak olmanın yasını tutuyorum. Onu ilk kez Elliott Bulvarı Kitapçısı'nda gördüğümde nasıl davrandığına bakmış ve onunla ilgilenen biri olsaydı biraz yumuşar mıydı diye merak etmeden duramamıştım. Ben bunu yapabilirdim. Ama Anthony'nin isteklerine saygı duyacağım.

Birlikte kurduğumuz hayatın dışında Anthony'nin nasıl bir yaşamı olduğunu düşünmemeye çalışıyorum. Evine, Victoria'nın yanına gittiğini biliyorum. Aynı yatağı paylaştıklarını da biliyorum. Her gece yalnız bir şekilde başımı yastığa koyduğumda, onu o kadının yanında yatarken hayal ediyorum. Victoria'yı Anthony'nin önünde soyunurken ya da onun tenine dokunurken düşünmemeye çalışıyorum. Ama birliktelikleri yasal olarak onaylanmışken, ben ne hakla onlara karşı çıkabilirim ki?

Evet, bu düzeni ben kabul ettim. Kolay olmayacağını biliyordum ama ona gözümü bile kırpmadan atıldım. Bunu Anthony için yaptım. Çünkü ona güveniyorum. Sadece bunu hatırlamam gerek.

Onu dilediğim kadar sık göremiyorum. Oldukça yoğun ve meşgul olduğu bir hayatı var ama bu hayatta bana da yer ayırıyor. Kendimi ara sıra bulduğu ekmek kırıntılarıyla mutlu olan küçük bir fare gibi hissediyorum. Ah, ama son derece leziz kırıntılar!

Anthony iş seyahatine çıkmadan önce yeni kitapları teslim aldım. Onları kutularından çıkarıp raflara dizmeme yardım etti. Sonrasında şöminenin önündeki kilime oturup, piknik yapar gibi akşam yemeğimizi yedik. Uzunca bir süre sadece birbirimizin gözlerinin içine baktıktan sonra ona, "Bütün bunları benim için neden yaptın?" diye sordum.

Elini yanağıma koyup, "Çünkü seni mutlu edeceğini biliyordum," dedi.

Mutluyum da. Son derece mutluyum. Bazen ona baktıkça kalbimin yerinden fırlayacak gibi olduğunu hissediyorum. Öte yandan, hep böyle hissedip hissetmeyeceğimi merak ediyorum. Yıllar geçtikçe, kurduğumuz bu düzenle yetinemeyeceğimden endişe ediyorum. Gittikçe daha da fazlasını isteyip istemeyeceğimi merak ediyorum. Ya onu tamamen elde edene kadar mutlu olmazsam? İnsanın doğasında hep daha fazlasını istemek olduğunu biliyorsun. Ama Anthony ile asla daha fazlası olmayacak. Onun bana verebileceği aşk hep kısıtlı kalacak.

İşte bu benim çıkmazım, en büyük ikilemim. Brownie, böyle bir durumda sen ne yapardın? Bilmek istiyorum.

Pekâlâ, yazdıkça yazıyorum. Senin hayatının nasıl gittiğini bile sormadım. Kitap yazmak? Aşk? Bugünlerde hayalini kurduğun şey nedir? Sen her zaman en harika hayalleri kuruyorsun. Keşke benim aklım da seninki gibi beni eğlendirebilseydi. Gözlerimi kapattığımda sanki hayal gücüme bir perde iniveriyor ve ansızın uykuya dalıyorum.

Brownie, burada mektubuma son veriyorum. En kısa zamanda yaz, lütfen.

Sevgiler,
Ruby

29 Haziran 1946

Sevgili Ruby,

Birkaç haftadır Maine'de köşeye çekilmiş, yazmakla meşguldüm. New York'a dönüp beni bekleyen mektuplarını gördüğümde ne kadar sevindim, anlatamam.

İlk konu: Aşçılığın. Maharetli bir aşçı olup çıkmana şaşırayım mı yoksa güleyim mi, bilemedim. Umarım seni görmek için nihayet Seattle'a geldiğimde, bana anneminkiler gibi güzel bir tepsi çörek yaparsın. Kırmızı ekose mutfak önlüğü de takıyor musun? (Şaka yapıyorum.)

Bir diğer konuya gelecek olursak, hayatım, Lucille ile olanlara gerçekten çok üzüldüm. Yine de henüz Kardeşlik Operasyonu'ndan vazgeçmenin vakti değil. Evet, büyük bir gerileme yaşamışsınız. Ama bir de şöyle düşün: Lucille şimdi seni bütün 'hatalarınla' görmüş oldu. Ve eğer isterse, seni görmek istediği o yanlış, ideal imajınla değil de olduğun gibi kabul edebilir. Nihai hedefimiz de bu değil mi zaten? Tüm kusurlarımıza rağmen birbirimizi sevmek? Bunu yapmak için birbirimize aslında kim olduğumuzu göstermemiz gerek. Ona biraz zaman ver, bahse varım seni anlayacaktır. Tanrı aşkına, 1946 yılındayız! Dünyamız bu kadar karmaşık bir hal almışken, kadın-erkek ilişkilerinin kusursuz olması gerektiğini düşünmek aptallık olur.

Sana biraz daha iyi bir haber vereyim, Roberta ile birlikte bir Avrupa seyahatine çıkmayı düşünüyoruz. Belki Lucille ve sen de bize katılırsınız? Ümidini yitirme.

Uykularımı cazip buluyor olman gururumu okşadı. Ama emin ol ki rüyanda açık denizde yelken açmış beyaz bir tavşan ile onu takip eden köpekbalıkları görseydin ve bir ay içinde on üçüncü kez aynı rüyayla uyansaydın, sen de normal insanlar gibi rüyalar görebilmeyi dilerdin. Aslına bakarsak zihnim asla durmuyor. Sanırım bu durum beni yıpratıyor. Tıpkı bedenimiz gibi, zihnimizin de dinlenmeye ihtiyacı var. Korkarım hayal gücümün bildiği tek şey çalışmak, çalışmak, çalışmak... Bu gerçekten çok yorucu. Aktif bir hayal gücüne sahip olanlar, ömrünü diğerlerinden daha hızlı tüketmiyordur, değil mi? Eğer öyleyse korkarım bu gidişle elli yaşıma kadar ölmüş olurum.

Son zamanlarda aklımı yeni bir şeyle bozdum. Kafamı nasıl öleceğime takmış durumdayım. Bir kafeye doğru yürürken mi öleceğim? İş toplantısına giderken bir rögar kapağından içeri mi düşeceğim? Sanki çok yakınmış gibi, ölümümle ilgili düşünceler bana rahat yüzü vermiyor. Sana da oluyor mu? Yoksa aklımı mı kaçırdım? (Sanırım ikimiz de bu sorunun cevabının evet olduğunu biliyoruz.)

Açık konuşmam gerekirse artık kaderimden sıkıldım. Evet, iyi kötü bir kariyer yaptım (şans eseri edindim desem daha doğru olur) ve başarılı oldum. Minnettar olmam gerektiğini biliyorum. Ama neden olamıyorum? Anladım ki ilk gerçek kitabımı yazana dek rahat etmeyeceğim. Yetişkinler için bir kitap.

Endişelerimi önce seninle paylaştım çünkü tanıdığım yayınevleri, yazarlar, şairler ve diğer sanatçılardan oluşan edebi camia, beni olsa olsa gülünç buluyor. "İşte, Margaret Wise Brown," diyorlar, "bebek kitabı yazarı." Kimse beni gerçek bir yazar olarak görmüyor. Partilerde bana şöyle bir gülümseyerek, "Yeni çocuk tekerlemeleri üzerinde çalışıyor musun, Margaret?" diye soruyorlar.

Bunun beni incitmediğini söylersem yalan söylemiş

olurum. İncitiyor. Bir yazar olarak ciddiye alınmak istiyorum. Bir yere girdiğimde insanların, 'İşte, Margaret Wise Brown, roman yazarı,' diye düşünmelerini istiyorum.

Anthony'ye gelince, hiçbir aşk hikâyesinin birbiriyle aynı olmadığını hatırlamanı umarım. Her biri kendi kuralına göre oynanıyor. Hepsinin farklı iniş çıkışları, farklı mutluluk ve zorlukları, farklı acıları var. Mükemmel hikâye diye bir şey yok. Tıpkı mükemmel erkek ya da mükemmel kadının olmadığı gibi.

Toplum bize bunu ya da şunu yapmamızı söyleyip duruyor. Şu, bu kâğıdı imzala. Şuna, buna yemin et. Ama kalbin açısından baktığımızda, bunların hiçbirinin bir önemi yok.

Aşkın en doğru tarifinin, iki insanın dürüstçe bir araya gelmesi ve sadece birbirlerini sevmesi olduğuna inanıyorum. Anthony ve senin yaptığınız şey de bu, değil mi? Size tavsiyem bunu kutlamanız, doyasıya yaşamanız ve bu aşkla sarhoş olmanız. Çünkü bu, çoğu insanın ömrü boyunca tadamadığı bir şey. Ve bunu bulabildiğin için kendini dünyanın en şanslı kadını saymalısın. Ne de olsa ben hâlâ arıyorum.

Niyetimin endişelerini yok etmek olmadığını eklemem gerek. Mektubunda paylaştığın her şeyin doğruluk payı var. Ama her güzel şeyin olumsuz bir tarafı olduğunu hatırlatmak isterim. Bizim görevimiz, kötünün iyiyi bozmasına izin vermemek.

Belki de son zamanlarda kafayı ölümle bozmuş olmamın sebebi budur. Ne de olsa hayat kısa. Hayatta bize en çok keyif veren insanların, yerlerin, şeylerin peşinden gitmeliyiz. Son zamanlarda kendime verdiğim görev bu.

Onu tamamen keşfetmek için yakında tekrar Maine'e gideceğim. Bir aylığına kurbağalarla baş başa olacağız. Belki de daha uzun bir süre. Orada kendimi biraz daha net dinleyebileceğimi umuyorum. Belki de hayalini kurduğum şu romana nihayet başlarım.

Bu bir süreliğine son mektubum olacak. Umarım döndüğümde beni bekleyen bir mektubunu bulurum.

En içten sevgilerimle,
Arkadaşın,
M.W.B.

Mektubu bitirdiğimde büyük bir aydınlanma yaşadım. Masada duran dizüstü bilgisayarıma göz gezdirdim. Ardından onu açıp, e-postalarıma girdim. Yapmam gerekeni biliyordum. Bir sonraki bölümde olacakları biliyordum. Ama o ilk adımı atmak, ah, çok zordu. Margaret'ın kelimelerinden cesaret alarak –*Ne de olsa hayat kısa. Hayatta bize en çok keyif veren insanların, yerlerin, şeylerin peşinden gitmeliyiz*– yıllar önce yazmam gerekenleri yazmaya başladım:

Sevgili Arthur,
Chase & Hanson Bankası'ndaki görevimden istifamı kabul et, lütfen. Beni kanatlarının altına alıp, bana bankacılığın inceliklerini öğrettin. Beni olduğum kişi yapan sensin ve mesleğimdeki başarılarımı bir tek sana borçluyum. Ama dürüst olmam gerekirse, Arthur, olduğum kişiden memnun değilim. Hiçbir duygu hissetmeyen, sevilen bir işyerini açık arttırmada gözünü bile kırpmadan satabilen bu kadını sevmiyorum. Evet, bizimki gibi meslekler bu işin başarısıyla, kapitalizmle, hatta dünya ile bir bütün. Ben sadece artık bu görevi yürüten biri olmak istemiyorum. Benim için yeni bir sayfa açmanın vakti geldi. Sen iyi bir adamsın, Arthur. Sen şimdiye dek tanıdığım en iyi pisliksin.

Sevgilerimle,
June

Gelen e-postalar kutusuna bir süre öylece baktım. New York'ta saat yediyi geçmişti. Arthur'un hâlâ işte olduğunu ve bir yandan evrakları inceleyip, bir yandan da hangi restorandan yemek söyleyeceğini düşündüğünü biliyordum. Şu an gönderdiğim e-postayı okuduğunu biliyordum. Öfkeden deliye döndüğünü de biliyordum. Ama bu kadar hızlı cevap vereceğini tahmin etmiyordum. Gelen e-postanın sesi, kalp atışlarımı bir anda hızlandırdı. Ellerimde yine o tanıdık uyuşukluğu hissedince ilacımı almadığımı fark ettim. *Korkma,* dediğini duydum Ruby'nin. *Kendin olmana kimsenin engel olmasına izin verme.* Kendi benliğim. Ruby'nin gördüğü bu muydu? Ya Amy'nin? Kesin olarak bildiğim tek şey vardı: Mavi Kuş Kitabevi'nde oturan bu kadın, gerçek June Andersen'dı. Ama Chase&Hanson Bankası'nın müdür yardımcısı olan o kadın, kimdi o? Onu tanımıyordum. İlacımı yutup, derin bir nefes aldıktan sonra Arthur'un e-postasını açtım.

June,
Beni hayal kırıklığına uğrattın.

Arthur

Haklıydı. Ama mesele şu ki, artık *kendimi* hayal kırıklığına uğratmak istemiyordum.

On İkinci Bölüm

Ertesi sabah kapının çaldığını duydum. Dışarıdaki bir postacıydı. "Merhaba," dedim, konuşabilmemiz için kapının sürgüsünü açarak.

"Ben, Jim, bu semtin postacısıyım. Sen de June olmalısın."

"Nereden bildin?" diye sordum.

"Teyzen bana işleri devralacağını söylemişti."

"Öyle mi söyledi?"

Jim, evet dercesine başını salladı. "Senden çok sık bahsederdi. Seninle gurur duyuyordu. Hem de çok. Artık ölmüş olması çok üzücü. Bu sokak onsuz eskisi gibi değil."

Gözlerimin yaşardığını hissettim. "Dünya onsuz eskisi gibi değil."

"Haklısın," dedi Jim, bana bir yığın posta uzatarak. "Dün dairenin ışıklarının yandığını gördüm ve posta servisine yeniden başlamam gerektiğini düşündüm. Ruby'nin vefatından sonra gelen postaların burada birikmesine izin vermek istemedim. O yüzden sen gelene dek onları sakladım."

"Teşekkürler," dedim bir yığın katalog ve çeşitli mektuplara göz gezdirerek.

"Bir tane de senin için var."

"Benim için mi?" diye sordum başımı iki yana sallayarak. "Ama burada olduğumu kimse bilmiyor."

Jim omzunu silkti. "Pekâlâ, kitabevi için sana bol şans. Ruby burada olduğun için çok mutlu olmalı."

"Teşekkürler," diyerek içeri girdim.

Ruby'nin masasına oturup postaları gözden geçirmeye başladım. Çoğu, yayınevlerinin yeni kitaplarıyla ilgili kataloglardı. Onları daha sonra incelemeyi aklımın bir köşesine not ettim. Ruby'nin arkadaşlarından gelen birkaç mektubu bir kenara ayırdım. Herhalde onun öldüğünü bilmiyorlardı. Haber vermek için her birine cevap yazmam gerekecekti. Daha sonra.

Bir diğer kataloğun altında, benim adıma gönderilmiş bir kart vardı. Üzerindeki isim ve adresi görür görmez tanıdım –May Magnuson– ve zarfı merakla açtım.

June, geçtiğimiz hafta benimle görüşmeye geldiğin için teşekkür ederim. Dosyalarımın arasında teyzene ve onun bebeğine ait bu eski fotoğrafı buldum. Onu bulabilme şansımızın düşük olduğunu düşünürsek, bu fotoğrafı saklamak istersin diye düşündüm. –May

May'in beyaz bir kâğıda sardığı fotoğraf zarfın içindeydi. Yıllar içinde kırışıp parçalanmış olan siyah beyaz fotoğrafa baktım. Arka planda kitabevinin içi görülüyordu. Ancak fotoğraf uzaktan, muhtemelen caddenin karşısındaki biri tarafından çekilmişti. Ruby fotoğraf çektirmeyi sevmezdi ve evlat edindirme işlemlerini gizlice yürüttüğü de hesaba katılırsa, fotoğrafının çekildiğinden habersiz olduğu düşünülebilirdi. Daha net görebilmek için gözlerimi kısarak fotoğrafı inceledim. Ruby, kucağında mavi battaniyeye sarılmış bir bebekleydi. Oyuncak bebek evinin yanında oturuyorlardı. Bebeğin yüzünü seçemiyordum, sadece Ruby'ninkini görebiliyordum. Gülümsüyordu. Daha doğrusu ışık saçıyordu. Bebeğini öyle bir sevgiyle kucaklamıştı ki objektifin diğer tarafındaki her kimse bu sevgiyi hissetmiş olmalıydı. Ben de hissediyordum. Ve bu çocuğu bulmam gerektiğini biliyordum. Onu bulmak ve ona annesinin ne kadar olağanüstü bir kadın olduğunu söylemek zorundaydım. Ne tür bir hayatı olursa olsun, üvey ailesi ona gerçeği söylediğinde nasıl bir acı hissetmiş olursa olsun, bu fotoğrafa bakacak ve annesinin onu tüm kalbiyle sevdiğini anlayacaktı.

Bir iç çekerek fotoğrafı masaya bıraktığım sırada, Ruby'nin adına gönderilen ve üzerinde tanıdık bir logo olan, beyaz bir zarf fark ettim. Geçen on bir yıldan sonra bu zarfı oldukça yakından tanıyordum. Kapağını yırtarak açtım ve içindeki mektubu çıkardım.

Sayın Bayan Crain,

Gecikmiş ipotek borçlarınızı ödemediğiniz takdirde kitapçınız Mavi Kuş Kitabevi'nin 1 Ağustos günü satışa çıkarılacağını üzülerek bildirmek durumundayım. Ekte göndermiş olduğum detaylı ödeme tablosundan borç tutarınızı görebilirsiniz. Aksi halde satış işlemleri başlatılacak ve borcunuzu tazmin etmek amacıyla eşyalarınız açık arttırmaya çıkarılacaktır.

Saygılarımla,
Arthur St. Claire
Uluslararası Chase & Hanson Bankası

Başımı iki yana salladım. Arthur gerçekten Mavi Kuş Kitabevi'nin peşinde miydi? Ölmüş bir kadının peşine mi düşmüştü? Tabii, bu yerin benimle olan bağlantısından haberi yoktu. Mavi Kuş Kitabevi, Arthur'un departmanının disiplinine ihtiyaç duyan binlerce borçlu, sinir bozucu, küçük işletmeden sadece biriydi. Peki ya bu kitabevinin bana miras kaldığını bilseydi? Bu onun tutumunu değiştirmezdi. İş, iştir, diyen sesini adeta duyabiliyordum.

İkinci sayfaya göz gezdirdiğimde Ruby'nin sadece ödemelerini geciktirmediğini, yıllar önce bankadan ipotek karşılığında iki kez kredi çektiğini de gördüm. Başımı hayretle iki yana salladım. Avukatlar Ruby'nin muhasebe kayıtlarını göndereceklerini söylediklerinde, biraz borcu olduğunu ima etmişlerdi. Ama bu kadar büyük bir borçtan kimse bahsetmemişti. Bir iç çektim. Yapmayı planladığım gibi New York'taki dairemi satsam ve tüm birikimimi ortaya koysam bile kitabevini kurtarmak için gereken parayı bulmamın imkânı yoktu. Acı ama gerçekti.

Mavi Kuş Kitabevi kapanmak zorundaydı. Gözyaşları gözlerimi yakıyordu. Chase&Hanson Bankası'nın bir çalışanı olan June Andersen'ı, çelikten bir kalbi olan June Andersen'ı düşündüm. Şimdi bana, ipotekli bir kitabevinin işsiz sahibine kahkahalarla gülüyordu.

Kendimi aptal gibi hissediyordum. Keşke Arthur'un mektubunu dün almış olsaydım, diye geçirdim içimden. Ama bu bir şeyleri değiştirir miydi? Gerçekten kitabevini ölüm döşeğinde bırakıp, hiçbir şey olmamış gibi New York'taki eski hayatıma döner miydim?

Derken yolculuğumu hatırladım. Kariyerimle yollarımı ayırmaya karar verişimin nedenlerini hatırladım. Buruşturarak top haline getirdiğim mektubu, ayağımla çöp sepetine fırlattım. Haciz ihbarnamesi hiçbir şeyi değiştirmeyecekti. Aksine, bana bir *amaç* edindirmişti. Bir zamanlar Chase&Hanson Bankası adına nasıl savaştıysam, Mavi Kuş Kitabevi için de öyle savaşacaktım. Onu kurtarmak için cephaneliğimde ne varsa kullanacaktım. Kalbim stres altında olduğu zamanlardaki gibi kararsızca değil, güçlü ve emin bir şekilde çarpıyordu. Evet, kitabevi uğruna savaşacaktım ve yenik düşsem bile elimden gelen her şeyi yapmış bir halde batacaktım.

Öğle vakti Gavin ile yaşadığımız tatsızlık, şimdi önemsiz görünüyordu. Ona kitabeviyle ilgili planlarımdan bahsetmeye ve savaşmam için yardımını istemeye ihtiyacım vardı.

Kapıyı kilitleme gereği bile duymaksızın dışarı fırladım. Antonio's'un kapısındaki tabelada AÇIK yazıyordu. *Güzel*, dedim içimden. *Restoranı açık tutmaya karar vermiş*. Kitabevi ile restoranı birleştirip, bir kitap-kafe oluşturma fikri oldukça cazipti. Ama belki de Gavin, Antonio's'a el sürmemeyi tercih ederdi. Kurduğu restoran, şu anki haliyle korunmaya değerdi. Yemek salonunun arka tarafındaki yerlerini almakta olan orkestrayı gördüm. Herhalde Gavin daha fazla müşteri çekmek için onları saatinden önce çağırmıştı. Belki ona yardım edebilirdim. Kitabevi borç batağında yüzüyor olsa da, bir sonraki adımımı hesaplayana dek belime bir önlük bağlayabilir ve masaları bekleyebilirdim. Restoran işi son derece yorucuydu, fakat bir o kadar da eğlenceli ve tuhaf bir şekilde tatmin ediciydi. Bankanın Mavi Kuş Kitabevi'ne el koyma ve Ruby'nin değerli eşyalarını açık arttırmaya çıkarma ihtimalini düşününce midemin kasıldığını hissettim. Onu bir müteahhide satacaklardı ve o da kitabevini yıkıp, yerine bir dizi çirkin bina ya da daha kötüsü, apartman daireleri yapacaktı.

Seattle'ın daha fazla *apartmana* ihtiyacı yoktu. Bu, benimle Chase&Hanson Bankası'nın savaşı olacaktı.

Derin bir nefes alarak restorana girdim. Kaynayan sosun ve pişen ekmeğin kokusu beni rahatlatmıştı. "Selam," dedim, orkestranın saksafoncusu Ned'e. "Gavin burada mı?"

"Evet, ama..."

"Teşekkürler," diyerek mutfağa yöneldim ve çift kanatlı kapıdan içeri daldım. "Gavin, postacı bir mektup getirdi ve..."

Karşımdaki manzarayı gördüğümde sesim ansızın kesiliverdi. Önceleri bulanık olan görüntü, çabucak netleşerek acı verici bir hale büründü.

"Ah," dedim nefesimi tutarak.

Adrianna'nın ayakları çıplaktı ve üzerinde, sırt fermuarı yarısına kadar açık olan siyah bir gece elbisesi vardı. Gavin onun hemen arkasında, fermuarını tutmaktaydı. Elbisenin dekoltesinden Adrianna'nın iri göğüslerinin çatalını ve içindeki kombinezonun dantelini görebiliyordum. Geçmişleriyle ve bugünleriyle ilgili Adrianna'nın tüm söyledikleri, Gavin'ın tüm söyledikleri ansızın önemini kaybetmişti. Önemli olan tek şey, şimdi içinde bulundukları bu duygu dolu, mahrem andı.

Gavin son derece rahatsız olmuş görünüyordu. "Adrianna seyahatinden biraz erken dönmüş," dedi beceriksizce. "Ben sadece ona yardım..."

"Eve erken döndüm," diye araya girdi Adrianna, ne diyeceğini bilmez bir halde. "Büyükannem restoranı için bir müşteri bulmuş. Ben de..."

"Gitmem gerek," dedim çabucak. "Üzgünüm. Ben... rahatsız etmek istememiştim."

Mutfaktan hızla yemek salonuna, oradan da caddeye fırladım. Aptal olduğum için, Adrianna'nın yerini doldurabileceğimi düşündüğüm için, beni hayatına devam etmeye hazır olduğuna ikna etmesine izin verdiğim için kendime kızıyordum. Belki de *Gavin* için çok erkendi.

Spor ayakkabılarım ayağımda olduğu için mutluydum, çünkü tek isteğim var gücümle koşmaktı. Doğruca gölün yolunu tutarak bisikletlilerin ve koşucuların arasına karıştım. Artık hiçbir şey hissetmeyene kadar koşmak istiyordum. Ne ellerimi, ne ayaklarımı, ne bacaklarımı, ne de kalbimi...

On Üçüncü Bölüm

İlerideki bankı fark ettiğimde ne kadar süredir koştuğumu ve göl etrafında kaç tur attığımı bilmiyordum. Birkaç hafta önce Gavin ile birlikte oturduğumuz banktı bu. Oturduktan sonra dizlerimi göğsüme çekerek, Gavin ve Adrianna'yı düşünmeye başladım. Gavin'ın onu hâlâ sevdiğini görememekle ne büyük aptallık etmiştim. Adrianna'nın o elbisenin içinde ne kadar güzel göründüğünü düşününce yanaklarımın kızardığını hissettim. Gavin bende ne görmüş olabilirdi ki? Başımı iki yana sallayarak ayağa kalktım. Yürüyüş parkurundan ayrılıp caddeye yöneldiğim sırada yanağıma düşen bir yağmur damlası hissettim. Joe'nun kafeteryasının önünden geçerken, yağmur şiddetli bir sağanağa dönüşmüştü. Pencereden içeri göz attığımda, kafenin daimi müşterileriyle dolu olduğunu gördüm. Gavin'ın, Joe'nun onu kapatarak emekliye ayrılacağına dair söylediklerini hatırlayarak hüzünlendim. Neden bir şeyler değişmek zorundaydı? Neden her şey eskisi gibi olmaya devam edemiyordu? Antonio's'un önünden geçtiğim sırada yağmur damlalarıyla gözyaşlarımı birbirinden ayırt edemiyordum. Kitabevinin önündeki park alanından siyah, büyük bir arabanın hızla uzaklaştığını gördüm. Dükkânın kapısının açık olduğunu gördüğümde ise kalp atışlarım bir anda hızlandı.

Gavin ansızın çıkagelerek, "June!" diye bağırdı. "Her yerde seni arıyordum! Seni bulmak için dükkâna gittim ve..." diye duraklayarak açık kapıyı işaret etti. Hırsızlık ihtimali beni ne kadar korkutuyor olsa da, Gavin'ın yağmur altında ne kadar muhteşem göründüğünü düşünmeden edemiyordum. Bense muhtemelen sırılsıklam bir sıçana benziyordum. "June, biri kitabevine zorla girmiş."

Gavin dükkâna doğru koşarken ancak kendime gelebildim. Onun peşinden içeri girdiğimde irkilerek nefesimi tuttum. Kitaplıklar devrilmiş, kutular yırtılarak açılmıştı. Ne kadar kitap ve kâğıt varsa yerlere saçılmıştı. İçerideki hava bile huzursuz, kirlenmiş bir hal almıştı.

"Bunu kim yapmış olabilir?" diye sordu Gavin.

"Bilmiyorum," dedim.

Dizlerimin üzerine çöküp yerdeki kitap ve kâğıtları toplarken titriyordum. Günlerimi harcayarak yaptığım her şey, saniyeler içinde mahvolmuştu.

Gavin elini sırtıma koydu. "Sana yardım edeyim."

"Hayır," dedim çabucak. "Ben hallederim."

"June," dedi Gavin. "İstesen de istemesen de kalacağım. Seni burada bu şekilde bırakamam. Ya bunu yapanlar geri gelirse? Polise ihbarda bulunman gerek."

"Bulunacağım," dedim titrek bir sesle. "Gavin, bugün Chase&Hanson'daki eski şubemden bir mektup aldım. Anlaşılan teyzemin yüklü miktarda borcu varmış. Mavi Kuş Kitabevi haczedilmenin eşiğinde."

Söylediklerim Gavin'ın nefesini kesmiş gibiydi. "Ne?"

"Fazla zamanım yok," diye devam ettim. "Küçük de olsa bir şans var. New York'taki dairemi satıp, tüm birikimimi de ona eklersem dükkânı kurtarabilirim. Ama bunun işe yarayacağından emin değilim. Yeterli olmayabilir."

Gavin anladığını belirtircesine başını salladı. "Biraz birikmiş param var," dedi. "Adrianna'nın hissesini satın aldıktan sonra pek bir şey kalmadı, ama lütfen, yardım etmeme izin ver."

"Hayır," diye karşı çıktım çabucak. "Çok naziksin, ama senin düşünmen gereken bir restoranın var."

"Peki, ne zaman..." diyerek güçlükle yutkundu Gavin. "Yeterli paranın olup olmadığını ne zaman öğreneceksin?"

"Yakında," dedim. "Muhtemelen yarınki uçağa yetişip, New York'taki arkadaşım Peter ile konuşurum. Peter muhasebecidir. Ve bu iş ciddi bir hesap kitap gerektirecek. Her şeyi en ince ayrıntısıyla hesaplayacağız."

"Peki ya bu?" dedi Gavin, içeri girenlerin ardında bıraktıkları dağınıklığı göstererek. "Bu seni korkutmadı mı? Eğer birileri bir şey arıyorsa, geri gelirlerse ne olacak?"

"Evet, korkuttu," dedim. Gavin'a ilk kez Ruby ve Margaret Wise Brown arasındaki mektuplardan, Ruby'nin bulmam için art arda bıraktığı ipuçlarından bahsettim. Ardından ona Anthony Magnuson'ı, teyzemin oğlunu ve Victoria Magnuson'ın kızı hakkında yaptığı gizemli uyarıyı anlattım.

"Bu kitabevinde çok değerli bir şey olmalı," dedi Gavin. "Ne olabileceğine dair bir fikrin var mı?"

Başımı iki yana sallayarak, ilk baskıların bulunduğu raflara göz gezdirdim. Hiçbirine dokunulmamıştı. Ardından yerdeki kâğıtlara ve kitaplara baktım. "Aradıkları her neyse, onu bulduklarını sanmıyorum." Ayağa kalkıp, değerli kitaplarla dolu olan rafa yakından baktım. "Eğer pahalı bir şeyler arıyor olsalardı bu eski kitapları alırlardı," dedim. "Ama almamışlar. Başka bir şeyin peşinde olmalılar."

"İlk baskılardan bazılarını satabilirsin," dedi Gavin, ansızın parlak bir fikir bulmuş gibi. "Yani borcu ödemene ve dükkânı ayakta tutmana yardımcı olması için."

Başımı iki yana salladım. "O noktaya gelmeyi hiç istemem. Bu, kitabevinin ruhunun bir parçasını satmak gibi olur."

Gavin anladığını belirtircesine başını salladı. "Öyleyse ne yapacaksın?"

"Bilmiyorum, ama sanırım burada değerli bir şey olduğu konusunda haklısın." Derin bir iç çekerek, gözlerimi dağınıklığa diktim. "Eğer buradaysa, onu bulacağım."

Ayağa kalkıp üst kattaki daireye çıkan merdivenlere yöneldim. "Gidip toparlansam iyi olacak."

"Bekle," dedi Gavin yanıma gelerek. "Söylemem gerekenleri sana söyleyene kadar olmaz. Restoranda, mutfakta gördüklerin... Düşündüğün gibi değildi."

Bakışlarımı kaçırdım. "Açıklama yapmak zorunda..."

"Zorundayım. Söylemek zorundayım. Çünkü her şeyi yanlış anladın. Adrianna ile aramızdaki her şey bitti."

"Ama ben sandım ki..."

"Bu gece biriyle *randevusu* var."

"Randevu mu?"

"Evet," diyerek gülümsedi Gavin. "Seyahatinden erken dönerken uçakta biriyle tanışmış ve–" yaptığımız bu gülünç konuşma karşısında başını iki yana salladı –"ve iyi anlaşmışlar. Adam onu bu akşam yemeğe çıkarıyor. Adrianna gerçekten harika görünmek istediği için bir çift elbise almış. Bu yüzden fikrimi almak için bana uğramıştı."

"Vay canına," diyerek gülümsedim. "İtiraf etmeliyim ki seni onun fermuarını açarken görünce..."

"Fermuarını *kapatırken*."

"Ah," dedim hâlâ gülümseyerek. "Pekâlâ, sizi birlikte görünce kendimi tam bir aptal gibi hissettim."

Gavin başını olumlu anlamda salladı. "İkimiz de yola birbirimizden ayrı devam etme vaktinin geldiğini biliyoruz, hem hayatta hem de iş alanında. Birbirimizi daima önemseyeceğiz, ama sürekli birbirimizi gözetlemeksizin kendi hayatlarımızı kurmaya ihtiyacımız var. Bu yüzden bana restorandaki hissesini satmayı bir kez daha teklif etti ve ben de kabul ettim."

"Ettin mi?" diye sordum biraz fazla coşkulu bir şekilde.

"Evet, ettim," dedi Gavin gülümseyerek. "Elbette Antonio's'u bugünkü haline getirmeme yardımcı olduğu için ona daima minnettar olacağım. Ama artık yeni bir sayfa açmanın vakti geldi." Gavin duraklayarak dikkatle yüzüme baktı. "Adadayken güçlerimizi birleştirme konusunda konuştuklarımızı hatırlıyor musun? Kitap dükkânıyla restoranı birleştirip bir kitabevi-kafe oluşturmakla ilgili?"

Evet dercesine başımı salladım. Kalbimin heyecanla çarptığını hissedebiliyordum.

"Pekâlâ, eğer hâlâ istiyorsan bunu yapabiliriz," dedi Gavin. "Tabii kitabevi için en iyisinin bu olacağını hissediyorsan."

"Hissediyorum," dedim biraz çekinerek. "Ama..."

Gavin alnını ovuşturdu. "Ama ne?"

"Onu kurtarıp kurtaramayacağımı bile bilmiyorum," dedim. "İnan bana, bunu deneyeceğim. Ama henüz hiçbir şey belli değil. Antonio's'u da kitabevinin borç yükü altına sokamam. Ya bu senin de batmana neden olursa?" Mesleki tecrübem sayesinde, işleri bu şekilde birleştirmenin riskli olduğunu biliyordum. "Hem sen biriyle ortak olmayı zaten denemiştin..."

"Sevdiğim biriyle mi?"

Yanaklarımın kızardığını hissettim. *Beni sevdiğini mi söylüyordu?*

"Haklısın," dedi Gavin. "Adrianna ile yaptığımız hataları seninle de yapacağımızdan ne kadar korktuğunu görebiliyorum," diyerek ellerimi tuttu. "Ama lütfen, şunu bilmelisin ki seninle benim..." Boğazını temizleyerek devam etti. "Bizim birlikteliğimiz çok farklı. June, o kadar farklı ki bunu kıyaslamak bile istemiyorum. Söylemeye çalıştığım şey... Bunu biraz beceriksizce söyleyeceğim, çünkü bir kadına onu sevdiğini heyecanlanmadan söyleyebilenlerden değilim ve bunu çok sık yapmıyorum. Sadece üç kez yaptım, ilkinde on bir yaşındaydım. Her neyse, konuyu iyice dağıttım."

Gülümseyerek dudağımı ısırdım. "Az önce duyduğumu sandığım şeyi mi söyledin?"

Gavin başını sallayarak onayladı. "Söylüyorum, evet. Bu eski ve darmadağın olmuş kitabevinin tam ortasında duruyor, sadece üç hafta önce tanıştığım ve muhtemelen deli olduğumu düşünen bir kadına bakıyorum. Ama sana deliler gibi âşık olduğumu bilmeden Seattle'dan ayrılmana izin veremem."

Aynı anda hem kıkırdamaya hem de ağlamaya başladım. Çıkardığım ses bir homurtuya benzese de umursamıyordum. "Ne diyeceğimi bilmiyorum."

"Benim seni sevdiğim gibi, senin de beni sevdiğini söyle."

Kendimi Gavin'ın kollarına bıraktım. "Seviyorum," diye fısıldadım. "Yaşadığım onca şeyden sonra bir daha bunları hissedebileceğimi sanmıyordum."

Gavin gülümsedi. Önce alnıma, ardından burnuma ve dudaklarıma birer öpücük kondurdu. "Benim için büyük bir sırsın, June Andersen, çözmek için sabırsızlandığım bir sır."

"Çözeceksin," dedim. "Söz veriyorum."

"Güzel," diyerek şöminenin üzerindeki saate göz attı Gavin. "Saat gerçekten dört mü yoksa ben hayal mi görüyorum?"

"Evet," dedim.

"Hay aksi. Ekmekleri yaktım. Biri bana acıyıp onları çıkarmadıysa şu an fırında tutuşmuş olmalılar. Umalım da çıkarmış olsunlar."

"Ah, affedersin!"

Gavin beni tekrar kollarına aldı. "Yanmış ekmekler hiçbir zaman bu geceki kadar lezzetli olmayacak," dedi, yüzü sevinçle parlıyordu. "Devam edeceğiz," diyerek kapıya koştu.

"Devam edeceğiz."

On Dördüncü Bölüm

Ertesi sabah, beni havaalanına götürecek taksiye binmeden önce yarım saatim vardı. Gavin ile sağlam bir yola adım attığımızdan beri gitmekten, kitabevini bırakmaktan daha çok nefret eder olmuştum. Bana beni sevdiğini söyleyişini hatırladıkça yanaklarımın kızardığını hissediyordum.

Polisler bir önceki akşam gelerek dükkânı incelemiş, kapıdan parmak izi örnekleri almış ve bazı sorular sormuşlardı. "Çalınan bir şey var mı?" diye sordu genç bir kadın polis memuru, biraz ilgisiz bir şekilde.

"Sanmıyorum," dedim. "Var diyemem."

Yerde ters dönmüş bir kitabı gören memurun gözleri parladı. Kitapların böyle darmadağınık olmasından nefret ediyordum, ama Gavin polis gelene dek 'olay mahallini' toparlamamam için beni ikna etmişti (bu bilgiyi *Law&Order* adlı diziden edindiğine şüphe yoktu). "Bu Eloise Wilkin mi?" diye sordu kadın heyecanla.

"Evet," dedim omzunun üzerinden kitaba bakarak.

Kadın, Wilkin'in derleme hikâyelerinden oluşan kitabın sayfalarını karıştırmaya başladı. Yüksek çatılı, güzel bir evin önündeki çimenli bahçede salıncağa binen küçük bir kızın olduğu sayfaya gelince durdu. "Saatlerce bu resmi hayal ederdim," dedi gözlerini sayfadan ayırmaksızın. "Bu benim hayatım, benim salıncağım, benim evimmiş gibi düşünürdüm." Özlem dolu bir şekilde başını iki yana salladı. "Biliyor musunuz? Bu kitabı dokuz yaşımdan beri gördüğümü sanmıyorum."

"Neden onu almıyorsunuz?" diye sordum.

"Hayır," dedi polis memuru kadın. "Yapamam."

"Israr ediyorum."

Kadın tespit tutanağını doldurduktan sonra kitabı kolunun altına alarak dükkândan ayrıldı. Nedense o kitabın onun için büyük anlam ifade ettiğini düşünmüştüm.

Tansiyonumun yükseldiğini hissedebiliyordum. Bu yüzden ilacımı almış ve bu sabah ayrılmadan önce dağınıklığı toplamak için elimden gelenin en iyisini yapmıştım. Gavin dükkâna göz kulak olacağını söylemişti. Ama ya içeri girenler Gavin'ın restoranla meşgul olduğu ve onları fark edemeyeceği bir sırada gelirse ne olacaktı? Ya daha önce aradıkları şeyi bu defa bulurlarsa?

Valizimi alıp kapıyı kilitlediğim sırada tüm bedenime yayılan bir ürperti hissettim.

Havaalanına vardığımda biletimi girişte bekleyen görevliye uzattım. Bileti bir tarayıcıdan geçirdikten sonra bana dönerek, "İyi yolculuklar, Bayan Andersen," dedi.

Yolculuk mu? *Bu kesinlikle bir yolculuk*, diye geçirdim içimden. Seattle'da batmanın eşiğinde olan bir kitabevinin işsiz sahibiydim. New York'tan fevkalade bir şekilde ayrılmıştım –en azından kâğıt üzerinde– şimdiyse hiçbir şeyi olmayan biri olarak dönüyordum. Ayrıca bir an önce dip boyamı yaptırmaya ihtiyacım vardı.

Bir yanım geri dönüp kitabevinin huzurlu ortamına ve Gavin'a koşmak, New York'u New York'ta bırakmak istiyordu. Ama mantığım, bu uçağa binmenin daha iyi bir geleceğe atılan ilk adım olacağını biliyordu. Hem kendim hem de kitabevi için. Sadece adım atmam gerekiyordu. Ama bu çok zordu.

"Bayan Andersen," dedi gişedeki görevli. "Artık uçağınıza binebilirsiniz."

Başımı olumlu anlamda salladım. "Affedersiniz. Tamam."

Delta Havayolları'nın 208 sefer sayılı uçuşunun yapılacağı terminale yöneldim. Ertesi sabah emlakçıyla bir randevum vardı. Akşamüzeri de nakliyeciler gelecekti. Ardından muhasebeci arkadaşım Peter ile bir şeyler içerek, maddi durumuma ışık tutacaktık. Tek dileğim, Mavi Kuş Kitabevi'ni ayakta tutabilmek için yeterli parayı denkleştirebilmekti.

Uçak havalanırken çantamdan iki yeni mektup çıkardım. Onları Ruby'nin mutfağındaki en üst rafta, *Betty Crocker'ın Yemek Kitabı*'nın içinde bulmuştum. Merakla okumaya başladım.

5 Temmuz 1946

Sevgili Brownie,

Güzel tavsiyelerin için teşekkür ederim. Her zaman olduğu gibi kelimelerin acımı bir ilaç gibi hafifletti. Lucille'e daha fazla zaman ayıracağım. Belki biz de bir Avrupa seyahati yaparız. Günün birinde...

Sözünü ettiğin şu edebi partilere ben de gitmek istiyorum.

Yaptığın işi 'gülünç' bulanlara iki çift laf etmek isterdim. Ne cüretle seni küçümsüyorlar! İşinin önemini ve ihtişamını ne cüretle sorguluyorlar!

Daha dün, küçük bir çocukla annesi dükkâna geldiler. Çocuğun ne kadar mahzun ve üzgün olduğunu görmeliydin. Annesi eşini iki ay önce kaybettiklerini ve oğlunun okulda sıkıntı yaşadığını anlattı. Çocuğun hiç arkadaşı olmadığını ve onu biraz olsun neşelendirecek birkaç kitap almayı umduğunu söyledi. Bu yüzden küçük çocuğu raflardan birine götürüp, ona Rüzgâr Estiği Zaman'ı verdim. Kitabın yazarını –seni, tabii ki– tanıdığımı söylediğimde, çocuğun gözleri ışıldadı. Sonra ona hikâyeyi okudum. Ve onu daha önce okumuş olmama rağmen o an anlayıverdim. Bu, hayatın en tenha köşelerinde mutluluğu bulmakla ilgili bir hikâyeydi. Öyle ki bir kedi ya da köpek bile arkadaşımız olabilirdi. Ve bu hikâye, bizi aslında hissettiğimiz kadar yalnız olmadığımız fikrine itiyordu. Çocuklar ve yetişkinler için ne kadar da hayat değiştiren bir mesaj.

Hikâye bittikten sonra küçük çocuk bana dönerek gülümsedi, Brownie. "Benim en iyi arkadaşım, Boxer," dedi.

"Boxer mı?" diye sordum.

"Köpeğim," dedi neşeyle.

Bir daha işinin değerli olmadığını düşündüğünde, yazdıklarının bu küçük çocuğu nasıl neşelendirdiğini ve hayatının bu karanlık dönemindeki kasveti nasıl dağıttığını hatırla. Bırak diğerleri ağırbaşlı 'edebi' yazarlar olsunlar. Bırak büyük, önemli romanlar yazarak birbirlerini övüp dursunlar. Ama sen çok önemli bir iş yaptığını sakın unutma. Ve bu hayatta bu işi yapan senin kadar kabiliyetli pek az insan var.

Margaret, umarım bu yazdıklarımı alıp cebine koyar ve saklarsın. Kendini işinle ve hayattaki amacınla ilgili moralsiz hissettiğinde bu mektubu çıkar ve ne kadar önemli biri olduğunu hatırla.

En içten sevgilerimle,
Ruby

Not: Anthony ona eşlik etmem için beni Miami'ye yapacağı bir iş seyahatine davet etti. Kendisi işleriyle meşgul olurken, beni birkaç günlüğüne Key West'e götürmesi için bir araba tutacağını söyledi. Key West! İtiraf etmeliyim ki son günlerde düşündüğüm iki şey var; a) bir mayo almalıyım ve b) Ernest Hemingway'e rastlama ihtimalim nedir?

Mektubu dikkatle inceledim. Margaret, Ruby'nin tavsiyesini dinlemiş olmalıydı çünkü kâğıdın defalarca katlandığı oldukça belliydi. Kat yerleri oldukça derin ve aşınmıştı. Sanki tıpkı Ruby'nin dediği gibi yapmıştı. *Umarım bu yazdıklarımı alıp cebine koyar ve saklarsın.* Evet, tam da böyle yapmış olmalıydı.

12 Temmuz 1946

Sevgili Ruby,

Mektubun ben Maine'e gitmeden hemen önce geldiği için minnettarım. Çünkü beni kendimden kurtardın. Bir aylık tatilimi asla olmayacağım biri olmaya çalışarak geçirebilirdim. Bunu söylerken, bir roman yazarını kastediyorum. Sanırım bir yanım hep bunu yapıp yapamayacağımı merak ediyor olacak. Belki de yapabilirdim. Ama söyledik-lerin doğru. Bana bahşedilmiş olan özel bir yeteneğim var ve ondan utanmamalıyım. Bana bunu hatırlattığın için teşekkür ederim, canım arkadaşım.

Maine çok güzel. Sıcak ve sessiz. Burada sadece ben ve karakterlerim varız. Gün ağarırken kurbağalar vıraklı-yor, tavşanlar sabahın puslu havasında sağa sola zıplıyor, yusufçuklar alaca sazlıkların etrafında uçuşuyor ve akşam karanlığı çöktüğünde cırcırböceklerinin ötüşü başlıyor. Bu-rada zaman yavaş geçiyor. Doğrusu zamanı hiç umursamı-yorum. Zaten en güzel harcanan zamanlar da hep böyle değil midir? Bir kitap alıp, kendimi çimenlere yaydığım battaniyeye uzanmış halde buluyorum ve öylece uyuyakalı-yorum. Uyandığımda ise bir gün mü geçmiş yoksa bir saat mi geçmiş, bilmiyorum. Böyle müthiş bir tembelliği herkes tatmalı.

Sık sık seni düşünüyorum, Ruby. Geceleri gökyüzündeki ayı seyrediyor ve senin de aynı aya baktığını hayal ediyo-rum. Miami'ye ne zaman gidiyorsun? Doğrusu bir mayo bulup size katılmamak için kendimi zor tutuyorum. Ant-hony ile tanışmak için sabırsızlanıyorum. Bir de Ernest var, tabii. Sana geçen yıl New York'taki bir partide onunla tanıştığımdan hiç söz etmiş miydim? O kadar içkiliydi ki bana Lara Turner'a benzediğimi söylemişti. Fakat itiraf etmem gerek, o sarhoş haliyle bile onu son derece çekici bul-muştum. Onunla ne harika bir çift olurduk ama. Ele avuca sığmaz edebiyatçı ile çocuk kitabı yazarı. Düşünmesi bile komik.

Yarın editörümle bir toplantı yapacağız. Sanırım Küçük Ponpon Ailesi ile ilgili detayları konuşacağız. Kardeşlik

Operasyonu'nu devam ettirmek adına, kitabın ilk kopyasını sarı bir kurdeleyle bağlayıp Roberta'ya vereceğim.

En kısa zamanda yaz da biraz plan yapalım.

Sevgilerimle,

M.W.B.

Emlakçım Sharon ile birlikte New York'taki dairemin mutfağındaydık. Siyah bir ceket ile etekten oluşan bir takım giymişti. Ayakkabısının topuğu öyle yüksekti ki sırf onlara bakmak bile ayaklarımı acıtıyordu. "Pekâlâ," dedi kuşkuyla, "zorlu bir iş olacak."

Sharon beş yıl önce emlak piyasasının zirvesinde olan bu daireyi almama yardımcı olmuştu. Teklif edilen fiyat savaşları yüzünden satıcının istediğinden çok daha fazlasını ödemiştim. Peki ya şimdi? Sharon piyasanın benzer ilanlarla dolu olduğunu ve teklif savaşlarının yaşanmadığını söylüyordu. Hatta evin değeri fiyatında bir teklif alabilirsek şanslıydık.

"Satışla ilgili beklentilerini düşürmek zorundasın," dedi Sharon salona yönelerek. Hep yeniden boyamaya niyetlendiğim, ama hiç boyamadığım eski şömine rafının üzerinde parmağını gezdirdi. Soyulan boyanın oluşturduğu bir kabartıyı düzeltmeye çalışarak kaşlarını çattı. "Şu an piyasaya alıcılar hâkim durumda."

Balkonun büyük pencerelerinin ardındaki New York manzarasına göz gezdirdim. "Sharon, bu daireyi aldığım fiyata ya da daha fazlasına satmak zorundayım."

Sharon bir iç çekti. "Pekâlâ, bana soracak olursan onu biraz daha elde tutmanı öneririm. Belki bir kiracıya verebilirsin. Sonra belki rekabet edeceğin gayrimenkul sayısı azalır ve istediğin fiyatı alabilirsin."

Başımı iki yana sallayarak, Sharon'a Seattle'daki kitabevinden bahsettim. "Yapamam. Satmam gerek. Mavi Kuş Kitabevi için paraya ihtiyacım var."

"Peki," dedi Sharon, hayal kırıklığına uğradığı belliydi. "Sana söz veremem, ama elimden geleni yapacağım."

"Sanırım senden isteyebileceğim tek şey bu."

"İlanı ne zaman vermemi istersin?"

"Yarın," dedim.

"O kadar çabuk mu? Seçenekler hakkında biraz düşünmek istemediğine emin misin?"

Başımı iki yana salladım. "Yapmam gereken şey gayet açık." Kendime olan güvenimi yansıtmaya çalışıyordum. Ama Sharon gelmeden önce ilacımı almış olmama rağmen kalbim adeta kanat çırpıyordu.

Sharon başını olumlu anlamda salladı. "Peki, öyleyse. Daireyi boşaltacak mıyız?"

"Hayır," dedim. "Mobilyaları bırakacağım. Teyzemin evi eşyalı olduğundan onları Seattle'a taşımam mantıksız olur. Sadece kişisel eşyalarımı toplayacağım. Nakliyeciler bugün gelecek." Bana eski hayatımı ve eski kişiliğimi hatırlatacak hiçbir şeyi istemediğimi Sharon'a söylemedim. New York'taki benliğimi, sanki deri değiştirir gibi çıkarıp atmak istiyordum.

"Tamam," dedi Sharon. "Eşyaların faydası olur. Bu öğleden sonra bir fotoğrafçı çağırıp, ilan için evin fotoğraflarını çektiririm. Olur mu?"

Tamam dercesine başımı salladım. Sharon'ın yüzündeki

ciddi iş kadını ifadesi bir an için kayboldu. "Sana bu daireyi ilk gösterdiğim günü hatırlıyor musun?"

Kendi kendime gülümsedim. Bankadan henüz yeni terfi almıştım ve kendimi yenilmez hissediyordum. Kapıdan içeri girer girmez eve âşık olmuştum. Ona teklif vermek için savaşan altı kişinin hiçbir önemi yoktu. Bu evin benim olacağını biliyordum.

"Değişmişsin," dedi Sharon, Louis Vuitton marka çantasını alarak. Ardından meraklı gözlerle bana baktı.

"Değiştim," dedim. "Artık farklı şeyler istiyorum." Bir süre sessizce birbirimize baktık. "Belki de hep farklı şeyler istedim, sadece şimdiye dek bunun farkında değildim."

Saat ikide nakliyeciler geldi. Gösterdiğim dolap ve çekmecelerdeki eşyalarımı kutulayıp, raflardaki kitaplarımı boşaltmaya başladılar. "Bütün mobilyalar kalacak," dedim.

Sanki daha önce müşterilerden çok daha tuhaf şeyler duymuş gibi omuzlarını silktiler. Ustaları olan ve kendini Jose diye tanıtan genç, nazik bakışları olan biriydi. İçinde kıyafetlerimin ve ayakkabılarımın olduğu kutuları özenle bantlıyordu. İçeri girdiğinde, girişteki cam masaya hayranlıkla baktığını hatırladım. Eve taşındığım ilk gün dekoratörümün seçtiği o masadan oldum olası nefret etmiştim.

"Hey," dedim masayı işaret ederek. "Şunu almak ister misin?" Jose'nin sol elinde altın bir yüzük olduğunu gördüm. "Belki eşin için?"

"Gerçekten mi?" diye sordu Jose, şaşkın bir şekilde.

Evet, anlamında başımı salladım. "Beğendiysen senindir."

"Teşekkür ederim, bayan," dedi Jose, yüzü sevinçle parlayarak. Ardından tekrar işinin başına döndü.

Peter mesaj atarak gecikeceğini söylemişti. Bu yüzden Elli Altıncı Cadde'deki küçük bir lokantaya oturup kendime bir cin tonik, Peter'a da bir martini sipariş ettim. Pencereden dışarıyı seyrederek, bir hayat kurmanın ne kadar zaman aldığını düşünmeye başladım. Kariyer basamaklarını birer birer tırmanıyordunuz. Kendinize bir ev kuruyordunuz. Mobilyalar ve çeşitli sanat eserleri alıp, onu bir müze gibi döşüyordunuz. Tabii bir de kimliğinizi oluşturuyordunuz; favori restoranlarınız, alışveriş yaptığınız ve sabahları kahvenizi aldığınız yer gibi. Sonra da tıpkı şimdi olduğu gibi –bir öğleden sonrası, ansızın– bir kibrit yakıp, bu hayatı ateşe veriyordunuz.

Garson, biten içkimin yenisini getirdiğinde Peter da gelmişti.

"İşte benim kızım!" diye bağırdı bana kocaman sarılarak.

"Seni görmek çok güzel," diyerek gülümsedim. "Nate nasıl?"

"Her zamanki gibi iyi," dedi gülümseyerek. Peter ve erkek arkadaşı Nate, yakın zamanda Brooklyn'de bir ev satın almışlar ve ben Seattle'a gitmeden bir ay önce beni akşam yemeğine davet etmişlerdi. "Salonun panel kaplamasını nihayet yaptırdık."

"Bahse varım harika görünüyordur," dedim. Peter ve Nate'in yaptığı gibi bir yere kök salmanın nasıl bir şey olabileceğini düşündüm. Bu onların tek evi olacaktı. Nate'in anne ve babasının kapora için verdikleri para yardımıyla aldıkları o eve tam bir servet harcamışlardı. Bir bakıma onlara imrenmiyor değildim. Hayatlarındaki her şeyin belirli oluşuna imreniyordum. Benim hayatımsa daha çok içindekilerin yere saçıldığı bir kutuya benziyordu. Ve onları toplayıp tekrar yerlerine yerleştirmek son derece yorucuydu.

"Ah," dedi Peter, "bu üzgün surat da ne?"

Bana tekrar sarıldıktan sonra paltosunu masamızın yanındaki askıya astı.

"Her şeyin ne kadar değiştiğini düşünüyordum da," dedim. "New York'tan ayrılacağımı hiç sanmazdım. Bu şehrin *ben* olduğunu sanıyordum."

"Hâlâ öyle olabilir," dedi Peter. "Demek istediğim, biraz önyargılıyım ama sana gitmek zorunda olmadığını söylemek için buradayım. Yoksa Nate ile bir 'June'u New York'ta Tutun' kampanyası mı başlatmalıyız?"

"Çok tatlısınız, biliyor musun?" İçkimden bir yudum alarak sırıttım. "Hayır, gitmek zorundayım."

"O kitabevine adeta âşık oldun, değil mi?" diye sordu Peter. Seattle'dayken onu aramış ve durumu anlatmıştım.

"Evet," dedim. "Sanırım aynı zamanda bir adama da âşık oldum."

Peter sağ kaşını kaldırarak bana baktıktan sonra garsona içkilerimizi tazelemesini işaret etti. "Konu derinleşiyor," dedi. "Hoş biri mi?"

"Çok."

"İyi bir kalbi mi var?"

"*Kocaman* bir kalbi var."

"Öyleyse gitmek zorundasın," dedi Peter. "Seni ülkenin diğer ucundayken düşünmekten nefret etsem de, gerçek aşkın tutkunu olduğumu biliyorsun."

"O zaman bir de teyzem Ruby'nin hikâyesini dinlemelisin."

Peter meraklanmış görünüyordu.

"Hayatı boyunca ona o kitabevini satın alan evli bir adama âşıkmış," dedim. "Adı Anthony imiş."

"Yani onun *metresi* miymiş?"

"Hayır, öyle bir şey değil," dedim. "Bu... her nasılsa ondan daha şirin bir şey."

"Peki, hiç evlenmişler mi?"

"Hayır," dedim. "Adamın karısı ondan boşanmayı kabul etmemiş. Bu yüzden adam vaktini karısıyla teyzem arasında bölüştürmüş. Ruby yine de onu ölünceye kadar deliler gibi sevmiş."

"Nasıl ölmüş?"

"Hikâyenin trajik kısmı da bu," dedim. "Teyzem kırklı yaşlarında hamile kalmış. Sanırım bu ikisi için de bir şok olmuştur. Anthony buz pateni yapmaya gittikleri bir gün hayatını kaybetmiş. Düşüp başını vurmuş. İşte öyle."

"İşte öyle," dedi Peter başını iki yana sallayarak. "Çok acıklı."

Başımı sallayarak onayladım. "Şüphesiz ki ilişkileri mükemmellikten uzaktı. Ama Ruby ve Anthony'nin aşkının bir parçasını dahi bulabilseydik çok mutlu olurduk."

"Sen bulmuşsun gibi görünüyor."

"Belki öyledir," dedim. "Bunu zaman gösterecek. Ama önce Mavi Kuş Kitabevi'ni kurtarmalıyım." Pencerenin ardındaki New York caddelerine göz gezdirdim. "Nasıl açıklayacağımı bilmiyorum," dedim. "Sanırım Seattle'a, o kitabevine ait olduğumu en başından beri biliyordum. Sadece bunun bir çağrı olduğunu şimdiye dek hissetmemiştim. Peter, o kitabevini kurtarmayı öyle çok istiyorum ki. Umarım bu karmaşık hesapları yapmak canını çok sıkmaz."

Peter sanki 'Saçmalama!' dercesine elini kaldırıp beni susturdu. Ardından kahverengi deri çantasına uzanıp bir dosya çıkardı. Peter'ı muhasebecim olmadan önce de tanıyordum. Böylece çok geçmeden rakamlarla arasının da arkadaşlığı kadar iyi olduğunu öğrenmiştim.

Peter, çıkardığı hesap tablosunu ikimizin de görebilmesi için masanın ortasına koydu.

"Elimdeki her şeyi satmam yeterli olacak mı? Yani kitabevini kurtarmak ve geçimimi sürdürmek için yeter mi?"

"Tatlım," dedi Peter ağırbaşlı bir şekilde, "kötü senaryo yazmayı hiç istemem ama sanmıyorum. Teyzenin borçlarına göz attım ve mesele şu ki... evin satışından kâr elde etmen şart. Borç çok büyük ve artık bir gelirin yok. Tüm birikmişini ve bireysel emeklilik hesabındakileri toplasan bile –ki bunu tavsiye etmem– ancak ucu ucuna yeter."

Yüreğimin ezildiğini hissettim. "Ah."

Peter uzunca bir süre sessiz kaldı. "Eski patronunla konuşabilirsin... Arthur. Belki sana yardım eder."

Başımı iki yana salladım. "Dalga mı geçiyorsun? Hayır. Asla yapamam. Bu geri dönüp Potter'ın ayaklarına kapanmak gibi olur."

"Potter mı?"

"Bilirsin, *Şahane Hayat* filminden. Jimmy Stewart borcunu ödemek için gururunu ayaklar altına alıp, Bay Potter'dan para istiyordu."

"Ah, kes şunu," dedi Peter. "Meseleyi fazla büyütüyorsun. Ona bir e-posta yolla, hepsi bu. İçinde bulunduğun sıkıntıdan bahset. Sen o adam için on yıl çalışmadın mı? İnsaflı davranması gerekir."

Omzumu silktim. "Bilmiyorum."

"Eminim öyle davranacaktır," dedi Peter. "Ona hep ne derdin? Dünyanın en iyi aşağılığı mı?"

"Tanıdığım en iyi pislik."

"Gördün mü?" dedi Peter.

"Ama iki tarafın eşit olduğunu sanmıyorum. Bence pislik tarafı, en iyi tarafından kat kat ağır basıyor."

Peter martinisinden büyük bir yudum aldı. "Yine de denemeye değer diye düşünüyorum. Kaybedecek neyin var?"

"Gururum," dedim. "Potter'ın ayaklarına kapanmak kolay iş değil."

Peter sırıtarak elimi yakaladı. "Parmak savaşını kazanan kararı verir. Sen kazanırsan, kendi bildiğini okursun. Ben kazanırsam, Arthur'la konuşursun."

Gözlerimi devirsem de teklifini kabul ettim. Ne de olsa parmak savaşında Peter'ı daima yenerdim.

"Hazır," dedi Peter, "bir, iki, üç, başla!"

Peter başparmağıyla benimkine saldırdı. Hamlesinden sıyrılıp karşı atağa geçerek parmağını yakaladım. Ama onu yeterince güçlü tutamadığımdan, kurtularak savaşa devam etti.

"Kaybetmeyeceğim," dedi. "Kaderinden vazgeçmene izin vermeyeceğim."

"Kaderim, öyle mi?" diye sordum, onu –yani başparmağını– kıstırmaya uğraşarak. "Kaderimin Ryan Gosling ile evlenip, altı çocuk yapmak olmadığını kim söylemiş?"

"Şişşt, sakın Nate'e söyleme, ama Ryan Gosling ile evlenmek benim kaderim," dedi Peter, parmağımı bastırıp zafer kazanmış bir şekilde sırıtarak.

"Hayır," dedim. "Bir maç daha!"

"Bir maç daha falan yok. Hilesiz hurdasız ben kazandım. Şimdi, Arthur'la konuşmak zorundasın."

Arkama yaslandığımda Peter'ın haklı olduğunu fark ettim. "Tamam. Ona bir e-posta yollayacağım. Ama benimle sadece alay edeceğini biliyorsun."

"Etse ne çıkar? En azından yürekli bir şekilde şansını denemiş olacaksın."

Gözlerimi devirdim. "Bunu kim demiş?"

Peter kollarını göğsünde kavuşturdu. "Âlim insanlar."

"1982'nin âlimleri."

Yaklaşık üç saniyeliğine birbirimize kızmış gibi yaptıktan sonra sarıldık.

"Seni özleyeceğim," dedi Peter.

"Ben de seni özleyeceğim," dedim gözlerim yaşlarla dolmuş bir halde. Ansızın her şeyi sorgulamaya başladım. Seattle'dan on sekizimde ayrılmıştım. Artık bir New Yorkluydum. "Belki de bu büyük bir hata. Belki Seattle'a taşınmamam gerekiyor."

"Tatlım," dedi Peter. "Kendini sorgulayıp durma. Gavin'ı hiç tanımasam da seni mutlu ettiğini görebiliyorum. Kendine güven, tamam mı?"

Tamam, dercesine başımı salladım. Görünen o ki insanın kendine güvenmesi sandığından daha zordu. Peter'a güvenmekse daha kolaydı. Ben de öyle yaptım.

New York'taki dairemde geçirdiğim son geceydi. Arthur'a bir e-posta yazmak için dizüstü bilgisayarımı açtım. Daha önce ona başarılı bir haciz işlemini ya da pusuya düşürdüğümüz küçük bir işletmeyi bildirmek için yazdığım sayısız e-postayı düşündüm. Ansızın ürperdim. Bu defa durum farklıydı. Bu defa kişisel bir mesele söz konusuydu. Gözlerimi sıkıca kapatıp açtım. Ve yazmaya başladım:

Sevgili Arthur,

Pekâlâ... Bunu nasıl söyleyeceğimi bilemiyorum. İşte başlıyorum... Başımı biraz derde soktum. Çocukluğumun mutlu saatlerini içinde geçirdiğim, Seattle'daki bir kitabevini, sevilen bir çocuk kitapçısını miras aldım. Ruby teyzemin dükkânını düzenlemek için Seattle'a giderken bunu bilmiyordum ama orada, kendime böyle bir hayat kurmak istediğimi fark ettim. Hayır, böyle bir hayat kurma ihtiyacı duydum. Bir kitapçı olmak istiyorum. Çocuklara kitap okumak, onlara teyzemin bana verdiği edebiyat sevgisini aşılamaya çalışmak istiyorum. Gelgelelim, kitabevi iflasın eşiğinde. (Eski) mesleğimi düşününce, bu durum biraz ironik geliyor. Senden bir mektup aldım, Arthur. Sen (nam-ı diğer Chase & Hanson Bankası), Mavi Kuş Kitabevi'ni kapatacakmışsın. Ruby teyzemin kitabevini. Benim kitabevimi. Komik olan şu ki, onca yıl bu işi yaptıktan sonra bir şekilde hissizleşmiştim. Kendime sadece bir görevi tamamlamayı öğretmiştim. Tıpkı bir robot gibi. Ama şimdi madalyonun diğer tarafındaki benim. Ve anladım ki bu berbat bir şey.

Neler yazdığımı bilmiyorum. Sana neler söylüyorum, bilmiyorum. Aslında biliyorum. Ve işin zor olan tarafı da bu. Bana yardım etmeni istiyorum, Arthur. Lütfen, Mavi Kuş Kitabevi'ni kurtarmama yardım et. Senden dağları yerinden oynatmanı beklemiyorum. Ama haciz işlemleri için 'Beklet' tuşuna basabileceğini biliyorum. Bana sadece birkaç ay daha ver. Dairemi satıp, tüm birikimimi ortaya koyacağım. Ama o zaman bile yeterli parayı toplayıp toplayamayacağımı bilmiyorum. Bana birazcık daha zaman verebilir misin?

Benim için yap, lütfen. Ya da şimdiye dek tanıdığım en iyi pislik olduğun konusunda beni haksız çıkar. Sana sonsuza dek minnettar olurum.

Sevgilerimle (artık çalışanın olmasam bile hâlâ arkadaş olabilir miyiz?),

June

Gönder tuşuna bastıktan sonra başımı bir bowling topu gibi yastığa bıraktım. Arthur benim son umudumdu. Tanrım, lütfen evet desin, diye geçirdim içimden. Sadece zamana ihtiyacım vardı.

On Beşinci Bölüm

Gavin ertesi sabah beni havaalanından aldı. Kollarına atıldığımda kendimi evimde gibi hissettim.

"Nasıl geçti?" diye sordu.

"Pekâlâ," diye anlatmaya başladım, "zorlu bir mücadele olacak. Daireyi satsam bile kitabevini kurtarmak için gereken parayı toplayabileceğimi sanmıyorum." Gavin arabayı otobana çıkarırken bir süre durakladım. "Yardım edebilir mi diye eski patronuma e-posta attım."

"Çok iyi fikir," dedi Gavin. "Sence edecek mi?"

"Emin değilim," dedim. "Umutlanmak istemiyorum. Ama düşününce... Belki. O kat kat hesap tablolarının altında bir yerlerde, onun da bir kalbi olduğunu biliyorum. Dün geceden beri e-postalarımı kontrol etmedim. Belki de çoktan cevap yollamıştır."

Gavin başını olumlu anlamda salladı. "Öyle ya da böyle bir çare bulacağız. Birlikte."

Başımı iki yana salladım. "Maddi sıkıntılarımın içine seni de sürüklemeyeceğim."

"Ama ona maddi sıkıntılarımız dersek çok daha hoş olur," dedi Gavin.

Sırıttım. "Kulağa hoş geliyor."

Gavin öğleden sonrasını restoranda geçirdi. Restoranın tek sahibi olarak onu açık tutmayı başarabilmişti. Bense kitabevinin üst katındaki dairemde valizimi boşaltmakla meşguldüm. Yakında nakliye kamyonuyla gelecek olan kutuları düşünüp, etrafa yeni bir gözle baktım. Artık evim burasıydı.

Kıyafetlerimden birkaçını çamaşır makinesine attıktan sonra ürkekçe dizüstü bilgisayarımı açtım. Ve Arthur'dan cevap geldiğini gördüm. NewYork'tayken maddi durum ve emlak stresi yüzünden artan çarpıntılarımı hafifletmek için ilaçlarımı almaya özen göstermiştim.

Kalp atışlarım yeniden hızlandığında, bu sabah ilacımı almadığım için pişmanlık duydum. Gelen e-postayı açarak nefesimi tuttum:

June,

Üzgünüm, yardımcı olamam. Çok yazık, ama bu işler böyle.

Arthur

Bilgisayarı hızla kapattım. Birkaç dakika boyunca buz kesmiş bir halde, öylece oturdum. *Bu işler böyle.* Yanaklarımın yandığını hissedebiliyordum. Ona içimi döktüğüm için pişmandım. *Ne sanıyordum ki?* Ardından aklımı başıma topladım. Hayır, kitabevini kurtarmak Arthur'un değil, *benim* görevimdi. Ve onu kurtarmak için her şeyimi verecektim.

Bilgisayarı tekrar açtım. İşe başlama vaktiydi. Teyzemin bir oğlu vardı. Oralarda bir yerlerdeydi. Belki bana yardım edebilirdi. Nasıl yapacağımı bilmiyordum, ama onu bulacaktım.

Telefonumu alarak annemi aradım. "Anne, ben, June. Yardımına ihtiyacım var."

"Ne oldu? Hayatım, başını derde falan mı soktun?"

"Şey," dedim, "evet, belki. Mavi Kuş Kitabevi maddi sıkıntıda. New York'tan yeni döndüm. Dairemi satışa çıkardım. Kitabevini kurtarmaya çalışacağım."

"Tatlım, Rand ve benim paramızın olmadığını biliyorsun, ben..."

"Anne, aramamın sebebi bu değil. Dinle, Ruby'nin bebeğinden haberim var."

"Ne? Yani sen...?"

"Biliyorum, anne. Anthony'nin kızı May ile görüşmeye gittim. Bana Ruby'nin oğlundan bahsetti."

"Ruby'nin oğlu..."

"Haberin vardı, değil mi, anne?"

"Evet," dedi annem.

"Neden bana hiç söylemedin?"

"Bunu söylemek bana düşmezdi. Ruby kimsenin bilmemesini istemişti."

"Pekâlâ," dedim, "üzerinden çok zaman geçti. Ruby'nin onu saklamasının nedenleri artık geçersiz oldu. Ayrıca sanırım yanıldım. Büyük ihtimalle bana rakip olmak yerine, annesinin kitabevini kurtarmak için yardım etmek isteyecektir. Kim bilir, belki de Mavi Kuş Kitabevi'ni kurtaracak maddi imkâna bile sahiptir."

"Ah, June," dedi annem. "Bence o yola hiç girmemelisin. Bu insan sandığın gibi biri çıkmayabilir."

"Bir şeyler yapmak zorundayım," dedim. "Baksana, sence

nerede yaşıyor olabilir? Hatırladığın herhangi bir şey var mı? Bir ipucu? Bir isim? Araştırmaya başlamama yardımcı olacak herhangi bir şey?"

"Hayır," dedi annem. Sesi kulağa gergin ve mesafeli geliyordu. "Bu konuda sana yardımcı olamam, June. Üzgünüm."

Gerçekten hiçbir bilgisi yok muydu, yoksa başka nedenlerden dolayı beni kandırıyor muydu, bilmiyordum. İşbirliği yapmaktan nasıl bu kadar uzak olabiliyordu? Dışarıda bir yerlerde, belki de annesinin ne harika biri olduğunu bile bilmeyen bir kuzenim vardı. Hayatına bu kitabevinde başlamıştı. Ve belki şimdi onu kurtarmam için geri dönebilirdi.

Telefonu kapattıktan sonra tekrar bilgisayarımı açtım. King County arşiv departmanının telefonunu araştırırken, bir şeyler bulacağıma dair içimde büyük bir inanç vardı.

"Alo," dedim operatöre. "1970'te Seattle'da doğan ve evlat edindirilme kayıtları gizli tutulan birinin adını öğrenmeye çalışıyorum. Bu bilgiye ulaşmam mümkün müdür acaba? Doğum belgesini görebilir miyim, yoksa o da gizli dosyanın bir parçası mıdır?"

"Bütün doğum belgeleri devlet arşivindedir," dedi telefondaki kadın. "Şehir merkezine gelip talepte bulunabilir ya da kendiniz arayabilirsiniz. Arşivlerimizi dijital ortama aktardık. Dilerseniz hemen şimdi sizin için aratıp, size zaman kazandırabilirim."

"Gerçekten mi?" diye sordum minnetle. "Evet, çok iyi olur."

"Çocuğun anne adını biliyor musunuz?"

"Ruby Crain." Kadının klavyesinden çıkan tuş seslerini duydukça, kalp atışlarımın hızlandığını hissettim.

"Doğum yılı 1970 mi demiştiniz?"

"Evet," dedim.

"İşte burada," dedi kadın birkaç dakika sonra. "Ruby Crain'in oğlu..." Bir süreliğine durakladı. "Yazı silinmiş gibi görünüyor. Bir dakika gözlüğümü alayım." Telefonu bıraktıktan bir süre sonra geri döndü. "Evet, bebek, J.P. Crain, 12 Mayıs 1970'te dünyaya gelmiş."

"J.P.," dedim kendi kendime, operatöre teşekkür edip telefonu kapattıktan sonra. Ardından Ruby'nin oğlunu hayal etmeye başladım. Tıpkı annesi gibi uzun ve ince yapılı olmalıydı. Muhtemelen saçları açık renkti. Belki de yüzü hafif çilliydi. Nazik bakışları ve sıcak bir gülümsemesi vardı. Tıpkı Ruby gibi hassas ve edebiyatı seven biriydi. Ruby'nin kitabevinden haberdar olur olmaz bana yardım edecekti. Ve onu bir aile gibi sıcak karşılayacaktım. Gavin onun için bir akşam yemeği hazırlayacaktı. Hep birlikte kitabevinin geleceğine kadeh kaldıracaktık.

"Seni bulacağım, J.P. Crain," diye fısıldadım. Sonra da spor ayakkabılarımın bağcıklarını bağlayıp, koşmak için dışarı çıktım.

Restoranın mutfak kapısından içeri başımı uzattığımda, Gavin'ın karnabahar doğramakla meşgul olduğunu gördüm.

"Koşudan mı dönüyorsun?" diye sordu beni gördüğünde.

Evet dercesine başımı sallayıp, ağzıma bir parça pişmemiş karnabahar attım. "Ruby'nin oğlunu buldum," dedim. "En azından adını öğrendim."

"*Ruby'nin oğlu* da ne demek?"

"Ruby benim doğduğum yıl bir erkek çocuk dünyaya getirmiş. Kuzenim."

Gavin şaşırmış görünüyordu. "Yani büyük kuzenin mi?"

Omzumu silktim. "Her halükârda onunla kan bağımız var. Onu bulabilirsem, belki kitabevini kurtarmama yardımcı olabilir diye düşünmeden edemiyorum."

Gavin başını iki yana salladı. "Sence onu başkasına veren bir anneyi önemsememe ihtimali yok mu?"

"Ruby'nin kendince nedenleri vardı," dedim. "Bu kararı verirken ne kadar acı çektiğinden eminim, ama bunu yapmak zorunda hissettiğini biliyorum. Ona bunları açıklayacağım. Eminim anlayacaktır. Ve kitabevini görür görmez sevecektir. Onu benim sevdiğim gibi sevecektir."

"Bilemiyorum," dedi Gavin. "Ya geçmişini merak etmiyorsa? Ya bir uyuşturucu bağımlısı ya da dolandırıcıysa?"

"Ruby teyzemin oğlu mu?" dedim. "Mümkün değil."

Gavin gülümsedi. "O kadar emin olma. Sülalemde Pulitzer Ödülü almış biri var. Ama gen havuzumuz eşit sayıda hovarda da içeriyor."

"Pekâlâ, J.P.'nin hovarda olmadığını biliyorum."

Gavin bir tencereye koyduğu karnabaharların üzerine biraz zeytinyağı gezdirdikten sonra bir tutam da tuz serpiştirdi. "Bak, ben sadece fazla umutlanmanı istemiyorum, hepsi bu. Adam büyük bir hayal kırıklığı olabilir."

"Mavi Kuş Kitabevi'nin başına gelen en güzel şey de olabilir," diye ekledim neşeyle.

Görünen o ki J.P. oldukça popüler bir isimdi. Seattle'da aynı ismi taşıyan binden fazla erkek vardı. Öte yandan adının hâlâ J.P. olduğundan bile emin değildim. Üvey ailesi ona yeni bir isim vermiş olamaz mıydı? O zaman ne yapacaktım? Yeni bir soyadı olacağından, onu Ruby'nin soyadıyla da aratamazdım.

Aile Bulucu adlı bir internet sitesine göz atmaya karar verdim. Sitede gizli bir şekilde evlat edindirilmiş çocukları gerçek aileleriyle buluşturmaya yarayan bir mesaj panosu yer alıyordu.

Derin bir nefes aldım ve siteye kaydolarak mesajımı yazmaya başladım:

> Seattle'da yakın zamanda kaybettiğim ve harika bir kadın olan büyük teyzemin oğlunu aramaktayım. Bebek 12 Mayıs 1970'te Seattle'da dünyaya gelmiş. Doğum belgesinde yazılı olan ismi J.P. Crain. Tam tarihinden emin değilim fakat doğduktan kısa bir süre sonra, gizli bir şekilde evlat edindirildiğine inanıyorum. Herhangi bir bilginiz varsa lütfen bu siteden bana mesaj atın. Teşekkürler!

Eski müzik setini açtım ve kanal ayarıyla oynayarak, en sevdiğim caz istasyonu olan 88.5 KPLU FM'i buldum. Lisedeyken burada çalan parçaları dinler ve New York'un dumanlı caz kulüplerini düşlerdim. Yıllar sonra o kulüplerin masalarında yapayalnız oturacağımı ve evden ayrılmakla hata edip etmediğimi merak edeceğimi hiç düşünmemiştim.

Bir süre aramamın ardından *Rüzgâr Estiği Zaman*'ı buldum (ilk baskısı alt raflardan birine saklanmıştı) ve içindeki mektupları çıkardım:

19 Temmuz 1946

TELGRAF
Alıcı: Margaret Wise Brown
Gönderen: Ruby Crain

Kırmızı çizgili bir mayo aldım. 21 Temmuz'da Miami'deyim. Savoy'da kalıyor olacağım. 26'sında birlikte Key West'e gitmeye ne dersin?

20 Temmuz 1946

TELGRAF
Alıcı: Ruby Crain
Gönderen: Margaret Wise Brown

Yeşil mayo aldım. Key West'in başına geleceklerden haberi yok.

Telgrafların altında iki mektup vardı. Florida'da geçirdikleri zamanı anlatmasını umarak, ilk mektubu açtım.

5 Ağustos 1946

Sevgili Margaret,

Eve döneli sadece bir hafta olmasına rağmen seni ve Florida'yı çok özledim. Ah, o güneş ışığı! Anthony seni gerçekten çok sevdi. Bana bunu defalarca söyledi. Senin gibi fedakâr bir dostum olduğu için çok şanslı olduğumu belirtti. Ve bu konuda çok haklı.

Ah, Key West'te ne eğlendik ama! Bir ömür yetecek bir eğlenceydi ve bana tekrar küsen Lucille'i bir süreliğine aklımdan çıkarmama yardımcı oldu. Şimdilik onu bir kenara bırakıp sadece şunu söyleyeceğim: Bir daha heyecan verici hiçbir şey yapmasam bile, en azından birlikte geçirdiğimiz o iki günü düşünecek ve kendi kendime gülümseyeceğim. O kumsallar! Akşam yemekleri! İçinde limon dilimleri olan, bardakları tuzlu içkiler... Palmiyelerden sarkan hindistancevizleri...

Ernest Hemingway'in evine gidip kapısını çaldığımıza inanamıyorum. Tıpkı iki satıcı kız gibi, öylece... Kapıyı kendisinin açtığını ve bizi bir (ya da on!) içki içmek için içeri davet ettiğini unutamıyorum. Çok yakışıklıydı, değil mi? Bir o kadar da centilmendi. Gözünün sende olduğu çok belliydi, Brownie. Sana nasıl baktığını hiç gördün mü? Ona mutlaka bir mektup yazmalısın, derdim ama onun gibi bir adamın senin için iyi olacağından emin değilim. Seni delirtmesinden korkarım. Belki ikiniz de birbirinizi delirtirsiniz. İkiniz de çabuk kızıyorsunuz. İkiniz de hayat dolusunuz. Sanırım Ernest'in isteyeceği kadın ve senin isteyeceğin erkek tipi aynı: Yumuşak başlı ve sakin. Hem o evli değil mi zaten?

Söylememe gerek yok, o akşam hayatımın en güzel günlerinden biri olarak tarihe geçecek. (Ayrıca Ernest'in kedileri ne tuhaftı öyle! Tıpkı insan gibi bakıyorlardı. Birinin de altı parmağı vardı. Görmüş müydün? Patileri mavi olandan bahsediyorum. Zavallı kedicik, herhalde bir boya kovasına falan girmişti.)

Yeni teslim aldığım kitapları raflara yerleştirmem gerek. Keşke bu akşamüstü burada olsaydın. Dışarısı yağmurlu ve tropikleri şimdiden özledim. Seni de öyle.

En içten sevgilerimle,

Ruby

Kendi kendime gülümseyerek diğer mektubu aldım.

14 Ağustos 1946

Sevgili Ruby,

Key West olağanüstüydü, öyle değil mi? Bir eş olabileceğim konusunda kendime biraz güvenseydim, sanırım Ernest ile evlenirdim. Ama haklısın, birbirimizi asla mutlu edemezdik. Kesinlikle birbirimizi deli ederdik. Yine de bir süreliğine çok eğlenceli olurdu, değil mi? Beni Key West'te, Ernest ve bütün o kedilerle birlikte hayal edebiliyor musun? Uzun, yazlık elbiseler ve hasır şapkalarla bütünleşirdim. Çıplak ayak dolaşırdım ve tenim çillerle kaplı olurdu.

Ama hayır, bunu asla yapmayacak olmamın iki önemli sebebi var: Birincisi Ernest'in sakalı. Onu hiç tıraş etmediğini biliyorum. Bu yüzden yüzümde bırakacağı kaşıntıdan nefret ederdim. İkincisiyse tabii ki kasırgalar. Ansızın bir fırtına kopacağını düşünmek ödümü patlatırdı. İşte, sakal ve kasırgalar: Ernest Hemingway ile asla bir aşk yaşamayacak olmamızın iki sebebi.

Ama o kediler hiç aklımdan çıkmayacak. Boya kutusuna düşen o ufaklığı çok sevdim. Mavi patiler... Onları unu-

tamıyorum. Günün birinde boya kutularıyla yaramazlık yapan iki kedi yavrusu hakkında bir kitap yazabilirim. Adı da Renkli Kedicikler olur. Ne dersin?

Bu satırları gri, kasvetli bir New York gününde yazıyorum. Cobble Court'taki penceremden dışarıyı seyrediyorum. Rüzgâr öyle sert esiyor ki küçük, beyaz bahçe kapısını birkaç saniyede bir açıp, sonra da çarparak kapatıyor. Eve gelmek, tekrar yatağımda uyumak güzel olsa da bazen burada ne kadar yalnız olduğumu hissediyorum. Ben de o bahçe kapısı gibiyim. Rüzgârda savrulup duruyorum ve birinin sadece sürgümü çekip, beni sağa sola çarpmaktan kurtarmasını bekliyorum.

Belki senin de Lucille hakkında hissettiklerin budur. Sevdiğimiz biriyle temasımızı kaybettiğimizde, sanki bir parçamızı kaybetmiş gibi hissediyoruz. Hep söylediğim gibi, umudunu kaybetme. Ama kaybettiğinin yasını tutmak ve seni felce uğratmasına izin vermektense, hayatına devam etmek için kendini hazırla. Başkalarının seçimleri yüzünden yoluna taş koyulduğunu düşünmekten nefret ediyorum.

Her neyse, artık işimin başına dönmem gerek. Editörüm benden yeni bir fikir bekliyor. Maalesef henüz onunla paylaşacak kadar iyi bir fikrim yok. Aklım aylar önce bahsettiğin aydede fikrine gidip duruyor. Sanırım ondan bir şeyler çıkacak.

Sana bol bol sevgi, güneş ışığı ve o mayhoş, limonlu margaritalardan (belli ki benim adımı vermişler) yolluyorum.

M.W.B.

Margaret'ın Hemingway'in evindeki kediyle ilgili yazdıklarını düşününce, bunun, *Renkli Kedicikler*'in ilham kaynağının bir kanıtı olduğunu fark ettim. Çocukluğumda o kitabı düzinelerce kez okumuştum. Ruby teyzem ile Margaret'ı, Ernest Hemingway ile kokteyl yudumlarken hayal ettim. Kendi kendime gülümsedim.

Margaret'ın daha ciddi kelimelerinin üzerinde düşünürken derin bir nefes aldım: *Kaybettiğinin yasını tutmak ve seni felce uğratmasına izin vermektense, hayatına devam etmek için kendini hazırla*. Peki ya devam etmeye hazır değilsem? Ya bütün olanlardan sonra hâlâ umut varsa? Elimi telefonuma götürüp, sonra geri çektim. Yarın. Belki yarın.

On Altıncı Bölüm

Gavin ertesi sabah iki fincan kahveyle kitabevine geldi. "Joe'yu özleyeceğim," dedi.

"Ben de," diyerek kahvemden bir yudum aldım. Kıvamı mükemmeldi.

"Gizemli J.P. hakkında bir şeyler bulabildin mi?"

Hayır dercesine başımı salladım. "Bu sandığımdan biraz daha zor olacak. Ama bir aile bulma sitesine mesaj bıraktım. Eğer geçmişiyle ilgili daha fazla bilgi arıyorsa mesajımı görecektir. Şimdilik bunu ummaktan başka yapabileceğim bir şey yok. Bazen kader bu gibi şeylerde rol oynuyor."

Cep telefonum çalmaya başlayınca, onu almak için Ruby'nin masasına gittim. Arayan numara New York'tandı.

"Alo?"

"Ah, merhaba, June, ben Sharon. Müsait misin?"

"Bir saniye," dedim, telefonu elimle kapatıp Gavin'a dönerek. "Emlakçım."

Gavin, tamam dercesine başını salladı. Yeniden telefona döndüm. "Ee, benim için cazip bir teklifin var mı? Lütfen olduğunu söyle."

"Pekâlâ," dedi Sharon, "ümit verici bir teklif var, ama maalesef cazip değil."

"Ne kadar?"

"İstediğimiz fiyatın yüzde on aşağısı," dedi Sharon. "Bu piyasada bu fiyat hiç de kötü değil. Bence kabul etmeliyiz, June."

"Ama zaten zararına satıyorum," diye karşı çıktım, biraz paniğe kapılarak.

"Sanırım bu piyasadan bekleyebileceğimiz en iyi fiyat bu. Gayet iyi bir teklif, June. Tamamı nakit. Hızlı bir satış olacak."

"Karşı çıkamaz mıyız?"

"İstediğin her şeyi yapabiliriz, ama böyle bir piyasada müşteriyi kaçırmak istemem. Sana kabul etmeni öneririm."

Ruby'nin dönen iskemlesine oturup Gavin'a baktım. Kitaplığın yanında son derece güçlü ve kendinden emin bir şekilde duruyordu. Gülümseyişi bana her şeyin yolunda gideceğini söylüyordu. Ve her nasılsa, öyle olacağını hissettim.

"Tamam, Sharon. Eğer kabul etmemiz gerektiğini düşünüyorsan, edelim."

"Güzel," dedi Sharon. "Öğleden sonra belgeleri sana fakslarım."

Biraz sersemlemiş bir halde telefonu kapattım. "Az önce New York'taki dairemi sattım."

"Harika bir haber," dedi Gavin. "Bunu kutlamamız gerek."

"Pek sayılmaz. Fazlasıyla zararına sattım."

"Ya."

"Kitabevini kurtarmak için yeterli parayı toplayabileceğimi sanmıyorum." Ağlamak ya da gülmek veya her ikisini birden yapmak istiyordum. Derken bir anda gülmeye başladım. Kahkahalarla gülüyordum. Gözlerimden yaşlar boşalana dek güldüm.

"Ne oldu?" diye sordu Gavin. "Bu kadar komik olan ne?"

"Hayatım," dedim. "Tam bir karmaşa."

Gavin gülümsedi. Gözleri pencereden içeri süzülen sabah güneşiyle parlıyordu. "Çok güzel bir karmaşa."

Öğleden sonra Queen Anne Hill'deki bir kuaföre gidip saçlarımı yaptırmak için Gavin'ın arabasını ödünç aldım. Bu ay ne kadar sıkıntılı geçerse geçsin, en azından işlerimi güzel saçlarla ele alacaktım.

Saçlarım biraz kesilip düzeltildikten ve dipleri boyandıktan sonra yeniden Yeşil Göl'e doğru yola çıktım. O sırada Magnusonların evine ne kadar yakın olduğumu fark ederek, eski malikâneye tekrar uğramaya karar verdim.

Arabayı evin önüne park edip, kitabevine zorla girenleri ve Victoria Magnuson'ın kızı hakkında yaptığı gizemli uyarıyı düşündüm. O olayın arkasında gerçekten May olabilir miydi? Evet, mümkündü ama yine de buna pek inanmıyordum. Ne de olsa bana küçük J.P.'nin fotoğrafını ve o notu gönderme nezaketinde bulunmuştu. Başımı iki yana salladım. Hayır, onu yapan May olamazdı.

Anahtarı kontaktan çıkardım. Eve girip onunla tekrar görüşsem ne olurdu ki? Belki J.P. hakkında daha fazla şey biliyordu. Belki benimle paylaşabileceği bir şeyler hatırlamıştı. Arabadan indim ve demir kapıdan girerek, eve uzanan tuğla yolu yürümeye başladım. Bu, aklınıza estiği an uğrayabileceğiniz evlerden değildi. Önceden randevu almalıydınız. Ama şimdi bu formaliteler için vakit yoktu. J.P.'yi bulmam gerekiyordu.

Kapıyı İspanyol bir kadın açtı. "Size nasıl yardımcı olabilirim?" diye sordu ağır bir aksanla.

"Adım, June Andersen. Eğer evdeyse May ile görüşmeyi umuyordum."

Kadın beni kuşkuyla süzdükten sonra başını iki yana salladı. "Bayan Magnuson evde değil. Ben..."

Biraz daha açılan kapının ardında Victoria beliriverdi. "Ben ilgilenirim, Julia," dedi şaşırtıcı bir buyurganlıkla. Her nasılsa onu daha önce gördüğümden farklı, aklı başında ve bilinçli görünüyordu.

"Ama hanımefendi," dedi Julia bir adım gerileyerek.

"Evet," diye devam etti Victoria. "İçeri buyurun, Bayan...?"

"Andersen. June Andersen."

"June," dedi Victoria meraklı gözlerle bana bakarak. Sanki iki hafta önce tanıştığımızı hatırlamıyor gibiydi.

"Evet."

Çalışma odasına geçip oturduk. "Bana ihtiyacınız olursa üst katta olacağım," dedi Julia, Victoria'ya bakarak.

Victoria ona eliyle gitmesini işaret etti. Odanın kapısı kapanır kapanmaz da bana döndü. "Gelmene sevindim."

"Beni içeri davet ettiğiniz için teşekkürler," dedim. "Uğramayı planlamamıştım, ama buralardaydım. Sizinle konuşmam gereken bir şey var."

Victoria ellerini kucağında kenetleyerek, merakla bana baktı.

"Geçmişi yeniden hatırlamanın sizin için zor olabileceğinin farkındayım," dedim.

"Teyzene gitmesine izin vermeliydim," dedi yaşlı kadın dalgın bir şekilde. Yüzüme dikkatle baktıktan sonra bakışlarını odanın bir köşesine çevirdi. Sanki orada, gölgelerin içindeki kocasını ve Ruby'yi görüyor gibiydi. "Bir aile olmalarına izin vermeliydim. Onu Ruby'nin sevdiği gibi sevmedim. Onu hiçbir zaman Ruby gibi tüm kalbimle sevemezdim. Bebeği öğrendiğimde kıskandım ve kendimi küçük düşürülmüş hissettim."

"Canınız yanmıştı," dedim. "Bu gayet doğal bir tepki."

"Evet, ama bununla kalmadım. Onlara bunu ödetmek istedim. Hiçbir zaman boşanmayı kabul etmedim. Anthony'ye hiçbir şey elde edemeyeceğini söyledim." Mendiliyle gözlerini kuruladı. "Planım uzun süre işe yaradı. Ama Ruby hamile kaldığında, Anthony artık parayı umursamaz oldu. Ruby ile birlikte olmak için beni ve sahip olduğu her şeyi bırakmaya kalktı. Elbette gitmesine bu kadar kolay izin verecek değildim. Ona gazetelere gideceğimi söyledim. Onu rezil edeceğimi söyledim. Çaresizlikten gözü dönmüş bir haldeydim ama hiçbir önemi yoktu. Anthony çoktan kararını vermişti. Öldüğü gece, Ruby'ye benden ayrılacağını söyleyecekti. Ölümünden sonra bile bu meselenin ardını bırakmadım. Teyzeni tehdit ettim. Hayatı ona zehretmek istedim."

Bunları duymak ne kadar zor olsa da dinlemeye devam ettim. Ruby'nin acısını içimde hissediyordum.

"Karnında Anthony'nin çocuğunu taşıyor olması aklıma hayalime sığmıyordu," diye devam etti Victoria. "Ona ait böylesine güzel bir parçayı saklayacak olmasından nefret ediyordum."

"Ama sizin de bir kızınız vardı."

"Evet, ama May büyümüştü. Artık kendine ait bir hayatı vardı. Yapayalnızdım. Teyzenin ise her şeye yeniden başlama şansı vardı. Bunu deliler gibi istiyordum."

Anladığımı belirtircesine başımı salladım. Bundan sonra neler anlatacağını beklerken oldukça gerilmiştim.

"Biliyorsun, teyzeni oğlunu vermeye mecbur bıraktım," dedi Victoria. "Hepsi benim tehditlerim yüzündendi. Ona o çocuğu daima takip ettireceğimi düşündürdüm. Çocuğun bir Magnuson gibi büyümeye layık olduğunu, onun Anthony'nin büyüdüğü gibi büyüdüğünden emin olmak için avukatlarımın her şeyi yapacaklarını, en iyi yatılı okullarda okutulacağını söyledim. Tahmin edebileceğin gibi oğlunun hayatına burnumu sokmamı istemedi. Ve bunu asla yapamamam için oğlunu gizlice evlatlık verdi. Beni faka bastırdı."

Başımı iki yana salladım. "Gerçekten o bebeği annesinden almaya çalıştınız mı?"

Victoria bir iç çekti. "Bir ara bunu sahiden yapabileceğimi düşündüm. Sanırım Ruby buna gücümün yeteceğini biliyordu. Tanrı biliyor ya, istediğim şeyi yapmama yetecek kadar param vardı. Ama yıllar geçtikçe kalbim yumuşamaya başladı," diyerek bana doğru eğildi. "June, bilmeni isterim ki o zamanki davranışlarımdan ötürü çok pişmanım. Yaptıklarım iki insanı birbirinden ayırdı, sonra da bir aileyi parçaladı. Asla o şekilde aralarına girmemeliydim. Ve bu pişmanlıklarla mezara gideceğim. Anthony'nin beni affetmiş olması için dua ediyorum."

Gözümden süzülen bir damla yaşı silip, Victoria'nın yanına oturdum. Ardından elini tutarak gözlerinin içine baktım. "Sizi affettiğini *biliyorum*," dedim. "Ruby'nin affettiğini de öyle."

Victoria başını iki yana salladı. "Yaptıklarım affedilemez şeylerdi."

"Hayır," dedim. "Artık tertemiz bir kalbiniz var."

"Keşke geçmişe dönebilseydim," dedi Victoria. "Yaptıklarımı telafi edebilseydim."

Mavi Kuş Kitabevi'ni düşününce gözlerim fal taşı gibi açılıverdi. "Edebilmenizin bir yolu var," dedim. "Kitabevi maddi sıkıntı çekiyor. Yeterli parayı toplayamazsam kapanacak." Onca yıl katlandığı acılardan sonra ondan böyle bir şey istemek tuhaf hissettiriyordu. Ama anlattıkları dönüp dolaşıp bu noktaya gelmişti. "Onu kurtarmak için katkıda bulunmayı düşünür müydünüz?" diyerek durakladım. "Anthony'nin ve Ruby'nin anısına."

"Tabii isterim, hayatım," dedi Victoria. "Ne kadara ihtiyacın var?"

Bu hızlı cevap karşısında şaşırmıştım. O sırada kapının açıldığını duydum. Arkamı döndüğümde May'in kapı eşiğinden bize baktığını gördüm. Şaşkın, biraz da kızgın görünüyordu.

"Anne? Burada ne işin var? Dinleniyor olman gerek."

"Herkes bana dinlenmem gerektiğini söyleyip duruyor," dedi Victoria. "Doksan yaşına geldiğinde, günün her saati bunu duymanın ne kadar can sıkıcı olduğunu göreceksin."

May annesinin yanına gelip ona dikkatle baktıktan sonra kapıda bekleyen Julia'ya döndü. "Julia, annemi yukarı çıkar. Ben birazdan geleceğim."

"Sayıca fazla oldular," diyerek bana göz kırptı Victoria. "Pekâlâ, yine görüşelim, tamam mı?"

"Tamam," dedim gülümseyerek. "Çok teşekkür ederim."

Kapı kapanır kapanmaz, May sert bakışlarla bana baktı. "Açık konuşacağım," dedi. "Annemle görüşmeyeceksin."

"Ama ben..."

"Neden geldiğini biliyorum," dedi May. "Ondan para istediğini duydum."

"Hayır," dedim çabucak. "Öyle bir şey değil. Kitabevi içindi. Ben..."

May'in gözleri alev saçıyordu. "Şimdi buradan gideceksin ve bir daha annemle görüşmeyeceksin."

Başımı iki yana salladım. "Ama o demişti ki..."

"O bir bunak," dedi May. "Ne dediğini bilmiyor," diyerek

başını iki yana salladı. "Yaşlı bir kadından faydalanmaya çalıştığın için kendinden utanmalısın."

"Ama, May, ondan faydalanmıyordum. Ben sadece..."

"Sen sadece kendi çıkarlarını düşünüyordun. Güle güle, June."

Kitabevine döndüğümde, kendimi gururum ve hevesim kırılmış hissediyordum. *Renkli Kedicikler*'i bulup, beni neşelendireceklerini bildiğim mektuplara sarıldım.

21 Ağustos 1946

Sevgili Brownie,

Florida'nın güneşini ne kadar özlüyor olsam da evde olmak güzel. Galiba Seattle'ı sıcak iklimlere nazaran hep daha çok seveceğim. Sanırım güneş ışığı, beraberinde bitmek tükenmek bilmeyen bir hareketlilik getiriyor. Sıcak hava, insanlara sürekli bir şeyler yapmak zorunda olduklarını düşündürüyor. Sıcak iklimde durup dinlenmek yok. Öte yandan gri bulutlarda ve yağmurda, huzur ve sakinlik verici bir şey var. Herkes sıcacık evine girip kitaplarıyla vakit geçiriyor.

Lucille bir kart yollayarak bu kış kocasıyla birlikte ilk bebeklerini beklediklerinin haberini verdi. Kız kardeşim anne olacak! Elbette onun adına son derece mutlu oldum. Ama sadece sana itiraf ediyorum ki bu durum, kendi hayatımı daha detaylı bir şekilde gözden geçirmeme neden oldu. Acaba günün birinde ben de anne olacak mıyım?

Anthony bir daha baba olamayacağını ve olmayacağını açık bir şekilde dile getirdi. Yine de kucağımda bir bebeği, kendi bebeğimi taşımayı hiç arzulamadığımı söylesem yalan söylemiş olurum.

Ancak Anthony'yi sevmeye karar verdiğimde seçtiğim yol buydu. Ama bazen gecenin bir yarısı, kan ter içinde uyanıveriyorum. Hep aynı rüyayı görüyorum: Kollarımda bir bebek var ve biri onu benden alıyor.

Rüyalardan bir anlam çıkarmaya çalışmak aptalca, o yüzden bunu düşünmemeye çalışıyorum. Ayrıca hiçbir zaman anne olamasam bile kitabevi sayesinde tanıma ayrıcalığı yakaladığım onlarca çocuk var. Küçük Loretta Franco, geçen hafta kapıma asmam için bana bir çelenk getirdi. Bir diğer ufaklıksa, bana şimdiye dek gördüğüm en tatlı teşekkür kartını yazdı. Tüm bunlar benim için yeterli olmalı. Öte yandan kalbim, hiçbir zaman tadamayacağımı bildiğim annelik duygusunu arzuluyor.

Pekâlâ, sinirlerini yıprattığımdan endişe ederek konuyu değiştiriyorum. Ah! Bu sabah aklıma bir fikir geldi. Kitabevi için bir etkinlik takvimi hazırlayıp, onu pencereye asmaya karar verdim. Her gün, çocukları dükkâna girmeye teşvik edecek yeni bir şey yapacağım. Salı günleri genç yazarlar etkinliği düzenlemeyi düşündüm. Kendi resimli kitaplarını oluşturmaları için onlara kalemler, kâğıtlar ve boyalar vereceğim. Hep birlikte hikâyelerin konusunu bulabiliriz, sonra da kendi eserleri üzerinde çalışabilirler. Ne kadar eğlenceli olur, hayal etsene!

En kısa zamanda yaz ve bana aklındaki yeni kitap fikrinden bahset!

Sevgiler,
Ruby

Not: Anthony doğum günümün olduğu hafta Chicago'da olacak. Bu da onu yalnız geçireceğim anlamına geliyor.

25 Ağustos 1946

TELGRAF

Alıcı: Ruby Crain
Gönderen: Margaret Wise Brown

İlk uçakla Seattle'a geliyorum. Doğum gününde yalnız kalmana izin vermeyeceğim.

Margaret Wise Brown, Mavi Kuş Kitabevi'ne mi gelmişti? Telgrafları ve Ruby teyzemin mektubunu yeniden okudum. Ama ne bir kitap adı ne de başka bir ipucu vardı. Peki, şimdi ne olacaktı? Kitabevinin geçmişinin hikâyesi beni çağırıyordu. Fakat bir sonraki bölüme nasıl geçeceğimi bilmiyordum.

On Yedinci Bölüm

Omuzlarımı düşürmüş bir halde Antonio's'a girip, mutfaktaki sandalyelerden birine çöktüm.

"Birilerinin biraz şaraba ihtiyacı var gibi görünüyor," dedi Gavin raftaki kadehlerden birine uzanarak. Yeni bir şişe şarap açarak, kadehi kan kırmızı sıvıyla doldurdu. "Ne oldu?"

Bir iç çektim. "Yine Magnusonların evine gittim. Victoria Magnuson ile konuştum."

Gavin sırıttı. "Kraliçe Anne ile mi?"

"Evet," dedim. "Ona kitabevinin durumundan bahsettim. O da yardım etmeyi teklif etti. Yıllarca Ruby'ye yaptıklarını bir nevi bu şekilde ödeyebileceğini söyledi."

"Öyleyse bu iyi bir haber, değil mi?"

"Öyleydi," dedim, "ta ki kızı gelip, beni yaşlı bir kadından para sızdırmaya çalışmakla suçlayana dek."

"Ah," dedi Gavin.

Şarabımdan bir yudum aldım. "May beni anlamıyor. Sanırım babası onu terk ettiği için hâlâ çok öfkeli."

"Gayet mantıklı," dedi Gavin ciddi bir şekilde.

"Bilmiyorum," dedim. "Ben babamı tanımadım bile. Buna rağmen hiç terk edilmişlik gibi sorunlarım olmadı."

Gavin merakla bana baktı. Sanki beni kendimden daha iyi tanıyor gibiydi ve bu biraz sinir bozucuydu. "Olmadı mı?"

"Olmadı," diye yanıtladım. "Babam hakkında bildiğim tek şey, annemle bir barda tanıştıkları ve tek gecelik bir ilişkiden dünyaya geldiğim. Kız kardeşimin babası, en azından o doğduktan birkaç hafta sonrasına kadar bir yere kaybolmamış. Her neyse, ne babamı bulmak gibi bir hevesim var ne de kendimi terk edilmiş hissediyorum. İşte bu kadar."

Gavin tamamen ikna olmamış görünse de, başını olumlu anlamda salladı.

"May'in durumuysa farklı," diye devam ettim. "O, çok sevdiği bir babayla büyüdü. Ama babası hiçbir zaman yanlarında değildi. Sonra da May'in yeterince sevilmemiş hissetmesi yetmezmiş gibi gidip Ruby ile yeni bir aile kurdu," dedim kadehimdeki şarabı döndürerek. "May'in neden incindiğini anlayabiliyorum. Bu kitabevini neden acılarının sebebi olarak gördüğünü anlıyorum. Ama onun değerini halkın gözünden görebilmesini dilerdim. En çok da niyetimin iyi olduğunu görebilmesini dilerdim."

"Kendini bu kadar kötü hissetme," dedi Gavin. "Bu meselenin seninle bir ilgisi yok. Sen sadece elçisin. Bahse varım bunu anlayacaktır."

"O kadar emin değilim," dedim. "Yüzündeki ifadeyi bir görmeliydin."

"Tamam, öyleyse bir B planı yapmamız gerek."

"Parlak bir fikrin var mı?" diye sordum ellerimi havaya kaldırarak.

"Evet," dedi Gavin. "Teyzen ile şu çocuk kitabı yazarının birbirlerine yazdıkları mektupları bulmuştun, değil mi?"

"Margaret Wise Brown."

"Pekâlâ, kitabevine güzel bir çeki düzen verip bir parti düzenleyebiliriz diye düşündüm. Bir yardım toplama etkinliği. Bunun için biletler satabiliriz. Ben hazırlarım. Kitabevinin geçmişiyle ilgili yapacağımız büyük bir duyuru olduğunu söyleyebilirsin. Sonra da teyzen ile yazar arasındaki mektupları açığa çıkarırız."

"Gerçekten dâhice bir fikir," dedim. Aklım öyle hızlı çalışıyordu ki düşünceleri güçlükle yakalayabiliyordum. Kitabevi daha önce basında yer almıştı. Ruby'nin masasının arkasında, *Seattle Times*'ta kitabevi hakkında yayınlanmış, çerçeveli bir makale asılıydı. Seattle'ın sevilen bir kitabevini kurtarma hikâyesi, günümüz medyasının mutlaka ilgisini çekecekti.

"Başlığı şimdiden görebiliyorum," dedi Gavin. "'*İyi Geceler Aydede*'nin Doğduğu Yer Olduğuna İnanılan, Seattle'ın Tarihi Çocuk Kitabevini Kurtarmak İçin Yardım Kampanyası Düzenlendi."

Margaret ve Ruby arasındaki son mektupları hatırlayınca, ipuçlarının sonuna geldiğimi düşünerek endişelendim. Başımı iki yana salladım. "Mavi Kuş Kitabevi'nin, *İyi Geceler Aydede*'nin ilham kaynağı olduğundan emin değilim. Tek bildiğim, teyzemin Margaret'ı aydede ile ilgili bir hikâye yazmaya teşvik ettiği."

"Margaret'ın kitabevini ziyaret edip etmediğini biliyor musun?"

Başımı olumlu anlamda salladım. "Sanırım öyle bir planı vardı. Buraya gelmeyi planladığını söyleyen bir telgraf buldum. Ama gelip gelmediğini bilmiyorum. Mektupların devamını bulamadım."

"Muhakkak gözden kaçırdığın bir şey vardır," dedi Gavin.

Cebimdeki mektup ve telgrafı çıkarıp ona uzattım. "Hayır. Herhangi bir kitap adı geçmiyor," dedim. "Peki, şimdi ne olacak?"

Gavin bir süre sessizce onları okuduktan sonra gülümsedi.

"Dur bir dakika. Burada bahsedilen çocukların yaptığı kitaplara ne diyorsun?" Gavin'ın uzattığı mektubu yeniden okudum: *Salı günleri genç yazarlar etkinliği düzenlemeyi düşündüm. Kendi resimli kitaplarını oluşturmaları için onlara kalemler, kâğıtlar ve boyalar vereceğim. Ne kadar eğlenceli olur, hayal etsene!*

"Harikasın," dedim Gavin'a.

Gavin tencereyi kaynaması için ocağa bıraktı ve birlikte kitabevine koştuk. Merdivene tırmanıp, Ruby'nin küçük müşterilerinin bilhassa onun için hazırladığı 'kıymetli' kitaplarını sakladığı üst rafa uzandım. Kitapları ciltlemek için her yol kullanılmıştı; tel zımba, yapıştırıcı, bant, iplik. Bantları yıllar geçtikçe sararmış, renkli kapaklı bir kitabı elime aldım. Kapağında Bir Geminin Rüyası yazıyordu. "Yazan Jenny Hamilton."

Sayfalarının arasında bir kabarıklık hissettim. İşte, mektuplar oradaydı. Küçük bir sevinç çığlığı atarak onları Gavin'a gösterdim.

"Güzel," diyerek kapıya yöneldi Gavin. "Sos taşmadan önce mutfağa dönmem gerek ama çabuk gel, olur mu?"

Gavin'ın restoranı kendinden emin bir şekilde işlettiğini görmek güzeldi. Bir kitabevi-kafenin ortakları olarak nasıl bir çift olacağımızı düşündüm. Ama işleri aceleye getirmek istemiyordum. "Sen gidip sosunla ilgilen," diyerek sırıttım. Ardından berjer koltuğa koşup merakla okumaya başladım.

2 Eylül 1946

Sevgili Brownie,

Seni havaalanına giden o taksiye binerken ve New York'a giderken görmek çok üzücüydü. Bu hayatımın en güzel doğum günüydü ve ülkenin diğer ucundan gelip beni yalnız bırakmadığın için sana sonsuza dek minnettar olacağım. Dostluğun benim için bir dostluktan daha fazlası, adeta bir kardeşlik.

Mavi Kuş Kitabevi'ni benim kadar sevmene çok mutlu oldum.

Şaşkınlıkla nefesimi tutarak durakladım. Margaret Wise Brown, Seattle'a, Mavi Kuş Kitabevi'ne *gelmiş* ve onu sevmişti.

Anthony beni ilk getirdiğinde (gözlerim bağlı bir şekilde!) burayı seveceğimi anlamıştım. Sence de bazı mekânlar iyi hissettirmiyor mu? Üst kattaki daire çok iyi durumda değil ama zamanla onaracağım. Duvarlar için bir renk seçtim. Günün birinde odanın bir kısmını ofise ya da yatak odasına dönüştürmek istiyorum. Çünkü o odanın boşluğunu ve onun tam ortasında uyumayı seviyorum. Duvarlar bana çok boğucu geliyor.

Anthony seni kaçırdığına üzülecek. Benimle kalmaya geldiğini duyunca çok sevinmişti. Ziyaretinin verdiği heyecandan, çekmecemdeki kurdeleli, küçük kutuyu fark etmemişim bile. Onu biraz önce buldum ve hemen açtım. İçinde Anthony'den bir saat vardı. Cartier. Miami seyahatimizde o saate hayranlıkla baktığımı görmüş olmalı. İtiraf etmeliyim ki hediyemi bulana dek onu tamamen unutmuştum.

Ah, Brownie. Ama beni saatten çok, onun arkasına yazdırdığı şey duygulandırdı. Arkasında, 'Seni zaman duruncaya dek seveceğim,' yazıyor.

Gözlerimde hâlâ yaşlar var. Bu şimdiye dek okuduğum

en güzel cümle. Asla bir yüzük takmayacak olabilirim ama bu saati gururla takacağım.

Ah, unutmadan, aydede hakkındaki yeni kitabın taslaklarını üst kattaki masada unutmuşsun. Onları sana postalamamı ister misin? Yoksa bende kalmalarını mı düşünmüştün? İtiraf etmeliyim ki o sayfaları okumak ve yaratıcılık sürecine şahit olmak için biraz daha vakit kazanmak hoşuma gider. Her zaman çizerler için fikirler üretiyor musun? Sanatsal önerilerine açıklar mı?

Bu yeni kitapla ilgili güzel şeyler hissediyorum. Hikâyedeki çocuk odasının düpedüz huzur veren bir yanı var. Ama bir öneride bulunabilir miyim? Bence duvarlar parlak, zümrüt yeşili olmalı.

Sence de mutluluk veren bir renk değil mi? Ayrıca hayallerimdeki çocuk odasında bir kitaplık ve yatağından yıldızları görebildiğin büyük pencereler var. Belki bir de telefon –dış dünyayla bağlantıyı sembolize etmek için– ve komodinin üzerinde sıcak bir kâse yiyecek. Ufak bir atıştırmalık. Yemek. Sıcaklık. Sevgi. Bir çocuk daha başka ne isteyebilir ki? Daha fazla ne isteyebiliriz?

Çizerinle birlikte her ne yaparsanız yapın, bunun ses getiren bir başarı olacağından eminim. Bittiğinde kitabı görmek (ve tabii ki senin adına raflarımda satmak!) için sabırsızlanıyorum.

Anthony yarın sabah 11 treniyle dönüyor. Onu karşılamak için istasyona gideceğim. Orada ufak da olsa Victoria'ya rastlama ihtimalim olduğunu biliyorum. Eğer gelirse, bunu sırf beni üzmek için yapacak. Yaşadığı hayat bir tiyatro oyunundan farksız. Kocasından boşanmayı kabul etmiyor, ancak başka erkeklerle ilişki yaşıyor. Sana bundan bahsettiğimi sanmıyorum, ama Anthony bir gece eve geldiğinde o erkeklerden biriyle karşılaştığını anlattı. İkisi de mutsuz ve perişan durumda. Ve bazen birbirlerini daha da perişan etmeye kararlı gibi olduklarını hissediyorum.

Mektubuma burada son versem iyi olacak. Masal saatinin başlamasına on beş dakika kaldı ve hazırlık yapmam gerek. Bugün en az bir düzine çocuğu misafir etmeyi bekliyorum.

Seni şimdiden özledim.
Ruby

Not: Valizine Pippi Uzunçorap'ın bir kopyasını koydum. Fırsatın olduğunda mutlaka oku. Onu birkaç ay önce Seattle'daki bir kitap fuarında keşfettim. İsveç'te oldukça popüler olan bir kitabın tercümesi. Tahminimce çok geçmeden Amerika'daki çocuklar tarafından da çok sevilen bir kitap olacak.

12 Eylül 1946

Sevgili Ruby,

New York'a dönüş yolunda soğuk algınlığına yakalandım. Saat öğleden sonra iki ve yataktan daha yeni kalkabildim. Postalarımı almaya çıktığımda mektubunu görmek beni gülümsetti.

Roberta bir bebek bekliyor. Bu sabah bana telefon açıp haber verdi. Böyle bir haber karşısında hissettiklerini açıklaman tesadüf olmuş, çünkü ben de aynı tepkiyi verdim. Hayatım boyunca anne olmak istemediğimi söyler dururdum. Peki ya şimdi? Roberta'nın haberi her şeyi sorgulamama neden oldu. Senin de aynı şeyleri hissettiğini ve bu haberin yüreğimizde ortak bir sızıya sebep olduğunu bilmek, beni biraz olsun avuttu. Seninle sahiden kardeş gibiyiz.

Bu sabah editörüm aradı. Sesimdeki çatlaklığı duyar duymaz, kendime yeteri kadar iyi bakmadığımı söyledi. Tabii ki saçmalık. Daha çok uyumalı ve daha az gezinmeliymişim. Öyle bir hayata hayat mı denir?

Bir iki gün içinde ayağa kalkmış olmam gerek. Seattle'da geçirdiğimiz hafta, bu sinir bozucu hastalığa değerdi. Seni kendi yerinde görmek güzeldi. Kitabevi tıpkı hayal ettiğim gibi, hatta ondan daha sevimliydi.

Evet, aydede kitabının taslağı senindir. Elbette metinde bazı değişiklikler yapacağız, ama onun sende kalmasını istedim. Ne de olsa sen de kitabın oluşum sürecinin bir parçasısın. Belki günün birinde zengin ve ünlü bir yazar olduğumda, onu binlerce dolara satabilirsin. Ha ha!

Oldukça iyi olan önerilerini düşündüm. İlk satırı, 'büyük bir odada' yerine 'büyük, yeşil bir odada' olarak değiştirmeye karar verdim. Kulağa daha neşeli gelmiyor mu? Bir kuş cıvıltısı gibi ağızdan dökülüveriyor. Çok sevdiğin mavi kuşlarınki gibi.

Evet, odada bir telefon olacak. Bir kitaplık. Bir de balon. Belki kırmızı, ne dersin? Ve bir kâse yulaf ezmesi. Belki bir de ayın üzerinden atlayan bir inek resmi, tıpkı Mavi Kuş Kitabevi'nin tam ortasında asılı olan resim gibi.

Pekâlâ, hâlâ üzerinde düşünüyorum ama şimdilik ne kadar belirsiz olsa da bu kitapla ilgili güzel şeyler hissediyorum. Sanki diğer projelerimde olmayan bir ruhu var gibi. Ve onu bir an önce bitirebilmek için endişelenmiyorum çünkü kelimelerin gelip beni bulacağını biliyorum. Hikâye, yazılması gerektiği gibi yazılacak. Bu da bana büyük bir huzur veriyor. Bir sabah gözlerimi açacağımı ve bir kalem alarak kelimeleri kâğıda dökeceğimi biliyorum. İşte hepsi bu kadar.

Ah, evet, Pippi kitabını buldum. Teşekkürler! Haklısın, Amerikalı çocuklar bu küçük, kızıl kafa için deli divane olacaklar. Öyle bir ruhu ve kalbi var ki! Çocukken olmayı arzuladığım türden bir kız. Güçlü ve kendinden emin, nazik ve kararlı. Keşke onu ilk ben bulmuş olsaydım. Her neyse, tavşancıklarımla ve köpeklerimle ilgilensem iyi olacak. Ve aydedeyle.

Sisli bir New York gününden sevgilerle,

M.W.B.

Şaşkın bir halde mektupları kucağıma bıraktım. Ruby teyzem, Margaret Wise Brown'un *İyi Geceler Aydede* fikrini bulmasına yardımcı olmakla kalmamış, onu şekillendirmesine de yardım etmişti. Ve kitabın taslağı, bu çatının altında bir yerde onu bulmamı bekliyordu. Gavin'a söylemek için sabırsızlanıyordum.

Restorana döndüğümde, Gavin kocaman bir mutfak robotunu kurcalamakla meşguldü. Ona mektupta yazanları anlattığımda, yüzü sevinçle parladı. "Kitabevinin geçmişini öğrendiklerinde buraya gelecek olan Seattle'ın tanınmış ve saygın kişilerini düşünsene."

Kendime olan güvenim yerine gelmişti. "Ruby teyzemin masal saatleriyle büyüyen insanlara ulaşabilirsek, onlara çağrıda bulunabilirsek, kitabevini kurtarmak için yardımcı olmak isteyeceklerine eminim."

"Ben de aynen böyle düşünüyorum," dedi Gavin. "İnsanların tekrar buraya gelmesini sağlayabilirsek, onlara kitabevinin önemini gösterip geleceğinden bahsedersek, ona katkıda bulunma gereği hissedeceklerdir."

"Sen harikasın, biliyor musun?" dedim.

"Pek sayılmaz," dedi Gavin. "Sadece önceki hayatımda reklamcıymışım, sanırım."

"Peki, nereden başlayacağız?"

"Pekâlâ, önce dükkâna bir çekidüzen verelim. Belki birkaç yeni raf, biraz da boya. Abartılı hiçbir şey yapmayacağız. Ama insanları buraya çekmek istiyorsak onu güzelleştirmek zorundayız."

"Katılıyorum," dedim.

"Etkinliğin zamanı hakkında ne düşünüyorsun?"

"Bir an önce yapmamız gerek," dedim. "Korkarım banka saldırıya geçmeden önce fazla vaktimiz yok. Ve mutlaka saldırıya *geçeceklerdir*."

"Evet," dedi Gavin. "Grafiker bir arkadaşım var. Davetiye ve posterler için bize yardım edeceğinden eminim. Basın duyurusunu ben yazarım."

"Harika," dedim. "Etkinlik için güzel bir de isim bulmamız gerek. 'Aydan Esinlenenler' ya da onun gibi bir şey," diyerek Gavin'ın yanına sokuldum. "Ruby burada olsaydı ne kadar mutlu olurdu, hayal edebiliyor musun?"

Gavin gülümsedi.

"Ve başarıya ulaşırsak," diye ekledim, "kitabevini ayakta

tutabilirsek, belki güçlerimizi birleştirme planımızı gerçekleştirebiliriz. Tabii eğer istiyorsan."

"İstiyorum," dedi Gavin. Sözleri kulağa samimi geliyordu ama bakışları dalgındı.

"Ne oldu?" diye sordum birden. "Sorun ne?"

Gavin önlüğündeki bir lekeyi kazıyarak, "Yok bir şey," dedi. Bir süre durakladıktan sonra bana baktı. "Dinle, sana söylemek istediğim bir şey..."

Dikkatle gözlerinin içine baktım. Ama benimle göz teması kurmuyordu. "Nedir?"

O sırada mutfak kapısı açıldı ve elinde not defteri olan bir adam içeri girdi. "Rahatsız ettiğim için üzgünüm," dedi. "Kapıyı çaldım ama açan olmadı. Açık olduğunu görünce içeri girdim. Şarap siparişinizi getirdim. Sadece şurayı imzalamanız gerekiyor."

"Tabii," dedi Gavin hızla adamın yanına giderek. Kalemi eline almadan önce gergin bir şekilde alnını ovuşturdu.

"Kutuları nereye bırakayım?"

"Barın yanına bıraksanız olur, teşekkürler," dedi Gavin. Adam çıktıktan sonra tekrar yanıma döndü.

"Şey, ben..."

Yapması gereken işleri olduğundan, şimdilik üzerine gitmemeye karar verdim. Bana anlatması gereken bir şey varsa, zamanı geldiğinde anlatırdı. "Bu akşam gelecek misin?" diye sordum. "Restoranı kapattıktan sonra?"

"Bu akşam gelemem," dedi biraz soğuk bir şekilde. "Ben... hafta sonu yemek ihtiyacını karşılayacağım bir düğün için marinara sosu hazırlamak zorundayım."

"Ya," dedim. "Yardım edeyim mi?"

Gavin gülümsedi. "Teşekkürler, ben hallederim. Ama yarın sana öğle yemeği getiririm. Olur mu?"

"Tamam," dedim. "Yardıma ihtiyacın olursa çağırırsın."

"Çağırırım." Gavin yanağıma hafif bir öpücük kondurduktan sonra kapıya yöneldim.

Yardım kampanyası fikrinin verdiği enerjiyle üç saatimi dükkâna çekidüzen vererek geçirdim. *İyi Geceler Aydede*'yi düşünerek, bir boyacıyla anlaşmaya karar verdim. Duvarların rengini, kitaptaki çocuk odasının duvarlarının zümrüt yeşiline benzetmeye çalışacaktım. Belki perdeleri de yenileyebilirdim. Artık renkleri iyice solmuştu. Halihazırda bir sallanan sandalyemiz, eski bir telefonumuz ve şöminenin üzerinde asılı olan, ay üzerinden atlayan bir inek resmimiz vardı.

Saat dokuz olduğunda akşam yemeği için mola verdim. Hemen yandaki Antonio's'tan gelen kokular, karnımı guruldatmıştı. Restorana uğrayıp mutfakta bir şeyler yemeyi düşünsem de Gavin'ı rahatsız etmek istemedim. Bu yüzden üst kata çıkıp, kendime dondurulmuş yemeklerden birini hazırladım. New York'a gitmeden önce buzdolabını hazır yemeklerle doldurmuştum. Peynirli makarnamı yerken, Ruby'nin eski televizyonunu açtım. Ruby'nin bu koltukta kaç kez oturup, tek başına yemek yiyerek televizyon seyrettiğini merak ettim. Yüreğim öyle sızladı ki göğsümü sıkıca kavrayıp, gözyaşlarımı tutmak zorunda kaldım. Ardından onun sürekli bir şeyler ördüğünü hatırladım. Atkılar. Kazaklar. Eldivenler. Örgü konusunda hiçbir zaman çok iyi olmamıştı. Ördüklerine yakından bakacak olursanız, sağında solunda sökükler, minik delikler ya da topaklar görürdünüz. Ama Ruby'nin yaptığı bir şeyi sevmemek imkânsızdı. Onlar için, "Sevgiyle örüldü," derdi.

Yemeğimi bitirdikten sonra dizüstü bilgisayarımı açtım. Sabah mesajlarımı kontrol etmiş ve biraz hayal kırıklığına uğramıştım. J.P.'nin mesajımı bulma ihtimali düşük olsa da umudumu kaybetmiyordum. Ve mesaj bıraktığım siteyi saat başı kontrol etmemek için kendimi zor tutuyordum. Yine de yatmadan önce siteye hızlıca bir göz atmanın kötü bir fikir olmadığına karar verdim.

Siteye girip profilimi açtım. Profil adımın yanında bir mesaj simgesi vardı. Gelen mesaja heyecanla tıkladığımda, konu başlığında 'J.P.'den merhaba,' yazdığını gördüm.

Selam, panodaki mesajınızı gördüm. Adım, J.P. Seattle'da yaşıyorum. Beni sevgiyle büyüten, iyi yürekli ve harika bir çift tarafından burada evlat edinilmişim. Otuz beş yaşındayım. Harika bir çocukluk geçirdim. Ama yakın zamanda evlatlık olduğumu öğrendim (ailem, biyolojik ailemi bulmaya çalışacağımdan korktuğu için bunu benden saklamış). Anne ve babamı, onların yerine kimseyi koymaya niyetimin olmadığına ikna ettim. Onlar benim ailem. Onların yerini kimse dolduramaz. Yine de nereden geldiğimi öğreninceye kadar rahat etmeyeceğim. Gerçek annemle ilgili çok fazla şey bildiğimi söyleyemem. Beni dünyaya getirdiğinde kırklı yaşlarında olduğunu, bekâr ve tahsilli bir anne olduğunu biliyorum. Bana J.P. adını vermiş. Bu isim anne ve babamın hoşuna gittiğinden, onu değiştirmemişler. Her neyse, şehir merkezinde, Seattle Halk Kütüphanesi'nin merkez şubesinde, okuyucu hizmetleri müdürü olarak çalışıyorum. Buluşmak ve uzun uzun konuşmak isterim. Belki bir kahve içebiliriz. Cevabınızı dört gözle bekliyorum. –J.P.

Mesajı okuduğumda bir sevinç çığlığı attım. *Bu o olmalıydı.* Kütüphaneci. Otuz beş yaşında. Kırklı yaşlarında, tahsilli ve bekâr bir annenin oğlu. Her şey tıpatıp uyuyordu.

Hiç vakit kaybetmeden mesajını cevapladım:

Sevgili J.P. senden haber almak ne güzel! Buluşup daha fazlasını konuşmak için sabırsızlanıyorum! Salı günü saat onda bir kahve içecek vaktin var mı? Seninle kütüphanede buluşabilirim. Teşekkürler, June

Sonraki bir saat boyunca, J.P.'den cevap gelene dek durmaksızın mesajlarımı kontrol ettim:

Sevgili June, senden haber aldığıma çok sevindim. Evet, salı saat onda görüşürüz. Ofisim üçüncü katta. Resepsiyona gidip adımı söylemen yeterli.

Koltuğumdan fırlayıp üzerime bir kazak geçirdim. Saat onu geçmişti. Restoran yeni kapanmıştı ama Gavin'ın hâlâ mutfakta olduğunu ve söylediği gibi sos hazırlamakla uğraştığını biliyordum. O yüzden mutfağın arka kapısının yolunu tuttum. Kapıyı açmaya çalıştım ama kilitliydi. Bu çok tuhaftı. Pencereden içeri göz attım. Mutfak karanlıktı. Gerginliğimle birlikte, kalp atışlarımın da hızlandığını hissettim.

On Sekizinci Bölüm

Ertesi sabah erkenden kalktım ve Green Lake Boyacısı'nı aradım. Kitabevine gelmeleri için bir grup boyacıyla anlaştım. Öğlene doğru geldiklerinde, çalışmaya hevesli görünüyorlardı. İstedikleri ücret uygun olduğundan, kitabevini yeni görünümü için hazırlamaya başlamalarına izin verdim. Önce pencereler ve pencere çerçeveleri bantlanarak kapatıldı. Bir saat içinde ise kitabevi adeta bir inşaat alanına dönmüştü. Her yer merdivenlerle ve boya kovası taşıyan tulumlu adamlarla doluydu. İlk baskılar karşı duvardaki rafta olduğundan, üzerlerine boya geleceğinden pek endişe etmiyordum. Yine de rafın üzerine tedbir amaçlı bir muşamba serdirdim.

Öğle vakti Gavin enfes kokular saçan bir kâğıt torbayla çıkageldi. Sözünü tutmuştu, ama onu görmek midemin kasılmasına neden oldu.

"Selam," dedi kapı eşiğinden.

"Selam," dedim. Ona dün gece neden restoranda olmadığını sormamaya karar verdim. Şimdilik.

"Sana öğle yemeği getirdim," dedi Gavin.

"Haydi, yukarıda yiyelim," dedim. "İlk katı atmaya başlamak üzereler." Ustabaşı düzgün bir adama benziyordu. O yüzden değerli kitapların çalınabileceğine dair bir endişe taşımıyordum. Zaten çoğu insanın onların değerinden bile haberi yoktu.

Üst kata çıktığımızda Ruby'nin mutfak masasını hazırladım. Gavin birkaç yemek paketini açarak gülümsedi. "Açlıktan ölüyorum. Haydi, başla," dedi.

Gavin tabağıma koca bir porsiyon spagetti doldururken, bir parça ekmek kemirmeye başladım. "Bir haberim var," dedim, lokmalarımın arasında.

"Neymiş?" diye sordu gözlerini iri iri açarak.

"Galiba Ruby'nin oğlu J.P.'yi buldum."

"Sahi mi? Harika bir haber!"

"Yarın şehir merkezinde buluşacağız," dedim. "Asıl şunu dinle: *Kütüphaneciymiş*."

"Kadere bak," dedi Gavin.

Sırıttım. "Bir de onun hovarda olduğunu düşünüyordun."

"Hayır," dedi Gavin, ağzındaki lokmayı yutarak. "Ben sadece hovarda olma *ihtimalinin* olduğunu söyledim."

"Çok iyi birine benziyor," dedim. "Zaten hiç hoşlanmadığın bir kütüphaneciyle karşılaştığın oldu mu?"

Gavin bir süreliğine dalgın göründü. "Evet," dedi nihayet. "Bayan Thorndike. Ortaokulumdaki kütüphaneciydi. Ödümü kopartırdı."

"Ah, kes şunu," dedim. "Muhtemelen on yaşındaki oğlanların maskaralıklarından bıkmış usanmış bir kadındı."

"Haklısın," diye onayladı Gavin başını sallayarak. "Sanırım en iyi arkadaşımla birlikte masal saati sırasında bir kertenkeleyi serbest bırakmamızın da faydası olmamıştı."

Gözlerimi devirdim. "Ah, erkekler. Her neyse, J.P.'den çok

umutluyum. Eğer Ruby'nin oğlu bir kütüphaneciyse, yapacağımız ortak işleri bir hayal etsene. Mavi Kuş Kitabevi olarak kütüphane etkinlikleri için kitaplar satabilir, yazları okuma programlarına ve benzer aktivitelere sponsor olabiliriz."

"Kulağa harika geliyor," dedi Gavin. "Ama çok umutlanma, olur mu? Yani, en azından onun doğru kişi olduğundan emin olana dek."

"Biliyorum," dedim. "Ama bu aile sırrının nihayet çözüldüğüne dair içimde iyi bir his var." Salatamı bitirdim. Dün akşam restorana uğradığımda karşılaştığım boş mutfağı düşünmeden edemiyordum. Eski ihanet anıları yeniden üzerime çullanmıştı. Bana akşam sos hazırlamakla meşgul olacağını söylemişti ama orada değildi. Dudağımı ısırdım. "Gavin," dedim biraz çekingen bir şekilde. "Dün akşam saat on gibi restorana uğradım. Mutfakta sos yaptığını sanıyordum. Işıkların sönük olduğunu görünce şaşırdım."

"Ah," dedi Gavin biraz duraklayarak. "Dün çok yorgundum. Akşam çalışmak yerine sabah erkenden gelmeye karar verdim."

Anladığımı belirtircesine başımı salladım. Geçmişin acısını, yıllardır taşıdığım güvensizliği üzerimden atmaya çalışıyordum. Kendime Gavin'ın farklı olduğunu söylüyordum. O bana kesinlikle yalan söylemezdi.

Gavin çalmaya başlayan telefonuna göz atıp, özür dilercesine bana baktı. "Bunu açmam gerek," dedi. "Sen yemeğini bitir. Ben biraz sonra yine uğrarım, tamam mı?"

"Tamam," dedim hayal kırıklığımı belli etmemeye çalışarak. Tabağımdaki spagettiyi isteksizce yemeye başladım. Telefondaki bu kadar önemli kişinin kim olduğunu ve Gavin'ın birdenbire neden bu kadar gizemli davranmaya başladığını merak ediyordum.

"Affedersin," dediğini duydum Gavin'ın alt kata inerken. "Şimdi konuşabilirim."

Bir saat sonra, gözlerimi masadaki İtalyan yemeğine dikerek başımı iki yana salladım. Gavin benden bir şey saklıyordu. Biliyordum. Sakladığı şey Adrianna mıydı? Hâlâ ona karşı bir şeyler mi hissediyordu? Yoksa Adrianna'nın bir sıkıntısı vardı ve Gavin ona yardımcı mı olmaya çalışıyordu? Öyleyse neden bana söyleyemiyordu? Bu sıkıntının üstesinden *birlikte* gelemez miydik?

Topladığım tabakları ve çatal kaşıkları, musluğu damlayan eski, seramik lavabonun içine yığdım. Acaba Ruby benim yerimde olsaydı ne yapardı?

Amy ile kavga ettiğimiz bir günü hatırladım. En sevdiğim kitaplarımdan birini, Laura Ingalls Wilder'ın yazdığı *Küçük Ev*'i almış ve her sayfasını tükenmez kalemle karalamıştı. Hayatım boyunca daima Amy'nin yanında olmuştum, her zaman. Ama benim için oldukça değerli olan bir şeye zarar verdiğinde, ona başka bir gözle bakmaya başlamıştım. Bir iç çekip, Ruby'nin o gün bana söylediklerini düşündüm. Mahvolan kitabı bir kenara koymuş ve yanındaki rafa uzanıp, bana *Küçük Ev*'in yeni bir baskısını vermişti. "Ne kadar vahim görünürse görünsün, hiçbir durum umutsuz değildir," demişti. "Her şeyin bir çaresi vardır, tatlım. Bunu sakın unutma, tamam mı, June?" O an Amy'yi affetmek bir yana, ona bakamıyordum bile. Ama Ruby o konuya da değinmişti. "Bazılarımız, olmamız gereken insanlar olana dek pek çok hata yapmak zorundayızdır. Amy kendi hatalarını yapıyor. Ona karşı sabırlı olalım."

Gözlerimi kapattım. "Ruby," diye fısıldadım, "ne yapacağım ben? Korkuyorum." Gavin'ı düşündüm. "Güvenmekten korkuyorum." Ardından Amy'yi düşündüm. Kitabımı karaladığı günkü halini görebiliyordum. Saçları iki yandan örülmüştü. Ellerinde kırmızı ve siyah mürekkep lekeleri vardı. "Affetmekten korkuyorum."

Ruby'nin kelimeleri yeniden kulağımda çınladı. "Her şeyin bir çaresi vardır, tatlım." Bu beni biraz olsun teselli etmişti. Ruby'nin tavsiyesini yüreğimin derinliklerine, ona ihtiyacım olduğunda tekrar bulabileceğim bir yere sakladım.

Akşama doğru Gavin mesaj attı. "Restorandan ayrılamıyorum. Seni özledim."

Kelimelerinden bir anlam çıkarmak güçtü. Yine de onlara çok fazla anlam yüklememeye çalıştım. Bilhassa Adrianna artık aramızdan çıkmışken. Fakat aşk konusunda ne kadar hassas olduğumu biliyordum. Telefona sarılıp Peter'ı aradım.

"Merhaba," dedim.

"Selam, hayatım," dedi Peter. "Seattle ne âlemde?"

"Artık bilemiyorum."

"Ne oldu?"

"Aslında bir şey olduğu yok," dedim. "Ama bir şeyler yolunda gitmediğinde ve tam olarak neler olduğunu kestiremediğinde nasıl hissettiğini bilirsin, değil mi?"

"Evet," dedi Peter. "O hisse kulak asman gerekir."

"İşte Gavin için böyle hissediyorum. Galiba benden bir şey saklıyor."

"Ne gibi?"

"Tam olarak bilmiyorum," dedim. "Eski sevgilisiyle ilgili bir şey olabileceğini düşünmeden edemiyorum."

"Restorandaki ortağı mı?"

"Evet."

"Ne düşündüğümü sana söyleyeyim, June. Sanırım yaşadığın şeylerden sonra tekrar aptal yerine konmaktan korkuyorsun."

"Bu konuda haklısın," diye onayladım.

"Ama kendini korumak adına etrafına bir duvar ördüğünü ve fazla paranoyaklaştığını düşünüyorum."

"Olabilir," dedim dürüstçe.

"Eğer bu ilişkinin yürümesini istiyorsan böyle yapamazsın. Ona yüzde yüz güvenerek devam etmelisin. Eğer sana bir yerde olacağını söylüyorsa, ona inanmamak için somut bir nedenin olmadığı sürece inanacaksın. Sana Nate ile ilk çıkmaya başladığımız zamanlarda beni aldattığını sandığımı anlatmış mıydım?"

"Hayır," dedim.

"Pekâlâ, sık sık geç saatlere kadar çalışıyordu. Ve bir akşam, önceden planladığımız yemeği bir anda bırakıp gitmek zorunda kaldı. Aklımı kaçıracak gibiydim. Onun başkasıyla görüştüğünü düşünmeden duramıyordum."

"Görüşüyor muymuş?"

"Hayır," dedi Peter. "Meğer otuz beşinci doğum günüm için bir parti planlıyormuş."

"O partiyi hatırlıyorum. O çiçekler, o pasta..."

"Biliyorum, çok emek isteyen bir partiydi."

"Gavin'ın benim için bir parti planladığını hiç sanmıyorum."

"Söylemeye çalıştığım şey bu değil, şapşal. Asıl mesele, işlerin her zaman göründüğü gibi olmadığı."

"Haklısın," dedim. "Gevezeliklerimi dinlediğin için sağ ol."

"Gevezeliklerini dinlemeyi seviyorum. Heteroseksüel olsaydım seninle evlenirdim."

"Ve sonsuza dek mutlu yaşardık," dedim.

"Hayır," dedi Peter. "Bunu Gavin ile yapacaksın. Sadece bekle ve gör."

"Kendinden bu kadar emin olman beni umutlandırıyor."

"Daire için bir teklif var mı?"

"Evet," dedim. "Değerinin altında bir teklif ama kabul ettik. Sharon alabileceğimiz en iyi teklifin bu olduğunu düşünüyor."

"Peki, bunun kitabevine bir faydası olacak mı?"

"Korkarım hayır," dedim. "Dükkânı kurtarsam bile geleceği pamuk ipliğine bağlı olacak. Ama ufak bir umudum var. Ruby'nin uzun zaman önce bir oğlu varmış. Onu zor şartlar altında evlatlık vermiş. Eğer onu bulursam, belki kitabevi hakkında bilgi edinmek ister diye düşünüyorum. Belki de yardım etmek ister."

"Akıllıca," dedi Peter.

"Pekâlâ, göreceğiz. Bir internet sitesinde Ruby'nin oğlunun profiline uyan Seattle'lı bir adama ulaştım. Kütüphaneci olduğunu öğrenince çok şaşırdım. Ama onun *aradığımız* J.P. olup olmadığı henüz belli değil. Yarın onunla buluşacağım. Gavin ve benim bir fikrimiz daha var. Bir yardım kampanyası düzenleyeceğiz. Teyzemin *İyi Geceler Aydede*'nin yazarı Margaret Wise Brown ile görüştüğünü anlattığımı hatırlıyor musun?"

"Evet," dedi Peter. "Nasıl unutabilirim. Harikaydı."

"İşte bunu kullanacağız," diye ekledim. "İnsanların böyle zengin bir tarihi olan kitabevini kurtarmak için yardım etmek isteyeceklerini düşünüyoruz."

"Ne zaman yapacaksınız?"

"Henüz davetiyeleri bastırmadık ama çok yakında, önümüzdeki ay gibi yapmayı planlıyoruz. O zamana kadar kitabevine çekidüzen vermek, davetiye ve basın bültenleri gibi şeyleri dağıtmak için yeterli vaktimiz olacak."

"Tarihi kararlaştırır kararlaştırmaz bana haber ver. Nate ile orada olacağız."

"Gerçekten mi?" diye bağırdım tiz bir sesle. "Bu benim için çok şey ifade eder."

"Lafı bile olmaz," dedi Peter. "Hem başka nedenlerim de var. Nate'in çocukken en sevdiği kitap *İyi Geceler Aydede*'ymiş. Duyunca çılgına dönecek."

"Seni seviyorum, Petey," dedim.

"Ben de seni seviyorum, Junebug."

Nakliyeciler iki gün sonra sabah erkenden geldiler. Kitabevinin önüne yanaşan kamyonu görür görmez kahvemi bırakıp dışarı koştum. Kamyonda çok eşyam yoktu –bir düzine kutunun çoğu kıyafetlerle doluydu– ama onlara kavuştuğum için mutluydum. Artık kendimi resmen taşınmış hissedebilirdim.

Şoförün uzattığı kâğıdı imzaladım. "Onları dükkânın üst katındaki daireye çıkarabilirseniz çok sevinirim. Merdivenler arka tarafta."

Adam özlem dolu bir halde tenteye göz gezdirdi.

"Mavi Kuş Kitabevi," dedi. "Çocukken buraya geldiğimi hatırlıyorum. Annem beni masal saatlerine getirirdi."

"Sahibi Ruby teyzemdi," dedim. "Yakın zamanda vefat etti. Artık burayı ben ayakta tutmaya çalışacağım."

"Vay canına," dedi adam. "Burası anılarımı canlandırdı." Tırnaklarının arası makine yağı, kollarıysa dövmelerle doluydu. Evde kitap okumaktansa, barda vakit geçirmeyi tercih edecek biri gibi görünüyordu. Ama sonra kitapların ayrımcılık yapmadığını hatırladım. Ruby her zaman öyle derdi.

"Keşke artık daha fazla okuyor olsaydım," dedi adam. "Nedense yıllar geçtikçe ilgimi yitirdim."

Keçi sakallı yardımcısıyla birlikte kutuları içeri taşımaya başladılar. Pencerenin yanındaki bir rafın önünde ansızın durdular. Önceki hafta, çocukken *Dev Şeftali*'yi ne kadar sevdiğimi hatırlayıp, rafı Roald Dahl'ın kitaplarıyla doldurmuştum. Dövmeli adam kitaplardan birini eline aldı. "Bu kitabı severdim," dedi. "Tanrım, sırf kapağını görmek bile beni geçmişe götürdü. Bunu bize dördüncü sınıf öğretmenim okumuştu. O günden sonra hep arka bahçemizde bir şeftali ağacımızın olmasını istemiştim."

"Sizde kalsın," dedim.

Adam şaşırmışa benziyordu. "Gerçekten mi?"

"Evet," dedim. Kitabevinin asıl amacının kitap dağıtmak olmadığını biliyordum. Kaldı ki bu, eski bankacı kişiliğimin de onaylamayacağı bir karardı. Fakat nedense o an yapılacak en doğru şey buymuş gibi hissetmiştim.

"Teşekkürler," dedi adam gülümseyerek. Kitabı arka cebine yerleştirdi. "Gerçekten çok naziksiniz."

Adamın biraz önce söylediklerini ve okuma sevgisini tekrar kazanabilmeyi dilediğini hatırladım. Ardından çocuklarının kitap okumadığından yakınan aileleri, yanlarında küçük kardeşleriyle birlikte kapıdan içeri girerken surat asan gençleri ve Ruby'nin onlara söylediği şeyi anımsadım: 'Bir kitap her şeyi değiştirir.'

Nakliyeciler kamyonu boşaltmaya devam ederken gözucuyla Antonio's'a baktım. Bacasından duman tütüyordu. Gavin çoktan gelmiş ve öğle yemeği için fırınları ısıtıyor olmalıydı. Restoranın önüne park edilmiş olan Adrianna'nın arabasını fark ettiğimde ise tepeden tırnağa ürperdiğimi hissettim.

Bir saat sonra nakliyeciler kamyonu tamamen boşaltmıştı. J.P. ile buluşmak için şehir merkezine gitme vaktim yaklaşıyordu. Elbise kazağımın altına bir tayt giydim. Kendimi gergin hissediyordum; hem Ruby için hem de Mavi Kuş Kitabevi'nin geleceği için. Acaba J.P. nasıl biriydi? Ruby'ye benziyor muydu? Tıpkı onun gibi mi gülüyordu? O da Ruby gibi kahvaltıda sandviç yiyor muydu?

Taksi eski kütüphanenin önünde durdu. Pencereden binanın ön cephesinde dizili olan sütunlara baktım. Ardından ücreti ödeyip taksiden indim ve içeri girdim. J.P.'nin üçüncü katta olduğunu söylediğini hatırlayarak asansöre bindim. Asansör kapısı açıldığında kalbim gürültüyle çarpıyordu. Doğruca resepsiyon masasına yöneldim. Bilgisayarın başında koyu renk çerçeveli gözlüğü olan, genç bir kadın oturuyordu. "Yardımcı olabilir miyim?" diye sordu neşeli bir şekilde.

"Evet," dedim. "J.P. ile görüşecektim."

Kadın başını olumlu anlamda salladı. "Gidip çağırayım."

Kadının girdiği odanın kapısına bakarken gergin bir şekilde dudağımı ısırdım. J.P., büyük ihtimalle Ruby'nin oğlu, o duvarın ardındaydı. Yaklaşan ayak seslerini duyduğumda derin bir nefes aldım. Kadın, yanında bir adamla birlikte yeniden belirdi. Uzun boylu ve geniş omuzlu bir adamdı. İnce çizgili, mavi-beyaz bir gömlek giymiş, lacivert bir kravat takmıştı. Oldukça yakışıklıydı. Ve –yüreğimin burkulduğunu hissettim– bir Afro-Amerikan'dı. Ruby ve Anthony Magnuson'ın biyolojik oğulları bu olamazdı.

"Merhaba," dedi J.P. "Sen June olmalısın."

"Evet," diyerek gülümsedim, hayal kırıklığımı belli etmemeye çalışıyordum.

"Görünüşe bakılırsa akraba değiliz," dedi J.P. gülümseyerek. Denzel Washington'ın gençliğini andırıyordu.

Bir süre ne diyeceğimizi bilemez bir halde öylece durduk. Boğazımın düğümlendiğini hissediyor, onun da aynı şekilde hissedip hissetmediğini merak ediyordum.

"Dinle," dedi J.P. "Buraya kadar onca yol geldin. İzin ver sana bir fincan kahve ısmarlayayım. Sonra da etrafı gezdireyim."

Tamam dercesine başımı saldım. "Çok isterim."

Lobide kahvelerimizi içtikten sonra birlikte kütüphaneyi gezmeye, uzun koridorlarda ve kitap rafları arasında yürümeye başladık. "Kitapların insanı iyi hissettiren bir tarafı var," dedim.

J.P. gülümsedi. "Burada çalışıyor olmamın sebebi bu."

Taksi şoförünün tavsiyesini hatırlayarak, "En üst kata çıkabilir miyiz?" diye sordum.

"Tabii," dedi J.P. "Kütüphanenin en sevdiğim kısmını görmeden gitmen olmaz."

En üst kata varmak için bir dizi merdiven çıktık. Seattle'da gri bir gündü, ama dört bir yandaki kurşunlu vitray camlardan içeri ışık doluyordu. J.P. daha az insanın bulunduğu bir köşedeki kanepeyi işaret etti. "Haydi, biraz oturalım."

Başımla onu onayladım. Krom ayakları olan kahverengi, deri kanepeye oturduk. J.P. kahvesini önümüzdeki masaya bıraktı. "Herhalde sen de benim kadar hüsrana uğradın."

"Bu çok kötü," dedim. "Gerçekten o olduğunu sanmıştım."

"O, yani teyzen nasıl biriydi?"

"*Harika* biriydi. Eşsiz biri. Yeşil Göl yakınlarındaki Mavi Kuş Kitabevi'ni o kurmuştu."

"Çocuk kitabevini mi?"

"Evet," dedim. "Orayı biliyor musun?"

J.P. gülümsedi. "Çok tuhaf. Daha birkaç ay önce sahibine bir mektup yollamıştım. Takvimimizdeki bir çocuk etkinliğinde kitap satmak isteyip istemediğini sormuştum. Ama hiç cevap alamadım. Şimdi anlıyorum ki..."

Başımı kederli bir şekilde sallayarak onayladım. "Çünkü o vefat etti."

"Çok üzüldüm," dedi J.P. "Kitabevinin tarihi hakkında bir iki şey okumuştum. 1940'lı yıllardan beri faaliyette, değil mi?"

"Evet," dedim. "Teyzem onu bana miras bıraktı. Ben de yine faaliyette tutmaya çalışacağım. Günümüzde kitabevlerinin yaşadığı zorlukları ve onu açık tutmak için kapatmam gereken borcu düşünürsek, bu zorlu bir iş olacak." Başımı eğerek, kucağımda kenetlediğim ellerime baktım. "Bunu söylemek çok saçma, ama senin o olduğunu sanmıştım. Ruby'nin uzun zamandır kayıp olan oğlunu bulduğumu ve kitabevini kurtarmama yardım edebileceğini düşünmüştüm."

"Çok üzgünüm," dedi J.P. "Herhalde onu aramaya devam edeceksin, değil mi?"

"Deneyeceğim," dedim. "Peki ya sen? Gerçek aileni aramaya devam edecek misin?"

"Sanırım hep arıyor olacağım," dedi J.P. "Çok garip. Güzel bir hayatım var ve harika bir çocukluk geçirdim. Yine de gerçek annemin profiline uyan her yabancının gözünün içine bakmadan ve 'O olabilir mi?' diye düşünmeden edemiyorum."

"Umarım onu bulursun," dedim.

"Teşekkürler," dedi J.P. "Peki, şimdi ne olacak? Yani kitabevi?"

Ona düzenleyeceğimiz yardım kampanyasından ve Margaret Wise Brown'dan bahsettim. J.P.'nin gözleri anında aydınlanıverdi. "Bu inanılmaz bir şey," dedi. "Böyle büyük bir rastlantı, Seattle'da her gün karşılaşılan bir şey değil. Bundan kimseye bahsettin mi? Basından kimse biliyor mu?"

"Daha değil," dedim. "Kitabevini etkinlik için hazırlayana kadar susuyorum."

"Pekâlâ," dedi J.P., "kütüphane olarak elimden gelen her türlü desteği yaparım. Söylemen yeter."

"Çok teşekkür ederim. Bunun benim için anlamını bilemezsin."

J.P. bana dışarı kadar eşlik etti. Yoldan geçmekte olan bir taksiyi çevirdim.

"İletişimi koparmayalım, tamam mı?" dedi J.P.

"Tabii," dedim, bu konuda samimiydim. "Bence birbirimizi hâlâ bir aile gibi görebiliriz."

"Elbette görebiliriz," dedi J.P. "Ne de olsa kuzen sayılırız."

Gülümseyerek taksiye bindim. "Sunnyside Bulvarı'ndaki Mavi Kuş Kitabevi'ne, lütfen," dedim şoföre. Bu sabah umduğum gibi geçmemişti ama umduğumdan çok daha iyi geçmiş gibi hissediyordum.

On Dokuzuncu Bölüm

Kitabevinin önü arabalarla ve yolun ortasına park etmiş bir teslimat kamyonuyla dolmuştu. Ayrıca Adrianna'nın arabasının da sabahtan beri yerinden ayrılmamış olduğunu görebiliyordum. Bu yüzden taksi beni caddenin diğer tarafına, Gepetto'nun oyuncak dükkânının önüne bıraktı. Dükkânın kapısındaki tabelada AÇIK yazıyordu. Amy ile çıkartmalar almak için kırtasiyeye, oradan da Ruby ile oyuncakçıya gitmeyi ne kadar sevdiğimizi hatırladım. Ruby, orta yaşlı ve nazik bir çift olan dükkân sahipleriyle gayet samimiydi. Yine de son gelişimde kadın beni sıcak bir şekilde karşılamamıştı. Koşuya çıktığım bir sabah bana asık bir suratla baktığını ve nasıl kötü hissettiğimi hatırlayabiliyordum.

Taksi ücretini ödeyip indikten sonra oyuncakçıya uğrayıp, kendimi yeniden tanıtmaya karar verdim. Kapı açılırken gürültüyle gıcırdadı. İçeri girip, yakındaki bir rafta duran sürprizli müzik kutusunu görünce gülümsedim. Onları daima karşı konulmaz bulurdum. Kutuyu elime alıp, kurma kolunu çevirmeye başladım. Her zaman olduğu gibi, teneke kutudaki yaylı palyaço bir anda dışarı fırlayıverdi. Kalbimin yerinden oynadığını hissettim. Bu kadar ufak bir şeyin beni böylesine yerimden sıçratabilmesinden nefret ediyordum. O an merak ettim: Mavi Kuş Kitabevi'ni kurtarabilirsem, Ruby'nin mirasına sahip çıkabilirsem, nihayet sağlığımı kontrol altına alabilecek miydim? Endişelerim, huzursuzluğum yok olup gidecek miydi?

"Seni her seferinde yakalarlar," dedi arkamda beliren gri saçlı bir adam.

"Evet," dedim, oyuncağı raftaki yerine bırakırken biraz utanmıştım. "Ben, June Andersen," diyerek adama döndüm, "Ruby'nin yeğeniyim. Kendimi yeniden tanıtmak için bir uğramak istedim. Ruby kitabevini bana bıraktı ve..."

"Elbette seni hatırlıyorum, June," dedi adam. "Ben, Bill." Kahverengi gözleri, dükkânın ışıkları altında parlıyordu. "Kız kardeşinle birlikte buraya gelirdiniz."

"Evet," dedim. "Ben büyük olanıydım."

"Daha uslu olanı," diye ekledi Bill gülümseyerek.

Amy konusunu geçiştirmek isteyerek bakışlarımı kaçırdım. "Kitabevini satışa mı hazırlıyorsun?"

"Satmak mı?" diye sordum. "Bunu nereden duydunuz?"

O sırada arka kapı açıldı ve içeri bir kadın girdi. "Lillian, bu June Andersen. Hatırlarsın, Ruby'nin yeğeni."

Lillian yaklaşarak beni kuşkuyla süzdü. "Bankacı olan mı?"

Başımı iki yana salladım. "Bankacıydım ama istifa ettim. Burada kalıp kitabevinin üst katında yaşamayı ve tıpkı Ruby gibi onu işletmeye devam etmeyi planladığımı bilmenizi istiyorum."

Lillian hayretle Bill'e baktı. Sanki bana güvenip güvenmemek konusunda kararsız gibiydi. Ardından, buz gibi suratında kocaman bir gülümseme belirdi. "Şükürler olsun," dedi. "Bunca zaman o dükkânı bir müteahhide satacağını sanıyorduk."

"Cesedimi çiğnemeleri gerek," diyerek sırıttım.

"Biliyor musun? Sen de tıpkı onun gibisin. Ruby hep öyle söylerdi."

"Son yıllarında onunla yakın mıydınız?"

Lillian evet dercesine başını salladı. "Sık sık ona uğrayıp kontrol ederdim. Bazen kitabevinin önünden geçerken içeri girmemek için kendimi zor tutuyorum. Gittiğine hâlâ inanamıyorum."

"Ben de öyle," dedim. "Bakın, belki bilmiyor olabilirsiniz ama son yıllarda kitabevi bazı maddi sıkıntılarla karşılaşmış. Halkın desteğini toplayabilmek için bir parti, bir yardım kampanyası düzenleyeceğim. Sizin de katılmanızdan onur duyarım."

"Çok isteriz," dedi Lillian.

"Herhangi bir yardımımız dokunursa haber ver," diye ekledi Bill.

"Veririm, teşekkürler," diyerek kapıya doğru döndüm. "Aslında, bir şey var. Tam olarak nasıl söyleyeceğimi bilmiyorum, belki tüm hikâyeyi bilmiyorsunuzdur, ama teyzemin yıllar önce bir çocuğu olduğunu öğrendim." Lillian'ın yüzündeki şaşkın ifadeyi görerek durakladım. "Evlatlık verdiği küçük bir oğlu varmış."

Bill önce Lillian'a, ardından bana baktı.

"Ruby onu bazı nedenlerden ötürü gizlice evlatlık vermiş," diye devam ettim. "Ama onu bulabilirsem, ona Mavi Kuş Kitabevi'nden bahsedebilirsem, benimle güçlerini birleştirip onu kurtarmama yardım edebilir diye düşünüyorum. Adı J.P.."

"J.P. mi?" dedi Lillian.

"Evet. O yıllara dair hatırladığınız herhangi bir şey var mı? Ruby'nin oğlu 1970'te doğmuş. O zamanlar Gepetto açıktı, değil mi?"

"Evet," dedi Bill. Sonra da Lillian'a bakarak, konuşmasını bekledi.

"Çok uzun zaman önceydi," dedi Lillian. "Ruby'nin bebeğini hatırlıyorum..." Sesi canlılığını yitirdi. Sanki çay içmek için kitabevine uğradığını ve Ruby'yi kucağında küçük J.P. ile gördüğünü hatırlıyor gibiydi. "Çocuğuna veda etmenin onun için ne kadar zor olduğunu biliyorum." Bir süre sessiz kaldıktan sonra nihayet, "Üzgünüm," dedi. "Keşke sana daha fazla yardımcı olabilseydim."

"Anlıyorum," dedim, biraz hayal kırıklığına uğramıştım. "Pekâlâ, onu kendi başıma aramaya devam edeceğim. Orada bir yerlerde olmalı."

Lillian başını sallayarak onayladı. Dikkatle yüzüme baktıktan sonra içtenlikle gülümsedi. "Bazen aradığın şey tam da burnunun ucundadır."

"Bir dakika," dedim. "Sanırım Margaret Wise Brown da buna benzer bir şey söylemişti. İnternette ondan bir alıntı okumuştum. 'Aradığınız şey çoğu zaman yanı başınızdadır,' gibi bir şeydi."

"Çok doğru," diyerek gülümsedi Lillian.

"Pekâlâ," dedim, "umalım da öyle olsun. İkiniz de hoşça kalın. Sizi tekrar görmek güzeldi."

"Seni de öyle, June," dedi Bill.

Gıcırdayarak açılan kapıdan çıkıp kitabevine yürüdüm. Anahtarımı kilide yerleştirirken, Antonio's'tan burnuma iştah açıcı kokular geliyor ve Lillian'ın söyledikleri kulağımda yankılanıyordu: *Bazen aradığın şey tam da burnunun ucundadır.*

Yirminci Bölüm

Terzi ertesi gün yeni perdeler için ölçü almaya geldi. Eski perdeleri bir gece önce çıkardığımdan, pencereler şimdi çıplaktı. "Vay canına," dedi terzi kadın. Bir adım gerileyip, caddeye bakan büyük pencereleri hayranlıkla seyretti. "Burada harika görünecekler."

Ona yerde yığılı duran eski perdeleri gösterdim. "Güneş yüzünden renkleri biraz solmuş. Umarım bunlara benzer yeşil ve sarı kumaşlar bulabilirsiniz."

Kadın eski kumaşlara şöyle bir baktıktan sonra bana döndü. "Bu bana neyi hatırlatıyor?" diye sordu. "Durun, söylemeyin." *İyi Geceler Aydede*'nin yeni bir baskısının durduğu rafa doğru yöneldi. "Bu o kitap! Büyük, yeşil oda!"

"Evet," dedim. "Tam da o görüntüyü elde etmeye çalışacağız."

"Neden hiçbir kitabevi bunu daha önce akıl etmemiş ki? Bu hikâyeyi bilmeyen, sevmeyen yok. Harika bir fikir!"

"Önümüzdeki ay düzenleyeceğimiz yardım kampanyasına gelirseniz," dedim, "kitabevinin tüm geçmişini öğrenebilirsiniz. Şimdilik çok fazla şey söyleyemem, ama Mavi Kuş Kitabevi olmasaydı, elinizde tuttuğunuz o kitap hiç basılmayabilirdi."

"Gerçekten mi?" diye sordu kadın hayretler içinde. "Yani bir yardım kampanyası mı düzenleyeceksiniz? Ne için?"

"Kitabevini yaşatabilmek için," diye yanıtladım. "Onu teyzemden miras aldım ve ayakta tutabilmek için paraya ihtiyacım var."

Kadın gülümseyerek bir iç çekti. "Pekâlâ, dikeceğim perdeleri ilk bağışınız olarak sayabilirsiniz," dedi. "Onlardan para almayacağım."

"Vay canına, bu harika. Size nasıl teşekkür edebilirim?"

"Etmeyin," dedi terzi kadın. "Benim için bir zevk. İki küçük çocuğum var ve kitabevlerini çok seviyorlar. Yağmurlu bir günde onları kitap okumaya götüremeseydim ne yapardım, bilmiyorum. Sizin gibi ben de kitabevlerini kurtarmak için mücadele etmek isterim. Ve bu perdelerle bir yararım dokunacaksa onları size hediye ediyorum," diyerek *İyi Geceler Aydede*'yi gösterdi. "Sakıncası yoksa onları dikerken bakmam için biraz bende kalabilir mi?"

"Sizin olsun," dedim.

Kadın başını olumlu anlamda salladı. "Her nasılsa bizdeki baskısını kaybetmiştik. Kızlarım çok sevinecek. Perdeler bir hafta içinde hazır olur."

Birkaç saat sonra, Ruby'nin çanlarının sesini duyarak kapıya baktım. Gavin başını kapıdan içeri uzattı. "Selam," dedi biraz çekingen bir şekilde.

"Selam."

"J.P. ile görüşmen nasıl geçti?"

Ansızın gözlerim parladı. "Unutmamış mıydın?"

"Tabii ki unutmadım. Restoranda biraz fazla işim vardı. Affedersin."

Gavin yanıma gelirken gülümsedim. "Anlaşılan o ki J.P., aradığımız J.P. değilmiş. Ama onunla buluşmakla bir şey kaybetmedim. Aksine, merkez kütüphanenin etkinliklerini yürütüyor ve düzenleyeceğimiz yardım kampanyasında yer almak istiyor."

"Bu harika," dedi Gavin. "Onun Ruby'nin oğlu çıkmamasına üzüldüm. Gerçekten o olmasını umduğunu biliyordum."

"Küçük bir aksilik," diyerek omzumu silktim. "Gerçek J.P.'nin oralarda bir yerlerde olduğunu biliyorum. Onu bulacağım. Bu kadar kolay vazgeçmeyeceğim."

Berjer koltuklardan birine oturdum. Gavin da aynısını yaptı.

"Dün sabah Adrianna geldi," dedi.

Devamında söyleyeceklerini beklerken kalp atışlarım hızlanmıştı. "Biliyorum. Arabasını gördüm."

"İmzalamam gereken belgeleri getirmiş."

"Ne belgesi?"

"Biliyorsun işte, restoranın yarı hissesini bana satmak için."

"Sahi mi? Yani halloldu mu?"

"Evet," diye onayladı Gavin. "Banka hesabımın büyük bir kısmına mal oldu ama restoran artık tamamen benim."

"Nasıl hissediyorsun?"

"Doğru bir karardı," dedi Gavin, "ikimiz için de. Ama aynı zamanda üzücü bir gündü. Antonio's benim olduğu kadar onundu ve ona veda etmenin Adrianna için zor olduğunu biliyorum."

Başımı sallayarak doğruladım. “Baksana, restorana Antonio’s ismini vermeye nasıl karar verdiğinizi hiç sormadım. Sanırım hep Adrianna’nın İtalyan ailesinden birinin ismi olduğunu düşündüm.”

Gavin başını iki yana sallayarak gülümsedi. “Sana anlatmadım mı?”

“Hayır.”

“Ona bir isim koymamıza Ruby yardım etmişti.”

“Ruby mi?”

“Evet,” dedi Gavin. “Açılış yapmamıza sadece birkaç hafta kalmıştı, ama Adrianna ile hâlâ bir isim bulamamıştık. İsim konusunda sürekli tartışıp duruyorduk. Ki bunun ilişkimizin akıbetine dair bir ipucu olması gerekirdi,” diyerek güldü. “Teyzenin bizi karşılamaya geldiği günü hiç unutmayacağım. ‘Ona ne isim vereceksiniz?’ diye sordu. Restoranımızın isimsiz olduğunu itiraf etmeye utanıyorduk. Hemen Antonio’s’u önerdi. Adrianna ile sadece birbirimize baktık ve nihayet hemfikir olduk.”

“Antonio’s, *tabii ya*,” dedim. “Yan tarafındaki restorana onca yıl sevdiği adamın, Anthony’nin adının verilmesini istemiş.”

“Vay canına,” dedi Gavin. “Kırk yıl düşünsem aklıma gelmezdi.”

“Teyzem sırlarla doluydu,” dedim.

“Tıpkı yeğeni gibi,” diyerek göz kırptı Gavin.

“Sır demekle neyi kastediyorsun?”

Gavin şakacı bir şekilde omzunu silkti. “Sende keşfedilecek çok şey var. Her gün yeni bir şey öğreniyor gibiyim.” Ardından kaşları hafifçe çatıldı, yüzünde tedirgin bir ifade belirdi. Saatine bakıp oturduğu yerde gergin bir şekilde kımıldadı. "June, seninle konuşmam gereken bir konu var. Ciddi bir konu."

"Nedir?" diye sordum, biraz hazırlıksız yakalanmıştım.

Gavin cevap vermeye kalmadan, annem kapıda beliriverdi. Bir tayt ve tişört giymiş, saçlarını atkuyruğu şeklinde toplamıştı. Oldukça genç görünüyordu. Ben lisedeyken herkes onun ablam olduğunu sanırdı. Annem onlara gülümserken öfkemi güçlükle zapt ederdim. Ben doğduğumda, o henüz yirmi yaşında bir gençti. Şimdi bile, onca yıl aldığı alkole ve katıldığı partilere rağmen neredeyse hiç yaşlanmamıştı. Sorsanız, bunu her gün içtiği çimen suyuna borçlu olduğunu söylerdi. Zaten on beş yıl önce gittiği rehabilitasyondan beri kendini sağlık uzmanı ilan etmişti. Ama annem gibi güzel bir şekilde yaşlanmak pahasına da olsa, her sabah ıspanak ve lahana suyunu mideye indirebileceğimi sanmıyordum.

"Affedersin, geciktim," dedi annem Gavin'a. "Otobüsü kaçırdım da. Saat üçte dememiş miydik?"

Gavin'a şaşkın bir bakış fırlattıktan sonra anneme döndüm. "Siz tanışıyor muydunuz?"

Gavin, annemin yanıma oturması için ayağa kalktı. Dudağımı ısırmış bir halde bir ona, bir diğerine bakıyordum. Neler olduğuna dair tek bir fikrim yoktu. Gavin benimle göz teması kurmaktan kaçınıyordu.

Annemin canını sıkan bir şeyler olduğunu görebiliyordum. Oldukça gergin görünüyordu ve çattığı kaşları derin bir çizgi oluşturmuştu. "Neler oluyor? Bir sorun mu var?"

Annem nihayet bana dönerek, "Sorun kardeşin, June," dedi.

Başımı başka yöne çevirdim. Ona kaç kere daha söylemem gerekiyordu? Amy ile asla barışmayacağımızın altını kaç kez daha çizmeliydim?

Ancak Gavin araya girerek, yanıldığımı yüzüme vurdu: "Kardeşin hasta. Sana ulaşmaya çalışmış. Söylemeye çalışmış, ama onunla konuşmamışsın. O yüzden beni aradı."

"Seni nereden..."

"Kim olduğumu anlamış," dedi Gavin. "Bir gün seni görmek için buraya gelmişti, ama yoktun. O da restorana uğradı."

"Hasta da ne demek?" *Soğuk algınlığı*, dedim kendi kendime. *Nezle. Hepsi bu.* Annemin her zamanki partilerinden birine gittiği gece Amy'ye göz kulak olduğumu hatırladım. Ateşi vardı. Okuduğum bir resimli kitapta, anne ayının yavrusuna dondurma getirdiğini hatırlamıştım. Ardından Amy'yi kanepeye yatırıp üzerine bir battaniye örtmüş, sonra da kumbaramı boşaltıp köşedeki markete koşarak bir kutu vişneli dondurmayla geri dönmüştüm. Çok sevinmişti.

"Amy meme kanseri, June," dedi annem gözlerimin içine bakarak. "Ben de yeni öğrendim. Bizi endişelendirmek istememiş. Ama artık, çok geç olmadan önce bilmemizi istemiş."

Dizlerimin bağının çözüldüğünü ve midemin bulandığını hissederek koltuğa yığıldım. "Hayır," dedim. "Hayır, olamaz."

"June, bir şey daha var," dedi annem. "Amy hamile. Henüz vakit erkenken hamileliğini sonlandırma seçeneği varmış, ama bunu reddetmiş. Hamileliğini sonuna kadar götürmeye karar vermiş. Bu da hayatta kalma şansının olmayacağı anlamına geliyormuş. Kanser artık kemiklerine sıçramış."

"Hayır," dedim başımı iki yana sallayarak. "Anlamıyorum. Onu kurtaramıyorlar mı? Bu gibi hastalıklar için kemoterapiler, ameliyatlar, radyoterapiler yapmıyorlar mı? Peki ya bebek?"

"Küçük bir kızı olacak," dedi annem gözyaşları içinde. "Bebek iyi olacak. Ama Amy olmayacak. Onkoloğu önümüzdeki hafta sezaryen için tarih verdi. Sonrasında Amy'nin fazla vakti kalmayacak."

Yüzümü ellerimin arasına gömüp, hıçkırarak ağlamaya başladım.

"Sana söylemeye çalışmış, June," dedi annem.

Gavin omzuma dokundu. "Geçen gece onu görmek için hastaneye gittim," dedi. "Restoranda olmadığım gece. Onu görebilirsem, mesajını sana iletebilirim diye düşündüm. June, seni öyle çok görmek istiyor ki. Seni görebilmek için yalvarıyor."

Gözlerimi ileriye dikip, boş boş baktım. "Mektuplarını okumadım. Ona çok öfkeliydim. Hâlâ öyleyim. Ama şimdi... Şimdi, ben..."

"Belki de artık onu affetme zamanı gelmiştir, June," diye fısıldadı Gavin. Bunları Gavin söylüyordu, evet, ama ben Ruby'nin sesini duyuyordum. Ruby, hâlâ şansım varken kardeşimi affetmem için bana yalvarıyordu, duyuyordum. "İkinizin arasında ne yaşandı bilmiyorum," diye devam etti Gavin. "Ama siz kardeşsiniz."

"Biliyorum," dedim ağlayarak. "Biliyorum. Ben de istiyorum." Kazağımın koluyla gözlerimi sildim.

"Öyleyse bugün benimle hastaneye gel," dedi annem. "Gel ve ona kendin söyle. Çok geç olmadan."

Gavin pantolonunun cebinden anahtarlarını çıkardı. "Arabam arka tarafta. Hemen şimdi gidebiliriz."

"Tamam," dedim Gavin'ın elini sıkıca tutarak.

Dükkânı kilitledikten sonra annemle birlikte Gavin'ı takip ettik. Aracı restoranın arkasındaki ara sokağa park etmişti. Vakit kaybetmeden arabaya bindik. Hastane yolunda, Amy ile bağımızın sonsuza dek koptuğu o güne geri dönmüştüm.

Beş Yıl Önce

"Bugün erken kaçıyorsun," dedi Arthur ofisimin kapısına yaslanarak.

"Evet, affedersin," dedim. "Kız kardeşimin doğum günü. En sevdiği yemek ve pastayla ona sürpriz yapacağım."

"Bana da bir dilim ayır," dedi Arthur. Şükürler olsun ki bugün keyifli günündeydi.

"Ayırırım."

Saat dörttü. Yeterince hızlı olursam, Amy saat altıda eve gelmeden önce pastaneden pastayı –hindistancevizli, en sevdiği– alabilir ve markete koşup lazanya için gereken malzemeleri toplayabilirdim. Amy her zaman 5:40 trenine biniyor ve tahminen altıyı çeyrek geçe evde oluyordu.

Market reyonunda hızla ilerleyerek alışveriş arabamı mozarella peyniri, parmesan, domates sosu ve erişteyle doldurdum. Amy'nin Sezar salatasını ne çok sevdiğini bildiğimden, bir de marul aldım. Bir hevesle, kasanın yanındaki balonlardan ikisini de aldıklarıma ekledim. Birinin üzerinde 'Mutlu Yıllar!' diyen bir Scooby Doo resmi vardı.

Kasiyer aldıklarımı kasadan geçirirken parmağımdaki nişan yüzüğümle oynayarak Ryan'ı düşünmeye başladım. Son zamanlardaki tuhaf davranışlarını düğün planlarının getirdiği strese yoruyordum. Ailesi New York'ta, Plaza Otel'de evlenmemizi istiyordu. Ve önümüzdeki yaza kadar uygun tarih olmadığından, nişanımızı bir yıl daha uzatmak zorunda kalacaktık. Bana kalsa belediye binasında bir nikâh kıyar, sonra da uçağa atlayıp bir haftalığına Meksika'ya giderdim. Ryan'ın ailesini memnun etmek istemesini anlayabiliyordum, ama benimle gerçekten evlenmek isteseydi... Başımı iki yana sallayarak, kendime beni ne kadar çok sevdiğini hatırlattım. Bir yıl önce bana evlenme teklif ettiğinde, 'Sen beni tamamlıyorsun,' demişti. Evet, bu *Yeni Bir Başlangıç* filminden alıntıydı. Ama yine de bana romantik ve anlamlı gelmişti. Ryan'ın birilerine bağlanma problemi vardı, hep öyle olmuştu. Ama şimdi *bana* bağlanıyordu. Sonsuza dek.

Alışveriş torbalarını kucaklarken, stres yapmayı bırakmaya karar verdim. Er ya da geç evlenecektik ve her şey yoluna girecekti. Bleecker Caddesi'ni hızla geçip, Manolya Pastanesi'ne girdim ve parasını önceden ödediğim hindistancevizli pastayı paketlettim. Pasta kutusunu, alışveriş torbalarını ve balonları dengede tutmaya çalışarak, altı blok daha yürüyüp eve vardım. Bu gibi günlerde asansöre şükrediyordum.

"Taşımana yardım edeyim mi?" diye sordu kapıcımız Glen.

"Hayır, iyiyim, teşekkürler," diyerek, yan dairemizde oturan yaşlı Bayan Hornsby'nin yanına sıkıştım.

"Parti mi düzenliyorsunuz?" diye sordu Bayan Hornsby. Gençlerin maskaralıklarından yakınan eski neslin yaptığı gibi beni kuşkuyla süzdü.

"Evet," dedim. "Kız kardeşimin yirmi altıncı yaş günü. Ona sürpriz bir akşam yemeği hazırlayacağım."

Bayan Hornsby somurtarak ofladı. "Umarım yüz kişi davet etmemişsinizdir."

"Merak etmeyin," dedim. "Sadece nişanlım ve kardeşimin birkaç iş arkadaşı olacak. Gürültü yapmayacağız."

Rahatlayarak gülümsedi. Geçtiğimiz hafta iş gezisine gittiğimde Amy bir akşam yemeği partisi vermişti. Ve belli ki biraz gürültülü bir parti olmuştu. Pazar günü döndüğümde, Bayan Hornsby beni koridorda yakalayarak Amy'nin partisinden bahsetmeyi kendine vazife edinmişti. "Yargılamıyorum," demişti. "Siz kızlar, benim hiç yaşamadığım bir yaşam tarzı sürüyorsunuz. Ama kız kardeşin centilmen arkadaşlarını ağırlayacaksa, ona biraz sessiz olmasını söyler misin, lütfen? Bilmem anlatabiliyor muyum?"

Önceleri Bayan Hornsby'nin dediklerini gülerek geçiştirmiştim. Ne de olsa bağnazlığı yüzünden, bir keresinde Victoria's Secret kataloğuna göz atan bir kapıcının işten kovulmasına neden olmuştu. Ama Amy'nin hiç 'centilmen arkadaşları' yoktu. En azından ben öyle biliyordum. Belki de biriyle flört ediyordu ve bana bundan bahsetmemişti. Ancak birbirimize her şeyi anlattığımız için böylesi tuhaf olurdu.

O akşam Amy'ye Bayan Hornsby'nin anlattıklarını sormuştum. Utangaç davranışlar sergilemiş, sonra da bir film izlediğini ve sesini biraz fazla açtığını söylemişti. Anlattıklarını tuhaf bulsam da üzerinde durmamıştım.

Saatime göz attım. Amy gelmeden önce evi süslemek ve lazanyayı fırına vermek için bir saatim vardı. Anahtarımı kilide yerleştirdim ve tepemde yükselip alçalan balonlarla birlikte içeri girdim. Alışveriş torbalarını kapı ağzına, pastayı da sehpaya bıraktım. Ayakkabılarımı çıkarmak için arkamı döndüğümde, ahşap döşemenin üzerindeki erkek ayakkabılarını fark ettim. Ryan'ın İtalya'dan aldığı ayakkabılara benziyorlardı. Salona doğru başımı uzattım. *Ryan evde miydi? İçeri nasıl girmişti?*

Hâlâ elimde tuttuğum balonlarla oturma odasına girdim. Amy'nin mavi, kalem eteği (ödünç almama asla izin vermediği eteği) yerde, bir erkek pantolonunun yanı başındaydı. Kulağıma sesler, kahkahalar geliyordu. Kalbim hızla çarpmaya başladı. Amy bir odadan dışarı fırladı. Boynundaki kravattan başka üzerinde hiçbir şey yoktu. Lacivert ve eflatun çizgili bu kravatı, Ryan'a beş yıl önce hukuk fakültesine giriş sınavını geçtiği gün almıştım. Amy'nin benimkilerden çok daha iri olan göğüsleri, ipek kravatın iki yanında iki kusursuz kavun gibi sallanıyordu. Benimle göz göze geldiğinde dehşete kapılarak nefesini tuttu. "June! Eve gelmene daha... çok var sanıyordum!"

Ryan da benzer bir şekilde, üzerinde çoraplarından başka hiçbir şey olmaksızın odadan çıktı. "June," dedi. "Açıklayabilirim. Ben, ben... June, lütfen bizi affet. Kendimize hâkim olamadık. Biz..."

Amy ağlıyor, Ryan telaşla üzerini giyiniyordu. Çok geçmeden daire kapısının kapandığını duydum. Hareket edemiyordum. Öylece donup kalmıştım. Scooby Doo balonu, üzerinde 'Sen EN İYİSİSİN' yazan diğer balonla birlikte tepemde uçmaya devam ediyordu.

"June, ne düşünüyordum bilmiyorum," dedi Amy ağlayarak. "Birdenbire oldu! Kendimi berbat hissediyorum. Beni affedebilecek misin? Lütfen affedeceğini söyle. Lütfen, ikimiz için de hiçbir anlamı yoktu."

Ve o an balonları bıraktım.

"Onkoloji bölümünde," dedi annem hastaneye vardığımızda. "Beşinci kat."

Tamam dercesine başımı salladım. Bacaklarımın kurşun gibi ağırlaştığını hissetsem de yürümeye devam ettim. Amy ile yüz yüze gelmeye hazır olduğumdan emin değildim. Ama daha fazla düşünmek için vakit yoktu. Büyük ihtimalle, ya şimdi ya da hiçti.

Gavin ile birlikte annemi takip ederek asansöre, oradan da beşinci kattaki danışma masasına yöneldik. "Amy Andersen'ı görmeye geldik," dedi annem danışmadaki hemşireye.

"Ah, güzel," dedi hemşire. "Biraz neşelenmek ona iyi gelecek. Zor bir gün geçirdi."

Bunun ne anlama geldiğini merak etmiştim. Amy acı mı çekiyordu? Yoksa bebeği tehlikede miydi? Koruma içgüdüm bir anda devreye girmişti. En yakındaki doktora koşup yakasına yapışmak ve onu Amy'nin odasına sürükleyerek, 'Bu benim minik kız kardeşim. Ve o hasta. Onu tedavi et! Lütfen, iyileştir onu!' diye bağırmak istiyordum. Amy'nin odasına giden uzun koridor boyunca yürürken, Gavin'ın koluna sıkıca yapıştım. Geçmişin acısı her nasılsa yok olmuş, hiç kaybolmayan kardeş sevgim gün yüzüne çıkmıştı. *Sadece birkaç adım uzağımda*, dedim içimden. *Benim Amy'm.*

Gerçek şu ki –bunu kibarca nasıl söyleyebilirim, bilmiyorum– Ryan aşağılık herifin tekiydi. Sonradan öğrendiğime göre bu beni ilk aldatışı değildi. Bunda Amy'nin de bir o kadar suçu olmasına karşın, Ryan'ı daha çok suçluyordum. Bir yanım, o gün o manzarayla karşılaştığım için gerçekten şükrediyordu. Ne kadar rezil bir manzara olsa da hayatımın akışını değiştirmişti. Eğer o gün yaşanmasaydı, bugün burada olmayabilirdim. Başımı kaldırarak Gavin'ın güçlü, kendinden emin yüzüne ve gözlerindeki şefkate baktım.

Annem 523 numaralı odanın önünde durup, kapının kulpuna uzandı. "Hazır mısın?"

Evet dercesine başımı salladım. "Amy, ben annen," dedi annem içeri girdiğimizde. Yatağının etrafındaki perde çekili olduğundan, henüz onu göremiyordum. "Sana bir misafir getirdim."

"Anne, hayır," dedi Amy. "Berbat görünüyorum. Ben..." Annem perdeyi açtığında Amy ile göz göze geldik.

Şişkin karnını saymazsak oldukça zayıf, şimdiye dek hiç görmediğim kadar zayıftı. Yüzü aşırı derecede solgundu. Vapur iskelesinde karşılaştığımız o gün, kazağının hamileliğini sakladığını fark ettim. O gün biraz sıska görünüyordu, ama şimdi? Görünen o ki arsızca yayılan kanser, onu birkaç hafta içinde on yıl yaşlandırmıştı.

"June," dedi Amy gözyaşları içinde. Kollarını bana uzattığı an, karşımdaki hasta kadın kaybolmuş ve onun yerine örgülü saçlarıyla, tombul yanaklarıyla, elinde sıkı sıkı tuttuğu oyuncak bebeğiyle, dört yaşındaki küçük kız kardeşim gelmişti.

"Ah, Amy," diyerek gözyaşlarına boğuldum. Ona sokularak başımı göğsüne yasladım. Derinlerden, Amy'yi sevmekten hiç vazgeçmediğim ve onu çoktan affettiğim bir yerden gelen gözyaşlarıyla ağlıyordum. Hayır, ona olan sevgim asla ölmemiş, asla dalında solmamıştı. Onca zaman güneşsiz ve susuz yaşamayı başarabilen o minicik, yeşil filiz hiç kaybolmamıştı. Ve şimdi de bereketli toprağına kavuşmuştu.

"June, ne olur yaptığım her şey için beni affet, ben..."

Parmağımı Amy'nin dudaklarına götürerek onu susturdum. "Çoktan affettim. O kadar kalın kafalıyım ki seni kaybedeceğimi düşünmeden, surat asmaya bir son verme vaktinin geldiğini fark edemedim. Tatlım, değerli zamanımızı ikimizin de unutmak istediği şeyleri konuşarak harcamayalım."

Amy başını sallayarak onayladı. "June, bir bebeğim olacak. Minik bir kız."

"Biliyorum," dedim ağlayarak. "Annem söyledi."

"Teyze olacaksın," dedi Amy. "June Teyze."

"Kulağa hoş geliyor."

Amy'nin gülümsemesi yavaşça solarak kayboldu. "Biliyorsun, fazla zamanım kalmadı. Bebeğim için bir plan yapmak zorundayım."

"Amy, yapma, bunları şimdi..."

"Ama konuşmak zorundayız," dedi Amy. "Gerçeklerle yüzleşmek zorundayız. O doğduktan kısa bir süre sonra öleceğim. Bundan kaçış yok. Ve onun için plan yapmam gerek. Kimsesi yok."

"Peki ya...?"

"Babası mı? Kaçıp gitti. Onunla bir barda tanıştım, June. Kötü biri değil, ama bununla yüzleşmeye hazır değildi. Annem bazı yasal belgeler hazırlamama yardımcı oldu. O da onları imzalayarak babalık haklarından feragat etti. Böylesi daha iyi. Ben öldükten sonra beş yıl içinde ansızın çıkagelip, 'O benim kızım,' demeyeceğini ve onu buradan koparıp götürmeyeceğini bilmeye ihtiyacım vardı. Buna izin vermeyeceğim."

"Peki, *ne* istiyorsun, Amy? Söyle bana, annemle onu gerçekleştirelim."

Amy önce anneme, ardından bana baktı. "June, *senden* onu büyütmeni istiyorum."

"Ben mi?"

Gülümsedi. "Beni sen büyüttün sayılır."

Annem başını sallayarak onayladı. "Sen büyüttün. Ve harika bir iş çıkardın."

"Ama ben... ben bebekler hakkında hiçbir şey bilmiyorum."

"İlk zamanlar kimse bilmez," dedi Amy.

"Ona hak ettiği hayatı verememekten korkarım. Annem sana söyledi mi bilmiyorum, ama kitabevi ciddi maddi zorluklarla karşı karşıya. Ya ben..."

"Bir yolunu bulursun, June," dedi Amy. "Hep bulmuşsundur." Kendi kendine gülümsedi. "Ağustosun ortasında buzdolabının bozulduğu günü hatırlıyor musun? Annem yoktu. Telefon rehberini çıkarıp bir tamirci çağırmıştın. Bizden tamir ücreti almamıştı. O zaman kaç yaşındaydın, on mu?"

"Dokuz," dedim, tamirciye kumbaramdaki bozukluklarla ödeme yapmaya çalıştığımı hatırlayarak.

"June, senden kızımı büyütmeni istiyorum." Yanağından süzülen bir damla gözyaşı, koluna bağlı olan hortumun üzerine damladı. "Yapar mısın?"

Güçlükle yutkundum. "Amy, bundan büyük onur duyarım."

Amy elimi tutarak sıktı. "Teşekkür ederim."

Başımı Amy'nin karnına yasladım. "Merhaba, küçük hanım," dedim. "June teyzen konuşuyor. Biliyor musun? Seninle çok eğleneceğiz. Sana annenle ilgili her şeyi anlatacağım." Gözümden akan bir damla gözyaşını silerken, Gavin'ın elini omzumda hissettim. "Sana onun oyuncak bebeğinin saçlarını nasıl tıraş ettiğini ve doğum günüm için zencefilli kek yaptığı, ama zencefil tozu yerine sarımsak tozu kullandığı günü anlatacağım."

Amy güldü.

"Ve seninle bir zamanlar annenle yaptığımız gibi Yeşil Göl'ün etrafında yürüyeceğiz. Ördekleri yemleyip, kitap okuyup, müzik dinleyip, dans edeceğiz. Annen dans etmeyi çok seviyor. O tanıdığım en iyi dansçı. Sen de öyle olacaksın. Aynı zamanda çok da güzel şarkı söyler. Gerçi arada bir sözlerini yanlış söylediği olur." Amy'ye dönerek gülümsedim. "'Ne Harika Bir Dünya'yı nasıl söylediğini hatırlıyor musun?"

Amy güldü. "Işıkla kutsanmış günler, köpekler iyi geceler der."

"Ve düşünürüm kendi kendime," diye devam ettim titrek

bir sesle. Gözyaşlarıma hâkim olmakta güçlük çekiyordum. "Ne harika bir dünya diye. Ona harika bir hayat vereceğim, Amy. Söz veriyorum yapacağım."

Amy başını olumlu anlamda salladı. "Yapacağını biliyorum. Sen benim olabileceğimden çok daha iyi bir anne olacaksın."

"Bu doğru değil, tatlım," dedim.

"Doğru," diye ısrar etti Amy.

"Ona ne isim vereceksin?"

Amy derin bir nefes aldı. Önce anneme, sonra bana baktı. "Ona Ruby adını vermek istiyorum."

"Evet," dedim. "Mükemmel." Elimi Amy'nin karnına koyarak yeğenimi hayal ettim. Annesi gibi coşkulu, büyük-büyük teyzesi gibi azimli... "Evet. Minik Ruby."

Yirmi Birinci Bölüm

Güzel bir salı sabahı Minik Ruby aramıza katıldı. Hemşireler nihayet onu görmem için hastane odasına girmeme izin verdiklerinde, Amy hep birlikte Ruby Tuesday'de öğle yemeğine gitmemiz gerektiğini söyleyerek şaka yaptı.

Minik Ruby, koyu renk saçları ve annesininkiler gibi mavi gözleri olan güzel bir bebekti. Ruby teyzenin çıkık elmacık kemiklerini almıştı. "Onu şimdiden sevdim," dedim Amy'ye.

"Onu emziremiyorum," dedi Amy gözyaşları içinde. "İlaçlarım yüzünden onu emzirmeme izin vermiyorlar. Bebeğimi besleyememek beni öldürüyor."

"Tatlım, bunun için kendini üzme," dedim.

"Ama onun için her şeyin mükemmel olmasını istiyorum," dedi Amy ağlayarak. "Ve daha şimdiden..."

"Mükemmel diye bir şey yok," dedim. "Bunu şimdiden öğrenmesi, hayatın bir gün mükemmel olacağına dair yanlış fikirlere kapılmasından iyidir. Hayat kocaman, güzel bir karmaşadan ibaret. Darmadağın, trajik, harika ve esrarengiz. En azından bana öyle görünüyor."

"Bunu bir kenara yazmalısın," dedi Amy. "Kulağa bir çocuk masalı gibi geliyor."

Başımı sallayarak onayladım. "Öyle oldu, değil mi?" Amy'nin bebeğine sarılışını seyrederken hâlâ ağladığını gördüm. "Ne yapmamız gerek biliyor musun? İyi ve güzel şeylere odaklanmalıyız. Onların tadını çıkarmalıyız." Ruby'nin ayaklarını gösterdim. "Mesela şu ayak parmaklarıyla başlayalım. Daha önce hiç bu kadar sevimli parmaklar görmüş müydün?"

Amy kıkırdadı. "Hayır, kesinlikle muhteşemler."

"Ya şu ellere ne demeli?" diye sordum, Amy için tüm cesaretimi toplayıp, sesimin titremesine engel olmaya çalışıyordum. Onun için bunu yapabilirdim. "Zamanla maniküre ihtiyacı olacak. Ama şu muhteşem, uzun parmaklara bir bak. Baksana, işaret parmağını nasıl da uzatıyor."

Amy sırıttı. "Şimdiden bize emirler yağdırmaya başlayacakmış gibi."

Başımı sallayarak onayladım. "O bir ilk doğan."

Minik Ruby için aldığım hediyeyi hatırlayarak, çantamdan çıkardığım paketi Amy'ye uzattım.

"Onu kucağına almak ister misin?" diye sordu Amy. Bugün, düne nazaran çok daha halsiz görünüyordu. Yanakları iyice çökmüş ve solmuştu.

"Çok isterim," dedim, kundaktaki yeni doğmuş bebeği kucağıma alarak. Önce kendimi tedirgin hissettim. Ama onu kollarıma aldığımda, sanki bunu daha önce binlerce kez yapmış gibiydim. Kollarım kendiliğinden doğru yerlerini buldular ve burnumu yanağına bastırarak, kokusunu içime çektim. Minik Ruby'nin şeftali ve yeni yıkanmış çamaşırlar gibi tatlı bir kokusu vardı. Mışıl mışıl uyuyordu. Amy'nin yatağının yanındaki sallanan sandalyede sallanmaya başladığımda uyanıp, gözlerini iri iri açarak bana baktı.

"Hey! Merhaba Ruby Hanım," dedim. "Ben, June teyzenim. Birlikte bol bol vakit geçireceğiz, sen ve ben." Amy için güçlü durmaya çalışıyordum. Ama geçen her saniyeyle birlikte yüreğim parçalanıyordu.

Amy hediye paketini açarak, içinden *İyi Geceler Aydede*'yi çıkardı. "Unutmamışsın," dedi bana dönerek.

"Geceleri seni sakinleştirebilen tek hikâyeydi," dedim.

"Her sayfada fareyi nasıl aradığımızı hatırlıyor musun?"

"Çok hoşuna giderdi," diyerek gülümsedim. "Benim de öyle."

"Ona okur musun, June?" dedi Amy kitabı bana uzatarak. "Bir zamanlar bana okuduğun gibi."

Sayfaları görebilmesi için Minik Ruby'yi nazikçe koluma yasladım ve biricik yeğenime ilk hikâyesini okumaya başladım.

"Büyük, yeşil bir odada..." diye başladım.

Amy ağlıyordu. Bense ağladığımı ona göstermemeye çalışıyordum.

İki hafta sonra, Gavin ile hastaneye doğru yol aldığımız sırada, annem çılgına dönmüş bir halde beni aradı. "Onu kaybettik," dedi ağlayarak.

O an Amy'nin yanında olamadığım için kendimi berbat hissediyordum. Onun son nefesine, gözlerini son kez kırpışına şahit olabilecekken, eve gidip duş almayı seçtiğim için berbat hissediyordum.

"Ah, anne," dedim gözyaşları içinde.

Arka plandaki bebeğin çıkardığı neşeli sesleri duydum. "Güçlü olmak zorundayız," dedi annem. "Minik Ruby için."

"Evet," dedim kendimi toparlayarak. "Haklısın."

"Amy bizden bunu isterdi."

Telefonu kapattığımda Gavin elimi tutarak, "Çok üzgünüm," dedi.

"Ben de."

Amy gitmişti. Benim küçük kız kardeşim artık yoktu. Küçükken okul bahçesinde onu zorba çocuklardan koruduğum zamanları hatırladım. Şimdiyse bir zorba onu alıp götürmüştü: Kanser. Hamileliği süresince pusuda beklemiş, sonra da hiç vakit kaybetmeden üzerine çullanmıştı. Hiç değilse Minik Ruby sağ salim dünyaya gelene dek bekleme nezaketini göstermişti.

Amy cenaze töreni yapılmasını istememişti. Bu yüzden anma konuşmalarımızı defin gününe sakladık. Bir avuç arkadaşının ve aile bireylerinin önünde bir konuşma yapmaktansa, Amy'nin tabutunun üzerine bir buket pembe gül bıraktım ve dizlerimin üzerine çöküp doğrudan onunla konuşmaya başladım.

"Canım kardeşim," dedim gözyaşları içinde. "Bugünün geleceğini hiç düşünmemiştim. Önce benim ölmemin gerektiğini bilmiyor muydun? Ablaların küçük kardeşlerini toprağa vermemeleri gerekir." Kendi kendime gülümseyerek, yanağımdan süzülen bir damla yaşı sildim. "Ama bunun için seni affedeceğim. Tıpkı oyuncak hayvanımı çaldığın, en sevdiğim kitabımı karaladığın ve kırmızı, kadife elbisemi makasla kestiğin zamanlar affettiğim gibi. Neden bahsettiğimi biliyorsun. Ve seni daha büyük şeyler için, aramızda uzun süren bir dargınlığa sebep olan şeyler için de affediyorum.

Ama artık aramızda dargınlık yok. Yaşananların hepsi benim hikâyemin, yolculuğumun bir parçasıydı. Ve bu yüzden neredeyse şükrediyorum. Aslında *gerçekten* şükrediyorum. Sen hayatımın dışında kalmayı hak etmedin. O yıllara geri dönebilmeyi ne kadar istediğimi bil lütfen. Ömrümün geri kalanı boyunca her gün bunu dileyeceğim. Artık sana hoşça kal demek zorundayım. Tatlım, Minik Ruby'yi sakın merak etme. Bir an için bile. Ona seninle ilgili her şeyi anlatacağım. Onu Seattle'ın en sevdiğin mekânlarına, birlikte anılarımızın olduğu yerlere götüreceğim. En sevdiğin şarkıları dinleyerek büyüyecek. Konuşmayı öğrenir öğrenmez, ona 'Billie Jean'in sözlerini öğreteceğim," dedim gözyaşlarımın arasında gülerek. "Ve onu çok seveceğim, Amy. Tüm kalbimle seveceğim. Onu ikimiz için de seveceğim. Bundan daha fazla sevilemeyecek. Onun için bir an bile endişen olmasın, Amy. Ve tıpkı sana okuduğum gibi ona da masal okuyacağım." Çantamdan *İyi Geceler Aydede*'nin onca yıldır sakladığım, eski, yıpranmış bir baskısını çıkardım ve ilk sayfasını açıp, kız kardeşime en sevdiği kitabı son kez okudum.

"Hoşça kal, canım kardeşim," diye ağladım tabuta dokunarak. Ruby ve Margaret'ı düşündüm. Benimle gurur duyuyor olmalıydılar. *Kardeşlik Operasyonu*, dedim kendi kendime. Gözyaşları içinde gülümsedim. "Seni seviyorum, Amy, her zaman seveceğim."

Gavin'ın elini belimde hissederek, beni birkaç adım ilerideki katlanır sandalyelere götürmesine izin verdim. Oturduğumda yüzümü Gavin'ın ceketine gömerek ağlamaya başladım.

Biraz sonra annemin uzaktan gelen sesini duyarak başımı kaldırdım. "June," diye bağırdı. "Gelip Minik Ruby'ye bak, çabuk."

Annemin yanına koştuğumda, onu bu kadar heyecanlandıran şeyin ne olduğunu gördüm. Ruby gözlerini iri iri açmış, küçük bir O harfine benzeyen ağzının kenarları yukarı doğru kıvrılmıştı. "Gördün mü?" dedi annem gözyaşları içinde. "Galiba az önce gülümsemeyi öğrendi."

Gökyüzüne baktım. "Görüyor musun, Amy?" diye fısıldadım. "Minik kızın sana gülümsedi."

Yirmi İkinci Bölüm

Annem ertesi haftayı benimle kalarak geçirdi. Uykusuz, kederli ya da her ikisini birden olduğunuz zamanlardaki gibi günler ve geceler birbirine karışmıştı. Yine de Minik Ruby bize güç veriyordu. Bize bir amaç vermişti. Bebek bezleri, biberonlar ve tebessümler getirmişti.

"Bence bunun üstesinden gelebilirsin," dedi annem, ben Ruby'yi biberonla beslerken. Eğilip, spor çantasının içine bir kot pantolon tıkıştırdı.

"Bir dakika, gitmiyorsun, değil mi? Daha değil!"

Annem gülümsedi. "Artık bana ihtiyacın yok, hayatım. İkinizin tek başına uçma vakti geldi," diyerek durakladı. Gözlerindeki pişmanlığı görebiliyordum. "Hem sen şimdiden benden çok daha iyi bir annesin."

Minik Ruby sütünü bitirdikten sonra esnedi. Onu Gavin'ın bir bebek mağazasından bulduğu katlanır beşiğe yatırdım. Onun için hayal ettiğim fırfırlı süsleri ve ona uyumlu çarşafları olan beyaz beşik gibi değildi ama idare ediyordu.

"Ama ben..."

"İyi olacaksın," dedi annem tekrar. "Rand ile bir süreliğine şehir dışında olacağım. Ama yardım kampanyası için döneceğim, söz veriyorum."

Önce böyle bir zamanda beni yalnız bıraktığı için anneme kızdım. Kampanya için basın bildirilerini daha dün dağıtmıştık ve hâlâ davetiye hazırlayıp, plan yapmamız gerekiyordu. Ve tüm bunları bebekle ilgilenirken yapmak zorunda kalacaktım. Ama bunların hiçbiri annemin suçu değildi. Onun kendi hayatı vardı, benim de kendi hayatım. Amy'nin trajik ölümünün bana öğrettiği bir şey varsa, o da aile bireylerine karşı kin beslemeyi bırakmak gerektiğiydi. Annem sadece her zamanki gibi davranıyordu; çoğu zaman bencil, bazen şaşkın, biraz da ne yapacağı belli olmayan bir şekilde. Ama tüm kusurlarına rağmen onu sevebilirdim. Küçük, sinir bozucu kusurları için onu affedebilirdim. Büyük hataları için de öyle.

"Tamam," dedim. "Sanırım bir noktadan sonra cesaretimi toplamam gerek, değil mi?"

"Seni korkutan şey ne, tatlım?"

"Elime yüzüme bulaştırmak," dedim dürüstçe. Mışıl mışıl uyuyan Ruby'ye baktım. "Ona baksana. Ne kadar narin. Ya onu düşürürsem? Ya onu doyurmayı unutursam? Ya da..."

"Bulaştırmayacaksın," dedi annem. "Ayrıca hata yapsan bile ikiniz de iyi olacaksınız."

Annem çantasını alıp merdivenlere yönelirken başımı olumlu anlamda salladım.

"Sık sık arayıp kontrol ederim," dedi. "Hem Gavin'ın da bol bol yardım edeceğinden eminim."

"Evet," dedim. "Ruby ile arası çok iyi. Hem Ruby de Antonio's'u çok sevdi. Dün akşam sen yogaya giderken nasıl da ağlama krizine girmişti, hatırlıyor musun? Onu restorana götürdüğümde tamamen sakinleşti. Galiba İtalyan yemeklerini sevecek."

Annem gülümsedi. "Harika bir anne olacaksın, tatlım, bundan eminim."

Başımı sallayarak onayladım. "Hoşça kal, anne."

Ve annem gitti. Artık Ruby ile baş başaydık.

Gavin o akşam uğrayıp yemek getirdi. Masaya oturmak yerine, yere bir örtü serip Ruby'nin yanında yemeye başladık. Ruby karnının üzerinde sallanarak günlük egzersizini yapıyordu. Boynunu güçlendirmesi adına çok önemli olan bu hareketi sabah internette okumuştum ve Ruby'nin bunu yapmak için neredeyse üç hafta geciktiğini fark edince paniğe kapılmıştım. Neyse ki Gavin onun kambur falan olmayacağı konusunda beni ikna etmişti.

"Lazanya getirdim," dedi Gavin tabağıma büyük bir porsiyon doldurarak.

Gülümsedim. "Peki, lazanya hangi sorunları çözmeye yardımcı oluyor?"

"Gerginlik," diyerek sırıttı Gavin.

"Ben gergin değilim!" dedim. "Tamam, belki biraz öyleyim."

"Haydi, ye."

Bir lokma aldım. "Vay canına," dedim elimle ağzımı kapatarak. "Çok lezzetli."

Gavin gülümsedi. "Basın bildirisi herhangi bir sonuç verdi mi?"

"Ah, evet!" dedim. "Öğleden sonra Ruby ile öyle meşguldüm ki sana söylemeyi unuttum. *Seattle Times* bu fikri sevmiş. Cuma günkü gazetede kitabeviyle ve yardım kampanyamızla ilgili bir makale yayımlamak istiyorlar!"

"Vay canına," dedi Gavin. "Yani... İki gün sonra."

"Evet, yarın öğleden sonra röportaja gelecekler. Duvarları boyattığımız çok iyi oldu. Birileri sayesinde raflar da çok güzel görünüyor."

Gavin sırıttı. "Şu raftaki yeni kitapları nasıl dizdiğimi gördün mü?" Kitabevi yeterince dolu olmasına rağmen yeni kitap eksikliği çekiyordu. Bu yüzden Gavin yeni kitapları daha iyi bir görsel çekicilik sunacakları şekilde sıralamıştı.

"Evet," dedim. "Mükemmel. Perdeler de şahane olmamış mı?" Elimi yeni perdelerin üzerinde gezdirdim.

"Olmuş," dedi Gavin tabağımı kızarmış sebzelerle doldurarak.

Bir süre konuşmadan yemeğimizi yedik. Ruby karnının üzerinde kendi kendine mırıldanıyordu. Ansızın o tanıdık huzursuzluk ve endişe hissine kapılıverdim. "Ya kimse gelmezse?" dedim. "Ya kampanya başarısız olursa? O zaman ne olacak?"

"O zaman bir B planı düşüneceğiz," diyerek Ruby'nin yanına uzandı Gavin. Onunla birlikte bebek sesleri çıkarmaya başladı.

"Senden harika bir baba olurdu," dedim göğsümü kabartarak.

Ertesi sabah Ruby'yi annemin aldığı kanguru bebek çantasına oturtup kemerini bağladım ve göl etrafında biraz yürüyüşe çıkardım. Muhabir saat ikide geldi. Adı Greg'di ve hemen hemen benim yaşlarımdaydı.

"Kızınız mı?" diye sordu, Ruby'ye gülümseyerek.

"Evet," dedim. "Yani, kız kardeşimin kızı. Ama o doğduktan kısa bir süre sonra Amy'yi kaybettik. Şimdi onu ben büyütüyorum. Adı Ruby."

"Kaybınız için üzgünüm," dedi Greg. "Çok güzel bir bebek. Benim de üç tane var, hepsi kız."

"Vay canına," dedim. "Peki, bana verebileceğiniz birkaç ipucu var mı?"

"Olmaz mı?" dedi Greg. "Öncelikle ilk üç ay boyunca sanki nasıl uyuyacağını unutmuş gibi görünecektir. Ama sizi kandırmasına izin vermeyin. Ona beşiğinde biraz zaman tanıyın. Uyuyacaktır."

"Ağlamasına dayanamıyorum," dedim beşikteki Ruby'ye bakarak. Uykuya dalmasını umarak beşiğini hafifçe salladım. "Beni öldürüyor."

"Karım da aynı şeyi söylüyor," dedi Greg. Gülümseyerek etrafa göz gezdirdi. "Babalar onların ağladığını duyduklarında bin parçaya bölünmeme konusunda daha iyiler." Gavin'ı ve Ruby ile ne kadar iyi anlaştığını düşündüm.

"Burası gerçekten çok hoş bir kitabevi," dedi Greg. "Çocukluğumda buraya gelirdim."

"Öyle mi?"

"Evet," dedi. "Teyzeniz çok iyi bir kadındı. Kitaplardaki karakterleri nasıl seslendirdiğini hâlâ hatırlayabiliyorum. Bana çocuklarıma daha güzel kitap okumayı öğretti."

"Vay canına," dedim, teyzem hakkında söyledikleri beni duygulandırmıştı. "Keşke Ruby burada olup bunları duyabilseydi. Bu onu gülümsetirdi."

Greg not defterini açtı ve bana kitabevinin geçmişiyle, Ruby ve Margaret Wise Brown'un arkadaşlığıyla, kitabevinin belirsiz geleceğiyle ilgili sorular sormaya başladı. Ona aklıma gelen her şeyi anlattıktan sonra başını olumlu anlamda sallayarak defterini kapattı. "Teşekkürler," dedi. "Sanırım ihtiyacım olan her şeyi not aldım. Harika bir hikâye olacak. Umarım karşılığını fazlasıyla alırsınız."

"Umarım," dedim.

Akşam sütünü içmesinin ardından Ruby uykuya daldı. Bir sonraki beslenme vaktine kadar üç saatim olduğunu biliyordum. Bu yüzden yardım kampanyası için bir davetli listesi oluşturmaya karar verdim. Gavin'ın grafiker arkadaşı iyi iş çıkarmıştı ve basılan davetiyeler kutularında doldurulmayı bekliyorlardı.

Geçmişimde ve bugünümde tanıdığım herkesi düşünmeye başladım: Eski okulumun kütüphane görevlileri, arkadaşlarım, öğretmenlerim, New York'tan Peter ve Nate, Seattle Halk Kütüphanesi'nden J.P., cadde üzerindeki diğer dükkân sahipleri... Belediye başkanı, Safeco ve Boeing'in CEO'ları gibi tanınmış isimleri de listeye ekledim. İkisiyle de birkaç yıl önce New York'taki bir iş partisinde tanışmıştım ama beni hatırlayacaklarını pek sanmıyordum. Listeyi tamamladıktan sonra internetten adresleri araştırdım ve davetiyeleri doldurdum.

Ruby mışıl mışıl uyurken davetiyelerin her birini kaşeledim ve onları ertesi gün postaneye götüreceğim kutunun içine yerleştirdim.

"İşte," dedim bir iç çekerek. "Tanrım, ne olur bu mavi kuşun uçmasına izin ver. Lütfen uçsun."

Bulaşıkları yıkadıktan sonra pencerenin yanındaki koltuğa oturup, bulutsuz gökyüzündeki yarım aya baktım. Tüm şehir uykudaydı ve Yeşil Göl ay ışığının altında parlamaktaydı. Sokak sessiz sakindi. Ancak Ruby sütünü içmek için uyanmadan hemen önce, caddeden geçen siyah, büyük bir araç, kitabevinin önünde yavaşlayarak durdu. Telefonuma sarılıp camı açtım ve kendimi göstermek için aşağı sarktım. Bir anda hareket eden araç, plakasını almama fırsat bırakmadan hızla uzaklaştı.

Yirmi Üçüncü Bölüm

Ertesi gün, taşıma çantasına oturttuğum Ruby ile birlikte davetiyeleri göndermek için yakındaki postaneye gittik. "İşte geleceğimiz gidiyor," dedim Ruby'ye, zarfları posta kutusuna atarken. "Umalım da en iyisi olsun."

Postane dönüşü Joe'nun kafeteryasına uğrayıp bir espresso sipariş ettim. Kafeinin tansiyonumu değil, enerjimi yükseltmesini umuyordum. Joe yüzünde kocaman bir gülümsemeyle tezgâhın arkasından çıkarak yanımıza geldi.

"Bayan Ruby bugün nasıllar?" diye sordu sırıtarak.

"Harika," dedim. "Ama sanırım geceyle gündüzü birbirine karıştırıyor, bu da benim yeterince uyuyamadığım anlamına geliyor."

"Pekâlâ, bende seni canlandıracak bir şey var."

"Çoktan bir espresso sipariş ettim bile," dedim. "Belki faydası dokunur."

Joe başını iki yana sallayarak, bana bugünün *Seattle Times* gazetesini uzattı. "Ben bundan bahsediyorum," dedi ilk sayfayı göstererek. Gazetenin ilk sayfasında benim fotoğrafım vardı. Kucağımda Ruby ile birlikte kitabevinin önünde duruyordum. Röportaj verdiğim muhabirin ardından fotoğraflarımızı çekmek için bir fotoğrafçı gelmişti. Ruby'nin huysuzluğu üzerindeydi, bense objektifin önünde kendimi gergin hissetmiştim. Fotoğrafın net çıkacağını hiç sanmıyordum. Ama şimdi ne kadar canlı göründüğüne bakarak hayret ettim. Ruby adeta gülümsüyor gibi çıkmıştı. Başlıkta şöyle yazıyordu:

SEATTLE'LI KADIN, 'İYİ GECELER AYDEDE'YE İLHAM VERDİĞİNİ SÖYLEDİĞİ TARİHİ ÇOCUK KİTABEVİNİ KURTARMAYI AMAÇLIYOR.

Şaşkınlıkla nefesimi tuttum. "Vay canına. Ruby, bak, gazeteye çıkmışız!"

"Kesinlikle çıkmışsınız," dedi Joe. "Dükkâna dönüp kendine bir asistan tutsan iyi olur, çünkü bugün telefonun susmayacak."

Şaşkın bir halde ona baktım.

"Yardım kampanyası yüzünden," dedi Joe. "Bilet satıyorsun, değil mi?"

"Evet."

"Bir tane alabilir miyim?"

"Elbette alabilirsin," dedim. "Şeref duyarım."

"Güzel, karım ve ben orada olacağız."

Gülümseyerek Joe'ya teşekkür ettim. Kafeden ayrılırken yüzüm sevinçle parlıyordu. Belki de kampanya işe yarayacaktı. Belki.

Ruby'yi beşiğine yatırdıktan kısa bir süre sonra telefon çalmaya başladı. Önce biraz şaşırdım. Kitabevine geldiğimden beri telefon sadece iki kez çalmıştı. Birinde annem aramıştı, ikincisi de bir tele pazarlamacıydı.

Şimdiyse durmaksızın çalıyordu. İlk telefon, şehir merkezindeki büyük bir mimarlık ofisindendi. Arayan adam, çocukken annesinin onu Mavi Kuş Kitabevi'ne getirdiğini anlatarak yardım kampanyası için dört bilet satın almak istedi. İkinci telefon Seattle'lı bir yazardandı ve iki bilet aldı. Arayanların ardı arkası kesilmiyordu.

Bir saat içinde elli iki bilet satmıştım. Yerel medyadan da telefonlar geliyordu. NBC Seattle'dan bir muhabir, kitabevinde Margaret Wise Brown'un bir fotoğrafı olup olmadığını sormuş, ona kontrol edip geri arayacağımı söylemiştim. CNN'den arayan biriyse *Seattle Times*'taki makaleyi okuduğunu söyleyerek, yarın bir röportaj için müsait olup olmadığımı sordu. Tabii ki evet dedim.

Minik Ruby'nin ağlayışını duyduğum sırada Gavin içeri girdi. Aynı anda telefon tekrar çalmaya başladı. "Durmaksızın çalıyor," dedim. "Ruby'yi getirebilir misin?"

"Tabii," diye gülümsedi Gavin, merdivenlere yönelerek.

Telefonu açtım. "Mavi Kuş Kitabevi."

"June Andersen ile mi görüşüyorum?" diye sordu arayan kadın. Ses tonu oldukça profesyoneldi.

"Benim," dedim. "Nasıl yardımcı olabilirim?"

"Ben, Bill Gates'in asistanı Joan Cooper. Bay Gates bu sabah gazetede kitabevinizin durumuyla ilgili haberi okudu ve sizinle temasa geçmemi istedi."

"Bill Gates?" dedim afallamış bir halde. "Microsoft'un kurucusu *Bill Gates* mi?"

"Evet," dedi kadın. "Kendisi Seattle'da büyümüş. Annesi onu ve kardeşlerini sık sık teyzenizin kitabevine getirirmiş. Bilhassa Bay Gates orayı çok severmiş."

"Gerçekten mi?"

"Gerçekten," dedi kadın. "Ve o kitabevini kurtarmak için adım atmakla büyük bir kamu hizmeti yaptığınızı düşünüyor. Eşiyle birlikte yardım toplama etkinliğinize katılmak istiyorlar. Mümkünse iki bilet alabilir miyim? Ayrıca çabalarınızı desteklemek adına etkinliğinizin bir kısmına sponsor olacağına da eminim. Tabii korumaları da onunla birlikte gelecekler. Toplamda dört kişiler."

"Gerçekten mi?" dedim hayretler içinde. "Ben, ben... Evet! Evet, onu ağırlamaktan mutluluk duyarız. Hepsini. Lütfen ona desteği için ne kadar minnettar olduğumu iletin."

"İleteceğim," dedi kadın.

Telefonu kapattığımda Gavin bir kolunda Ruby, diğerinde de bir biberonla aşağı indi. "Acıkmış olabilir diye düşündüm," diyerek yüzümdeki gülümsemeyi fark etti. "Mutlu görünüyorsun. Arayan kimdi?"

"Bill Gates'in asistanı," dedim hâlâ şaşkın bir halde.

"Şaka yapıyorsun."

"Yapmıyorum. Karısıyla birlikte etkinliğimize katılacaklar!"

Gavin hayretle başını iki yana salladı.

"Ve şimdiye kadar elli küsur kişi aradı," diye ekledim. Telefon tekrar çalmaya başladı. "Biri daha arıyor."

Güneş batana dek tanesi 250 dolardan 120 bilet satmıştım. Bu da Mavi Kuş Kitabevi adına toplanan otuz bin dolar anlamına geliyordu. Bu para, alacaklıları uzak tutmaya yetmeyecekti. Ama Gavin ile davetlilere etkinlik sırasında daha fazla bağış imkânı sunacak başka şeyler de planlamıştık.

Minik Ruby'nin bezini değiştirip sütünü içirdim ve onu yatağımın yanındaki beşiğine yatırdım. Ruby uykuya daldıktan sonra Gavin ile alt kata indik ve o restorana dönmeden önce birer kadeh şarap içtik.

"Ne gündü ama," diyerek gülümsedi Gavin.

Başımı sallayarak onayladım. "Kitabevini kurtarmak için bu kadar çok insanın gönüllü olmasına şaşırdım. Yarın sabah CNN'e konuşacağım. İnanabiliyor musun?"

"İnanabiliyorum," dedi Gavin. "İnsanlar yaptığın şeyin ne kadar kıymetli bir iş olduğunun farkındalar."

"Tanrım," dedim, "hayat, bir anda nasıl da değişiyor. Bundan sadece birkaç ay önce bir bankacıydım. Bankacı! Şimdiyse bir kitabevi sahibiyim ve bir bebeğim var."

Gavin gülümsedi. "O insanın görüp görebileceği en tatlı küçük kız," diyerek biraz durakladı. "Sana anne demesine izin verecek misin?"

Başımı iki yana salladım. "Hayır. Onu büyütecek kişi olabilirim, ama asıl annesinin cennette olduğunu her zaman bilecek. Ben sadece teyzesi olmaktan mutluyum." Ruby teyzemin yeni boyanmış duvarları, düzenli rafları ve yenilenmiş perdeleri olan kitabevine göz gezdirdim. "Ve teyzeler harika insanlardır."

Gavin restorana döndükten sonra Margaret ve Ruby'nin bir sonraki mektuplarını aramaya karar verdim. Kendimi Minik Ruby ve kampanya hazırlıklarına öyle kaptırmıştım ki mektupları düşünmeye pek vakit bulamamıştım. O yüzden hevesle kitap raflarına yöneldim. İpuçlarının sonuna yaklaştığımı hissediyordum. Bundan emin olmasam da sonunda onu keşfetmemi bekleyen bir sır, Ruby'nin görmemi istediği önemli bir şey varmış gibi görünüyordu. *Pippi Uzunçorap* kitaplarının olduğu bölümü bulana dek rafları karıştırdım ve ilk baskıyı bularak, içindeki mektupları çıkardım. Hiç vakit kaybetmeden ilk mektubu okumaya başladım.

28 Eylül 1946

Sevgili Margaret,

Burada her şey yolunda. Anthony ile sevinçle sonbaharı, Seattle'a çok yakışan mevsimi bekliyoruz. Keşke yine burada olup onu görebilseydin.

Kitabevi her gün çocuklarla ve onların anne babalarıyla doluyor. Burası genç okurların sığındığı bir liman haline geldi ve bunu görmek beni mutlu ediyor. Gitmeden bir gün önce verdiğin küçük yazarlar seminerini hatırlıyor musun? Billy adında bir ufaklık, bana senin öğrettiklerinden aldığı ilhamla yazdığı kitabı getirdi. Brownie, o kadar iyi bir kitap ki! Burada olmakla ona nasıl ilham verdiğini bir düşün. Bu hatıra onunla yaşamaya devam edecek ve belki bir gün o da senin gibi bir yazar olacak.

Anthony gayet iyi. Son zamanlarda biraz işleriyle meşgul. Bu da daha fazla yalnız vakit geçirdiğim anlamına geliyor. Paranoyakça düşünmekten nefret etsem de bazen takip ediliyormuşum gibi bir hisse kapılıyorum. Muhtemelen hayal kurduğumun farkındayım, ama bazı günler çöpü dışarı çıkardığımda ya da gece-

leri kapıyı kilitlerken birinin beni seyrettiğini hissediyorum. Geçen gece yoldan geçen bir araba dükkânın önünde yavaşlayarak durdu. Şoförü uzunca bir süre içeri baktı. Cama çıktığımda ise hızla uzaklaştı. Belki Anthony seyahatten döndüğünde ona bu olanları anlatırım.

Korkarım Lucille ile ilgili kötü haberlerim var. Hamileliğini haber vermek için yolladığı karttan cesaret bulup, ona bir bebek hediyesi aldım (şapkalı, sarı bir pijama takımı) ve dün evine gittim. Tabii kız arkadaşlarına bir öğle yemeği daveti verdiğinden habersizdim. Lucille'in kapıya nasıl çıktığını bir görmeliydin. Sanki arkadaşlarının beni görmelerinden korkuyor gibiydi. Sanki ben onun için bir utanç kaynağıydım. O an müsait olmadığını söyledi ve gitmemi istedi. İşte böyle. Brownie, korkarım bizim için artık çok geç. Lucille beni asla olduğum gibi kabul etmeyecek. Ben onun için daima hayat tarzını benimsemediği biri olarak kalacağım.

Seni özlüyor ve iyi olduğunu umuyorum! Aydede kitapları baskıdan çıkar çıkmaz göndermeyi unutma. Onları görmek için sabırsızlanıyorum!

Sevgiler,
Ruby

Not: Ah, böyle bir öneri için çok geç olabileceğinin farkındayım (şu an baskı aşamasında olabilirsiniz) ama aydede kitabın için küçük bir fikrim var: Kulağa biraz sert gelen 'ezme' yerine neden 'lapa' kelimesini kullanmıyorsun? Kardeşimle ben ona lapa derdik. Nedense kulağa daha eğlenceli geliyor. Ne dersin? Belki hoşuna gider!

4 Ekim 1946

Sevgili Ruby,

Önerini beğenmekle kalmadım, onu hemen editörümle paylaştım. O da çok beğendi! Bu yüzden metni uygun şekilde değiştirdik. Bu kitapta senin adına da bir satır ayırmam gerekir, hayatım.

Kitabın adı da hazır. Ona İyi Geceler Aydede diyeceğiz! Ne dersin? Bence kulağa hoş geliyor. Clem de öyle düşünüyor. Sana ondan bahsetmiş miydim? Clem bir çizer, aynı zamanda iyi bir arkadaş. O ve karısı Posey, yakında benimle kalmak için Vinalhaven'a gelecekler. Keşke sen de bize katılsaydın. Harika bir dörtlü olurduk!

Canım arkadaşım, mektuplarının benim için ne kadar anlamlı olduğunu sana söylemiş miydim? Umuyorum ki önümüzdeki yüz yıl içinde birileri ikimizden biri için bir biyografi yazmak istediğinde (düşüncesi bile eğlenceli, herhalde kendiminkini çığlıklar atıp ciyaklayarak okurdum), bu mektuplara rastlayacak ve senin ne kadar harika biri olduğunu görecekler. Zaten iyi dostların olmadığı bir hayata hayat mı denirdi?

Hayatımız boyunca büyük aşklar yaşayabiliriz –bunu romantik aşkları hafife almak için söylemiyorum– ama bir dostluğu sürdürebilmenin en güzel yanı, daima birbirimize ait olacak olmamız. Senin gibi bir dert ortağım olmasaydı hayat ne kadar yalnız olurdu, düşünmek bile istemiyorum.

Geçen gün tek başına yaşayan bir köpek hakkında yeni bir hikâye düşündüm. Sadece 'kendine ait' olan bir köpek. Evet, kendimize ait olmalıyız, ama sence de birbirimize ait olduğumuzda hayat çok daha zengin olmaz mı?

Ah, saat neredeyse beş olmuş. Bu akşam bir yayınevi partisine katılacağım. O yüzden gidip hazırlanmam gerek. Editörüm de orada olacak, belki köpek hikâyesini onunla paylaşırım. Şimdilik ona Bay Köpek diyeceğim. Kulağa hoş geliyor, değil mi? Gitmeden önce bu mektubu posta kutusuna bırakacağım, böylece postacı onu sabah ilk iş sana gönderecek.

Cobble Court'tan sonsuz sevgiler,
Margaret

Not: Lucille konusuna çok üzüldüm. Ama unutma, bu onun kaybı. Gerçekten.

Ertesi sabah erkenden kalkıp, Margaret'ın kendimize ait olmakla ilgili yazdıklarını düşündüm. Ben de uzun zamandır kendime aittim. Artık bir başkasına ait olmak istiyordum. Margaret'ın söylediği gibi hayatımı biriyle paylaşmak istiyordum. Acaba Ruby de böyle mi hissediyordu?

Beşiğinde mırıldanan Minik Ruby'yi kucağıma alıp, saate göz attım: 07:13. NBC Seattle saat dokuzda burada olacaktı ve kameraya alacakları kayıt, akşam haberlerinde yer alacaktı. Geldiklerinde kamera karşısına geçip, CNN'den Soledad O'Brien ile bir röportaj gerçekleştirecektim.

Gavin içeri girerek, "Günaydın!" dedi. "Çekime hazırlanırken Ruby için yardıma ihtiyacın olur diye düşündüm."

"Teşekkürler," dedim Ruby'yi Gavin'ın kucağına vererek. Seattle'a geldiğimden beri pek kullanmadığım makyaj çantama göz attım. Aynadaki yansımama bakınca biraz fondöten sürmenin iyi bir fikir olacağına karar verdim. "Gerginim."

"Harika geçecek," diye rahatlattı beni Gavin. "Sadece gülümse ve kendin ol."

Başımı olumlu anlamda sallayıp aynaya döndüm. Gözlerimin altına biraz kapatıcı sürüp, bir göz kalemi ve maskarayla makyajımı tamamladım. "Ne dersin? Çok mu fazla oldu?"

"Tam kararında," dedi Gavin.

"Tamam," diyerek saçlarıma biraz sprey sıktım ve boy aynasında kendimi baştan aşağı süzdüm. Pencereden dışarı göz attığımda, tepesinde bir uydu aracı olan beyaz bir minibüs gördüm. "Geldiler."

"Bol şans," dedi Gavin.

Kot pantolonlu ve spor yelekli iki adam, ellerinde kamera ekipmanlarının olduğu çantalarla kitabevinin önüne geldiler. "Merhaba," dedim kapıyı açarak. "Ben, June."

Kameraları kurduktan sonra yakama bir mikrofon taktılar. Şöminenin yanındaki berjer koltuğa yerleştim. Önce kitabevini görüntüye aldıktan sonra kamerayı bana çevirdiler.

"İşte, bu kulaklığı kulağınızın içine yerleştirin," dedi kameramanlardan biri. "Buradan spikerin sesini duyacaksınız. Onunla karşılıklı sohbet ediyormuş gibi konuşun. Sadece doğruca kameraya bakın."

"Tamam," dedim gergin bir şekilde.

NBC ile yaptığım ilk röportaj hızlı ve sorunsuz geçmişti. Dört ya da beş soru cevaplamamın ardından röportaj sona erdi. Hepsi buydu. Birkaç dakika içinde, kulağımda başka bir kadın sesi duydum.

"Merhaba, June?"

"Merhaba," dedim.

"Günaydın, ben Soledad O'Brien. Nasılsın?"

"İyiyim, teşekkürler," dedim. "Daha önce hiç televizyonda röportaj vermediğimi söylemeliyim."

"Bir sır bilmek ister misin? Gerçekten çok kolaydır."

"Pekâlâ, madem öyle diyorsunuz."

Yönetmenin beşten geriye saymasının ardından Soledad konuşmaya başladı. "Ve şimdi de, internetten kitap satışlarının hızla yükseldiği çağımızda, Seattle'ın oldukça sevilen bir kitabevini kurtarmayı görev edinmiş June Andersen ile konuşacağız. Ancak bu herhangi bir kitabevi değil. Seattle'ın Yeşil Göl yakınında bulunan Mavi Kuş Kitabevi'nin, efsanevi çocuk kitabı *İyi Geceler Aydede*'nin doğduğu yer olduğuna inanılıyor. Evet, June, kitabevini kurtarmak adına böyle zorlu bir uğraşa nasıl karar verdiğini bize anlatabilir misin?"

"Teşekkürler, Soledad. Evet, teyzem Ruby edebiyatın gücüne inanan harika bir kadındı. Bu kitabevinde büyümüş biri olarak, kitapların insan hayatını ne kadar değiştirebileceğini ilk elden görme şansını yakalamış biriyim. Ruby teyzem birkaç ay önce vefat etti ve onu kurtarmanın bir yolunu bulacağımı umarak, kitabevini bana miras bıraktı."

"Anladığım kadarıyla kitabevi maddi sıkıntıyla karşı karşıya ve onu ayakta tutabilmek için bir yardım kampanyası düzenliyorsun," dedi Soledad.

Cevap vermeden önce biraz durakladım. "Evet, doğru. Kapılarımızı açık tutabilmek ve Chase&Hanson Bankası'nın haciz işlemlerine başlamasını engellemek için maddi desteğe ihtiyacımız var."

"Hikâyenin işinle ilgili kısmı da ilgi çekici," diye devam etti Soledad. "Anladığım kadarıyla eskiden Charles&Hanson'ın müdür yardımcısıymışsın. Bu doğru mu?"

"Evet," dedim dürüstçe. "Mavi Kuş Kitabevi gibi küçük işletmeleri kapatmakla yetkili o kişi bizzat bendim. O zamanlar işe siyah-beyaz bir perspektiften bakardım. Ama madalyonun diğer tarafına geçince, bazen insanların sadece biraz daha fazla zamana ya da belki ikinci bir şansa ihtiyaç duyduklarını fark ettim," diyerek Arthur'u düşündüm. Beni izleyip izlemediğini ve ne düşündüğünü merak ediyordum.

"Eski bir bankacı olarak çok güzel şeyler söyledin," dedi Soledad. "Peki, bize kitabevinin *İyi Geceler Aydede* ile olan ilişkisinden biraz bahsedebilir misin? Hikâyenin kitabevinden ilham aldığı doğru mu?"

"Evet," dedim. "*İyi Geceler Aydede*'nin ve en az yüz çocuk kitabının daha yazarı olan Margaret Wise Brown ile Ruby teyzem çok yakın arkadaşlarmış. Yıllarca mektuplaşmışlar." *Pippi Uzunçorap*'ın içinde bulduğum mektupları kaldırıp kameraya gösterdim. "İkisi de mektuplarında birbirlerine büyük ölçüde cesaret vermişler. Margaret'ın kendine olan güvenini kaybettiği bir dönemde, teyzem Ruby onu teşvik ederek yazmaya devam etmesinde büyük bir rol oynamış. Ve 1946'da Margaret, Seattle'a gelerek Mavi Kuş Kitabevi'ni ziyaret etmiş. Bu ona belki de bugüne kadarki en iyi eseri olan *İyi Geceler Aydede* için ilham vermiş."

"Gerçekten olağanüstü," dedi Soledad. "Ben de dahil çoğumuz, yıllardır bu kitabı çocuklarımıza okumuş ve 'Vay canına, ne kadar özel bir hikâye. Acaba bu fikir nereden çıktı? Yazarı bunu yazmaya iten şey neydi?' diye düşünmüşüzdür. Bugüne kadar bu soruların bir cevabı olmamıştı. Gerçekten çok etkileyici. Evet, Mavi Kuş Kitabevi'ni kurtarmak adına yardım davetine katılmak ya da bağış yapmak isteyenler için internet sitemizde gerekli bilgileri içeren bir bağlantı paylaşacağız. Teşekkürler, June. Hep birlikte sana bol şans diliyoruz."

"Çok teşekkür ederim, Soledad."

Işıkların sönmesiyle birlikte kameraman bana gülümsedi. "Harikaydınız."

"Umarım öyledir. Doğrusu ne dediğimi hatırlamıyorum bile."

"Herkes böyle söyler," diyerek beni rahatlattı. "Bana güvenin, kendinizi televizyonda izlediğinizde, 'Çok iyi iş çıkarmışım!' diyeceksiniz."

"Kaydın ne zaman yayında olacağını biliyor musunuz?"

"Muhtemelen bir ya da iki gün içinde," dedi. "Çekimler genellikle ertesi gün ya da ondan sonraki gün için yapılır."

"Harika," dedim telefon çalmaya başladığı sırada.

"Açabilirsiniz," dedi kameraman. "İhtiyacımız olan her şeyi aldık. Artık toparlanıyoruz."

"Tekrar teşekkürler," diyerek telefona koştum. "Alo, Mavi Kuş Kitabevi."

"Merhaba, June Andersen mı?"

"Evet, benim."

"Bayan Andersen, ben New York City'deki HarperCollins Yayınevi'nden Edward Newton. Kurumsal iletişim ofisimiz, *Seattle Times*'ta hakkınızda çıkan makaleye rastladı. Ve *İyi Geceler Aydede*'nin yayıncısı olduğumuzdan, sizinle iletişime geçmek istedim."

"Ah, evet, merhaba," dedim.

"Bayan Andersen," diye devam etti Edward, "görüyoruz ki kampanyanıza üç hafta var. Bu süre zarfında *İyi Geceler Aydede* için özel bir baskı hazırlamak ve onları etkinliğinize yetiştirmek istiyoruz. Her kitabın kapağında '*İyi Geceler Aydede*'nin doğduğu Mavi Kuş Kitabevi'nin şerefine,' yazan bir etiket olacak."

"Vay canına. Bu... harika."

"Söylemem gerekir ki," dedi Edward, "bu efsanevi kitabın

Seattle'daki bir kitabevinde doğmuş olabileceğini okuduğumda oldukça şaşırdım. Ve itiraf etmeliyim ki inanmadım. Ama tarihçimiz biraz araştırma yaptı ve teyzeniz ile Margaret'ın mektuplarında bulduklarınızı destekleyen bazı günlük girdileri bulduk. Demek istediğim, bu son derece nadir bir edebi buluş ve onu sizinle birlikte kutlamak istiyoruz."

"Çok sevinirim," dedim. "Etkinliğimize en az yüz, belki de daha fazla kişi katılacak. Davetiyeler yeni yollandı."

"Yeterince kitap basılması için elimizden geleni yapacağız," dedi Edward. "Beş yüz kitaba ve kitabevi için fazladan yedi kutuya ne dersiniz? Eminim Mavi Kuş Kitabevi'nin en çok satan kitabı olacaktır."

"Harika olur," dedim. "Yardım kampanyamız başarıya ulaşırsa, önümüzdeki ay yeniden açılış yapmayı planlıyoruz."

"Pekâlâ," dedi Edward, "HarperCollins olarak size bol şans diliyoruz."

"Röportaj nasıl geçti?" diye sordu Gavin, Minik Ruby'yi kucağıma vererek.

"Harikaydı," diyerek telefonu işaret ettim. "HarperCollins'ten, *İyi Geceler Aydede*'nin yayınevinden aradılar. Bize etkinlik için özel basım kitap bağışında bulunmak istiyorlar."

"Muhteşem bir haber," dedi Gavin. "Mavi Kuş Kitabevi için işler iyiye gidiyor görünüyor."

"Umalım da öyle olsun. Banka borcunu kapatacak parayı toplayana dek fazla heyecanlanmak istemiyorum."

Gavin alnıma bir öpücük kondurarak kapıya yöneldi. "Öğlen gelirim. Tortellini yapacağım."

"Tortellini neye iyi geliyor?"

"Endişelere," dedi Gavin. "Endişelenmeyi bırakmana yardım ediyor."

Yirmi Dördüncü Bölüm

Ruby sabah uykusunu uyurken rafları yeniden yerleştirmeye karar verdim. Eğer yüzden fazla davetlimiz olacaksa, onlara yer açmamız gerekecekti. Tam ortada duran bel yüksekliğindeki kitaplıkları boşalttıktan sonra onları duvarlara dayadım. Yarım saatin sonunda, bu yer değişikliğinin ne kadar fazla yer açtığına inanamadım.

Ruby'nin masasındaki telefon çaldığında duraklayarak alnımdaki teri sildim. Sanırım burada bir yirmi yıl daha kalsam, ona yine Ruby'nin masası derdim. O masa kimsenin değil, daima onun olacaktı. "Alo, Mavi Kuş Kitabevi," dedim, biraz nefes nefese bir halde.

"June, ben J.P., neredeyse kuzenin sayılan J.P. Kütüphaneden."

"Ah, merhaba!" dedim, sesini duyduğuma sevinmiştim. "Davetiyemi aldın mı?"

"Daha değil," dedi. "Ama haberim var. Mutlaka geleceğimi ve kütüphane olarak arkanda olduğumuzu söylemek istedim. Mavi Kuş Kitabevi'nin bu yılki tüm çocuk etkinliklerimizin resmi kitapçısı olmasını istiyoruz."

"Harika, teşekkür ederim," dedim.

"Ayrıca King County Kütüphanesi'nin müdürü olan arkadaşımla da konuştum. Her yıl, fevkalade kamu hizmeti veren bir kitabevine bağış yaptıklarını söyledi. Bu bağışlar kitabevlerinin zor zamanlarda ayakta kalmasına yardımcı oluyor. Her neyse, ona Mavi Kuş Kitabevi'nden söz ettim ve güçlü bir aday gibi göründüğünü söyledi."

"Seninle harika kuzenler olurduk, biliyorsun değil mi?"

"Biliyorum," dedi J.P.

Kitabevini partiye hazırlama telaşı içinde Ruby'yi her zamankinden çok özlediğimi fark ettim. Sesini duymayı özlüyordum. Mavi Kuş Kitabevi'ni kurtarmaya çalıştığımı bilmesine ve ben küçükken yaptığı gibi her şeyin yoluna gireceğini söylemesine ihtiyacım vardı.

Bay Köpek. Sadece kendine ait olan köpek. Margaret'ın bir önceki mektubunda bu kitaptan bahsettiğini hatırladım. Tabii ya... Kitabın ilk baskısını bulduğumda içinde sararmış, tek bir zarf olduğunu gördüm. Teyzeme gönderilmişti, ama zarfın üzerindeki elyazısını tanımıyordum. Bu yazı kesinlikle Margaret'a ait değildi. Zarfı çabucak açtım. Tarih 12 Aralık 1952'yi, Ruby'nin benim için bıraktığı son mektuplardan yıllar sonrasını gösteriyordu. Aradaki onca zamanda ne olmuştu? Mektuba göz gezdirip, daktiloda yazılmış satırları okumaya başladım:

Sevgili Ruby,

Ben, Margaret Wise Brown'un kız kardeşi Roberta. Margaret'ın geçtiğimiz ay Fransa'da geçirdiği bir ameliyat sonrası hayatını kaybettiğini bildirmekten büyük üzüntü duyuyorum. Bu haberi vermeyi hiç istemezdim, ancak Margaret ile çok yakın olduğunuzdan bunu bilmeni isterdi. Umarım ölümünün çabuk ve acısız olduğunu bilmek seni biraz olsun avutur. Doktoru bana ameliyat sonrası yatak istirahatının Margaret için adeta işkence olduğunu anlattı. Dışarı çıkmak ve penceresinin ardındaki limon ağaçlarına konan kuşları incelemek istemiş. Hemşirelerden birini yürüyebilecek kadar iyi olduğuna ikna etmek için bacağını dans edercesine aşağı yukarı sallamış. Ne yazık ki bu yaptığı ölümcül bir kan pıhtılaşmasına neden olmuş. Ve saniyeler sonra hayatını kaybetmiş.

Cobble Court'taki evinde Margaret'a yazdığın mektupları buldum. Onları masasındaki bir kutuda saklamış. Onun için oldukça değerli bir dost olduğun açıkça görülüyor. O mektupları sana yolluyorum. Onları saklamak istersin diye düşündüm. Belki sana biraz olsun teselli getirirler.

Mektuplara göz gezdirirken (umarım senin için bir sakıncası yoktur), ikinizin arasındaki dostluğa hayran kaldığımı söylemek isterim. Kız kardeşime yaşattığım acılardan haberim bile yoktu. Umarım bunu bilmeden yaptığımı anlıyorsundur. Keşke şimdi zamanı geriye sarıp, Margaret'ın beni sevdiği kadar benim de onu tüm kalbimle sevdiğimi ona gösterebilseydim. Keşke onu olduğu gibi kabul ettiğimi söyleyebilseydim. Öldüğünde tüm bunları bildiğine yürekten inanıyorum. Biraz zaman aldığı doğru ama ilişkimiz yıllar geçtikçe sağlamlaşmıştı. Kardeşlik Operasyonu ile ilgili yazdıklarını okumak gözlerimi yaşarttı. Keşke herkesin Margaret gibi, pes etmeyi kabul etmeyen bir kardeşi olsa. Her ne kadar bu ayrıntılara girmek haddim olmasa da kardeşin Lucille ile ortak bir paydada buluşabilmeniz için dua ediyor olacağım.

Umarım bu mektuplar seni avutur. Bu dünya dönmeye devam ettikçe, asla bir Margaret daha gelmeyeceğini benim gibi senin de bildiğini biliyorum.

En iyi dileklerimle,
Roberta Brown Rauch

Mektubu bırakırken Ruby'nin on yıllar önce duyduğu üzüntüyü duyuyordum. O an yerdeki bir anahtarı fark ettim. Kitabı açtığımda içinden düşmüş olmalıydı. Anahtarı elime alıp yakından inceledim. Oldukça tanıdık geliyordu. Hazine sandığı... Evet. Ruby teyzem kitabevinde bir hazine sandığı saklıyordu. Masal saatinden sonra çocuklardan birine anahtarı verip sandığı açmasına izin verirdi. Sonra da tüm çocuklar sandığın başına toplanır, içinden bir şekerleme, çıkartma ya da küçük bir oyuncak alırdı. O hazine sandığını severdim. Adeta sihirliydi.

Ve Ruby şimdi de anahtarı bana vermişti.

"June?" Arkamı döndüğümle kapı eşiğinde duran annemi gördüm. Gavin hemen onun arkasındaydı. "Bak, kim sana öğle yemeği getirmiş."

Gavin elindeki kâğıt torbayı kaldırarak bana gösterdi. Kokusunu oturduğum yerden alabiliyordum.

"Ne yapıyorsun?" dedi annem yanıma gelerek.

Yanağımdan süzülen gözyaşını silerek anahtarı gösterdim. "Ruby bana bunu bırakmış. Hazine sandığını hatırlıyor musun?"

Annem evet anlamında başını salladı. "Siz kızlar onu çok severdiniz."

"Açmayacak mısın?" diye sordu Gavin.

Bebek telsizinin monitörüne göz attım. Minik Ruby derin uykudaydı. Ardından Ruby'nin masasına giderek, altındaki sandığı çekip çıkardım. Anahtarı eski kilide yerleştirirken, Ruby'nin bunu yüzlerce kez yapışını izlediğim günleri hatırladım.

Sandığın kapağını kaldırıp, kırmızı kadifeyle kaplı içine baktım. İçinde beni bekleyen bir adet *İyi Geceler Aydede* vardı. Kitabın baskı yılına göz attım. 1947 tarihliydi. İlk baskı olmasına rağmen mükemmel durumdaydı.

Kapağını açtığım sırada annem ağlıyordu. Kapak öyle hassastı ki sanki sayfalar parmaklarımın arasında dağılacak gibiydi. "Keşke Amy burada olsaydı," diye fısıldadım anneme.

"O bizimle birlikte," dedi gülümseyerek.

Kitabın içinde Ruby'den bana yazılmış bir mektup vardı. Bulduğum diğer mektuplar gibi eski görünmüyordu. Sanki Ruby birkaç ay önce eline bir kâğıt kalem almış ve bu mektubu yazmış gibiydi. Belki de kitabevinden ayrılmadan önce yaptığı son şey bu olmuştu.

Gavin elini sırtıma koydu.

"Oku onu," dedi annem yumuşak bir sesle. "Öğrenmenin vakti geldi, tatlım."

"Öğrenmek mi?" diye sordum annemin yüzüne bakarak. Gözlerinde yaşlar vardı. Vicdan azabının, pişmanlığın yaşları. Ve sevginin gözyaşları. Hiçbir zaman mükemmel bir anne olmamıştı. Ve uzunca bir zaman için iyi bir anne bile sayılmazdı. Ama onu uzun zaman önce affetmiştim ve her şeye rağmen seviyordum.

Zarfı açtım ve titrek bir sesle okumaya başladım:

Benim canım kızım,

İşte sona ulaştın. Mektupları okudun ve hepsini bulabildiğin için seninle gurur duyuyorum. Bulacağını biliyordum. Onları okumanı, böylece beni tanımanı, gerçekten tanımanı istedim. Hiçbir zaman günlük tutmadım. Tutmuş olsaydım bile onu seninle paylaşmaktan utanabilirdim. Sahip olduğum tek şey bu mektuplardı ve onları okumanı istedim.

Margaret öldükten sonra kız kardeşi Roberta mektupları bana gönderme nezaketini gösterdi. Arkadaşımın ani ölümü beni öyle sarsmıştı ki onları tekrar okumaya dayanamadım. Mektupları bir ayakkabı kutusuna koydum ve bana çok acı verdiği için Margaret'ı aklımdan çıkardım. Margaret çok genç yaşta, hayatının en güzel çağında öldü. Ama hatırası daima kalbimde yaşadı. Kendinden bir parçayı burada bıraktı. Ve Mavi Kuş Kitabevi'nin bir parçasını da beraberinde götürdü.

June, söylemeye çalıştığım şey, İyi Geceler Aydede'nin bu kitabevinde doğmuş olduğu. Zaten mektuplardaki parçaları bir araya getirmiştin, değil mi? Gerçekten de burası her şeyin başladığı yer. Bu gerçeği onca yıl kendime sakladım. Bunu herkese duyurmak, bana doğru bir şeymiş gibi gelmedi. Duyurmak istediğimde ise henüz doğru zamanı olmadığını hissedip durdum. Ama günün birinde onları bulman için her şeyi burada bırakacağımı biliyordum. Tıpkı keşfedilmeyi bekleyen bir hazine gibi. Umarım bunu kitabevini kurtarmak için kullanabilirsin. İnsanların Margaret'ın çocuklara ve yetişkinlere dokunan kitabına ilham veren bu yere gelmek isteyeceklerini umuyorum.

June, onunla istediğini yapabilirsin. Elinde tuttuğun imzalı İyi Geceler Aydede baskısının şimdi küçük bir servet değerinde olduğunu eklemeliyim. Margaret kitabın basıldığı gün matbaa makinesinin başına dikilmişti (işte böyle sözünü geçiren biriydi ve bu huyu matbaacıları deli etse de onu bu yüzden seviyordum!). Sonra da taşıma kayışındaki baskıdan çıkan ilk kitabı kapmıştı. Kitabın sonunda bir hata vardı. Son sayfayı aç, göreceksin. Baskı kalıbı kaydığı için pencerenin önünde bir yerine iki fare var. Margaret bunun kader olduğunu ve iki farenin bizi temsil ettiğini söylemişti. Huzurlu bir gecede pencerenin ardındaki ay ışığına, ihtimallerle dolu dünyaya bakan iki arkadaş.

İşte sevdiğim Margaret buydu. Dünya onun ayaklarının altındaydı. Hayal kurmaktan asla vazgeçmezdi.

O kitap artık senin. İster sat, ister sakla, ne istersen onu yap. Kitabevinde ondan başka değerli, çok sayıda daha ilk baskı var. Başını soktuğun çatıyı koruma ihtiyacı duyarsan onları sat, lütfen. Hepsini senin için aldım, June. Ne yaptıysam senin için yaptım. Her zaman.

Bu yazdıklarım sana saçma, hatta belki beklenmedik gelebilir. Ama artık çok uzun zamandır sakladığım, en derin sırrımı açıklamanın zamanı geldi. 1970 yılında, kırk altı yaşındayken, melek gibi bir yüzü ve mavi gözleri olan ilk ve tek çocuğumu, kızımı dünyaya getirdim. Hayır, erkek değildi, ama bizi izleyen gözlerin onun erkek olduğunu sanmasını istedim (ona mavi renk giysiler giydirdim ve doğum belgesine cinsiyeti belirsiz bir isim yazdırdım: J.P.)

Bebeğimi tüm kalbimle sevmeme rağmen, kendi güvenliği için ona veda etmek zorunda kaldım. Babası Seattle'ın varlıklı ve güçlü bir ailesine mensup bir Magnuson'dı. İyi bir adam olmasının ve onu çok sevmemin yanı sıra, o bir başkasıyla evliydi. Küçük kızımın doğumundan beş ay önce hayata veda etti. Karısı bebeğimi öğrendiğinde öfkeden deliye döndü. Bunu bana ödetmenin bir yolunu bulmak için tüm nüfuzunu ve avukatlarını kullanacağından korktum. Ve denedi de. Bebeğim yedi aylıkken onu bir battaniyeye yatırıp, birkaç dakikalığına arkamı dönmüştüm. Geri döndüğümde takım elbiseli ve siyah gözlüklü bir adam onu kucaklamak üzereydi. Neyse ki çığlığım adamı korkutup kaçırdı. Siyah bir Cadillac'a atlayıp hızla uzaklaştı, ama ertesi gün kitabevi açılmadan önce pencereden içeriyi gözetliyordu.

Bebeğimin gece ya da gündüz, her an kaçırılabileceğini bilerek yaşayamazdım. Kızım güvende değildi. Polise gittim, fakat pek ilgili olmadılar. Ayrıca polis şefi de bir Magnuson'dı.

Böylece o yürek burkan kararı vererek, bebeğimi evlatlık verdim. Gizli bir evlat edindirme değildi, böylece onu dilediğim zaman görebilecektim. Ama Magnuson Ailesi'nin bunu bilmesine izin vermedim. Avukatları aracılığıyla haber yollayıp bebeğimi (oğlumu) New York'taki varlıklı bir aileye verdiğimi ve Victoria Magnuson'ın bundan böyle mutlu olacağını umduğumu söyledim. Böylece onu başımdan savmış oldum. O siyah Cadillac bir daha gelmedi. Ama minik kızım için hâlâ yeni bir ev bulmam gerekiyordu ve bildiğim bir tek yer vardı. Bana yakın olan bir yer. Seattle'daki tek ailem.

June, söylemeye çalıştığım şey şu: Benim bebeğim sensin. Seni yeğenim, yani annen bildiğin tek insan büyüttü. O elinden gelenin en iyisini yaptı. Ben de öyle.

Tabii bu anlaşmayı kendi içimde binlerce kez sorguladım. Bilhassa evde işlerin senin için kötü gittiği zamanlar. Neyse ki zorlukları fark ettiğimde müdahale edecek kadar yakınındaydım. Annen de evdeki durumları düzeltmek adına elinden geleni yapıyordu. Yaptı da. Yapacağını biliyordum. O, seni kendi kızı gibi sevdi, June. Ve bunun için ona daima minnettar olacağım.

Hiçbirimiz mükemmel değiliz ve belki de bu senin için verdiğim en iyi karar değildi. Ama o zamanlar yapabileceğim tek şey buydu. Güvende olacağını biliyordum.

Anlamış mıydın? Seni ne kadar sevdiğimi görebiliyor muydun? Bu bir anne sevgisiydi. Benim canım kızım, hayalini kurduğum hayat bu değildi. Ama hayat hiçbir zaman hayallerimizdeki gibi gitmiyor, öyle değil mi? Bahçe çitleriyle çevrili bir evim olmadı. Üzerime titreyen bir kocam olmadı. Bana anne dediğini bile duyamadım. Ama yine de sen vardın. Ve bu hepsinden iyiydi.

Baban seni hiç tanıyamadı. Tanısaydı, tıpkı benim gibi o da seni ilk görüşte severdi. Sen bizim aşkımızın meyvesiydin, hiç beklemediğimiz bir anda gelen bir hediyeydin. Aşk hikâyemizin sonunda gelen bir hediye. Kaderimde Anthony ile sonsuza dek mutlu yaşamak yazmıyordu ama sen bana mutlu bir son verdin.

Ve bir de bu harika kitabevi vardı. Daha fazla devam edemeyeceğimi hissettiğim anlarda, bana daima güç verdi. Burası sırtımı yasladığım sağlam kayaydı, benim huzurumdu. Ve umuyorum senin için de öyle olacak. Çok uzun zamandır yoktun, tatlım. Artık evine gel. Ve bu defa kal.

Söylemek istediğim bir şey daha var. Son bir rica. Margaret ile birbirimize yazdığımız mektupları okuduğuna göre kardeşliğe verdiğimiz değeri anlamış olmalısın. Margaret bu dünyada olduğu sürece benim için bir kız kardeş gibiydi. Öz kardeşim Lucille ile aramızdaki soğukluğun verdiği acıyı hafifletmeme yardımcı oldu. Ne yazık ki Lucille, onunla aramızı düzeltemeden önce öldü. Sonumuzun böyle olacağını hiç ummamıştım. Lucille'in anıları hiçbir zaman aklımdan çıkmadı. Amy ile sonunuzun aynı olmaması için dua ediyorum. Doğrusu Mavi Kuş Kitabevi'ni kaybetme korkusundan çok Amy ve senin için korkuyorum. Her ne olursa olsun kardeşler birbirinin diğer yarısıdır ve birbirlerine aittir.

Hayata kardeşin olmadan devam etmek, bir kolun olmadan yaşamak gibidir. Eksikliğini her gün hissedersin. Sen ve Amy için daha mutlu bir hayat istiyorum. İkiniz de bunu deneyeceğinize dair bana söz verin, olur mu?

Mektubu okumaya ara vererek annemin gözlerine baktım. "Çok mutlu olurdu," dedi annem gözyaşları içinde. Başımla onaylayarak okumaya devam ettim.

Ah, madalyona gelince. Benden kaç kez onun içinde ne olduğunu göstermemi istediğinizi hatırlıyor musun? Sayısını unuttum. Şu an boynunda mı? Tabii ki öyle. Aç onu, tatlım. İçinde son bir sürpriz var.

Bu hayattan ve sonraki hayattan sevgilerimle,
Seni çok seven annen,
Ruby

Öyle nutkum tutulmuştu ki konuşamıyordum. Annem kollarını bana doladı. Gavin gözlerinde yaşlarla bizi izliyordu.

Kimse tek kelime etmiyordu. Huzur veren bir sessizlikti bu. Gözümün önünden sessizce geçen otuz beş yıllık bir hayat... Tek düşünebildiğim şey Ruby idi. Annem. Benim *annem*. Pek çok duyguyu aynı anda yaşıyordum. Ama içlerinden en çok sevgiyi hissediyordum. Büyük bir sevgi. Boynumdaki madalyona dokunup, elimle zincirini takip ettim ve kopçasını açarak onu avucuma düşürdüm.

"Otursana," dedi Gavin nazikçe

Tamam, dercesine başımı salladım. Ardından şöminenin yanındaki koltuğa oturup, madalyonu açmaya çalıştım. Sıkışmıştı. Tekrar denediğimde, bu kez açıldı ve içinden minik, sarı bir saç buklesi çıktı.

"Senin saçındı," dedi annem, "bebeklik saçın." Ardından bir yazıyı işaret etti. "Bak, senin adın yazıyor." Gözlerimi kısarak, madalyonun ortasına kazınmış olan yazıya baktım. 'June Patricia' yazıyordu. Tabii ya, Patricia, Ruby'nin ikinci adıydı. Hep annemin bu ismi bana Ruby'yi onurlandırmak için verdiğini düşünmüştüm.

"J.P.," dedim gözyaşları içinde.

"Onu boynundan hiç çıkarmazdı," dedi annem. "O madalyonun seni yüreğine yakın tuttuğunu söylerdi." Gözünden akan bir damla yaşı sildi.

"Aldığım burs," diye mırıldandım. "O Ruby idi, değil mi?"

Annem başını sallayarak onayladı. "Seni gönderebilmek için kitabevini ipotek gösterip kredi çekmişti."

"Ah, anne," diyerek başımı omzuna yasladım. "Bilmiyordum."

"Hayır, biliyordun," dedi annem. "Kalbin biliyordu."

Başımı olumlu anlamda salladım. Evet. *Bazen aradığın şey tam da burnunun ucundadır.*

Sandığın dibinde iple bağlanmış eski, kalın bir deste zarf vardı. Onların Margaret'ın ölümünden önceki yıllarda birbirlerine yazmış oldukları mektuplar olduğunu biliyordum. Ve bir an önce okumak için sabırsızlanıyordum.

Arkamda hafif bir ayak sesi duyarak başımı kaldırdım. May kapı eşiğinde durmuş, bize bakıyordu. "Gülüşünden anlamalıydım," dedi. Hiçbirimiz onun geldiğini duymamıştık. Hem şaşırmış, hem de biraz ürkmüştüm. *Ne zamandır buradaydı?* Her zaman kusursuz olan saçları şimdi biraz dağılmış görünüyordu. Ağlıyordu, ama aynı zamanda gülümsüyordu da. "Tıpkı annene benziyorsun."

"May, ben... Ben ne diyeceğimi bilmiyorum," dedim. "Bu benim kadar senin de hayatını değiştirecek bir gerçek olmalı."

"Sanırım bu bizi kardeş yapıyor," dedi May bana doğru bir adım atarak. "Bunca zaman bir erkek kardeşim olduğunu sanıyordum." Gözünden süzülen yaşı sildi. "Galiba hep babamın onu benden daha çok sevdiğini düşündüm," diyerek kitabevine göz gezdirdi. "Onun kalbi buraya ve Ruby'ye aitti. Her gece eve geç gelirdi. Sırf uykuya yenik düşmeden önce onu birkaç dakikalığına görebilmek için uyumaz, eve gelmesini beklerdim. Ama o Ruby'yi bana tercih etti. Böyle söylemek kulağa hiç hoş gelmiyor ama gerçek bu."

"Ah, May," dedim omzuna dokunarak. "Baban çok zor bir durumdaymış."

"*Babamız*," dedi May.

Gözyaşları gözlerimi yakıyordu. Hâlâ olanları anlamaya çalışıyordum. Evet, Amy gitmişti. Ama şimdi karşımda duran May'e baktıkça, kendimi hiç beklenmedik bir hediye almış gibi hissediyordum. Bir kız kardeş.

"Babam bir keresinde bana *İyi Geceler Aydede*'nin bir baskısını vermişti," dedi May. "İlk baskıydı. O zamanlar bilmiyordum, ama onu Ruby'den almış olmalıydı. Onu onuncu yaş günümde getirmişti ve o ana dek gördüğüm en güzel şey olduğunu düşünmüştüm. Kapağının iç tarafına bir yazı yazmıştı. Kızına olan sevgisini anlatan bir yazı. O kelimeler babamın benim için yazdığı tek şeydi. Ve o kitabın üzerine titriyordum. Ama babamın cenazesinden eve dönüp, Ruby'nin hamile olduğunu öğrendiğimde öfkeden deliye döndüm. Bu, anneme ve bana yapılan en büyük ihanetti. Bu yüzden o kitabı ve babamla olan fotoğraflarımızı bir kutuya doldurup, onları Ruby'nin adına kitabevine bıraktım. Babamla ve onun anılarıyla olan son bağımı koparmak istemiştim." May kederli bir iç çekti. "Yine de tüm öfkeme rağmen, bir tarafım onu affetmiş ve Ruby'ye olan aşkını kabullenmiş olmayı diliyordu," diyerek başını iki yana salladı. "Ama artık çok geçti."

Gözyaşlarımı tutmaya çalıştım. "Neden doğruca gelip Ruby ile konuşmadın?"

"Yapamadım," dedi May. "Yapamazdım. Babam öldükten sonra kitabı raflardan birinde görmeyi umarak birkaç kez kitabevine geldim. Hatta yıllar önce Ruby'ye isimsiz bir mektup bile yollamıştım. Ona o kitap için küçük bir servet ödeyebileceğimi yazmıştım. Hem Ruby ile hem de öylesine değerli bir hediyeyi kendi ellerimle, acımasızca vermiş olduğum gerçeğiyle yüzleşemeyecek kadar gururluydum."

"Ama bilseydi," dedim, "Ruby onu sana verirdi."

"Onunla yüz yüze gelemedim. Çok öfkeliydim."

"İncinmiştin," dedim. "İnsanlar incindikleri zaman karakterlerine aykırı davranırlar."

"Artık büyümüş olsam da," dedi May gözyaşları içinde, "hâlâ babamın sevgisine layık değilmişim gibi hissediyordum."

"Ama layıktın, May," dedim. "Eminim baban iki dünya arasında sıkışıp kaldığın için pişmanlık duymuştur."

May, *İyi Geceler Aydede*'yi eline aldı ve babasının yazdığı nota bakmak için kapağını açtı. "Çoktan silinmiş," dedi.

"Bir dakika," dedim, Ruby'nin yatağının altındaki henüz açmadığım son birkaç kutuyu hatırlamıştım. "Gel benimle."

Gıcırdayan merdivenlerden üst kattaki daireye çıktık. Annem, May ile beni takip ederek beşikteki Ruby'yi kucağına aldı. Ardından bana bir göz kırptı ve bizi baş başa bırakmak için aşağıya, Gavin'ın yanına döndü.

"Bu katı hep merak etmiştim," dedi May. "Burası onların

küçük aşk yuvasıydı." Kelimeleri, tanıştığımız ilk günkü gibi sert ve soğuk değildi. Artık yumuşamıştı.

May etrafa göz gezdirerek, "Çok güzelmiş," dedi. "Babamın neden burada olmayı sevdiğini görebiliyorum. Son derece sade bir yer ama onu özel yapan da bu. Annem sadeliğe hiç gelemezdi. Her şey altın varaklı ve süslü olmak zorundaydı."

Ruby'nin yatağının yanına diz çöktüğümde, May yanıma gelerek oturdu. "Özür dilerim," dedi.

"Ne için?"

"Kitabevine habersizce girdiğim ve seni gizlice gözetlediğim için. Ben sadece..."

"Seni affettim," dedim, May'in cümlesini tamamlamasını beklemeksizin.

"Gerçekten mi?"

"Gerçekten."

Yatağın altındaki iki kutuyu çekip çıkardım. İkisinin de içinde kitaplar, defterler, iple bağlanmış eski faturalar ve belgeler vardı. May'in yüzündeki ifadeden, kutuda tanıdık bir şey gördüğü anlaşılıyordu. "İşte burada!" diye bağırdı kutuya yaklaşarak. "Bu o kutu."

May kutudan babasıyla çocukken çekilmiş olan çerçeveli bir fotoğrafını çıkardı. Koyu renk saçları ve kadife paltosuyla bir melek gibi görünüyordu. Fotoğrafta el ele tutuşuyorlardı ve babasına dünyanın en muhteşem insanıymış gibi bakıyordu.

Kitap, diğer birkaç çerçeveli fotoğrafın hemen altındaydı. Kapağını görür görmez tanımıştım. May kitabı eline aldı. Kapağı açılırken kitap hafifçe çıtırdadı.

"Canım kızım," diye okumaya başladı May, babasının 1947'deki doğum gününde yazdığı kelimeleri. "Kendini üzgün ya da yalnız hissettiğinde, bu dünyanın iyiliklerinden şüphe ettiğinde, sana yardım etmek ve seni neşelendirmek için daima yanında olabilmeyi dilerdim. Umarım olmadığım zamanlar başını kaldırıp gökyüzündeki aya bakar ve sana olan sevgimi hissedersin. Seni daima seven ve sonsuza dek sevecek olan baban."

May, kelimelerin yazılı olduğu sayfayı öperek ağlamaya başladı. Ağlarken sarsılıyordu. Elimi omzuna koydum. "Bize Seattle'ın en güzel aylarının isimleri verilmiş*," dedim "Mayıs, hazirandan önce gelir," diyerek durakladım. "Önce sen geldin. Bunu unutma." May başını olumlu anlamda salladı. Yalnızca iki kardeşin yapabileceği gibi, birlikte ve birbirimizden çekinmeksizin ağlamaya başladık.

---

* *İng*. May: Mayıs, June: Haziran. (Çev. N.)

Yirmi Beşinci Bölüm

Yardım daveti akşamı, Gavin kitabevinin kapısında durarak bana baktı. Gri takım elbisenin içinde oldukça yakışıklı görünüyordu. "Nasıl buldun?" diye sordu sırıtarak. "Bu bir kitap partisi, o yüzden F. Scott Fitzgerald gibi görünebilirim diye düşündüm."

"Çok yakışıklı görünüyorsun," diyerek dudaklarına bir öpücük kondurdum. Kendimi gergin hissediyor ve yerimde duramıyordum. "Umarım gece güzel geçer. Güzel geçmek zorunda."

"Minik Ruby nerede?" diye sordu Gavin.

"Annem bu gece yukarıda onunla birlikte kalacak," dedim. "Kucağımda bebekle davetlileri iyi ağırlayamam diye düşündüm." Gavin'ın arkasında bir şey sakladığını fark ettim. "Elinde ne var?"

Gavin haylazca gülümseyerek, ellerinde mırıldayan minik kedi yavrusunu gösterdi. "Her kitabevinin bir kedisi olması gerekir," dedi gururla.

"Ayy, çok tatlı," dedim yavruya bakarak. "Adı ne olsun?"

"Margaret'a ne dersin?"

"Çok resmi. Ama Ruby ona Brownie dermiş. Ona ne dersin?"

Kedi mırıldayarak ayaklarıma süründü. Gavin gülümsedi. "Gerçekten de bir Brownie gibi *görünüyor*." Ardından elini arka cebine attı. "Ah, sana göstermem gereken bir şey var."

Bana rulo yapılmış ve cebinde biraz ezilmiş olan bir kâğıt uzattı. "Bir kitabevi-kafe açmakla ilgili konuştuklarımızı hatırlıyor musun?"

Evet dercesine başımı salladım.

"Pekâlâ, bunu nasıl yapabileceğimize bakmak için bir mimarla görüştüm," dedi kâğıdı açarak. "Bunlar sadece ilk krokiler. Bak, kitabevi olduğu gibi kalacak. Şu duvarı yıkıp ikisini birleştireceğiz."

Krokiye dikkatle göz gezdirdim. Mimar harika bir iş çıkarmıştı. Ona baktıkça yeni hikâye kitaplarını kapışan, sonra da yan tarafta aileleriyle birlikte öğle yemeği yiyen ya da sıcak çikolata içen çocukları görebiliyordum.

"Çok beğendim," dedim. "Gerçekten beğendim."

Gavin derin bir nefes aldı. "Beğeneceğini umuyordum." Kâğıdı tekrar rulo yapıp, Ruby'nin masasının çekmecesine bıraktı.

"İçerisi harika görünüyor," dedi Gavin.

"Kapının önündeki camgüzellerini gördün mü? Onları bir çocuk yuvası hediye etti. Dükkânın girişine bakıp bakıp, 'Ne eksik?' diye düşünüyordum. Sonra camgüzellerinin eksik olduğunu anladım."

"Neden onlara camgüzeli demişler?"

Ruby'nin yaptığı gibi gülümsedim. "Bize sabırlı olmamızı hatırlattıkları için."

Gavin katıldığını belirtircesine başını salladı. "Ve olacağız da. Biz yapacağımızı yaptık, şimdi insanların onu tamamlayıp tamamlamayacağına bakacağız."

İlk gelenler Peter ile Nate oldu. Gavin ikisine de içinde daha fazla bağış seçeneğinin bulunduğu birer liste olan, özel basım *İyi Geceler Aydede* kitabından verdi. Peter ve Nate hayranlıkla etrafa göz gezdirdiler. "Muhteşem," dedi Peter bana sarılarak. "Margaret Wise Brown'un neden buradan esinlendiğini anlayabiliyorum."

"Geldiğiniz için çok teşekkür ederim," dedim. "Arkadaşlık puanlarınıza bir yenisini eklediniz, biliyorsunuz değil mi?"

Peter güldü. "Ufaklık nerede?"

"Annemle birlikte yukarıda. Yarın gel de seni onunla tanıştırayım. Manevi babasını çok sevecek."

Peter ve Nate kendilerine birer meze tabağı ve şarap alırken, diğer davetliler de yavaş yavaş gelmeye başlamışlardı: Gepetto'nun sahipleri, Joe ve karısı, J.P. ve kütüphaneden üç iş arkadaşı ve daha tanımadığım düzinelerce insan. Gavin ile onları karşılıyor, hepsine yürekten teşekkürlerimizi sunuyorduk. Ve tam da Antonio's'un caz orkestrası çalmaya başladığı sırada, Bill Gates ve eşi Melinda kapıda belirdiler. Biraz uzakta siyah takım elbiseli, kulağında kulaklık olan bir adam duruyordu. Herhalde koruma olmalıydı. Bill (Bill!) sıcak bir gülümsemeyle elini uzattı. "Siz June olmalısınız," dedi.

"Evet, merhaba, Bay Gates," dedim gülümseyerek.

Bill Gates, eşi Melinda'yı tanıştırdıktan sonra hayranlıkla etrafa bakındı. "Tıpkı küçüklüğümdeki gibi," dedi, Ruby'nin masal saatleri düzenlediği yere giderek. "Tam burada oturup teyzenizin okuduğu masalları dinlerdim. Size yemin ederim, çocukluğuma ait en güzel anılarımdan biri bu."

"Mavi Kuş Kitabevi'nin sizin için bu kadar anlamlı olduğunu bilmek Ruby'yi çok mutlu ederdi," dedim.

"Vefatını duyduğuma çok üzüldüm," dedi Bill.

Gavin, Melinda'ya bir adet *İyi Geceler Aydede* uzattı. Bill ve Melinda gülümseyerek birer kadeh beyaz şarap aldılar. Tam o sırada birinin omzuma dokunduğunu hissettim.

"Affedersin, June?" dedi yetmişli yaşlarında, kır saçlı, zayıf bir adam.

"Evet, benim," diye yanıt verdim.

"Benim adım Clive," dedi. "Bu gece gelmek istedim çünkü on beş yaşındayken Seattle'a tatile gelmiştim. Mesele şu ki buraya gelmekten nefret ediyordum. Yağmuru sevmiyordum. Birlikte uyumak zorunda olduğum sinir bozucu kuzenlerimden nefret ediyordum. Derken bir gün, annem beni bu kitabevine getirdi. Önce tamamen karşı çıktım. Ama sonra şuradaki küçük masaya oturdum. Ve bir yazar, gerçek bir yazar, benimle ve diğer çocuklarla bir şeyler yazmak hakkında konuştu. Çocuklar için kitaplar yazıyordu ve hayatlarımızdan esinlendiğimiz hikâyeler yazmakla ilgili şeyler anlattı. Coşkusu tek kelimeyle bulaşıcıydı. Eve gider gitmez ilk hikâyemi yazdım. Sanırım bu yüzden yazabildiğim kadar çok roman yazmaya devam ettim."

"Bir dakika," dedim hayretle. "Adınızın Clive olduğunu söylediniz. Yoksa siz Clive...?"

"Evet, Clive Cussler," dedi gülümseyerek. "Her şey burada, bu kitabevinde başladı. Sanırım hikâyelerimin sürekli Kuzeybatı Pasifik'te geçiyor olmasının sebebi bu."

Gavin usulca yanıma yanaştı. "Düşündüğüm kişi mi?" diye fısıldadı kulağıma.

"Evet," dedim. "Clive Cussler. Şu an heyecandan aklımı kaçırmak üzereyim."

"Sanırım herkes burada," dedi Gavin. "Çıkıp birkaç şey söylemek ister misin?"

Evet dercesine başımı salladım ve derin bir nefes aldım.

Gavin elimi hafifçe sıktı. "Bunu yapabilirsin. Ruby için. Minik Ruby için. Bizim için."

Gülümseyerek Ruby'nin masasının önüne geçtim. Bir bıçakla elimdeki kadehe birkaç kez vurup, kalabalığa gülümsedim. Herkes bir anda susarak bana döndü.

"Herkese merhaba. Bu akşam Mavi Kuş Kitabevi'nin yardım toplama davetine geldiğiniz için hepinize çok teşekkür ederim! Ben, June Andersen. Ruby Crain'in... *kızıyım*. Annemin yıllar boyunca her birinizde bir iz bıraktığını biliyorum. Bu gece, bu kitabevine ve ömrünü çocuklara edebiyatı sevdirmeye adayan anneme olan saygılarını göstermek için gelen dünyaca ünlü iki yazar ve işadamıyla konuştum. Kim olduklarını biliyorsunuz. Bu kitabevinin ne kadar çok insana ilham verdiğiyle ilgili hikâyeleri hayranlıkla dinliyorum." Derin bir nefes aldım. "Bildiğiniz gibi, Ruby tüm zamanların en iyi çocuk kitabı yazarı olan ve *İyi Geceler Aydede*'yi yazan Margaret Wise Brown'un arkadaşıydı. Edebiyat tarihine adını yazdıran bu kadınla arkadaş olduğu için övünmektense, bunu bir sır olarak sakladı. Ve bu sırrı, kitabevini miras aldığımda keşfetmem için bana bıraktı. Benim için gerçekten de bir keşifti. Ruby ve Margaret'ın mektuplarında birbirleriyle nasıl dertleştiklerini ve birbirlerine nasıl cesaret verdiklerini gördüm. Bunların içinde belki de en önemlisi, Margaret'ın kendini kaybolmuş hissettiği bir dönemde Ruby'nin onu yazmaya devam etmesi için teşvik etmesiydi."

Konuşmama ara vererek sıcak, gülümseyen yüzlerle dolu odaya göz gezdirdim. Yeni erkek arkadaşıyla birlikte beni dinleyen Adrianna'yı gördüğümde, içimin huzurla dolduğunu hissettim. Hem onun adına hem de kendi adıma mutlu olmuştum. Boğazımı temizleyerek konuşmaya devam ettim. "Bu kitabevinin, yani şu an bulunduğumuz yerin *İyi Geceler Aydede*'nin doğduğu yer olduğunu öğrenmek eminim size heyecan verecektir. HarperCollins hepiniz için özel basım bir kitap gönderme nezaketinde bulundu. Sayfalarını karıştırırken ona bir başka gözle bakacağınızı umuyorum. Çünkü her sayfasında Mavi Kuş Kitabevi'nin ve Ruby'nin bir parçası var."

Kalabalık tezahüratlar eşliğinde alkışlarken gülümseyerek derin bir nefes aldım. Ardından çekmecedeki taslağı ve kitabın ilk baskısını çıkardım. "Sizlere Ruby'nin özenle sakladığı, daha önce hiç meydana çıkmamış olan iki değerli şeyi göstermekten mutluluk duyuyorum. İlki 1946'da, *İyi Geceler Aydede* basılmadan kısa bir süre önce Ruby'ye verilen kitabın bilinen tek taslağı. Ve kitabın basıldığı gün Margaret'ın Ruby için matbaa makinesinden aldığı ilk kitap."

Gavin yanıma geldi. Elimdekileri üst katta güvenilir bir yere bırakması için ona uzattım. "Hepinizin bildiği gibi Mavi Kuş Kitabevi ciddi maddi zorluklarla karşı karşıya. Kaldı ki bu, günümüzde çocuk kitabevleri için hiç de alışılmadık bir durum değil. Ama Ruby'nin mirasını devam ettirmeye ve eğer mecbursak zorlu bir mücadele vermeye kararlıyız. Fakat bunu yalnızca sizin yardımlarınızla yapabiliriz. Elinizdeki özel basım *İyi Geceler Aydede* kitaplarının içinde, kitabevine destek olabileceğiniz çeşitli yolları listeleyen bir kâğıt var. Dilerseniz bir dakikanızı ayırıp formu doldurabilir ve onu Peter'a, kapının yanında duran arkadaşımıza verebilirsiniz. Bu akşam toplanacak olan bağışlarla kendisi ilgilenecek." Peter kalabalığa el salladı. "Lütfen müziğin ve Antonio's restorandan gelen mezelerin tadını çıkarın. Harika desteğiniz için hepinize tekrar tekrar teşekkürler."

Kalabalığın alkışından sonra Bill Gates elini kaldırdı. "Ben de bir şeyler söyleyebilir miyim?"

"Tabii," dedim hemen. "Lütfen."

"Herkese merhaba," dedi Bill. Kendini tanıtmasına gerek yoktu, herkes onun kim olduğunu biliyordu. "Seattle'da büyüyen biri olarak çocukluğumun pek çok mutlu saatini bu kitabevinde geçirdim. Bu gibi yerler önemlidir çünkü çocuklarımıza edebiyat sevgisini aşılarlar. Onların hayal gücünü ateşlerler. Ruby Crain'in Mavi Kuş Kitabevi de ben ve Seattle'da büyüyen çok sayıda çocuk için aynen böyle yaptı. Ve şimdi kitabevi kapanmanın eşiğinde. Aslına bakarsak ülke çapındaki çoğu kitabevi aynı kaderi paylaşmaktalar. Çocuk edebiyatına ve bu gibi kitabevlerine destek olmazsak gözümüzün önünde yok olacaklar. Sizden Mavi Kuş Kitabevi'ne destek olmak için bana katılmanızı istiyorum. Böylece önümüzdeki yıllarda çocuklar için bir merak ve keşif yeri olmaya devam edecektir."

Alkışlar sona erdikten sonra kalabalığı yararak Peter'ın yanına vardım.

"Bu gece büyük bir iş başardın," diye fısıldadı.

"Teşekkürler," dedim.

"Şimdi git ve bir kadeh şarap iç," diyerek beni kovaladı. "Paraları ben toplarım. Bu benim işim."

İçimden dua ettim. *Lütfen, Tanrım, lütfen Mavi Kuş Kitabevi'ni açık tutmaya yetsin.*

Gavin bir pastacı arkadaşının 'büyük yeşil oda' süsü verdiği pastayı kesti. Herkes bir dilim aldıktan sonra parti yavaş yavaş hızını kaybetmeye başladı.

Peter'ın destek formlarını topladığı masaya gergin bir şekilde göz gezdirdim. Son davetliler de ayrılınca, Nate ile kapıyı kilitleyip doğruca Peter'ın yanına koştuk.

"Ne kadar topladık?" diye sordum.

Peter başını kaşıdı. "Sekiz kere hesapladım," dedi başını iki yana sallayarak. "Üzgünüm, June, yetmeyecek."

Gözlerimi iri iri açtım. "Bilet satışlarını ekleyince bile mi? Ekstra bağışları ekleyince bile mi?"

Peter başını sallayarak doğruladı.

"Bireysel emeklilik hesabımdakileri ve birikimimi de hesapladın mı?"

"Hepsini hesapladım," dedi Peter. "Hâlâ eksik. Hem de fazlasıyla."

Mağlup bir şekilde yere çöküp, başımı ellerimin arasına aldım.

"Dinle," dedi Peter aniden. "Nate ile biraz birikmiş paramız var. Fazla bir şey değil. Onu bu kış mutfağımızı yenilemek için kullanacaktık ama buna gerçekten ihtiyacımız yok, öyle değil mi, Nate?"

"Doğru," dedi Nate neşeyle.

"Hayır," dedim başımı iki yana sallayarak. "Yapamam, sizden bunu yapmanızı isteyemem."

Peter dalgın bir şekilde başını salladı. "Korkarım sana o paranın her kuruşunu versek bile yine de yetmeyecek." Bir süre durup düşündü. "Belki ilk baskıları bir koleksiyoncuya satabilirsin?"

"O zaman da kitabevinin ruhunu satmış olurum. Doğru olmaz."

Peter başını sallayarak doğruladı. Ayağa kalkıp derin bir iç çektim. "Galiba buraya kadar," dedim. "Denedik ve başaramadık."

Mavi Kuş Kitabevi'ne, Ruby'nin hayatını adadığı işine göz gezdirdim. "Ama denemeye değerdi," dedi Peter. "Bundan asla pişmanlık duymayacaksın."

Gavin'ın dışarıda, kapının önünde durduğunu gördüm. Davetliler gittikten sonra kirli bulaşıkları restorana taşımaya başlamıştı. Onu dışarıda unutmuş olmalıydık.

Keyifsiz bir şekilde kapıyı açmaya gittiğimde, Gavin'ın elinde eflatun güllerden oluşan kocaman bir buket olduğunu gördüm.

"Birileri en sevdiğim çiçeği biliyor," dedim kapıyı açarak.

"Keşke kendime pay çıkarabilseydim, ama çiçekler benden değil," dedi Gavin buketi bana uzatarak.

Omzumu silkerek çiçekleri yakındaki bir rafa bıraktım.

"Kartı açıp kimden geldiğine bakmayacak mısın?"

"Çiçekler kitabevini kurtarmayacak," dedim.

Gavin kaşlarını çattı. "Yani yeterince toplayamadık mı?"

Başımı sallayarak doğruladım.

"Ah, June," dedi. "Çok üzgünüm."

Gözlerim yaşlarla dolarken, Gavin'ın çiçeklerin üzerindeki kartı açıp okuduğunu fark etmedim bile. Çok geçmeden bana bakarak gülümsedi. "June, bunu okumak isteyeceksin."

Ne yazdığını zaten biliyordum. Çocukken Mavi Kuş Kitabevi'ni seven bir başka Seattle sakininden iyi dilekler... Hepsine tek tek cevap yazmalı ve onlara başaramadığımı, kitabevinin yakında kapanacağını söylemeliydim.

Gavin kartı bana uzattı. Gözleri heyecanla parlıyordu. "Okusana!"

Kartı alarak okumaya başladım:

June,

Seni CNN'de izledim. Çok iyi iş çıkardın, evlat. Şimdiye dek binlerce işyeri kapattım. Ama bu seferkini kurtarmaya yardım edebilirim diye düşündüm. Haciz kâğıtları ortadan kalktı. Borcu bizzat kapatacağım. Çok uzun zaman önce kitapları seven küçük bir çocuktum. Bana bunu hatırlattın.

Sevgiler, Arthur
(diğer adıyla, şimdiye dek tanıdığın en iyi pislik)

"Peter, Nate," diye bağırdım, "buraya gelin!"

Notu onlara uzattım. Hepimiz onu tekrar tekrar okuduk. Ağladık. Sevinç çığlıkları atıp güldük. Bir şişe daha şarap açıp, Mavi Kuş Kitabevi'nin geleceğine kadeh kaldırdık.

Başımı iki yana salladım. "Arthur'un böyle bir şey yapacağını hiç tahmin etmezdim. Sanırım sana teşekkür etmeliyim, Peter. Ona e-posta atmamı sen sağlamıştın."

Peter başını olumlu anlamda salladı. "Gördün mü? Onun da bir kalbi olduğunu biliyordun."

"Galiba öyle," dedim. "Sadece bu kadar büyük bir kalbi olduğunu bilmiyordum."

Yirmi Altıncı Bölüm

Peter ve Nate otellerine gittikten sonra annem de aşağı indi. Ona iyi geceler demeden önce güzel haberi verdim. Ruby üst katta, Gavin'ın kız kardeşinin hediye olarak gönderdiği yeni beşiğinde uyuyordu. Annem de gidince, Gavin ile konfetilerin, yarısı yenmiş pasta ve meze tabaklarının ortasında baş başa kaldık. Üst raftaki bir tabağa uzanıp temizliğe başladığım sırada, Gavin'ın kolunu belimde hissettim.

"Bu gece temizlikle harcanmayacak kadar güzel bir gece," diye fısıldadı kulağıma. "Sabah yaparız. Gel, oturalım."

"Ama ya yemekler fareleri buraya çekerse?" dedim. "Bu eski binaları biliyorsun."

"Bırak bu gece onlar da birkaç kırıntı nasiplensinler."

Pencerenin önüne iki sandalye çekip gökyüzüne baktık. Başımı Gavin'ın omzuna yasladım.

"Bu gece harika iş çıkardın," dedi Gavin.

"Sence Ruby gururlanmış mıdır?"

"Evet," dedi. "Hem de çok." Ardından sırıttı. "Bill Gates'in tatlı tepsisinin başında nasıl dikildiğini gördün mü? Dünyanın en zengin adamının içeri girip tatlılarından yemesi, her gün görebileceğin bir şey değildir."

"Arthur'un bana yardım ettiğine inanamıyorum."

Gavin başını sallayarak onayladı. "O kadar kişinin içinde onun kahraman çıkması komik."

"Biliyorum. Ama Ruby her zaman ne derdi?" Ruby'nin kelimelerini hatırlamak için durakladım. "Evet, 'Aradığın şey çoğu zaman burnunun ucundadır.'" Kendi kendime gülümsedim. Ayaklarım ağrıyordu ve üzerime huzurlu bir yorgunluk çökmüştü. Gavin'a dönerek gülümsedim. "Sanırım iyileştim."

Gavin şaşkın bir halde bana baktı. "Nasıl yani?"

"Huzursuzluğum," dedim başımı hayretle iki yana sallayarak. "Nasıl açıklayacağımı bilmiyorum ama bir anda... yok oldu."

Gavin elimi hafifçe sıktı.

"Demek istediğim, hayatın mükemmel falan olmadığını biliyorum. Asla da olmayacak. Ama kendimi huzurlu hissediyorum." Tekrar Gavin'a baktım. "Ya sen?"

"Evet," dedi yanağını benimkine dayayarak.

Başımı olumlu anlamda salladım. "Sadece merak etmeden duramıyorum."

"Neyi merak ediyorsun?"

"Sırada nelerin olduğunu."

Gavin sırıttı. "Bizden mi bahsediyorsun?"

Utangaç bir şekilde başımı sallayarak onayladım.

Gavin ayağa kalkıp sandalyemi kendine doğru çevirdi. Gülümseyişi kocaman ve sıcacıktı. "Pekâlâ, önce seni öpeceğim," dedi. "Sonra da seninle evleneceğim. Ondan sonra bir bebeğimiz olacak, böylece Minik Ruby'nin de bir kız kardeşi olacak. Ya da belki iki. Kabul edersen üç."

Gülmeme engel olamıyordum.

Gavin beni kucağına aldı. "Sonra kitabevi-kafeyi birlikte işleteceğiz. Onu ülkedeki en iyi çocuk kitabevi ve kafeteryası yapacağız. Ve onu kanımızla, canımızla, en çok da aşkımızla ayakta tutacağız."

Üst katın merdivenlerine yönelerek, beni yukarı taşımadan önce alnıma hafif bir öpücük kondurdu. "Ve yol boyunca kendi hikâyemizi yazacağız. Sevdiğimiz şeylerle dolu olan, güzel bir hikâye olacak."

"Kitaplarla," dedim.

Gavin gülümseyerek başını salladı. "Ve güzel yemeklerle."

"Tabii."

Merdivenleri çıktığımızda dirseğiyle kapıyı açtı. "Büyük, yeşil bir odada, ilk baskı kitaplarla dolu bir kitaplık varmış..."

"Ve damlayan bir de musluk," diye ekledim.

"Ve bir yığın eski gazete."

Parmağımı Gavin'ın dudaklarına dokundurdum. "Ve yemek yapan çok yakışıklı bir adam."

"Ve sandalyelerinde oturan bir sürü cömert Seattle'lı varmış."

"Ve bir de size bakan şirin mi şirin kedi yavrusu."

"Pastalar ve tatlılar."

"Ve nihayet huzur bulan yaşlı bir kadın," diyerek gözümden akan bir damla yaşı sildim. "Sence huzur bulmuş mudur, Gavin? Sence onu gururlandırmış mıyızdır?"

"Evet," dedi Gavin yanıma yatarak. Dudaklarıma şefkat ve aşk dolu bir öpücük kondurdu.

"İyi geceler, Gavin," dedim. Gözlerim ağırlaşıyordu. Gavin ayakkabılarımı çıkardıktan sonra yanıma uzandı.

"İyi geceler, June," diye fısıldadı kulağıma. Gözlerimi kapattım. Rüyamda kitabevini görüyordum. Amy alt katta, bebeğini sevgiyle yıkamaktaydı. Ruby örgü şişleri ve bir yumak iplikle, küçük dairesindeki sallanan sandalyesinde oturuyordu. Hep orada otururdu ve her zaman orada oturmaya devam edecek, ben ay ışığının altında uyurken beni seyredecekti.

Dikkatle dinlediğimde, bana fısıldadığını duyabiliyordum. "Şişşt..."

Teşekkür

Her romanın kendine ait özel bir yolculuğu ve ona (ve yazarına) eşlik eden özel insanları vardır. Bu roman için en büyük teşekkürü sevgili yayıncı temsilcim ve arkadaşım Elisabeth Weed'e borçluyum. Henüz yeni filizlenmeye başlayan roman fikirlerimi eşimden başka paylaştığım ilk kişi Elisabeth'tir. Ona bu kitabın konusundan bahsettiğim anı hatırlıyorum. Kitabın kısa bir özetini ona e-posta attım ve anında verdiği o coşkulu cevapla, bana bu romanı yazmam *gerektiğini* söyledi. Bununla kalmadı, onu hayal ettiğimden daha büyük, daha yürekten bir hikâyeye dönüştürmem için bana cesaret verdi. Bir yazar olarak, yıllar geçtikçe iki şey yapmayı öğrendim: Kalbine güven, Elisabeth'e güven.

Ayrıca yazılarımı büyük bir maharetle düzenleyen Penguin'deki harika editörüm Denise Roy'a da candan teşekkürlerimi iletiyorum. Yaptığın harika işler ve bu romanı daha güçlü, daha derin, daha güzel yapan düzinelerce önerin için teşekkürler, Denise.

Yaptıkları yardımlar, verdikleri cesaretler ve paylaştıkları deneyimler için yürekten teşekkür etmem gereken harika insanlar: Jenny Meyer ve Shane King, Dana Murphy, Dana Borowitz, Elizabeth Keenan, Ashley McClay, Phil Budnick, Kate Napolitano ve kitaplarımı okurlarla buluşturmak için emek veren tüm Penguin çalışanları.

Özel bir teşekkür de çocuk kitabı yazarı ve çizeri (aynı zamanda *İyi Geceler Aydede*'nin çizeri Clement Hurd'un oğlu olan), nazik Thacher Hurd için. Benimle telefonda konuştuğun ve çocukken Margaret Wise Brown'un Maine'deki evinde geçirdiğin zamana dair hiç unutamayacağım tatlı bir hikâye anlattığın için teşekkür ederim.

Bana daima cesaret ve ilham veren aileme –Terry ve Karen Mitchell, Jessica Campbell, Josh Mitchell, Josiah Mitchell– sonsuz teşekkürler. Canım kardeşim Jesicca'ya özel bir not: Bu kitap senin için, çünkü bana hayat ve dostluk hakkında bir arkadaşın öğretebileceğinden çok daha fazlasını öğrettin. (Ayrıca erkek arkadaşlarımdan biriyle birlikte olmadığın için teşekkürler!) Ve sen, eşimin güzel kız kardeşi, Estacio Mitchell: Satır aralarını okuduğunda bu romanda kendini bulacaksın – metanetini, direncini ve cesaretini.

Sanırım anne olmasaydım bu kitabı yazamazdım. Bu yüzden üç oğluma, küçükken (hatta şimdi bile) onlara 'aydede kitabını' tekrar tekrar okumam için bana yalvaran Carson, Russel ve Colby'ye teşekkürler. Bu romanın tohumları o zamanlar atıldı (sadece farkında değildim).

Ve Jason, sevgili Jason. Ben sıcacık ofisimde bu romanı yazarken, çamurlu beyzbol antrenmanlarının üstesinden tek başına geldiğin için teşekkürler.

Mavi Kuş Kitabevi

BASTEI
LÜBBE

Von Jeffrey Archer sind die folgenden BASTEI LÜBBE Taschenbücher erschienen:

14 690 Das elfte Gebot
14 709 Abels Tochter
14 710 Ein Mann von Ehre
14 711 Der Aufstieg
14 712 Falsche Spuren
14 713 Die Stunde der Fälscher
14 714 Imperium
14 849 Verbrechen lohnt sich
14 907 Das Attentat